偽証法廷

小杉健治

祥伝社文庫

目次

第一章　銀のロケット

1

九月二十五日の夕方から関東地方は暴風圏に入っていた。昼過ぎに伊豆《いず》半島南方をゆっくりとした速度で通過した台風19号は現在房総《ぼうそう》沖を北東に進んでいる。東海地方は記録的な豪雨に見舞われたらしい。勢力は衰《おとろ》えたというものの東京地方も強い風雨に曝《さら》されている。

風の唸《うな》りが窓を閉め切った部屋にいても聞こえてくる。マンション五階のベランダの窓ガラスには容赦《ようしや》なく雨と風が当たっている。遠くのビルの上で光っているたばこの広告も霞《かす》み、電車が止まっているのだろうか、京成高砂《けいせいたかさご》駅の踏切はずっと開きっぱなしだった。

さっきまでは、それでも間引き運転でまがりなりにも電車が走っていたのだから、送電線がやられたのかもしれない。こんな夜にここまで本庁の連中が駆けつけてくるには、いくら車でも時間がかかるはずだ。近くの四つ木《よつぎ》に住んでいた大場徳二《おおばとくじ》でさえも水戸《みと》街道沿いにある葛飾《かつしか》中央署からまわしてもらった車で、この現場にやってくるのに三十分もかかったのだ。

大場が、当直だった同じ捜査係の若い新谷浩司《しんたにこうじ》刑事と共に駆けつけたとき、現場確保をしていたのは同じ刑事課の盗犯係の刑事たちだった。

大場はまっさきに寝室に行き被害者を確認した。頸《くび》を絞《し》められて殺された被害者はベッドの上で仰向《あおむ》けになり、胸の上で手を合わされていた。その顔を見た瞬間、大場は思わず驚きの声を発しそうになった。死に顔に動揺したわけではない。娘の久美子《くみこ》に似ていたのだ。被害者は女性だった。すぐに落ち着きを取り戻したが、大場は改めて犯人に対しての怒りを駆り立てられた。

現場鑑識が済まない限りは死体を調べるわけにはいかないので、大場が出来ることといったら発見者から発見当時の話や被害者についての詳しい情報をきくことしかなかった。新谷を他の部屋への聞き込みに走らせてから、大場は盗犯係の刑事が管理人室に確保していた発見者に会いに行った。

発見者は柳本慎一《やなぎもとしんいち》と名乗り、大手町《おおてまち》に本社がある鉄鋼会社の営業課長だという。被害者は部下の加島音子《かしまおとこ》二十七歳だった。二十七歳といえば、久美子と三つしか違わない、と大場は思いながら、青白い顔をしている柳本と相対《あいたい》した。柳本は三十六歳で妻子持ちだった。

柳本の話によると、加島音子は今朝出社しなかった。無断欠勤をするような女性ではないので、何度もマンションの部屋に電話を入れたが出ない。病気でもしているのかと気になった。台風のために会社は三時で終わったが、柳本が会社を出たのは四時過ぎ。大手町から地下鉄で日本橋《にほんばし》に出て都営線に乗り換えたが、電車のダイヤが乱れ、ホームは帰宅するサラリーマンやOLでごった返し、やっと到着した電車も満員で乗ることも出来ない。それでも、彼が加島音子のマンションに向かったのは彼の妻が子どもを連れてきのうから里帰りしていて、自宅には誰もいないからだった。つまり、妻子が実家に帰っている間、加島音子の部屋で過ごそうという計画だったらしい。

ようやく乗ることが出来た電車は押上《おしあげ》止まりで、その先の京成線との連絡がうまくなく、そこで三十分も待って、ようやく折り返しの電車がやってきた。超満員の客を乗せた電車はゆっくり走り、荒川《あらかわ》の鉄橋を渡るときには強風に煽《あお》られるような恐怖心を抱《いだ》いたが、どうにか高砂までやってきた。そこから僅《わず》か五分足らずでしかない距離だが、強風で傘《かさ》など役に立たない。マンションに辿《たど》り着いたときには全身がびしょ濡《ぬ》れだった。雫《しずく》を垂《た》らしたままエレベーターに乗り込み、五階の五〇三号室に辿り着いたのが七時過ぎ。じつにここまで三時間以上かかったことになる。

やっとの事で部屋の前に立った柳本は、一応インターホンを鳴らしたが応答がないのでドアのノブを摑《つか》んだ。鍵《かぎ》がかかっていた。合鍵で中に入ってみると、室内はまっ暗だった。入ったところにあるスイッチを入れ、玄関の明かりを点《つ》ける。彼女の靴とサンダルが置いてあった。もちろん、この雨の中を出掛けたとすればブーツを履《は》いただろうから、彼女の靴があったとしても留守の可能性が強かった。

麻痺《まひ》した交通機関のことを考えると、自宅に帰る手段を奪われており、彼女が留守であるにしろ、この部屋で台風が過ぎるのを待つしかなかった。柳本は部屋に上がり、リビングの明かりを点けた。部屋はきれいに片付けられており、台所の流しもキッチンのテーブルの上も整頓《せいとん》されていた。

柳本が異変を察したのは寝室を覗《のぞ》いたときだった。ベッドがふくらんでいるのが、隣の部屋からの明かりで微《かす》かにわかった。あわてて声をかけ、寝室の明かりを点けた。そして、ベッドを覗き込んで、白目を剝《む》いて死んでいる音子を発見したのだ。

もちろん、発見までの経過を理路整然と語ったのではなく、何度も言い直し、何度も途中で涙ぐみ、何度も絶句したのを、大場は辛抱《しんぼう》強く待って、ようやく一つの流れにまとめ終えるまで三十分以上かかった。

第一発見者を疑えというのは捜査の鉄則であり、本庁の刑事は柳本を厳しく追及するだろう。たとえば、彼の妻が音子の存在を知って家庭争議になっていたのかもしれない。きのう妻が実家に帰ったというのも、そのことが原因である可能性もある。別れ話がこじれて殺すに至ったということも十分に考えられる。話の途中に何度か漏《も》らした嗚咽《おえつ》も演技だったのかもしれない。柳本が真実を語っているか否《いな》か、それを見極めるには柳本の妻に会ったり、被害者の友人からも話をきいてからでないと判断出来るものではない。

制服警官に柳本のことを頼んで、管理人室を出て、再び現場の五〇三号室に戻り、大場は改めてさっきと同じ姿勢で横たわっている被害者を見た。

被害者は頸を電気スタンドのコードで絞められている。衣服の乱れがなく、暴行された形跡はない。遺体の死後硬直の様子から半日以上経《た》っているようだ。すなわち、事件が起きたのは昨夜の夜中から明け方にかけてではないかと、大場は考えた。

久美子のことを思い出し、落ち着かない気持ちになった。昼間、久美子から電話をもらったせいかもしれない。彼女は新宿《しんじゅく》の会社に勤め、渋谷《しぶや》区幡ケ谷《はたがや》のマンションで独《ひと》り暮らしをしており、会うことは月に一度か二度あるかないかだった。が、電話はたまにかけて寄越す。きょうは大場の四十九回目の誕生日で、今夜大場のマンションにやってくる予定になっていたが、この台風で来られなくなった。その連絡だった。

大場も娘のマンションに二度ほど行ったことがあるが、この部屋の造りは久美子の部屋と似ていた。カーテンの趣味なども、似ているような気がする。そして、三面鏡も同じものを久美子も持っていたようだ。まるで久美子の部屋に来ているような錯覚《さっかく》に陥る。

被害者は妻子ある男と付き合っていたのだ。ときたま、その男、柳本がやってきては泊まっていく。もちろん、加島音子の両親はそんなことは知るまい。柳本の話によると、音子は青森県三沢《みさわ》市の出身だという。地元の高校を出てから、東京の会社に就職した。そのときに借りたのは中野《なかの》にあるアパートだったが、一年前にここに引っ越した。この場所のほうが、千葉県に住む柳本との付き合いに便利だからというのが引っ越しの理由で、ふたりで部屋を見て決めたのだという。

久美子にそのような関係の男はいないと思っている。が、それは自分が知らないだけのことかもしれない。この被害者と同じように、通《かよ》ってくる男がいないという保証があるのか。

現在午後九時。大場が到着してからもう一時間近く経つ。その間に、ぽつぽつと所轄《しょかつ》の葛飾中央署の刑事課強行犯捜査係の何人かが集まってきたが、肝心《かんじん》の本庁機動捜査隊や捜査一課強行犯捜査係の連中も鑑識課員もいっこうにやってくる気配はなかった。強行犯捜査係の誰が出動してくるのかわからないが、第一報が入った午後七時半過ぎにはまだ在庁していたか、あるいは帰宅途上だったのかもしれない。それからの招集でも、この荒れた天候でなければ一時間もあれば誰かしらやってくることが出来ただろう。

大場はベランダの窓ガラスに額《ひたい》をくっつけて外を見た。隣家の屋根の上を何か飛んでいくのが見えた。マンションのベランダにでも置いてあったポリバケツの蓋《ふた》かもしれない。相変わらず、京成高砂駅の踏切は開いたままだが、そこを通過する車もない。イトーヨーカドーの前に自転車が三台倒れているのが見えた。

ふとガラスに若い男の顔が映った。

「おやじさん。係長がやってきましたよ」

外で待機していた新谷刑事が声をかけてきた。長身の新谷の後ろから、中肉中背の目玉をぎょろつかせた関井《せきい》警部補が入ってきた。

「こんなひどい天気に、よりによって」

殺人を犯した犯人に対する怒りの言葉なのだろうが、まるでこんな日に死体を発見した人間を恨《うら》むかのように聞こえた。こんな天気だから、こっちはゆっくりホトケと対面出来るんだと、大場は内心で思った。目撃者の話など、これまでの経過を説明したあとで、大場はきいた。

「ホトケを見ますか」

初期捜査活動は所轄の警部補以上の者が現場指揮者になるわけだから、以降は関井の指示にしたがって行動しなければならない。

大場は関井と共に寝室に入った。相変わらず胸の上で合掌《がっしょう》した姿勢で加島音子は横たわっている。その姿勢のせいか、唇から血が流れていることがかえって凄惨《せいさん》に見えた。血を拭《ぬぐ》ってやりたいが、現場鑑識が済むまでは遺体をいじるわけにはいかなかった。

「このクリスタルの灰皿で殴《なぐ》ったあと、あの電気スタンドのコードで頸を絞めたようです。死後硬直の具合から犯行はゆうべの夜中から明け方にかけてだと思われますが」

もちろん詳しいことは司法解剖の結果を待たなければわからないことだが、大場は経験的にいってほぼ間違いないと思っている。

「顔見知り、それも相当親しい間柄の人間かもしれんな」

合掌している姿を見て、関井はそう感想を述べた。そして、顔をしかめ、踵《きびす》を返した。関井のあとに続こうとして、大場はふと何かが光ったことに気づいた。ベッドの下だ。さっき気づかなかったのは、大場が立っていた位置のせいだ。

関井を見ると、ちょうど寝室を出るところだ。大場は素早く腰を屈《かが》め手を伸ばした。白い手袋の指先がつまんだものは切れた鎖のついた銀色の小さなロケットだった。といっても色はくすんでおり、剝《は》げかかったメッキの具合からかなり古いものと推察された。

大場の脳細胞がかってに活動をはじめた。海底に沈んでいるゴミの山のような意識下の記憶群から、あるものを見つけ出すのにさして時間はかからなかった。三十年近くも遡《さかのぼ》る記憶だった。

新谷刑事の顔が覗いたので、大場はあわてて白い手袋をした手を握りしめた。

「機捜が到着ですよ」

新谷が知らせた。大場は寝室から出るときにさりげなく上着のポケットに手を入れた。そして、ポケットの中で手を広げ、ロケットを落としてから、改めて新谷の様子を窺《うかが》った。見られただろうか。新谷なら見ていたとしても、その場では何も言わないかもしれない。彼はそういう男だ。だが、俺は知っているという目で見られることも気分がいいものではない。

現場は証拠の宝庫である。そして、先着した所轄の人間は現場の原型を保つ役目があるにも拘《かか》わらず、遺留品を持ち出すのは明らかに服務違反、いや違法行為かもしれないが、大場は無意識のうちにそれをしていた。そうせざるを得なかったのだ。

メッキの剝げた部分が錆《さ》びついたロケットは被害者のものではない。若い女がこのようなものを身につけていたとも思えない。仮に、何かの思い出の品として持っていたとしても、それはどこかに仕舞っておくはずだ。管理人室にいる柳本にロケットのことを確かめれば被害者のものかどうかはっきりするだろうが、そこまでするまでもなく、これは明らかに犯人が身につけていたものだ。被害者と争っているときに鎖《くさり》が切れたのだろう。犯人を特定する最大の手掛かりを、大場は隠匿《いんとく》したことになる。

廊下に出たとき、他の部屋の住人がドアから体を出して様子を窺っていた。すでに、新谷を聞き込みに行かせたので、この階の住人は何が起こったか知っているはずだ。

エレベーターが開き、どっと機捜隊員や鑑識や本庁捜査一課強行犯捜査係の連中が降りてきた。と、同時に階段からも若い刑事たちが上がってきた。彼らが被害者の部屋まで行くのを邪魔しないように、壁に背を当てて道を開けてやる。

大場はエレベーターで一階に降りた。狭いロビーがあり、ガラス扉の向こうに赤色灯を点滅させたパトカーが停《と》まり、雨合羽《あまガッパ》姿の警察官が入口に立っていた。

拾ったロケットを早く調べてみたかったが、ひとりになれる場所はどこにもなかった。また、新たな警察の車が到着したらしく、数人の男がロビーに入ってきた。入口で制服警官と押し問答をしている合羽を着た男は新聞記者だ。

これから鑑識課の作業や捜査員による現場の観察、それから改めての周辺の聞き込み作業などを行うとなると、あと二時間近くはかかるだろう。今が午後九時半だから、十一時半頃か。それから、署に帰って捜査会議がはじまるのは午前一時頃だろうか。強風のためにほとんど真横に倒れ、起き上がれそうもない柳の木を見つめながら、大場はひとりになれる時間を計った。会議は小一時間として、午前二時には解放されるかもしれない。だが、泊まり込む署の中では他の捜査員の目がある。結局、明日の早朝までロケットのことを忘れなければならないことになる。それまで待てない。

管理人室から本庁の刑事と柳本が出てきた。現場検証のために、刑事が柳本を連れ出したのだ。大場は無人になった管理人室に飛び込んだ。

すぐポケットからさっきのロケットを取り出した。手袋をはめた手ではなかなか蓋が開かない。裏面に、K・Mのイニシャル。心臓の動悸《どうき》が激しくなった。間違いなかった。これは大場が昔、御徒町《おかちまち》のガード下の装飾品店で買ったものだ。手袋を取れば簡単に蓋を開けることが出来るだろうが、自分の指紋がついてしまう。手袋をはめたままで指紋を拭《ふ》き取らないように注意しながら、何度か試みてやっと蓋が開いた。小さな写真はセピア色に近くなっているが、そこに若く美しい女が写っている。その顔を見たとたん、戦慄《せんりつ》のようなものが体を襲った。紛《まぎ》れもなく、千春《ちはる》だったからだ。衝撃が去ると、千春のことが思い出され、甘酸《あまず》っぱいものが胸に広がった。が、感慨に浸《ひた》っている場合ではなかった。なぜ、これが現場に落ちていたのか。容易ならぬ事態に立ち至り、大場はうろたえるだけだった。

2

一夜明けた。台風一過の快晴だが、倒れている自転車や、どこからか飛んできたポリバケツや倒壊した板塀《いたべい》やらが凄《すさ》まじい風雨の名残《なごり》を見せていた。ダイヤは乱れていて、たまにやってくる京成電車は満員の乗客を乗せて踏切を通過していった。

結局午前一時半から開かれた捜査会議の場で、本庁の捜査一課長から発表された事件の概要は大場の知る情報以上のものではなかった。

すなわち、犯行時刻は一昨夜、九月二十四日の午後十一時から二十五日の午前六時までの間という幅のある推定。死因は絞殺《こうさつ》であり、凶器は寝室に置いてあった電気スタンドのコード。クリスタルの灰皿で頭部を殴打《おうだ》し、失神したところをコードで頸を絞めたという殺害方法も、大場が考えたとおりだった。もちろん、正確には司法解剖の結果待ちだが、ほぼ間違いないと思われる。

一昨日の加島音子の行動の調べはこれからだ。ただ、柳本慎一の話では、定時の五時半に会社を出たはずだという。また、きのうの台風の中で同じマンションの住人に本庁の刑事が聞き込みをしたところ、同じ階に住むサラリーマンが夜十一時頃、エレベーターから降りてきた被害者を見ていた。その時間まで被害者がどこにいたのか、その調べもこれからだが、大場はもちろんそのことに興味はなかった。

室内に荒らされた形跡もなく、調べてみなければわからないが、盗まれたものもないようだ。室内から幾つか被害者以外の指紋や毛髪などが発見されており、それらの調査はこれからだ。特に犯人に結びつくような遺留品や、唾液《だえき》や精液などの遺留物は発見されていない。

大場は拾ったロケットについては口を閉ざした。今さら出せるわけもないのだが、はじめから出すつもりもなかった。

朝のミーティングのあと、捜査員は一斉《いっせい》に外に出た。本庁捜査一課と地元の地理に詳しい所轄の刑事のペアが出来る中で、大場は部下の新谷と組んで現場周辺の聞き込みを行う地取《じど》り班に組み込まれた。容疑者の本命が発見者であり愛人関係にあった柳本に向いているのは、そこに本庁を中心にした捜査員が割り振られたのを見ても明白だ。

もちろん、手口捜査や過去の類似事件の調査、周辺の素行不良者、さらに物取りの可能性だけでなく怨恨《えんこん》の線も捜査対象になっているが、いずれにしろ被害者の周辺に犯人がいるという見方がほとんどだった。

大場は新谷といっしょにまず京成高砂駅に向かったが、なんとか新谷から離れるうまい方法はないか、そればかりを考えていた。

犯人が車でやってきたのか。それとも電車か。あるいは、近所に住む者なら自転車か徒歩ということになる。

電車でやってきた場合、あるいは電車を利用しなかった場合でも、駅員は何かを見ている可能性もあったが、聞き込みの成果はなかった。が、大場は新谷が他の駅員に質問をしているとき、別な駅員にこっそりきいた。

「五十前後で、身長は私と同じで一六五センチぐらいの男を見ませんでしたか」

一昨日の夜、勤務していたという若い駅員は戸惑《とまど》いを隠さずに小首を傾《かし》げた。漠然《ばくぜん》とし過ぎている。その条件にあてはまる人物が何十人といるだろう。

大場は、傍《かたわ》らにいる新谷を気にしてききたい質問を口に出せないいらだちを味わいながら、次の聞き込み先にまわった。問題の午後十一時前後から午前六時頃までの時間に起きている人間ということで、次にコンビニに入った。

カウンターの中にいるアルバイトの若い男にきく。運よく一昨日の夜から朝方までシフトに入っていたというが、新谷が傍《そば》にいるときに駅員にしたような質問が出来ない。一昨夜の深夜に不審な人物を見なかったかときいたところで、無意味だとわかっていても、それしか言うことはできなかった。

聞き込みを終えてコンビニを出たあと、大場は新谷に忘れ物だと言って、取って返した。そして、カウンターの中にいるさっきの男に、

「五十前後の男を見掛けませんでしたか。身長は一六五センチぐらい」

と、改めてきいた。

「そんな感じのひとはいましたけど、顔馴染《かおなじ》みのひとですよ」

「顔馴染み？　じゃあ、この近くに住んでいるんですね」

「ええ。駅から帰る途中に寄るようです。確か、カミソリの替え刃を買っていきました」

「住まいはわかりませんか」

「さあ、そこまでは……。ただ、日曜日には奥さんと小学生くらいの子どもといっしょに来たりしますから、近くなんじゃないですか」

落胆して聞き終えると、店の外に新谷の姿が見えたので、大場は礼を言ってあわてて出口に向かった。

「すまなかった」

大場はそのまま新谷の脇をすり抜けた。足早に追いついてきた新谷が何か言いたそうに思えたので、

「やはり同じ時間にやらなければだめかもしれないな。今夜、俺ひとりで歩いてみるさ」

そう言ったのは、よけいな詮索《せんさく》を押さえつけるためだ。案の定、新谷はむきになって、

「おやじさん。俺も付き合いますよ」

「その、おやじさんって言い方はやめてくれないか。名前で呼べばいい」

若い者が大場のことをおやじさんと呼ぶが、その言葉にだいぶ抵抗があった。いつの間にか五十に手の届く年齢になったが、自分ではその実感がない。若い頃は五十歳というのはたいへんな年なのだと思っていたのだが、いざその年に近づいてもまったく実感がないのだ。若い者といっしょになって、こうやって靴底をすり減らして歩きまわっているほうが性《しょう》に合っている自分には、おやじという言葉はそういう資格を奪われてしまうような恐ろしい言葉に思えてならないのだ。考え過ぎだとわかっていても、大場には抵抗がある。それに、一匹狼的にやってきた自分には、おやじさんと慕われるだけの器量はないという自覚もあるのだ。

もっとも、新谷がそう呼ぶのも、久美子のことがあるからかもしれない。ふたりがどの程度の気持ちかわからないが、たまの休みの日にはふたりで会っているらしい。二十八歳になる新谷は性格も素直で真面目《まじめ》だ。久美子とは似合いのように思える。もし、新谷が刑

事でなければ、久美子との結婚に大いに賛成するつもりだった。が、久美子を刑事の妻にだけはさせたくないというのは、ずっと信念のように思い続けてきたことだ。

一度事件が起これればほとんど帰宅も出来ない。気の休まる時間がない。休日にもいつ呼び出しがあるかわからないから、遠出は出来ない。そんな夫を持った妻の生活がどんなものか、自分の母親を見てきた久美子にはわかるはずだ。それだけでなく、その子どもがどんな寂《さび》しい思いをするか、自ら体験してきたはずなのだ。

「ここもきいてみるか」

大場は先に入った。ケーキ屋だ。フランス菓子の店で、二階が喫茶店になっており遅くまでやっている。

誰も客がいない店に入っていくと、奥から白髪《しらが》の亭主が出てきた。ここでも不毛な質問をする。もっとも不毛と感じているのは大場だけだ。なにしろ、大場の質問は一つだ。漠然とし過ぎてはいるが、五十前後で一六五センチぐらいの男を見なかったか、である。しかし、新谷にそのことを悟られてはならないのだ。

「うちは十時で閉めてしまいますからね」

結局、何か気づいたことがあったら連絡をくださいという紋切り型の言葉を残して、ケーキ屋を出た。

夜の十一時以降といったら、やはりスナックや居酒屋などの呑《の》み屋しかない。あとは他マンションやアパートなどの住人たちだが、その方面の聞き込みは他の刑事が担当している。

　マンション周辺から、近くにある公園や神社の境内《けいだい》など、捜査員によって捜索が行われているが、遺留品の発見は難しいと言わざるをえない。なにしろ、台風の風雨がすべてを吹き飛ばし、流し去ってしまった可能性が高い。

　その日一日歩きまわったが、収穫はなかった。もちろん、大場の言う収穫とは「五十前後で一六五センチぐらいの男」の存在の可能性である。

　いったん夕方に水戸街道に面した葛飾中央署の三階に構えられた捜査本部に引き上げてくると、本部のほうでは進展があったようだ。犯行当日、五時半に会社を出た加島音子が夜の十一時過ぎにマンションに引き上げてくるまでの間の行動がはっきりしたのだ。

「会社員の草木亭《くさきとおる》という二十六歳の男が捜査本部にやってきた。加島音子といっしょだったらしい」

　やや興奮ぎみに関井は大場に説明した。

「草木は上野《うえの》で食事をし、カラオケスナックに行ったあと、タクシーで彼女をマンションまで送っているのだ。ところが、タクシーを降りるとき、彼女がマンションの入口を見て、あらっと声を出したという」

「誰かいたんですね」

「草木の話では、男が立っていた。後ろ向きで顔は見えなかったが、背の高い細身の男だったという。加島音子は何も言わずにマンションに入っていったらしいが」

大場は思わず顔をしかめた。関井が昂《たかぶ》っている理由に気がついたからだ。加島音子は知っている人間を見たからだろう。そして、あらっと言ったのは意外な人物だったからかもしれない。意外な人物とは、その日に現れる約束ではなかった男、すなわち……。

「柳本ですか」

大場は詰め寄るようにきいた。

「だと思う」

捜査本部は柳本に疑いの目を向けている。草木は加島音子と友人の紹介で知り合い、交際を続けてきたという。彼女が妻子ある男性と付き合っていたことは知らなかったらしい。幹部連中が描いた事件の筋が想像出来る。

加島音子は草木との結婚を考えるようになって、柳本に別れ話を持ち出した。おそらく、未練がある柳本は彼女をもう一度説得しようとしてマンションの前で彼女を待っていた。そして、部屋に入り、そのことを話し合っているうちにかっとなって彼女を灰皿で殴り、あとは夢中で手近にあった電気スタンドのコードで頸を絞めた。合掌させたのも、恋人だった女性を不憫《ふびん》に思ったからだ。

しかし、合鍵を持っている柳本がマンションの前で帰りを待つ必要はない。仮に待っていたとしても、彼女といっしょにエレベーターに乗り、部屋に向かったのではないか。同じ階の住人の話では、加島音子はひとりでエレベーターから降りてきたという。

そのことを言う前に、関井は刑事課長に呼ばれて大場の前から離れていった。続々と、引き上げてきた捜査員にも草木の話は伝わっていると思え、幹部たちだけでなく彼らの表情も明るかった。案外と早く片がつきそうだという安堵《あんど》感からだろう。

違う、と大場は言えなかった。その根拠を問いただされたときの答えが見つからない。もちろん、現場で拾ったロケットを提出すればいいが、それは出来ない相談だった。

しかし、捜査の目が柳本に向いたことは好都合だったかもしれない。もちろん柳本にとっては不幸なことだが、いずれ疑いは晴れる。それも妻子持ちのくせに若い女と付き合ってきた罰だと言えなくもない。そう考えることによって、大場は柳本ではないという証拠を隠した負い目をいくらかでも薄めようとした。

管理官と捜査一課長がやってきて、捜査本部に緊張感が漲《みなぎ》った。大会議室で、捜査会議が開かれたが、会議をリードする実質の捜査主任の本庁捜査一課強行犯捜査係の係長坂《さか》城《き》警部は声に弾《はず》みをつけて、柳本慎一の名を出した。

ある捜査員の報告では、事件当夜、柳本は八時まで残業をし、九時半に千葉県市川《いちかわ》市にある自宅に帰ったというが、妻子は実家に帰っており、それを証明するものは何も出てこなかったということだ。

柳本を任意で呼び、事情聴取をすることになった。もはや、柳本が重要参考人であることは間違いない。もちろん、柳本一本に絞《しぼ》ったわけではなく、流しの物取りの犯行、あるいは草木亭の犯行という線も捜査することになっている。が、それは他の可能性を潰《つぶ》すための捜査である感が強い。最後に残ったのが柳本だとするためだろう。この作業をやっておかないと、裁判になったあとで、見込み捜査を弁護士から追及される可能性がある。実際、柳本が犯人だという前提に立った捜査になっていることは疑いようもなく、だからこそ他の可能性を潰しておく必要があった。

散会となって、捜査員は再び夜の町へ聞き込みに出ていく。今度の聞き込みの要点ははっきりしている。司法解剖の結果から死亡推定時刻が絞り込まれ、すなわち九月二十四日の夜十一時から午前一時の間、柳本慎一を見なかったかということになったからだ。幾つかの地域に分割して、それぞれの割り当て場所にふたり一組で出動したが、大場は新谷が邪魔だった。出来ることなら、ひとりで聞き込みにまわりたい。

大場と新谷の割り当ては、他のふた組のペアといっしょに京成高砂駅の乗降客に当たることだ。今夜遅く京成高砂駅で降りる乗客が一昨日も同じ時間に下車したとはかぎらないが、大勢の中にはそういう人間だっているはずだ。その中の誰かが柳本を見ているかもしれない。その目撃者を見つけるのが目的だ。大場の目的は別だが、表面上はその方針に従わなければならなかった。

もちろん、京成高砂駅ばかりではない。高砂からは二つの線が出ている。金町《かなまち》線を行けば一つ隣が柴又《しばまた》駅であり、北総開発《ほくそうかいはつ》鉄道では新柴又《しんしばまた》駅もある。また、反対に行けば、中川《なかがわ》を越えて青砥《あおと》駅。あるいは夜道を歩き、常磐《じょうばん》線の金町駅まで歩いた可能性もある。また、南下したとすれば、総武《そうぶ》線の小岩《こいわ》駅に出る。あるいは、水戸街道や橋を渡って環七《かんなな》に出てタクシーを拾ったか。夜の道を急ぎ足で顔を伏せるように歩いていく犯人の姿がふと瞼《まぶた》に浮かんだ。

いずれにしろ計画的な犯行とは思えない。そうだったら凶器を用意しておくだろう。つまり、マンションを訪問するとき、犯人は人目を気にしていなかったはずだ。だから、柳本が犯人ならばこの辺りの土地鑑があり、犯行後に京成高砂駅からは乗らなかったに違いない。だが、京成高砂駅で降りた可能性はある。誰かに目撃されている可能性は高い。

捜査本部は犯人、つまり柳本が車でやってきた可能性を考えている。今のところ、市川市にある柳本の自宅の駐車場から車が出ていったかどうか、その確認は取れていない。また、車を使ったのなら、どこかに車を駐車させておいたはずだ。

署を出たところで、大場は夜空を見上げた。強風がスモッグを追い払ったのか久し振りに星が見えた。穏《おだ》やかな夜だった。故郷の秋山郷老芝村《あきやまごうおいしばむら》を思い出したのも、屈託のせいだろう。今の大場に星を愛《め》でる心の余裕はなかった。

心は逸《はや》っている。早く確認したい。新谷が邪魔だという意識が頭をもたげてくるが、どうすることも出来ない。

「おやじさんは柳本をどう思います？」

横並びに歩きながら、新谷が小声できいてきた。答えるのは面倒だった。なにしろ、今大場の頭の中にあるのは、あの男のことだけだ。それ以外のものが入り込む余地はない。

「ぼくはどうも危ない気がするんです」

新谷は柳本をシロだと思っているのか。意外な気がして、思わず大場はきき返した。

「どうして、そう思うんだ？」

「だって、柳本が犯人なら、どうしてわざわざ台風の夜に被害者《ガイシャ》の部屋にやってきて死体発見を装うんですか」

「早く発見させて供養してもらいたかったからかもしれん。愛していた女なんだからな」

「他にも方法があるでしょう。別な日に彼女の同僚に行かせるとか」

「いずれ自分と彼女の関係はわかってしまう。というので、先手を打ったのかもしれないじゃないか」

柳本はシロだと確信しながら、大場は新谷に反論した。そういう反論をして、考えをまとめていこうとしたわけではない。いちおうしばらくの間は新谷にも柳本に目を向けておいてもらいたいのと、大場自身も柳本を疑っていると思わせておきたいためだった。

踏切の警報機の音が聞こえ、やがてほぼ満員の客を乗せた電車が通過していくのが見えた。大場の頭は、新谷と別々の行動が取れる手立てを必死に考えていた。

3

仮眠室で目を覚ました。洗面所で歯を磨《みが》き、顔を洗ってから二階にある刑事部屋に入った。椅子《いす》を幾つか並べて横になっていた新谷が起き上がった。本庁や他の署から応援に来ている捜査員は講堂に毛布を持っていって寝ていた。

八時半から朝の捜査会議がはじまった。昨夜の聞き込みの成果はまったくなかった。柳本の姿を見掛けたものは誰もいなかった。ただ、マンションの前に来ていた男、草木の話では、その男を見て、加島音子があらっと声を上げたというが、その男のことを見覚えていた人間がふたり見つかったらしい。ひとりは駅の反対側にあるスナックから出てきた近くに住む自営業の男で、その男が柳本の特徴に似ていたと言い、もうひとりの京成高砂駅からもう少し先の自宅まで帰るという三十歳のOLは、柳本より若い男だったと答えた。服装が紺《こん》のブレザーに縞柄《しまがら》のズボンという点では一致しており、同じ人物を指していることは間違いないのに、ふたりの証言は異なった。人間の記憶がいかに頼りないかを物語っているが、大場はその人物は無関係だと思った。

捜査員の誰かが突発的な殺人に異議をはさんだ。もし計画的だとすれば、突発的殺人に偽装したのかもしれないと言い出した。柳本は何度も被害者の部屋に泊まっているのであり、クリスタルの大きな灰皿と電気スタンドが寝室に置いてあるのを知っていたはずだし、その二つを凶器として使うことを予《あらかじ》め決めていたのではないか、というのだ。

さらに計画的な犯行の根拠として、妻子を実家に帰していることを上げた。柳本の妻から事情をきいた捜査員の話では、実家に帰ったのは柳本の勧めによると答えたという。田舎《いなか》の両親が孫の顔を見たいんじゃないか、と柳本が熱心に勧めたという。このことからも計画的犯行の臭いがするというのだ。

加島音子の親しい友人は、草木と柳本のことを相談されており、柳本に別れ話を持ち出したと聞いたことがあると言っていた。

もし計画的な犯行ならば用心深くマンションに入った可能性がある。あるいは十一時よりもっと早い時間、たとえば八時まで残業をしていたというから、その足でまっすぐここに来たとしたら十時にはマンションに着いていたはずだ。合鍵を持って先に部屋に入り込み、じっと加島音子の帰りを待った。そういうことになると、聞き込みの仕方も変わってくる。

柳本のほうが別れ話を持ち出したが女が承知しない。だから、殺したという筋のほうが納得しやすいという反対意見もあったが、捜査本部の趨勢《すうせい》は柳本の計画的犯行に固まりつつあった。

捜査本部がどう考えどう動こうが、今の自分には関係ないことだった。K・Mというイニシャルのある、あのロケットの持ち主が問題なのだ。大場はじりじりしてきた。早く確認したい。早くひとりで自由に動きたい。だが、組織の中で雁字搦《がんじがら》めになっている身ではその自由がなかった。大場は逸脱行為をしているという罪の意識より、ロケットについて調べたいという欲求のほうが強かった。

会議が終わって、散会となった。捜査員はお互いにペアを組んだ相手といっしょに町に飛び出していく。

朝陽《あさひ》を浴びている水戸街道の上り車線は車で渋滞している。現場のマンションに向かいながら、俺が目指すのはこっちじゃないという声がしきりに聞こえた。こうやって無駄な時間を潰すことがたまらなくなった。

大場は足を止めた。

「おやじさん。どうかしたんですか」

新谷が訝《いぶか》しげに眉《まゆ》を寄せてきいた。

「じつは大事なことを忘れていたんだ。いや、個人的なことだ。久美子に頼まれた品物を届けなければならないんだ」

「久美子さんに？」

気のせいか、新谷の顔に朱が差したようだ。

「ああ、事件があって宅配便で出すのをとんと忘れていた。ほんとうはきのうのうちに出したかったんだが」

ふいに浮かんだ作り話にしては、新谷は真顔で乗ってきた。急ぎではないが、ついでのときに送ってやりたいと思っていたセーターがあった。二ヵ月ほど前にたまたま通りかかった洋品店の前に安く出ていた秋物のセーターで、亡くなった妻が好きな色味だったのでつい買ってしまった。買うときにはほとんど妻に買い求めたような気になっており、アパートに帰ったとき、そうだ妻はもういないのだと気づくありさまだった。あれはどういう心理だったのだろうか。そういえば、たまにそういうことがある。妻がまだ生きているという錯覚に陥《おちい》るのだ。もう九年も経ったというのにだ。

「どうするんです?」

新谷が強張《こわば》った表情になったのは、何かを予感してのことだろう。

「すまないが、これから家に戻ってそれを取ってくる。なんとしてでも、すぐ届けてやりたいんだ」

「ちょっと待ってください。今は捜査中ですよ」

「わかっている」

「わかっているなら、職務を放棄してそんな私的なことで時間を潰すなんて」

「俺だって、被害者《ガイシャ》の無念を思うと、早く犯人を捕まえたいんだ。だが、被害者《ガイシャ》の若い女を見て、久美子を思い出してしまったんだ。親馬鹿だと思って堪《こら》えてくれないか。このとおりだ」

　大場が頭を下げた。

「おやじさん、そんな真似《まね》をされたって」

　しばらく時間が経っても、新谷の声はなかった。顔を上げると、新谷の恐ろしい目つきと出合った。その瞬間、新谷が口を開いた。

「わかりました。その代わり、私が届けてきましょう」

「君が？」

「よく考えれば、こっちの作業はそれほど重要じゃないですからね。大きい声じゃ言えませんが、聞き込みなら他の連中に任せておけばだいじょうぶですよ」

　重要参考人が浮かんでいるという安心感からの発言のようだが、新谷がまさかそう言うとは思わなかった。がちがちの堅物《かたぶつ》の男かと思っていたので、意外と頼もしく思った。しかし、新谷の気持ちが突然変わったように思えて何となく薄気味悪かった。そして、はっと気づいた。新谷は俺の言葉を疑っているのだと。やはり、俺の聞き込みの様子に不審を持っているのかもしれない。

　ロケットを拾ったときのことを思い出したが、新谷に見られていた様子はなかったはずと思い直し、大場は少し安心してから、

「じゃあ、頼もうか。悪いが、どこかで待っていてくれないか。これからマンションに帰ってそれを取ってくるから」

「いっしょに行きますよ」

案の定、新谷は疑っているようだ。

「いや、ふたりで持ち場ではない場所にいるのを見つかったらやばいからな。それより君はひとりで聞き込みをしておいてくれ。それならあとでなんとでも言い訳はつく」

「わかりました。じゃあ、どこかで待ち合わせましょう」

新谷は憮然《ぶぜん》として答えたが、今さら新谷の気持ちを考える余裕はなく、大場は腕時計に目を落とした。今が九時半だから往復に一時間。大場のマンションは同じ区内の四つ木四丁目にあった。水戸街道の上り車線は混んでいるが、それほど時間は取られないだろう。

「じゃあ、十時半に京成四《よ》ツ木《ぎ》の改札の前で待っていてくれないか」

「わかりました。それまで聞き込みを続けています」

大場はタクシーを拾った。しばらく水戸街道を走り、中川大橋《なかがわおおはし》を越えてから渋滞の道路を避《さ》け、右に曲がった。そして、京成本線お花茶屋《はなぢゃや》駅前の踏切を越えてしばらく進み四つ木四丁目に出た。

築二十年は経っている五階建てのマンションに着いた。エレベーターはなく、階段で四階に上がり、部屋の前で鍵を出してドアを開く。急いで飛び込み、押入れからダンボール箱を取り出した。年賀状やハガキ類を保存してある。そこから一枚の年賀状を探し出した。突然、届いたのは去年、しかも葛飾中央署宛てだった。住所は北区田端新町《たばたしんまち》四丁目となっている。電話番号は書かれていない。いちおう住所だけを手帳に書き込み、それから再び押入れから表紙がぼろぼろになったアルバムを取り出した。

ほとんど開いたことがないものだが、ここには紛れもなく自分の歴史が刻み込まれている。過去を振り返らない性格と思っていた自分だが、こうしてアルバムだけは捨てずに持っているところをみると、案外と過去にしがみついているところがあるのかもしれない。だが、ここに貼ってあるのは東京に出てきた十八歳以降のものだけだ。それ以前のものは実家の物置の奥深くにあるのかもしれない。

アルバムの表紙を開いた。ただ写真を貼りつけてあるだけだから、年月日も状況の説明も何もない。それでも一枚一枚についての記憶はある。最初の写真は新宿にある電子専門学校に入ったときのものだ。技術を身につけ、将来はテレビ局に勤めてテレビカメラマンになるか、それがだめなら電気店を持てたらと考えていた。隣に写っているのは同じクラスの男だ。今はどうしているか、その後のことはわからない。

次のページをめくると警察官の制服姿になった自分が写っている写真が出てきた。専門学校は一年足らずで中退してしまったのだ。結局のところ、勉学についていけなかったのだ。二十歳のとき、警視庁の警察官採用試験を受けたのは、たまたま浅草《あさくさ》の映画街を歩いていたときに、自衛隊に入らないかという勧誘を受けたことがきっかけになったのかもしれない。自衛隊に入れば、いろいろな技術が習得出来て、将来民間企業に就職するときにも役立つという話を聞いていたが、厳しい訓練に耐える自信はなかった。ただ、将来の不安を抱えた時期だったので心が動かされないこともなかった。それでも、自衛隊に飛び込む勇気はなかった。その帰り、たまたま六区《ろっく》にある交番の横に貼り出されていた警察官募集のポスターが目に入ったのだ。自衛隊より楽だろうという単純な理由から、警察に飛び込んだ。

警察学校を出てからはじめて勤務した中野区にある交番。その前で同僚に撮ってもらったときの一枚だ。コメント一つないアルバムでも、その都度貼っていったので時系列順に並んでいる。それから数枚めくって、ようやく目当ての写真に行き着いた。

部屋の中にいる写真だ。後ろに茶ダンスが見える。まん中で座っているのが右田克夫《みぎたかつお》だ。その右側に大場。そして、右田の肩に顔をくっつけるようにしている女性がいる。村《むら》中《なか》千春だ。じわじわと熱いものが胸の中に湧《わ》き上がってきた。追憶の糸をたぐろうとしたが、切羽《せっぱ》詰まった事態がそれを許さなかった。

やりきれないようなため息をつき、しばらく呆然《ぼうぜん》としていた。あまりにも考えることが多過ぎて、かえって頭の中が真空状態になったようだ。しかし、時間は容赦なく過ぎていく。ようやく、自分に活を入れるように下腹に力を込め、アルバムを元どおりにしまって立ち上がった。

手帳を取り出し、久美子の勤める会社の電話番号を探した。娘の会社にはほとんど電話などかけたことはない。だからびっくりするに違いないと思いながら、交換手に営業二課の大場久美子をお願いしますと言った。

久美子の勤める大精興産《たいせいこうさん》は石油資源の開発や原油の輸入、石油の精製、販売などの他に、医薬・バイオ部門にも手を広げているらしい。久美子は石油事業部の第二営業課にいるというが、実際にどんなことをしているのかは、大場は知らない。

しばらくして、久美子の声が聞こえた。

「お父さん。びっくりさせないで」

久美子の明るい声が返ってきた。電話だとよけいに亡くなった妻の声に似ていた。

「すまない。じつは、これから新谷くんが会社までセーターを届けてくれるというんだ」

「セーター？」

「ほら、秋物のセーターだよ。母さんが好きな色味の。どうしても、早く久美子に着てもらいたいから、新谷くんに届けてもらう」

「まあ」

たったそれだけのことで、とでも言いたげな口振りだった。

「それでだ。もしよければ昼飯をいっしょにしたらどうだ」

「いいけど」

「じゃあ、そうしてくれ。十二時までには着くと思う。着いたら、電話をさせるから」

「わかったわ。でも、なんだか変だわ」

「いいか。新谷くんによけいなことを言うなよ」

一方的に言って電話を切った。娘をだしにして新谷を追い払う形になったことに少しばかり気が差したが、すぐにセーターを紙袋に入れて部屋を飛び出した。

アパートから四ツ木駅まで歩いた。大場は事態にどう対処していいのか、まだ自分でもわかっていない。が、わかっているのは右田に会わなくてはならないということだけだった。

水戸街道を横断し、土手下の道を駅に急いだ。ちょうど十時半に着いたが、すでに新谷が待っていた。大場に気づくと、彼は手を上げた。

「じゃあ、頼んだ。向こうに着いたら電話してやってくれ。それから、すまないが、昼飯をいっしょに付き合ってやってくれないか」

金を出そうとすると、新谷はあわてて、

「おやじさん、いいですよ。じゃあ、二時までに高砂に戻ってきます」

そう言って改札に入っていくのを、大場は複雑な思いで見送った。もし、誰かに見つかったらどうなるのか。新谷はそのことを考えないのか。もちろん、その場合の責任は自分が一身に負うつもりだが、新谷を巻き添えにしたという負い目が気を重くした。

大場は下りホームに立ち、上りの電車に乗っていった新谷を見送りながら、もう一つ別な屈託に頭を悩ませた。いそいそと久美子のところに向かう新谷の気持ちがわかっているだけに、切なさも伴《ともな》った。新谷は好青年だ。が、久美子の夫は刑事であって欲しくない。妻のような寂しい思いを、久美子にはさせたくないのだ。

下り電車が入ってきた。車内はがらがらだった。今頃、捜査員は現場周辺に柳本の影を求めて聞き込み作業を続けていることだろう。そして、その間にも別の班は柳本の周辺捜査、被害者との最近の関係などの捜査に向かっているはずだ。しかし、捜査本部は見当違いの捜査をしている可能性が大きい。

電車は青砥駅に着いた。京成高砂駅の一つ手前だが、大場は躊躇《ためら》わず下車し、階段を下りて上野行きのホームに立った。そして、五分待ってやってきた上野行き特急電車に乗り込んだ。

大場は扉の横に立った。考え事をするには立っていたほうがいい。目は窓の外に向いているが、意識はそこになかった。

右田克夫と加島音子。四十九歳の男と二十七歳のＯＬとの接点をすぐに見出《みいだ》すのは難しい。右田は何度か窃盗《せっとう》や傷害事件で捕まったことがある。盗みが目的で押し入ったとしても、なぜあのマンションであり、あの部屋だったのか。いわゆる流しの犯行で、たまたま犯人が右田克夫だったということか。そこまで考えて、ふと思い出した。右田にはひとを殺したかもしれないという過去があるのだ。それは中学生時代のことだが、その可能性は濃いと思っている。あのロケットは右田が紛失したもので、それを拾った人間が犯行に及んだという解釈をしてみても、赤の他人があのロケットを頸にかけていたということは考えられない。他人には何の価値もないはずだ。

電車は荒川を越えている。河川敷《かせんじき》ではゴルフの練習をしている。それにしても、右田はなぜ高砂にやってきたのか。わからないことばかりだ。いつの間にか、鼠《ねずみ》色のコンクリート護岸の隅田川《すみだがわ》に差しかかっていた。このコンクリート護岸を見ると、工場の廃液が流れ込んでどす黒く濁《にご》り、ゴミが漂流している暗い川を連想し、気が滅入《めい》ってくる。もちろん、今の川はきれいになっているのだが……。それは、上京してから、あの鬱屈《うっくつ》した二年間を思い起こさせるほどのやりきれなさだ。もし警察官になっていなかったら、どんな人生を歩んでいただろうか。おそらく右田と共に、場末の酒場で呑んだくれて、あげくどこかでのたれ死んでいたかもしれない。そんないやなことを思い起こさせた暗い川を過ぎて、特急電車は町屋《まちや》駅を通過していった。

日暮里《にっぽり》で乗客がどっと降りた。ＪＲとの連絡口の改札を抜けて、京浜東北《けいひんとうほく》線と山手《やまのて》線のホームに向かった。他の乗り換え客が駆け足になったのは、電車が入ってきたのが見えたからだろうか。つられたように、大場も駆け足で階段を下り、発車間際の山手線に飛び乗った。

西日暮里《にしにっぽり》駅の次が田端《たばた》駅だ。改札を出るときに目に入った時計の針は十二時を指していた。新谷との約束は二時だ。帰路の所要時間を考えても、あと一時間強はある。すっかりきれいになった駅前から線路をまたいでいる田端《たばた》ふれあい橋《ばし》を越えた。かつて田端大橋と呼ばれたこの橋は、十年ほど前に新大橋が出来て名前を変えていた。

旧地名東京市外滝野川《たきのがわ》区田端……。芥川龍之介《あくたがわりゅうのすけ》の家があった場所がこの地であることは、亡くなった妻から教えられた。妻は文学少女だったから、芥川邸跡までやってきたことがあったらしい。しかし、大場がこの地にやってきて思い出すのは、十四年ほど前に品川《しながわ》で起きたタクシー強盗事件の犯人の足取り調査でやってきたときのことである。その犯人はこの先の尾久三業地《おくさんぎょうち》の中の料亭にいるところを逮捕されたのだが、その捜査にまだ刑事になりたてだった大場も加わっていたのだ。もうあの頃でも尾久三業地は閑散《かんさん》とし、料亭もどんどん店仕舞いをしていったから、今はすっかり変わってしまっているだろうが、そのとき阿部定《あべさだ》事件が起きたのもこの三業地だということを知ったのだ。

そんなことを考えながら、大場は狭い商店街を抜けて、明治通《めいじどお》りまでやってきた。右田の住所は明治通りを越えたところだ。信号が変わってから明治通りを渡り、まさに尾久三業地への道を入っていくと、住居標示が目当ての番地になっていた。

『立花荘《たちばなそう》』というアパートは消えており、代わりにマンションが立っていた。近くにある自転車屋の前で、主人らしい男が車輪を直している。その男に近づいていった。

「恐れ入ります。『立花荘』というアパートがあったと思うのですが」

右頰《ほお》が油で汚れた六十年配の主人はスパナを動かす手を休め、

「去年、壊しちまったよ」

と、教えてくれた。風邪《かぜ》を引いているのか、鼻声だ。

「そこに住んでいた右田克夫ってひとを知りませんか」

「右田克夫？」

「五十前後で身長は、そう私ぐらいで一六五センチ」

鼻をくすんと言わせ、主人はすぐ思いついたように、

「あの無愛想《ぶあいそう》な男だな。あまり口をきいたことはないからわからないな」

「大家さんの家はどこかわかりますか」

主人は立ち上がって指を差して教えてくれた。

が、大家にも会ったが結局右田の行方はわからなかった。去年の十月末に引っ越していったあと、郵便物がいくつかあったが、それも大家がかってに処分したということだった。時は無為に過ぎていき、時間切れになって、それ以上の調査を諦《あきら》め、再び田端駅に戻った。

「俺と付き合っていちゃ、徳ちゃんに迷惑がかかるからな」と言って、右田は警察官にな

った大場と会おうとしなかった。大場の心の中にも、警察官として右田のような男と付き合ってはためにならないという警戒心のようなものがあったのかもしれない。

「何が迷惑だ。俺たちは竹馬《ちくば》の友《とも》じゃないか」

なぜ、その言葉が出なかったのか。忸怩《じくじ》たる思いに駆られたとき、ふいに秋山郷老芝村の風景が大場の目の前に開けた。

4

新潟県と長野県にまたがる山峡《さんきょう》に、大場と右田が生まれた村があった。中津川《なかつがわ》流域の苗場山山麓《なえばさんさんろく》に点在する新潟県側の八つの集落と長野県側の五つの集落を加えた一帯が秋山郷で、交通の不便さと豪雪のために陸の孤島と呼ばれたところだ。上越《じょうえつ》本線の越後川口《えちごかわぐち》駅で飯山《いいやま》線に乗り換え、森宮野原《もりみやのはら》で下車する。

江戸時代より飢饉《ききん》、凶作、冷害、雪害で苦しんできた苦い歴史を持つ一帯であり、明治に入っても、そして昭和に入っても、その苦しみは変わらなかった。大場が生まれる一、二年前も凶作で、父や母は草の根を掘って食べたと言っていた。

そういう老芝村で大場は次男として、右田は老芝村のさらに奥にある奥谷村《おくたにむら》にある家で三男として生まれた。そして大場は、老芝村の親戚の家に預けられた右田と老芝小学校でいっしょになったのだ。

峠《とうげ》から見る村は苗場山がかなたにあり、周囲を深い緑に覆《おお》われた山で囲まれた中にひっそりとしてある。そういう村で大場と右田は少年時代を過ごしたのだ。

大場と右田が親しくなったのはいつだったか覚えていない。小学校四年のときに、右田の奥谷村にある実家に遊びに行ったことがあるから、その頃にはすでに親しくなっていたことは間違いない。

現在では崖《がけ》を切り崩して道路が整備され、雪害対策も整い、秘境を前面に押し出した観光地として名を馳《は》せているが、まだ大場が子どもの頃は絶壁が余所者《よそもの》を寄せつけまいとしていて、まさに陸の孤島だった。

右田が生まれた奥谷村は近年に開拓された場所だった。老芝村は農林業が主であるが、それ長男以外は田畑を受け継《つ》ぐことは難しかった。もともと少ない耕地だったためだが、それで次男、三男たちは養子に行くか村を出ていくしか選択の余地がなかった。それでも生まれ故郷に固執する次男、三男たちはさらにその奥の、畑に出来るような平坦な土地である原生林に目をつけ、そこの開拓に取りかかった。そうやって開拓してどうにか畑から収穫があるようになって彼らは嫁をもらった。そういう開拓者のひとりの家で、右田は三男として生まれたのだ。

右田は大場をよく遊びに誘った。ふたりで、急峻《きゅうしゅん》な崖を登ったり、中津川渓谷《けいこく》の川に飛び込んだり、苗場山登山者たちが利用した山峡の一軒宿まで足を伸ばし、露天風呂に入ったり、自然の中を走りまわったりした。食べ物はなくひもじかったが、おとなと違って、子どもは大自然の中の生活を謳歌《おうか》した。いつも何かをはじめるのは右田のほうで、大場は彼にくっついていくだけだった。

右田は短気ですぐ暴力を振るう少年だったが、どういうわけか大場にだけはやさしかった。その理由はわからないが、気が合っていたということなのだろう。

中学三年の冬のある日、右田に奥谷村に誘われたことがある。が、右田は実家には向かわず、その先へ急いだ。にやにやしているだけでどこへ行くとも言わなかった。そろそろ雪が降りはじめようかという季節になっていた。ブナの木の間をどんどん上がっていくと、やがて大きな木造の建物が現れた。飯場《はんば》だった。

出稼《でかせ》ぎのひとたちがさらに山奥でブナの伐採作業をしているのだという。彼らは農閑期にやってくるので、冬山での作業になる。右田はその伐採現場まで大場を連れていった。伐採したブナを木材運搬用のソリで三キロ下の貯木場まで運ぶ。というより、山の斜面を滑り落とすのだ。一度、大場も見たことがあったが、ソリから振り落とされて怪我《けが》をする男もいた。また、貯木場で丸太を下ろしたあとは、今度はソリを担《かつ》いで伐採する現場まで急坂を登っていかなければならない。上から滑ってくるソリと、空《から》になったソリを担いで登っていく男たちがぶつかりそうになることもあった。その危険で厳しい作業に目を見張っていたが、右田は何も感じないらしく、大場の肘《ひじ》を引っ張った。

再び山道を下りて、飯場に向かった。大場にとってはただ圧倒されるだけの重労働も、右田にとっては彼の父親たちが開拓したときの苦労を聞いているからか、当たり前のことと思っていたのかもしれない。

飯場にやってくると、右田は口に人差し指を立てて、建物に向かった。窓から湯気が上がっている。そっと覗くと三人の若い女がいた。右田はその中の一番若い女の子を指差した。まだ十代のようで色白の美しい顔立ちだった。

右田は中学生のわりにませていた。その女性が気にいったようだ。なぜ、彼がわざわざ大場にその女性を見せたのか理由はわからない。自分が見つけたのだと自慢したかったのだろうか。いや……。

飯場には四十人ぐらいの作業員と三人の若い女性がおり、やがて雪が降り、閉ざされた世界になる。男たちは飯場と作業現場の往復だけであり、女たちは炊事《すいじ》のために一日中飯場にいる。男たちの中には不心得な気持ちを持つ者だっているのではないか。そんなことを考えたとき、右田の心が読めたのだ。俺はあの女をものにする。右田の目はそう言っているようだった。

十二月に入ってから雪が降った。年が明けてから吹雪《ふぶ》くようになった。三学期になってしばらくして右田が学校を休んだ。教師の話では、怪我をしたらしい。次の日も来ないので、大場は見舞いに行った。

　右田は起きていたが、その顔を見て息を呑んだ。顔面を腫《は》らし、目の周囲に青い痣《あざ》が出来ていた。どうしたんだときいたが、彼は何も言わなかった。が、しばらくして噂《うわさ》が流れた。右田が飯場に忍び込み、ひとりの女性を強姦《ごうかん》しようとした。そこに、たまたま風邪で作業を休んで寝ていた男が悲鳴を聞いて駆けつけ、右田を殴りつけたのだという。

　それからしばらくして、またも妙な噂を聞いた。飯場の作業員が行方不明になったというのだ。大場は右田にその話を持ち掛けてみたが、彼はにやりと笑っただけで何も言わなかった。

　中学を卒業して、右田は村を出た。埼玉県浦和《うらわ》にある鋳物《いもの》工場で働くことになったらしい。大場は新潟県十日町《とおかまち》に嫁に行った姉の家に居候《いそうろう》をし、そこから高校に通った。

　右田と大場は離ればなれになったのだが、その年の夏休みに帰郷した大場は兄から衝撃的な話を聞いた。雪解けした山から、行方不明になっていた出稼ぎの男の死体が見つかったという。問題はその死体の頭部に大きな陥没《かんぼつ》があったことだ。駐在の話では丸太で殴られたのかもしれないということだった。つまり、男は殺されて雪の中に埋められていたのだ。死体発見から三ヵ月以上経つが、犯人の目星はついていないということだった。

　大場はとっさに、にやりと笑った右田の濁った目の光を思い出した。もとより証拠のない話だ。だが、大場にはどうしても右田の顔が浮かんできて仕方無かった。

大場はその夏休みの間にあることをした。飯場にいた色白の美しい女性を訪ねたのだ。最初は言い渋っていた彼女だが、大場の熱心さに負けたように答えてくれた。やはり、殺されていたのは中学生の男に襲われたときに彼女を助けた男だった。その中学生はもちろん右田である。

大場は右田が住み込みで働いているという浦和にある鋳物工場に手紙を出した。そこに、右田の近況を訊《たず》ねる文面のあとで、飯場の男の遺体が発見されたことも添えた。一週間後に封筒が届いた。差出人は知らない名前だった。

便箋《びんせん》に、鋳物工場の寮の部屋で右田といっしょだったという自己紹介があり、すでに右田は退職し、どこに行ったのか所在はわからないと書いてあった。そして、大場の出した手紙が封も切られないまま入っていた。

こうして、右田とは疎遠《そえん》になった。大場は十日町の高校を卒業してから東京に出て、新宿にある電子専門学校に入学し、その学校の学生寮に入った。

昼間学校へ行き、夜はレストランの皿洗いのアルバイトをしていたが、電気関係の勉強はなかなか頭に入らなかった。この学校に入り、うまくいけば将来はテレビ局に勤めてテレビカメラマンになれるかもしれない。それがだめなら、町の電気屋になってもいいという希望を持っていたのだが、抵抗とか電圧とか電流とか、そんな勉強ばかりで面白くもなく、クラスでもどんどん遅れを取っていった。

　六月の半《なか》ばの梅雨《つゆ》に入る前の頃だ。学校から帰って、寮の部屋でぼけっとしていると訪問者があった。寮長に呼ばれて玄関に下りてみると、革《かわ》ジャンパーの背中を向けて立っている男がおり、その男の後頭部の形に記憶があった。

「克ちゃん」

　大場が声をかけると、右田が振り返った。

「おう、久し振りだな」

「どうしてここがわかったんだ？」

「おまえのおふくろさんにきいたんだよ。久し振りに村に帰ったとき、偶然に徳ちゃんのおふくろさんと会ったんだ。東京に出ているときいて、居場所をきいたんだ」

　たまらなくうれしかった。寮長の目と耳を気にしながら、食堂の隅《すみ》で右田の話を聞いた。

　鋳物工場を先輩と喧嘩《けんか》してすぐ辞《や》め、それから自動車修理工場に勤め、そこも二年で辞めた後は、喫茶店に勤めたりキャバレーのボーイをしたりして、現在は上野にある金融会社で働いているという。といっても、高利貸しだとわかったのはしばらくあとだった。

　そっちはどうだ、ときかれ、大場は返事に困った。寮長の耳がまたも気になった。こっちの顔色で何かを察したのか、右田は顔を近づけ、

「外に出ないか」

と、誘った。

「わかった」

昔から誘ってくるのは右田のほうだった。いったん部屋に戻り、上着を持った。相部屋の男も帰ってきており、机に向かっていた。それを横目に見て、黙って部屋を出た。

右田は地下鉄の丸《まる》ノ内《うち》線に乗り込んだ。勤め帰りのひとたちで電車は混みはじめていた。赤坂見附《あかさかみつけ》駅で銀座《ぎんざ》線に乗り換えた。右田はどこに行くとも言わない。大場もきかなかった。昔からそうだった。右田に任せきりだった。

浅草の一つ手前の田原町《たわらまち》駅で降りた。右田は国際《こくさい》劇場のほうに向かって歩いた。東京に出てきたばかりのとき、大場はひとりで地図を持って浅草にやってきたことがあったので、どの方向に向かっているかはわかった。仁丹塔《じんたんとう》の前を通り、右手にボウリング場が見えてきて、右田は左に入った。

お好み焼きと染め抜いた暖簾《のれん》が風に揺れている店に入った。いらっしゃいと元気のいい声で出迎えたのは絣《かすり》の着物姿の高校生らしい女の子だった。右田は軽く手を上げ、奥のテーブルに向かった。

はじめて見るもんじゃ焼きを、右田は器用な手付きでかきまぜ、鉄板の上に具を並べ土手を作り、その中に汁を流し込んだ。ジューという音が食欲をそそった。こうやって食べるのだと、小さなヘラを使った。

すっかり東京の人間になっている右田を、眩《まぶ》しい思いで見た。おいしいな、と答えると、右田はうれしそうに、たくさん食べろと言った。

さっきの娘が今度はお好み焼きの器を持ってきた。

「千春ちゃん、俺のダチだ」

右田がいきなり紹介したので、大場はあわてた。彼は村中千春と名乗った。目がくりっとして、誰かに似ているような気がした。すぐにわからなかったが、やがて気づいた大場は思わず声を上げそうになった。

「どうした？」

「ちょっと熱かったんだ」

ちょうどもんじゃを口に入れたタイミングだったので言い訳がきいた。右田は笑っていたが、心臓が早鐘《はやがね》を打った。あの飯場の女性に似ていたのだ。顔が似ているというより、雰囲気かもしれない。

そのとき、右田はこの女に目をつけているのだと思った。そういう目で見ていると、何度か右田の視線が女の子に向かった。

その店の勘定は右田が払った。大場が自分のぶんを出そうとすると、軽い調子でいいと手を振った。それから、右田は道路を渡り、言問通《こととい》り《どお》のほうに向かった。途中、ピンクサロンの呼び込みの男に声をかけられたが、右田は軽くいなした。そして、立ち止まったのが、ネグリジェの女性が大胆なポーズを取っている絵看板の店の前だった。

「徳ちゃん。ここに入ろう」

思わず、大場は尻込《しりご》みした。こういう場所には入ったこともないし、金も持っていない。右田はさっさと狭い入口に向かった。

「克ちゃん、お金ないよ」

「心配するなって」

蝶《ちょう》ネクタイの男の大声に迎えられて、薄暗い店内に入った。背凭《せもた》れの高い椅子の向こうに、肌を露《あらわ》にしたホステスが客とたわむれていた。それぞれに女がついたが、右田は馴《な》れた様子で女の太股《ふともも》や胸に手を差し込んでいる。大場の横についた小太りの女が体をすりよせてきた。

一時間半で追い出されるように店を出た。やはり、金は右田が払った。

「徳ちゃんは学生だろうが、俺は働いているんだぜ。どうだった、楽しかったか」

「ああ、最初はびっくりしたけど」

「どうだ、もっと付き合うか。このままじゃ、中途半端だからな」

「でも、時間が」

十時の門限に間に合わせるにはもう帰らないといけない。門限を過ぎると、玄関の鍵がかけられてしまうのだ。

「いいじゃないか。よかったら、俺のところに泊まっていってもいい」

「そうもいかないよ。明日も学校があるし」

そう言ったものの、授業に身が入るわけではなかった。それに、アルコールが入り、気も大きくなっていた。せっかくの楽しい雰囲気を失うのも惜《お》しい気がした。

「じゃあ、泊めてもらおうかな」

右田はにやりとして、

「よし。ところで徳ちゃんは女を知っているのか」

「女……」

いきなりきかれてどぎまぎした。

「ふん。その調子じゃまだだな。よし、ついてきな」

「どこへ行くんだ」

不安と好奇心がないまぜになって、大場は心臓がきりりとした。女の体には興味があった。学校の先輩が長野の温泉場で女を買ったという話を固唾《かたず》を呑んで聞いたものだ。どんどん先を急ぐ右田のあとについていく。言問通りを渡り、道路中央に柳の木が植えられている道に入った。そして、なんとなく妖《あや》しいネオンが目につき出してきて、大場は生唾《なまつば》を呑み込んだ。

右田は目的地があるように歩き、そのあとについて道を曲がったとき、大場は思わず声を上げていた。まるで、龍宮城《りゅうぐうじょう》にでもやってきたかと思うほどのネオンの洪水だ。特殊公衆浴場、つまりソープランドが道の両側に立ち並び、それがどこまでも続いていた。目が眩《くら》むような面持《おもも》ちで、その一帯に踏み込んだが、足が地につかずまるで雲の上を行くような心地《ここち》だった。

路地に入っても店が並んでいる。また大きな道に出たが、そこもさっきの道と同じように両側の店のネオンが輝いていた。その隙間《すきま》に日本旅館があり、その窓から初老の女が道行く男に声をかけていた。

こういう中を堂々と歩いている右田がはるかにおとなに思えた。そして、まるでおとぎの国のお城のような入口の店に右田が入っていった。

大場が専門学校を中退したのは二学期に入ってからだが、実際は六月の末からほとんど行っていなかった。夏休みに入ってから、寮を出た。もちろん、実家の親には学校の友達と共同で部屋を借りることにしたと嘘をついた。

そして、大場は総武線本八幡《もとやわた》にある右田のアパートの部屋に転がり込んだ。部屋は二間あったが、ときたま右田は女を連れ込んでいた。大場のことなど眼中にないように、抱き合うのだ。それさえ我慢すれば、右田との共同生活は楽だった。

ときには老芝村の思い出話になった。一度、行方不明になった飯場の男の死体が春に発見された話をしたが、まるで他人事《ひとごと》のように右田は関心を示さなかった。

しばらく、新聞の求人欄《らん》を眺める日々がつづき、それと同時にスポーツ新聞に掲載されている水商売の募集にも目を向けた。どうせなら楽しいところがいい。楽しいといえば、酒が呑めて女がいるところだ。そういうわけで、御徒町にあったキャバレー『クインビー』の近くまで行ったが、飛び込む勇気がなかった。パチンコ店も考えたが、将来を考えたとき、不安になった。いったい自分は何をしようとしているのか。明確な目的が見つからず、それでも働かないわけにはいかないので、運送会社に就職することにした。助手としてトラックに乗っている間に車の免許が取れるという利点があったからだ。ともかく、免許さえあれば仕事には困らない。そう助言してくれたのが右田だった。

　右田に案内されて、歓楽街に繰《く》り出した。いつも、右田の奢《おご》りだった。どうして、そんなに右田が金を持っているのか。不思議に思ったが、深い詮索はしなかった。そんなあるとき、仕事を終えてアパートに帰ってくると、三人の柄《がら》の悪い男が部屋の前にいた。大場がドアを開けようとすると、坊主頭の男が、

「兄ちゃん。右田はどうした？」

　と、顔をくっつけるようにしてきいてきた。帰ってくるまで待たせてもらうと言って、三人は部屋に入り込んできた。

　その夜、危険を察したのか、右田は帰ってこなかった。その筋の者と思える三人は部屋の中を荒らして引き上げていった。右田はどうやら働いていた仕事先の売上金をごまかし

ていたらしい。数日後に、右田は大場が働いている運送会社に現れた。そして、しばらく東京を離れると言い、部屋は使っていいが、家賃を払ってくれと言ってそのままどこかに向かった。

それから半年後、仕事が厳しいわりには給料が安かったこともあり、上司と喧嘩をしたのをきっかけに運送会社を退職した。次の仕事を探しているとき、浅草の六区で、自衛隊の入隊の勧誘を受けたのをきっかけに、交番で見た募集ポスターに誘われるように警視庁警察官の採用試験を受けたのだった。

中野中央署の警邏《けいら》課に配属され、中野駅近くの交番勤務から警察官人生がスタートした。

そんなあるとき、ふいに交番の前に背広にネクタイ姿の右田が現れたのだ。警察官の制服に身を固めた大場を目を細めて見つめながら、

「徳ちゃん、よく似合うよ」

と、笑いかけた。久し振りに会う右田は頬がこけて少し精悍《せいかん》な顔つきになっていた。

その夜、勤務が終わったあと、右田と居酒屋に入った。あれからどうしていたのか、右田は詳《くわ》しく語ろうとしなかったが、右田の左手の小指が欠けているのを見て、あの連中に捕まってしまったことを察した。

「久し振りに実家に帰ったら、徳ちゃんがおまわりになったと聞いてびっくりしてさ」

酒を呑みながら、右田は言ったが、大場の居場所を調べるために老芝村に帰ったのだと思った。

「今、どうしているんだ？」

大場はきいた。

「車のセールスマンをやっている。こう見えても結構成績はいいんだぜ」

「真面目に働いたほうがいい」

「わかっているさ。徳ちゃんがおまわりになったんだものな。めったなことは出来ないよ。そうだ、今度の日曜日は休みか」

ちょうど公休だと答えると、右田は付き合えと言った。

日曜日、約束の場所に行くと千春もいっしょだった。化粧をした彼女は、清楚《せいそ》な中にも色気があった。大場は眩しくて彼女を見つめることが出来なかった。なぜ、彼女が右田のような男と付き合うのか、わからなかった。

そして半年後に右田は彼女と結婚した。さらにその半年後に男の子が生まれた。若くして父親となった右田に不幸の影などまったく見えなかった。そのまま、幸福な人生を送っていくはずだったのだが……。

5

京成高砂駅に着くと、大場は様子を窺って改札を出た。幸い、まだ新谷は戻っていなかった。イトーヨーカドーの前に行き、周囲を見まわした。早く戻ってきた新谷がそこら辺りを歩いているかもしれないと用心したのだが、それはないようだった。

あのアパートを出て右田は今どこにいるのか。それより、ここで犯罪を犯したことが気になる。ひょっとしたら、右田はこの付近に引っ越してきたのかもしれない。念のために、区役所で調べてみる必要があると思った。

子どもの手を引いた女性がイトーヨーカドーに入っていく。ビニール袋を提《さ》げた年配の女性が出てきて自転車置場に向かう。無意識のうちにポケットに手を突っ込むと、指先にロケットをくるんだハンカチが触れた。

御徒町でアクセサリーの店を出している男の家が管内にあり、その男の家で泥棒騒ぎがあったとき大場が出向いた。その縁で、御徒町の店で銀のロケットを格安で譲ってもらい、そこに右田克夫のイニシャルを刻んでもらった。それを、贈ったとき、右田が喜んでさっそく千春の写真を入れ、頸にかけた。

右田の幸福を象徴しているようなロケットに思えたが、それは幻想に過ぎなかった。世《せ》田谷区《たがや》上野毛《かみのげ》にあるアパートに何度か遊びに行くたびに、だんだん千春の顔つきが変わっていくのに気づいた。その理由を右田は言おうとしなかったが、右田の仕事に原因があることはすぐわかった。車のセールスマンを辞めて、右田は不動産会社に入っていた。が、営業成績は上がらず歩合《ぶあい》制の給与も雀《すずめ》の涙しかなかった。十代の頃の派手な生活がたとえ会社の金をくすねて得たものだったとしても、その華やかさを見ていっしょになった千春は、赤ん坊に乳を飲ませながら約束が違うと詰《なじ》るらしい。酔ったときに、右田がふと漏らした愚痴《ぐち》だ。だが、右田の言うことがほんとうかどうか、千春は大場には何も言わなかった。

子どもが一歳になったとき、千春は夜働きに出た。ホステスだ。もう、その時点で破局は目に見えていただろう。一年後に、千春は客だった男といっしょにアパートを飛び出した。子どもを抱えて、千春を探しまわる右田には以前の豪気さはなかった。だが、半年も経たずに、右田は新しい女と同棲《どうせい》をはじめた。その女もキャバレーのホステスで、美人だが、痩せて神経質そうな女だった。その女は子どもが嫌いなのか、右田の子どもに辛《つら》く当たったようだ。久し振りに右田に会ったとき、そのことを零《こぼ》していた。それでも、右田はその女に頼っているようだった。千春の写真が収まっていると知って、右田が未《いま》だに彼女を忘れられないのだと思った。そこに、千春の居場所を大場が知ったのは偶然だった。いっしょに逃げた男は横領犯で九州の温泉地で捕まった。そのとき千春もいっしょだったのだ。

千春も何度か事情聴取で警察署にやってきた。そこで、再会したのだ。右田が今の女と手を切りたがっているのを知っていたので、大場は彼女を説得した。もう一度、右田と子どものところに戻ってやり直さないかと。

千春が承知したので、大場は右田にそのことを告げ、同棲していた女とも話をつけると、大場は僅かな手切れ金で右田と別れさせた。そうして、元のような生活がはじまったのだが、それも半年と持たなかった。今度は出入りしていた化粧品のセールスマンと出来て、千春は再び右田と息子を捨てて出ていったのだ。

気がつくと、踏切の警報機が鳴っていた。下り電車が入ってきたようだ。道路を渡り、大場は階段を上がって改札の前に行った。ホームに入った下り電車から吐き出された乗客が改札を出てきた。その中に新谷の顔が見えた。

「ちゃんと渡してきました」

「すまなかったな」

新谷が特に不審そうな顔をしていなかったので、まずは一安心といったところだった。

「どうですか、こっちのほうは?」

聞き込みの件だ。

「だめだ」

「そうですか。これから、どっちへ？」

同じ地取り班の捜査員が道路を横切っていくのが目に入った。大場は早く右田を探し出したかった。だが、会ってどうするのか。自首を勧める。それが当然だろう。しかし、そこまで考えているわけでもなかった。それより、右田からききたいことが山のようにある。もちろん、なぜ加島音子を殺害するに至ったのか、その動機が最も知りたいところだが、それ以上に千春の写真の入っていたロケットを未だに大事にしていた気持ちを知りたかった。

「おやじさん、どうしたんですか」

新谷の声に我に返った。車が走り、自転車が横切り、通行人が歩いていく。いつもの当たり前の光景が目の前に現れた。

「最近のおやじさんはときたま上《うわ》の空《そら》になってるって感じですよ」

「いや、ちょっと事件のことを考えていたんだ」

あわてて、大場は小声で繕《つくろ》う。

「犯人のヤサがこの近くにあるんじゃないかと思って」

「ヤサが？」

「そうだ。そこからやってきて殺し、そして何くわぬ顔で引き上げていった。それだったら、いくら交通機関に目撃者を当たっても無駄だ」

大場の頭の中には、右田がいる。そして、右田がこの付近に住んでいるのではないかと想像した。しかし、新谷はもちろん右田のことは知らない。

「でも、おやじさんは柳本がやったと思っているんじゃないですか」

「わからん」

そう言って、新谷を振り切るように足早になった。新谷も長い脚《あし》で軽くついてきて、

「おやじさん、どこに行くんですか」

「そのおやじさんという言い方はやめてくれと言ったはずだ」

「すみません。で、どこへ？」

「不動産屋だ」

「不動産屋？」

「この一年以内の付近のマンション、アパートへの入居者を洗い出すんだ。夫婦者、女を除いてすべて」

右田の犯行としたら、彼がこの付近に住んでいると考えるのが妥当ではないか。わざわざ遠征してきて犯行を行ったとは思えない。

マンションの建物の一階にある高木《たかぎ》不動産の扉の前に立った。大場は振り返り、新谷に向かって、

「君は、この付近の住人に話をきいてみてくれ」

と、追い払うように言い、ひとりで店に入った。

机に向かっていた四十前後と思える事務員の女性が顔を上げた。ガラス窓の向こうに、不満そうな新谷の顔が見えたが、無視して事務員に声をかけた。幸い客はいなかった。警察だと名乗らなくても、平時、地元を歩きまわって質屋とかゲームセンターとか不動産屋などには挨拶《あいさつ》程度に顔を出して情報収拾に努めているので、顔は知られていた。

「そこのマンションで殺人事件が起こったのをご存じでしょう。そのことに関連してちょっときさたいんだが」

そう切り出して、ここ一年間のマンション、アパートへの入居者についてきいた。事務員は興味深そうにすぐに台帳を持ってきた。が、彼女の記憶に頼るほうが手っ取り早い。

「五十前後で身長一六五センチぐらいの男がやってこなかったかな。ひとり暮らしだ。あまり風采《ふうさい》は上がらない男だと思うが」

「身長はわかりませんが、そのぐらいの年齢のひとなら三人ぐらい」

彼女は台帳をめくった。契約書だ。彼女が見せた三人の書類に記載されている名はいずれも右田克夫という字面《じづら》からは遠かった。偽名を使ったとも思えないから、少なくともここでは借りていない。

礼を言い、社長によろしくと付け加え、大場は立ち上がった。扉を押して外に出たとき、新谷が恐ろしい顔で立っていた。

「おやじさん、いったい何を調べているんです？」

「どういう意味だ？」

「なんだか今度の事件じゃ、いつものおやじさんじゃないみたいだ。ひとりになりたがっている」

「考え過ぎだ」

内心で怯《おび》えながら、大場は突っぱねた。ヒヨッコだと甘く見ていたが、いつの間に刑事らしい嗅覚《きゅうかく》が身についたのだろうか。次の質問に構えていると、新谷はそのことにそれ以上触れずに、

「さっき本部に電話をしたら、五時から会議があるそうです」

「何かあったのか」

「そのようです」

他の不動産屋にもまわりたかったが、お預けになった。

五時を過ぎたが、まだ管理官と捜査一課長がやってきていないというので、会議は開かれなかった。会議室にはほとんどの捜査員が引き上げてきて待っていた。どうやら、幹部たちは他の会議室に入りきりらしい。大場は立ち上がり、刑事部屋に戻った。

関井係長が自分の机で憮然としていた。大場は近づいていき、

「何があったんですか」

と、きいた。

「わからん。課長もさっき呼ばれた」

とっさに浮かんだ悪い想像に、大場は関井にきいた。

「きょう、柳本はやってきたんですか」

「ああ、長い間、やっていたな」

任意同行を求め、事情をきいたようだ。

「どんな様子だったんでしょう?」

「被害者《ガイシャ》との関係と、草木という男のことを主にきいたらしいが」

実際に事情聴取に立ち合ったのは本庁の警部補だ。柳本を疑うようなきき方はしていないようだと、関井は答えた。

頷《うなず》いて、少し安心した。それなら、柳本が自殺などというばかな考えは持たないだろうと思った。この事件で、いずれ柳本と加島音子の関係が明るみに出てしまう。その上、殺人の容疑がかかったら会社にもいられなくなるだろうし、妻との仲も拙《まず》くなる。そういったことでノイローゼになって、事情聴取のあとに自殺、という最悪のパターンを想像したのだが、そうではないとわかって安心した。それでは課長の緊急の呼び出しは何だろうか。

あるいは、柳本のアリバイが立証されたのだろうか。いずれにしろ、事態が急展開を見せたことは間違いないように思える。それが柳本の件ではないとすると……。大場は息苦しくなった。まさか、と思わず声が出そうになる。

右田のことがわかったのだろうか。しかし、どうして。事件発生からまだ時間が浅い。それほど早く右田のことが割れるだろうか。もし、そうだとしたら、それはどうしてだろうか。

自首。その言葉がふと浮かんだ。当然、右田は現場から逃走後、ロケットを紛失したことに気づくだろう。そして、それが被害者と争ったときだと思い出す。では、思い出したとしたら、それはいつか。大場の勘では、右田は被害者のマンションからそれほど遠くないところに住んでいるはずだ。住まいに帰り着いた右田はぐっすり寝込んでしまったのかもしれない。すると、夕方近くに目覚める。そこではじめてロケットの紛失に気づく。被害者の部屋に取って返そうと思っても外は台風だ。いや、近くに住んでいるなら、強い風雨に関係なくマンションに向かっただろう。だが、すでにそこには柳本が来ていた。

大場はそう考えた。右田はあのロケットの存在をどの程度重く見ているだろうか。あのロケットから自分を探《さぐ》り出せると思っただろうか。指紋だ。あの写真を千春だとわかる人間はいないので、写真から右田が浮かぶことはない。だが、ロケットには指紋がついているはずだ。そして、逮捕歴のある右田の指紋は警察の指紋台帳に登録されている。

こう考えると、右田が観念したという可能性も出てくる。しかし、その一方で今の推理を否定する考えも浮かんだ。大場の考えだと、右田はこの地域に住んでいるのだ。自首するとしたら、この葛飾中央署、あるいは管下の交番に出頭するだろう。それだったら、当然ここにいる人間は皆そのことに気づくはずだ。そうなっていないというのは、自首先が管内ではないか、あるいは自首したということではないのかもしれない。

「はじまるそうですよ」

新谷が呼びに来た。大場は拳《こぶし》を握りしめて立ち上がった。

大会議室に行くと、すでに黒板の前に管理官と捜査一課長、それに葛飾中央署の署長や刑事課長が並んでいたが、その中に見慣れぬ顔があった。高井戸《たかいど》南《みなみ》署の武藤《むとう》刑事課長ではないかという声が、後ろのほうから聞こえた。

全員が着席をしてから、捜査一課長が型どおりの挨拶のあと、管理官と顔を見合わせ、それから武藤刑事課長にちらっと目をやってから、

「ええっと、本事件については被害者の会社の上司である柳本慎一を中心に捜査をしていただいておりましたが、新たな情報が入ってきましたので、ご報告します」

再び、捜査一課長が武藤に目を向けた。そして、顔を戻し、全員を一瞥《いちべつ》するように見まわしてから、

「じつは、去年の三月二十五日に荒川区東尾久《ひがしおぐ》九丁目の『東尾久スカイハイツ』の自宅

マンションでOLの絹田文江《きぬたふみえ》、当時二十五歳が絞殺されるという事件が発生しております。事件から一年半を過ぎましたが、未だに解決出来ずにいます……」

体が震え出すのが、自分でもわかった。聴覚が麻痺したかのように、捜査一課長の声だけが妙にはっきり入ってくる。

犯行現場の東尾久九丁目は、右田が去年まで住んでいた田端新町から近い場所だ。

「この事件では被害者《ガイシャ》と以前に同棲していた男を逮捕しましたが、地検のほうは証拠不十分として起訴しませんでした。捜査本部《ホンボシ》は真犯人に間違いないということで裏付け捜査を進めていますが、未だ実りはない。そういう状況なのです。なぜ、この事件を持ち出したのかというと、その被害者《ガイシャ》の女性はベッドの上で仰向けに寝かされており、胸の上で合掌する形でした。つまり、今回の事件と被害者《ガイシャ》の状況が酷似《こくじ》しており……」

ざわついたのは捜査員の驚きと動揺だろう。大場は落ち着かなくなった。とんでもないことになったという混乱を鎮《しず》めるのに苦労した。

「もちろん、今回の事件と関連があるかないかはまだはっきりしません。ただ、もう一つ気になるのが、今年の一月、杉並《すぎなみ》区高井戸西《たかいどにし》四丁目の『ロイヤルマンション』で六本木《ろっぽんぎ》にあるクラブのホステス磯崎麗香《いそざきれいか》二十八歳が、やはり同じように頸を絞められベッドの上で仰向けに合掌させられた状態で死んでいたのです」

今度は会議室が静まり返った。衝撃が大き過ぎたのだろう。ばかな、と大場は叫び出しそうになるのを必死に抑えた。

「この三つの殺人事件の共通点は、被害者《ガイシャ》がマンションでひとり暮らしの若い女性であること。その殺害方法。そして、被害者《ガイシャ》の胸の上で合掌させていることです。連続殺人の可能性を含めて、ここに来てもらった高井戸南署の武藤課長に報告してもらいます」

　武藤が腰を浮かし、軽く頭を下げてから、

「まず、高井戸西四丁目の『ロイヤルマンション』で起きた事件の捜査状況から説明させていただきます。死体の発見者は同じマンションに住む同じクラブのマスターで、一月十七日の午前七時に被害者の部屋に入って死体を発見したのです。ちなみに、ふたりは恋人同士でした。そのマスターが現場で、犯人は証券マンの信楽陽次郎《しがらきようじろう》という男に違いないと訴えたのです」

　信楽陽次郎は三十三歳でクラブの馴染み客だった。麗香はクラブのマスターと証券マンの信楽陽次郎のふたりと付き合っていた。マスターはそのことを知って麗香に正式に結婚を申し込んだ。麗香は結婚という言葉に心を動かされ、信楽に別れ話を持ち出していたはずだという。

　一月十六日夜の被害者の行動はすぐわかった。クラブが跳《は》ねたあと、その夜客で来ていた信楽と六本木交差点角の『アマンド』で待ち合わせ、それから麻布《あざぶ》の鮨屋《すしや》に行った。鮨屋では激しい口論があったという板前の証言がある。別れ話でもめていたことは事実だった。それから、タクシーに乗り、ふたりで高井戸西四丁目の『ロイヤルマンション』にやってきた。そのタクシーもすぐにわかった。たまたま、同じマンションに住むブティックの経営者の女性と帰宅がいっしょになり、ふたりがタクシーから降りたあと、ちょっともみあいになったのを見ていたのだ。タクシーの中でも、信楽が必死に麗香に翻意《ほんい》を促していたらしい。

信楽陽次郎は彼女から別れ話を持ち出されたことは認めたが、彼女がマンションの中に入ったのを見届けてから、井ノ頭通《いのかしらどお》りに出て環八《かんぱち》に向かって歩いている途中に空車を摑まえて八幡山《はちまんやま》の自宅に帰ったという。が、そのタクシーが見つからず、ひとり暮らしの彼には自宅に帰ったという証明が出来なかった。

信楽陽次郎が重要参考人として挙がったために、捜査員のひとりが前年の東尾久九丁目の事件との関連を言い出したが、そのままになってしまった。

「なにしろ、被害者《ガイシャ》の交友関係は会社社長、弁護士、医師、ホストクラブのホストなど多彩で、その方面にも捜査の目を向けましたが、全員アリバイがあり、はじめて信楽一本に絞ったのが五月初めでした。もちろん、第一発見者であるマスターも捜査の対象でしたが、彼にもアリバイがありました。別のホステスとホテルで過ごしていたのです。唯一アリバイのないのが信楽で、その後の捜査で、信楽が顧客の株券をかってに売り買いして金を着服していたことがわかり、詐欺《さぎ》容疑で逮捕し、本件の磯崎麗香殺しを追及しましたが、犯行を立証することが出来ませんでした。もちろん、信楽がシロだと決まったわけではないのですが」

現在、信楽は詐欺事件で起訴されて公判中の身であるという。身柄は拘置所《こうちしょ》にあるというから、こっちの加島音子の事件とは関係ないことは明白だ。そして、加島音子と磯崎麗香殺しが同一犯人の可能性があるとしたら、磯崎麗香殺しは信楽の犯行ではないということになる。

武藤刑事課長の顔が青ざめているのはそのためだろうか。武藤の声を引き取って、再び捜査一課長が発言した。

「東尾久のＯＬ殺しのほうは、現在も重要参考人としている被害者《ガイシャ》の元の同棲相手の捜査が進められているが、捜査は難航している」

ようするに、二つの事件ともすぐ重要参考人に相応《ふさわ》しい人物が見つかったために事件のつながりが検討されなかったのだ。重要参考人がすぐ浮かんだ理由として、被害者の複雑な交友関係があるが、それともう一つ、被害者を胸で合掌させた犯人の心理を読み違えたのかもしれない。合掌させていたことが顔見知りの、それも極《ご》く親しい人間という思い込みが働いたのではないか。

今回もそうだ。被害者を合掌させていたから、柳本に疑いが向いたのだ。果たして、先の二つの事件も右田の仕業《しわざ》だろうか。そうだとすると、なぜ右田は被害者を合掌させたのか。いや、それより、右田と被害者にどんな関係があるのか。

「そこで、明日、最初の事件が起きた所轄の荒川中央署で、合同捜査会議を開くことになりました。そこに出席していただくのは、坂城警部から名を挙げてもらいます。その他の方々は引き続きの捜査を願います」

捜査一課長が捜査主任の坂城警部にバトンを渡した。

「それでは読み上げます」

もちろん、その中に大場の名前はなかった。大場には考えることが多過ぎた。もし、右田の犯行だとしたら、その動機は何か。四十九歳の右田と二十代の女たちとがどう結びつくのかも、まったくわからない。どうしても、右田を探し出さなければならない。捜査本部よりも先に……。

第二章　消　息

1

　大場は北区役所を出た。右田の転出届は出ていなかった。区内にいるのか、それとも手続きをしていないだけなのか。取り寄せた住民票によると、北区の前は荒川区に住んでいたようだ。王子《おうじ》駅からJRで田端に向かった。

　単独行動を取らせてくれと頼んだとき、新谷は心外そうな顔で、何を隠しているのですか、と詰め寄った。今は言えない、と突っぱねたが、近いうちに話さなければならないと思っている。なんとか新谷をなだめたが、この前の嘘の件といい、彼は何か気づいているのかもしれない。

　田端駅で降り、田端ふれあい橋を渡る。在来線や新幹線が行き交うこんな風景を、今では当たり前のように眺めている。山峡の村育ちの大場も東京暮らしが三十一年になるのだ。十八歳のとき、はじめて右田に連れられソープランドに行き、個室に入ったとたん、相手のソープ嬢がいきなり素《す》っ裸《ぱだか》になったのに目を丸くしていた初《うぶ》な男が、今では人生の裏側を覗く職業に就《つ》きわかったような口をきいている。そのように変貌《へんぼう》させた歳月というものを不思議に思い、その歳月が右田をどのように変えたのか、そのことを考えながら狭い商店街を歩いていると、ふとこの先に東京女子《とうきょうじょし》医大第二病院があるのを思い出した。

入院した右田の見舞いに何度かそこを訪ねたことがあった。そのときの右田が何の病気だったか。いや、病気ではなかった。誰かに刺されたのだ。やくざと喧嘩をしたのだ。刑事になる前後だったように思うから、二十年ぐらい前のことになる。

殺人現場であのロケットを拾ってから、右田のことが頭から離れない。そして、右田のことを考えると、必ず昔を思い出すのだ。

そういえば、右田が大場から離れていくようになったのは、入院騒ぎがあったあとだった。俺と付き合っていちゃ、徳ちゃんに迷惑がかかるからな、という言葉を残して、大場の前から去っていった。当時、組の構成員ではなかったが、その方面の人間との付き合いが、右田にはあったのだ。あれ以来、常に自分のほうから現れた右田はついに大場の前に姿を見せなくなった。そして、大場があえて右田から離れていったのも、右田の指摘どおりだった。そのとき、自分にも守るべき妻子がいた。久美子が五歳ぐらいだった。右田に関わって警察官人生を棒に振りたくないと考えたのだ。

電柱の住居標示が田端新町に変わった。右田の手掛かりを得ようと『立花荘』のあった近所をきいてまわったが、右田の引っ越し先を知っている者は誰もいなかった。ときたま食堂に夕飯を食べに来ていたようだが、右田と口をきいたという人間もいなかった。どうやら、崩れた雰囲気の右田を敬遠していた節もある。こうなったら右田と同じアパートにいた住人を探すしかない。

『立花荘』を管理していた不動産屋が明治通り沿いにあると聞いて、そこに向かった。

鰻屋《うなぎや》の二軒隣に、不動産情報をべたべた貼ったガラス戸が見えた。そこに入ると、小太りのいかめしい顔の六十年配の男が机に向かっていた。眼鏡《めがね》の奥の目は蛇のように光っていたが、分厚い唇からは甲高《かんだか》い女のような声が出た。

「何かあったんですか」

「何かとは？」

いきなりきかれて、大場は戸惑った。

「刑事さん、でしょう？」

俺の目は節穴ではないというように、不動産屋の親父《おやじ》は大場の目から目を逸《そ》らさずきいた。

「用件なら、早く言ってくださいな。ちょっと前に電話があって、あと十分ぐらいで土地を探している客がやってくるのですよ」

よけいなことを言う手間が省ける。大場はさっそく切り出した。

「右田克夫という男が『立花荘』に入居していたんですが、その男について知りたいんです」

「右田ねえ」

背後にある棚から台帳を取り出し、親父はぺらぺらとめくった。そして、あるところで眼鏡を外し、

「これだな」

「いつ引っ越しているんですか」

「去年ですね。平成八年十月末で。三年ちょっといましたね」

「家賃はどうしていたんでしょうか」

「大家さんの信用金庫の口座に振り込んでいたはずです」

「ちゃんと家賃は払っていたんですね」

いったい、右田は何をやって暮らしていたのか。アパートを出ていくときの、敷金の戻しはどうしたのだろう。戻される金は右田の口座に振り込んだのではないかと考えたのだ。その口座から現在の住所が摑めるかもしれないと思ったが、

「あとで直接取りに来たみたいですね」

と、親父は気がなさそうに言った。

「ところで、右田克夫の両隣の部屋のひとがどこに行ったかわかりませんか」

再び台帳に目を落としてから、

「同じ階にいた夫婦者がすぐ近くの『青葉《あおば》コーポ』っていうアパートに越しましたよ。野《の》上《がみ》さんっていいます。ご主人の仕事の関係で、やっぱりこの近くに部屋を借りたんですよ」

そのアパートもこの不動産屋で管理しているという。しかし、この時間は仕事に出ているはずだと思い、その仕事場をきいてみた。ところが、その亭主というのはスナックのマネージャーをしているということで、この時間ならいるでしょうと、親父は言った。フィリピンとか台湾《たいわん》の若い女の子がたくさんいる店ですよ、とにやにやした。

礼を言って立ち上がったとき、親父が好奇心を剝き出しにしてきいてきた。

「旦那。その右田さん、何をやらかしたんです？」

「何も」

大場は外に出てから、滝野川第四小学校の近くにあるという『青葉コーポ』に向かうためJR田端駅の方へ戻った。

踏切近くの小学校はすぐ見つかり、『青葉コーポ』も探すまでもなかった。モルタル二階建ての建物で、野上の部屋は二階の奥だった。

ここも古い建物だった。部屋の前の廊下に三輪車が置いてあるのは子どもがいるのだろう。チャイムを鳴らした。どこからか、赤ん坊の泣き声が聞こえた。内側で音がして、ドアが開き、パジャマ姿の男が出てきた。寝起きなのか、髪の毛もぼさぼさで目脂《めやに》がついている。四十前後だろうか。

「野上さんですね」

警察手帳を見せると、野上の顔つきが変わった。何か警察に後ろめたいことでもあるのだろう。おそらく、野上が働いているスナックは違法まがいのことをしているのかもしれない。

「『立花荘』に住んでいた右田克夫という男を覚えていますか」

「右田？」

安堵の色が顔に出たのは、自分の弱みとは違う質問だとわかったからか。急に、男は砕けた様子になって、

「右田さんがどうかしたんですか」

「現在、どこにいるか知りたいんです」

「さあ、あまり付き合いはありませんでしたからね」

「右田さんが何をやっていたかご存じですか」

「仕事ですか。広告関係の仕事をしていると言っていましたけど、嘘ですよ」

「どうして、そう思うんですか」

「一度、根岸《ねぎし》のほうでポルノビデオのチラシをマンションに配っているのを見たことがあります。それを広告関係って言っているんでしょう」

「そうですか。右田さんのところに誰か訪ねてきたりしていましたか」

「そうね。何度か、目つきのよくない若い男を見掛けました。商売仲間かもしれないと思いましたがね」

「若いというと幾つぐらい？」

「二十七、八かな」

組関係の人間という考えが頭を掠《かす》めた。

「その男がどこの人間かわかりませんか」

「まったく」

「右田さんの引っ越しはどこの運送会社が請《う》け負ったか知りませんか」

「さあ、トラックに名前が書いてありましたけど、覚えていません。あまり聞いたことのない運送会社だったな」

思わず落胆のため息が漏れそうになった。警察の組織力を動員すればたちまち居場所は摑めるだろうが、それが出来ないのだ。

ＪＲ田端駅に向かいながら、右田が寄越した年賀状の意味を考えた。突然寄越したのは大場に訪ねてきて欲しいというシグナルだったのだろう。おそらく大場の居場所を探したに違いない。そして、葛飾中央署にいることを知って、すがる思いで投函《とうかん》したのではないか。右田を訪ねてみようという気持ちを持ったこともあったが、大場はついにそうしなかった。

もし、自分が刑事でなかったら、あるいは右田が真っ当な人間だったら、躊躇わず会いに行っただろう。ただ、年賀状を送るしかなかった右田の気持ちを考えると、胸を締めつけられそうになった。

右田もまた、大場が刑事だということを慮《おもんぱか》って直《じか》に会いに来ることはしなかったのだ。ふたりの関係は常に右田がリードした。右田が近づいてくればふたりの関係は復活し、彼が離れていけばそのままになる。その右田は大場にたった一度、年賀状という形で接触を図ってきた。大場にゲタを預けたのだろう。

それが去年だ。もし、あのとき会いに行っていれば、今回のような事件を引き起こさなかったかもしれない。そう思うと、何かたいへんな過ちを犯したような後悔の念も浮かんだ。

その思いは、田端から乗ったJRを日暮里駅で降り京成電車に乗り換えてから、ますます募ってきた。右田は俺に会いたがっていたのではないか。俺に救いを求めていたのではないか。

それが今度の殺人事件と関係しているのだろうか。電車は町屋を過ぎ、やがて隅田川に差しかかった。重たい気持ちで眺める護岸は色のない風景でしかなかった。千住大橋《せんじゅおおはし》を越えて荒川を渡ると、河川敷に緑が映《は》えているが、その緑も濁って見えた。

大場が所帯を持ったのは二十四歳のときだった。はじめて妻を見た右田は軽い驚きの声を上げた。妻が千春に似ていたからに違いない。中野のアパートに構えた新居に、よく右田は遊びに来た。翌年久美子が生まれると、大きな縫《ぬ》いぐるみをお祝いに持ってきてくれた。久美子が三歳になったとき、右田に誘われ、彼の子どもといっしょに上野動物園に行ったことがあった。

確か、子どもを叔父《おじ》のところに養子に出すとか言っていた。子どもとの別れの意味があっての動物園行《こう》だったようだ。そういえば、その子どもは何という名前だったのか、記憶になかった。

京成高砂に着いた。ホームに降り階段を上がって改札を出た。そこに新谷の姿を見て、大場は立ち止まった。挑むような目を向け、新谷がきいた。

「おやじさん。右田って誰ですか」

憮然として、大場は新谷をにらみつけた。

2

その夜、署を出たのは夜の十時過ぎだった。この時間になると、水戸街道は車の通行量もいくぶん減り、スピードを出した車が多い。空のダンプカーや大型クレーン車が轟音《ごうおん》を立てて走っていく。

大場は新谷といっしょに浅草行きの京成バスに乗り込んだ。きょう荒川中央署で開かれた合同捜査会議でも、三つの事件が繋がっているという結論は出なかったようだ。もし繋がっていた場合にはそれぞれの捜査本部の捜査が振り出しに戻ってしまうのだから、その判断は慎重にせざるを得ないのだろう。なにしろ、いずれの重要参考人も他の事件との関連性が見出せない。すなわち、連続殺人ということになれば、捜査はすべてやり直しという事態になる。だが、大場の立場は違った。

三つの事件が同一犯人だとすれば、東尾久と高井戸西の事件も右田の犯行ということになる。

バスの吊り革《かわ》に摑《つ》まりながら、またしても右田のことが大場の頭の中を占めていた。果たして、右田が三人もの女性を殺したのだろうか。そう思ったとたん、頭の割れるような痛みと共に、秋山郷の雪深い山峡の風景が甦《よみが》った。ブナの原生林の中で木を伐採し、ソりに載せて三キロも下の材木置場まで滑り落とす。その作業に従事しているのは東北地方からの出稼ぎの男たちだ。ふと場面が変わって、飯場の炊事場にいる色白の美しい若い女。青痣《あざ》を作っていた右田の顔。そして、行方不明になった作業員のことなどが次々と現れ、そのたびに頭の芯《しん》に痛みが走った。

右田は少年時代にひとを殺している可能性がある。しかし、右田はやくざな男だったが、それほど凶暴な性格だったとは思えなかった。友思いの男だ。東京で再会してからの右田からは殺人を犯すような陰湿さは感じなかった。だが、おとなになってからの行動の源はすでに中学時代には芽生《めば》えているというから、あるいは右田の犯行もあの当時からの延長線上にあったのかもしれない。

そう思いつつも、反論する考えが起きる。中学時代の犯行も、炊事場の女を犯そうとして邪魔に入られ、痛めつけられた仕返しだろう。明確な動機がある。だとすれば、後年になって殺人を犯すにしても、明確な動機が必要ではないか。

右田にどのような動機があったのだろうか。もちろん、加島音子との間には誰も知らない何かがあったのかもしれない。その何かが動機だと考えられても、他の二つの事件はどうだろうか。絹田文江、磯崎麗香のそれぞれと右田が何か利害関係にあったとは思えない。だとすると……。車窓に映る町の灯が霞んできた。疲れが出てきたのかもしれない。

「おやじさん。降りますよ」

バスが停まった。あわてて、新谷のあとについて下車する。アスファルトに足をつけたとたん、背中に寒気《さむけ》がし、くしゃみが出た。風邪かもしれないと、ハンカチで口と鼻を拭いてから、署の仮眠室が寒かったことを思い出した。

路地を入ってからしばらくして小学校の塀沿いを行く。

「何もないんだ。あそこに寄ろう」

大場はセブンイレブンの明かりに向かって歩いた。チキン弁当と稲荷《いなり》寿司。それに、ジャムパンとメロンパン。最後に新谷がイカの燻製《くんせい》と缶ビールを棚から取ってレジに持っていった。

「いいから」

と、新谷を制してサイフを出したとき、右田といっしょにはじめて浅草に行ったときのことを思い出した。もんじゃ焼きを食べ、ピンクサロンに行き、ソープランドに行った。右田がすべて払った。

店員の差し出したビニール袋を新谷が受け取った。釣り銭をもらって、外に出る。今度は寒気はしなかった。

マンションに着き、四階まで階段を上がる。部屋の前で鍵を取り出し、ドアを開けた。中に入って電気のスイッチを入れる。

「お邪魔します」

あとから、新谷が上がってきた。台所の流しがきれいになっていた。隅に放り出してあった洗濯物もなくなっている。

「おやじさん、これ」

そういう言い方をするな、と言う前に置き手紙が目に入った。

「久美子さん、いらっしゃっていたようですね」

ちょっぴり残念そうに、新谷が呟《つぶや》いた。


——お父さんへ。得意先から直帰することになって時間がありましたので、寄ってみました。冷蔵庫の中にお父さんの好きな明太子《めんたいこ》が入っていますから食べてください。それから、洗濯物が多かったので一回で終わらず、二回目のぶんは干す時間がなくて、まだ洗濯機の中に入っています。


「ふん、よけいな真似しやがって」

大場は吐き捨てたが、新谷はにやにやしていた。ベランダに洗濯物が干してあった。冷蔵庫を開けた新谷がほうという声を上げた。

「おやじさん、ビールも冷えていますよ」

「おやじさんと呼ぶのはやめろと言ったはずだ」

「すみません」

わざと不機嫌顔になった大場を見て、またも新谷が意味ありげに口許《くちもと》を緩《ゆる》めた。心を見《み》透《す》かされたようで、あわてて大場は風呂場に向かった。

風呂の湯の蛇口をひねってから部屋に戻ると、新谷が甲斐甲斐《かいがい》しくテーブルに弁当やら皿やらグラスやらを並べ、冷蔵庫から缶ビールを持ってきた。風呂より先に喉《のど》の渇《かわ》きを癒《い》やすほうが先だった。

「布団《ふとん》はそこに入っているから、かってに出して寝ろよ」

そう言いながら、テーブルにつく。待っていたように、新谷は二つのグラスにビールを注《つ》ぎ、お疲れさまでした、と声を出してビールをいっきに呑み込んだ。口についた泡《あわ》を手の甲で拭ってから、自分でかってにビールを注ぐ。だんだん、その表情が強張っていったのは、いよいよ肝心の話に入るという気負いか。さっきまでの和《なご》んだ空気はどこかに消えていた。久美子のことが頭から離れていくにしたがい、大場も胸に重たい鉄板を張りつけたようになった。

右田の捜索を終えての帰り、京成高砂駅で待ち伏せのように待っていた新谷にいきなり右田のことをきかれた。その刹那《せつな》、全身の血が引いたようになったのは捜査本部に右田のことが知られたのかと思ったからだが、そうではないと知り、どうにか心を落ち着かせたものの、なぜ新谷がその名を知ったのかまでは思い至らなかった。いや、冷静に考えれば、そのことに気づいただろうが、不意打ちを食らった形で大場も動揺していたのだ。

新谷は大場の行動に不審を持っていた。だが、新谷だったらそこまでしないと思っていたのだが、甘く見ていたようだ。以前も思ったことだが、いつまでもヒヨッコではなかったということだ。

忘れ物を装って引き返したコンビニ、新谷を追い払うようにして入った不動産屋。新谷はそこに入って、大場がどんな質問をしたのかきき出したのだ。右田の名前を出したのは不動産屋だから、あの親父からきき出したのだろう。

「おやじさん。話してくださいよ」

空にしたグラスを脇によけたのは、逃げを許さないという意思表示のつもりだろう。潮時だった。単独行動にも限界がある。新谷を協力者にすれば捜査もはかどるかもしれない。

大場は腹を決めてから、新谷が横に滑らせたグラスにビールを注いでやり、残りを自分のグラスに注ぎ、

「畏《かしこ》まって聞く話じゃない」

と、グラスを勧めた。大場の気持ちを理解したのか、新谷は再びグラスを摑んだ。そのグラスが口に運ばれ、また離されたのを見て、大場は口を開いた。

「右田は俺の竹馬の友だ」

今の自分の表情はどうだったろうかとふと考えた。右田をほんとうに竹馬の友と思っていたのか。それとも、厄介《やっかい》な人間という思いが表情に出ていただろうか。竹馬の友と思っていたなら、なぜ年賀状のシグナルに気づいていながら彼に会いに行ってやらなかったのかという非難の声が聞こえてきそうだ。

「久美子が小さいとき、右田とその子どもといっしょに上野動物園に行ったこともある。だが、俺たちの付き合いは俺が刑事になると終わった。右田は組員ではなかったがやくざとも交流があった。だから、刑事になった俺の立場を考えて自然と離れていったのだ」

話していると、右田とのことが走馬燈《そうまとう》のように甦ってくる。人見知りする子どもだった大場にはあまり親しい友達はいなかった。その中で、右田だけがなにくれとなく世話を焼いてくれたのだ。それは友というより兄のような感じだったのかもしれない。東京に出てきたばかりの頃は、特にその感が強かった。

右田への思い入れが強いぶんだけ、しばしば回想に耽《ふけ》ってしまい、口も止まる。話が中断しても新谷は口をはさまず、じっと待っている。大場はふと我に返ったように、再び話しはじめる。その繰り返しだった。

「この右田には千春という女房がいた。浅草にあったお好み焼き屋の遠縁に当たる女で、以前から奴は思いを寄せていた。その千春と二十一歳のときに結婚し、男の子が生まれた。右田は千春の写真をいつも肌身離さず持っていた。心底惚《ほ》れていたに違いない。だが、その惚れた女が男と蒸発した。一度は無事に連れ戻し、よりが戻ったと思っていたんだが、今度は出入りしていた化粧品のセールスマンと姿を晦《くら》ましてしまった」

　微かに目が動いたが、新谷の口は相変わらず閉ざされている。

「右田と幼い男の子が残された。上野動物園に行ったのは、千春が二度目の蒸発して数年経ったあとだったと思う。しかし、右田という男はよくよく女に不自由しないように生まれついているのか、また新しい女を見つけてきて同棲をはじめた。それでも、右田は千春の写真を手放さなかった」

　あくまでもロケットの件は隠した。

「それで、最初に戻る。俺が刑事に抜擢《ばってき》されたあと、右田は身を引くように俺から遠ざかっていった」

　そこまで話して、なぜか胸の底から込み上げてくるものがあった。右田が自ら身を引いたことに、改めて感じ入ったのだ。大場に迷惑をかけられない。その気持ちで二度と大場の前に姿を見せなかったのだろう。今になって思うと、その右田の気持ちが身が切り刻まれるように切なかった。唯一無二《ゆいいつむに》の親友だったかどうか。そう言える自信はないが、右田ほど長く、そして心に食い込むほどの付き合いをした者はいない。それに大事なことだが、大場が刑事になるきっかけを与えてくれたのが右田だった。ある窃盗犯の捜査で、逆に有力な情報を教えてくれ、そのお陰で犯人が逮捕出来たのだ。この手柄によって、大場は刑事に抜擢された。

今度は大場の沈黙が長過ぎたのか、新谷が待ちきれないように声を出した。

「右田が離れていったのは何年前なのですか」

「だんだん間隔が空《あ》いていき、完全に姿を見せなくなったのは十五年前だろう」

「じゃあ、その間、右田とは一度も会っていないんですね」

「ない。ただ……」

またもやりきれない思いが胸に広がり、声が詰まった。グラスの残りをいっきに呷《あお》り、身構えたように待っている新谷の顔を見つめて吐き出すように言った。

「それから、四年ぐらい経ったとき、右田を見掛けたのだ。何の用だったか忘れたが、地検に行った。確か、事件の打ち合わせで検事に呼ばれたのだろう。そのとき、廊下を腰紐《こしひも》と手錠をかけられた右田が横切るのを見たんだ」

新谷からため息が漏れた。こうやって話していくうちに、いろいろなことが思い出されてくる。それは、土埃《つちぼこり》にまみれた日誌の文字が強風によって土埃が吹き飛ばされ、徐々に姿を見せていくような感じがした。

右田は取り込み詐欺を働いたのだ。休眠会社を利用し、秋葉原《あきはばら》の電気店から大量のテレビとクーラーを仕入れ、安売りショップに転売し、そのまま姿を晦ましたのだ。その事件の主犯だった。

あの地検の廊下で右田を見掛けたとき、一瞬彼がこっちを見たような気もした。いや、そんな気がしただけかもしれないが、今思い返すと、右田も大場に気づいていたのかもしれない。

「それからまったく音沙汰《おとさた》もなかった右田から去年の正月、年賀状が届いたんだ。今の署宛《あ》てにだ」

「年賀状？」

新谷が目を丸くしたのも無理はない。右田の真意が理解出来ないからだろう。

「その後に何か接触があったんですか」

「いや、ない」

「おやじさん、いや、大場さんのほうは年賀状は？」

「書かなかった」

書かなかっただけではない。会いにも行かなかったのだ。右田は大場がどこの署にいるかわざわざ調べたに違いない。その方法なら幾つかあるだろう。片っ端から署に電話をかけまくってもいいし、逮捕時に知り合った刑事にきくのもいいかもしれない。ともかく何らかの方法で大場が葛飾中央署に配属されていることを知り、年賀状を出したのだ。突然の葉書より、年賀状のほうが不自然ではないからだろう。文面はありきたりの新年の挨拶だったが、それには文章で書くよりももっと強い意味が込められていたはずなのだ。

年賀状の裏面にはアパートの住所がしっかりと書かれていた。つまり、その住所を知らせるのが目的だったのだ。

「どうしてですか。どうして住所を知らせるのが目的だとわかるのですか」

「右田は、俺に会いに来て欲しかったんだ。だから俺がここにいるぞと知らせる意味で年賀状を寄越した。俺はその気持ちを知りながら、無視した」

またも自責の念が生じた。もし、右田の気持ちに応《こた》えていたら、どうなっていただろうか。そのことを思って、心臓が焼けつくように痛くなった。

「おやじさんはどうしてあの事件の犯人が右田だと思ったんですか」

大場は返事に窮《きゅう》した。現場から犯人の遺留品を持ち出したことを教えれば、新谷まで共犯者にしてしまうような気がした。それだけは避けたかった。

「悪いが、今は言えない」

「なぜですか。それが一番肝心な点じゃないですか」

新谷がむきになった。

「いけない。風呂の湯」

あわてて大場は立ち上がり、浴室に急いだ。浴槽に湯がいっぱいに張っていた。

「ひょっとしたら、おやじさんが右田を犯人だと思っていることが間違っている可能性だってあるでしょう」

大場が浴室から出てくると、新谷がきいた。

「もちろん、その可能性は否定出来ない」

大場は冷蔵庫から新しい缶ビールを取り出した。すぐに新谷の前に戻らず、ベランダの窓を開けた。秋の風が入り込む。缶ビールを片手に洗濯物の隙間から、荒川沿いを走る首都高を見た。この時間になってやっと流れが滑《なめ》らかになったようだが、それでも車の列は続いている。

新谷の言うように、加島音子殺しは右田以外が犯人である可能性があるだろうか。現場に落ちていたあのロケットは犯人が落としたものだ。それでも、右田が犯人ではない可能性があるというのか。仮にそうだとしても、事件に何らかの関わりを持っていることは間違いないのだ。

背後に、新谷が立った気配がした。

「おやじさん。ひょっとして、現場で何か見つけたのでは……」

激しい衝撃が脳天から爪先《つまさき》まで走った。ヒヨッコだと思っていた男がいつの間にか立派な刑事になっていたことを、大場は改めて思い知らされたのだった。

3

事件から一週間経った。三つの捜査本部でそれぞれの重要参考人の取調べと並行して、連続殺人も視野に入れた捜査が続けられていたが、未だに結論が出なかった。

葛飾中央署の捜査本部は相変わらず柳本を連日任意で本部に呼びつけ、事情聴取を続けている。

柳本の容疑がいつ晴れるか。取調べでは高井戸と東尾久で発生した二つの事件との関連も問い詰めているらしい。特に、東尾久のマンションで起きたOL殺しの被害者の絹田文江が勤めていた浅河無線《あさかむせん》の本社が同じ大手町にあるというので、取調官の尋問も厳しくなっているようだ。だが、柳本は頑《がん》として犯行を否認しているという。

地取り班の他の捜査員の聞き込みによって、九月二十五日の午前二時頃、高砂橋《たかさごばし》を自転車を漕《こ》いで青戸《あおと》方面に向かっていく若い男がいたことがわかった。

また、高井戸西の事件でも、深夜現場から浜田山《はまだやま》方面に向かって自転車に乗っていった若い男がいたことが目撃情報として上がっていたらしい。捜査員の中には、その男と高砂橋を渡っていた男とを重ねる者もあった。その若い男が事件に関係していれば、柳本の容疑は晴れることになる。

そんな状況をよそに、大場は右田を探し求めた。運転免許証データベースの検索結果によれば、住所は田端新町のままであった。

念のために調べた葛飾区役所の戸籍課でも、右田の転入届は出ていなかった。もちろん、異動届を出さずにアパートを借りて住んでいる可能性もあり、大場は不動産屋まわりの範囲をもう少し広げてみることにした。

今、新谷も高井戸に飛んで、大場の意を受け、殺人現場である『ロイヤルマンション』の周辺地域の不動産屋に当たっている。

捜査本部に毎日提出する報告書には嘘を書いている。が、すべて嘘を書くわけにはいかないので、報告書に記載する必要最低限の仕事だけはしておかなければならない。ただ、その量が少ないというだけのことだ。

大場は地取り捜査の合間を縫って青戸周辺を歩きまわり、目についた東栄《とうえい》不動産に飛び込んだ。名前は立派だが、鰻の寝床《ねどこ》のような奥に細長い店舗で、声をかけると、スタンドの電気を点けて机に向かい、女性週刊誌を読んでいた五十年配の女性がやっと顔を上げた。亡くなった父親の跡を継いで、娘がやっているようだ。

「ちょっとききたいのですが、お宅で扱っている物件の中で……」

そう切り出し、大場は右田克夫の名を出し、五十前後の男だと相手の記憶に呼び掛けるように付け加えた。右田ね、と呟きながら、台帳を引っ張り出した彼女はまるで目当てがあるようにページをめくっていたが、ふと手の動きを止めた。大場は思わず身を乗り出したが、すぐ彼女は顔を横に振った。

「違ったわ。右田という名前に記憶があったけど、克夫じゃないわ。敏勝《としかつ》よ。年齢も二十七歳だもの」

「当人と会っているんですか」

大場は記憶違いを期待してきいた。

「そうよ。背の高い、色白の男だったわ。今年の四月のことよ。幽霊のようにぬっと入ってきて、安い部屋がないかってきいてきたのよ。どう見たって五十には思えないわ」

彼女は皮肉な笑《え》みを作った。大場は念のために、その男の名と斡旋《あっせん》したアパートの名を手帳に控えた。右田が誰かに頼んで部屋を借りてもらったという想像もしたが、その可能性は少ないだろう。仮にそうだったとしたら、右田という名前を使用しなかったはずだ。そう思ったが、右田という名前に引っかかったのだ。

不動産屋を出てから、大場は本来の任務である地取りのノルマだけは果たそうと、割り当て地域の高砂地区に戻ったが、案の定成果は得られなかった。

新谷と落ち合ったのは夕方で、その顔を見て、彼のほうも収穫はなかったことがすぐわかった。そのまま重たい足を引きずるようにして署に戻った。

まだ、合同捜査本部が出来るほどの状態ではなかったが、柳本逮捕にも決め手を欠き、捜査本部もそろそろいらだちを見せはじめていた。大場は毎日朝早くから夜遅くまで聞き込みに走りまわっている同僚たちの苦労を考え、ネタを隠していることに後ろめたさを持ったが、だからといって今さらほんとうのことを言えるはずもないし、また言うつもりもなかった。

またいつものように嘘の報告書を提出してから、夜の九時過ぎに捜査本部を出た。水戸街道のバス停から浅草行きのバスに乗り、よつぎ小学校前で降りた。マンションの部屋の前で新谷が待っていた。

「タクシーで来たんです」

と、あとから出て先に着いた理由を、新谷は素直に話した。大場は鍵を取り出し、ドアを開けた。

大場は部屋に入ると、すぐテーブルの上を片付けた。新谷は持ってきた地図を広げた。高井戸地区のものだ。それに、不動産屋の一覧が書かれたＡ４のレポート用紙。その幾つかに印がついているのは調査済みというわけだろう。

「きょうは現場に近い、この四つを当たりました。明日はもう少し範囲を広げてみようと思います」

新谷は地図を指差した。大場の部屋が新谷とのふたりだけの秘密の捜査本部になっていた。

「おやじさん」

睨《にら》みつけると、新谷はあわてて、

「いや、大場さん」

と言い直してから、疑問を口にした。

「右田はなんで高砂で事件を起こしたんでしょうか。だって、大場さんが葛飾中央署の刑事だということを知っていたんでしょう。その管内で、事件を起こすなんて……」

大場は全身を走り抜けた衝撃に飛び上がるように立ち上がった。新谷が目を丸くして見ている。窓を開き、大場は今夜は洗濯物が干されていないベランダに出た。

「おやじさん」

新谷が声をかけた。

「ちょっとひとりにしてくれ」

首都高を見ながら、大場は答えた。考えもしなかったことだ。大場が所属する警察署管内だということを承知して、右田が犯行に及んだとは考えてもみなかった。しかし、あの年賀状が会いに来てくれというシグナルだったとすると、あながち突飛《とっぴ》な考えでもないのかもしれない。

この管内で事件を起こせば必ず大場が乗り出してくる。それを承知で……。そして、俺が犯人だと大場に教えるためにわざと証拠を残した。もしもそうだとしたら、あのロケットは右田が意図的に落としていったということになる。他の捜査員がそれを見つけたとしても、その件は当然大場も知ることになる。このような事件を起こして、右田は大場に会いに来させようとした。

そんなはずはない。わざわざ大場から会いに来させたいからといって殺人まで犯すはずはない。もう一方で、それを否定する自分がいて、両方の考えがぶつかり合った。

体が冷えてきて、大場は部屋に戻った。

「おやじさん。いったいどうしたんですか」

また、おやじと言ったが、訂正させるのも面倒で、黙った。

「お茶いれましたから、どうぞ」

湯飲みから湯気が出ていた。大場は湯飲みを摑んだ。

「君はどう思うんだ？」

「何ですか」

新谷が不思議そうにきき返す。

「あの事件が、もし高砂で起こすことが目的だったら、相手は誰でもよかったことになる。しかし、加島音子が狙《ねら》いだったら……」

右田と加島音子の関係はわからない。加島音子周辺の調査は他の捜査員の役割だ。その捜査員から右田のことが上がってこないのは、別に隠しているわけではないはずだ。

加島音子の新しい恋人の草木亭は彼女から何か聞いているだろうか。しかし、もし右田と彼女の間に何かトラブルがあったとしたら、草木は事情聴取の中でそのことに触れたはずだ。担当の刑事からそれらしき報告はなかった。もちろん、それは柳本にも言える。

「右田が高砂周辺に部屋を借りたとしたら、やはりおやじさんの近くに来たかったからに違いありません。それで高砂で暮らすうちに加島音子に目をつけたんじゃないでしょうか」

そこまで言って、ふいに恐ろしい表情になり、新谷は居住まいを正した。

「おやじさん。我々だけじゃ、無理です。本部に上げたほうがいいんじゃないですか」

「だめだ。いいか、そんなことをするな。絶対に許さん。もし、そんなことをしたら絶交だ。久美子とも付き合わせん」

大場は語気を荒らげた。新谷はわざとらしい大きなため息をつき、

「わかりましたよ。その代わり、なぜ右田に目をつけたのか、それを教えてくれますね」

大場は返答に詰まった。言えば、新谷にも重い荷物を背負わせてしまうことになる。

「待ってくれ。時期が来たら話す」

「時期って、いつですか」

「右田が見つかったときだ」

もう一度、新谷は大きなため息をついてから、

「じゃあ、明日も高井戸の不動産屋をまわってみますよ」

「本部が気づく前に、右田を見つけるんだ」

右田を探し出し、もし右田の犯行なら自首を勧めることになるだろう。だが、大場にそこまでの明確な考えがあるわけではなかった。ただ、右田に会いたい、真相を知りたいという思いがあるだけだ。

新谷は高井戸の不動産屋を書き出したレポート用紙に目を落とし、それから地図に目をやった。明日の手筈《てはず》を決めているのだろう。すまないと、新谷に詫《わ》びながら、大場はなにげなく新谷が広げた手帳を上から見たとたん、目が吸い寄せられた。

「おい、これは何だ？」

呆気《あっけ》に取られたように顔を上げた新谷の手から手帳を奪い、問題の箇所を指差した。

「これだ」

そこには、右田敏勝という文字がはっきり読み取れた。やっと、事情を悟ったのか、新谷は口を開いた。

「これですか。浜田山駅の近くの不動産屋に入ったとき、右田敏勝という男のことを聞いたんです。右田という名前を聞いて小躍《こおど》りしたんですが、若者と聞いて……」

もう新谷の声は耳に入ってこなかった。連続殺人の可能性がある二つの現場近くに部屋を借りた男がいる。偶然とは考えにくい。しかし、その男の浮上は右田克夫の存在を否定することになる。が、同じ苗字ということが激しい突風のように大場の顔面に襲いかかった。目をしょぼつかせて、大場がきいた。

「この男がマンションを借りたのはいつからいつまでだ？」

その剣幕に、新谷はあわてて手帳を見る。

「えっと、四年前の八月から今年の三月末までです」

間違いない。葛飾区青戸の東栄不動産で部屋を借りた右田敏勝が移り住んだのは四月からだ。右田敏勝という名前が脳を刺激しようと大場の頭をこつこつと叩く。そして、沼の底の泥に沈んでいたものがゆっくり浮かび上がるように、大場の頭の中を占めていくものがあった。

敏勝は右田の子どもではないか。右田の子どもがどういう名前だったか記憶にない。最後に会ったのが上野動物園に行ったときだから六歳ぐらいだろうか。男手一つじゃ、子どもを育てるのがたいへんだとこぼしていた右田が、妙に晴々《はればれ》とした顔で現れたことがあった。そのとき、子どもを叔父の家に養子に出すことになったと言っていたのだ。

その後、その子どもと会ったことはなかった。右田の口から子どもの話が出たこともなかった。

「おやじさん、何か」

昂っているのがわかったのだろう。新谷も厳しい表情できいた。

「青戸の不動産屋にも右田敏勝が現れている」

「ほんとうですか」

新谷が緊張した顔をして大場を見た。大場は頷いてから、右田敏勝が事件に何らかの関わりがある可能性があること、そして右田の子どもの可能性が高いことを話した。

「おやじさん、この右田敏勝のアパートに行ってみましょう」

新谷の言葉に、大場はよしと声を上げて応えた。

顔を合わせれば挨拶する程度の隣室の若者から借りた自転車を新谷に渡し、大場は自分の自転車に乗り、敏勝が借りたアパートのある立石東《たていしひがし》に向かって漕ぎ出した。

水戸街道から平和橋通《へいわばしどお》りに曲がり、葛飾中央警察本田《ほんでん》分署の前を通って、僅かに明かりが灯《とも》っているだけのイトーヨーカドーの大きな建物を右手に見て、京成押上線の踏切を越えると、すぐ奥戸《おくど》街道に入る。シャッターの下りた銀行や信金の前を走った。店は閉まっているが、暗くなった商店街の中でセブンイレブンの前は明るく、京成立石《たていし》駅で降りたと思われるサラリーマンふうの男やOLが急ぎ足で信号を渡っていく。

中川に差しかかり目の前に本奥戸橋《ほんおくどばし》が見えてきて、左に折れた。若いだけあって、新谷は巧みに自転車を操《あやつ》っていく。

製材所や歯科や寺などがある一帯をぐるぐるまわって、やっと新築のマンションの後ろでうずくまっているようなモルタル二階建てのアパートを見つけた。

「ここですね」

そう言って、新谷は自転車を降りた。大場もマンションの横に自転車を置き、アパートに向かった。古い建物だ。駅に近いといっても、これでは家賃は安いに違いない。アパートの裏側が月極《つきぎ》めの駐車場だった。そこから、アパートの全景を見ることが出来る。二〇三号室。そこが右田敏勝の部屋だ。右から二番目だ。その窓のカーテンの隙間から明かりが漏れていた。

「どうしますか」

「へたに接触して用心されたら拙い。ただ、顔だけ見てみたい」

大場は窓を睨みつけた。窓から顔を覗かせないかと思ったが、その気配はなかった。

「酔っぱらいの真似をして大声を出してみましょうか。顔を出すかもしれませんよ」

「いや。へたな小細工をして怪しまれたらやばい。今夜はこれで引き上げよう」

そう言いながらも、大場はこのあとどう出るか思案に余った。右田敏勝はすぐアパートを出ていくことはないかもしれない。しかし、どういう形にせよ接触を図ったら、警戒されるだろう。最悪の場合は逃亡される心配もあった。

そろそろ捜査本部に告げるべきか。しかし、ロケットの件は出したくなかった。それを持ち出さずに、上の連中を納得させるにはどうしたらいいか。そのことを考えていると、アパートの二階の窓が開く音がした。

とっさに駐車しているワゴン車の陰に身をひそめた。右田敏勝の部屋の窓が開いたのだ。男が顔を出し、唾を吐いた。道徳心のかけらもないようだ。

顔は陰になってはっきりわからなかったが、面長《おもなが》で髪の毛が長いことがわかった。奴が右田の息子だろうか。そのとたん、それまで深く考えもしなかった疑問が湧いてきて胸を騒がせた。なぜ、右田敏勝は父親のロケットを持っていたのか。

4

捜査本部は沈滞していた。突破口が見つからない。ここで右田敏勝のことを出したら、どんな反応が出るだろうか。

「きょうも、はりきって持ち場の職務に励んでください」

と、型どおりの捜査主任坂城警部の激励の言葉で捜査員が署を飛び出し、大場も新谷といっしょに外に出たが、右田敏勝にどう対処したらいいのか、まだ方向が定まっていなかった。

まっすぐ京成高砂駅に向かった。そして、いっしょに改札に入った。行き先は別でも、目的は一つだった。

「じゃあ、おやじさん。ここで」

「頼む」

上りホームに行く新谷と別れ、大場は下りのホームに向かった。運転免許データベースから調べたところ、右田克夫の本籍地は台東区《たいとう》にあった。それで、台東区役所まで戸籍謄《とう》本《ほん》を取りに行ったのだ。もちろん、右田克夫の息子の名を知るためだ。それと、もう一つ。加島音子の恋人の草木亭に会ってくることになっている。

高砂止まりの電車が入ったので、降ろされた乗客でホームはたちまちごった返した。しばらくして、成田《なりた》行きの急行が入ってきたが、目的の駅では停車しないので、次の電車を待った。

急行が出発して、踏切が上がると、一斉にひとも車も渡り出す。そのひとの流れの中に、同じ捜査本部員の姿を認め、あわてて柱の陰に身を隠した。

やっと普通電車がやってきて乗り込む。扉の近くに立ち、電車が出発すると、思いは右田敏勝に向かった。

彼は右田克夫の息子ではないか。

右田克夫の息子の記憶はほとんどと言っていいほどない。ただ、小さな頃にいっしょに行った上野動物園では久美子の手を引いたり、弁当を食べさせたり、よく面倒を見てくれていたことを覚えている。が、表情も思い浮かばないのはなぜだろうか。

それでもいろいろ回想していくうちに、断片的に息子のことが甦ってきた。母親が二度目に失踪《しっそう》したあとのことだ。そのことを告げに来た右田は子どもを連れ、いかにも捨てられた父親の悲哀のようなものを滲《にじ》ませていたが、子どもは泣き顔を見せなかった。かといって、平然としているようでもなかった。そう、何を考えているのかわからない子だという印象を持ったものだ。彼は大場の家にやってきても、愛嬌《あいきょう》を見せることはなかった。子どもらしい可愛《かわい》さというものがなかった。

そうだ。何度か家の中のものがなくなったことがあった。それは決まって彼がやってきたあとだった。証拠がないから何とも言えなかったが、あるときはお金だったり、あるときは腕時計がなくなっていた。落としたものと諦めたが、妻も心の中では彼を疑っていたようだ。もちろん、まだ六歳ぐらいのことであり、ことの善悪もわからずいたずら半分だった可能性もあり、その盗癖が彼の精神の発育に何らかの影響を与えたのかどうかはわからない。

目の前が開けたのは江戸川《えどがわ》を渡っているからだ。河川敷に菖蒲園《しょうぶえん》。思い出そうとすると、いろいろなことが思い出されてくるものだ。そういえば、上野動物園で彼が久美子の面倒を見てくれたと思っていたが、久美子は彼の傍に行くのをいやがっていたのではなかったか。あのときはわからなかったが、あとから、久美子がお兄ちゃんは怖いからいやだと言ったことがあった。

それきり、右田の口から子どもの話が出ることはなかった。養子に出し、厄介払いが出来たとせいせいしていたのだろうか。いずれにしろ、彼は母親の愛情に飢えていたのだろうし、不憫な幼年期を過ごしたのだ。

その後の彼を知らない。が、父親である右田の人生をなぞったような生き方をしてこなかったという保証はない。

大場は海神《かいじん》駅で降りた。京成船橋《ふなばし》の一つ手前だ。改札を出て、商店街を突っ切る。やがて、農地を開発して作った住宅地に出る。

事件から約十日。柳本は会社を休んでいる。今は午後に捜査本部に通うのが柳本の日課となっているのだ。そのことに同情を禁じえないが、だからといってそのために何かをしてやることは出来なかった。その負い目を隠し、柳本の表札が出ている二階建ての瀟洒《しょうしゃ》な家の前に立った。が、奇異な感じを持った。二階の窓のカーテンは閉ざされて、一階の庭に面した部屋の窓もカーテンが閉まっていた。留守かもしれないというより、生活の匂《にお》いがしないように感じられたのだ。

念のためにインターホンを押してみた。何度か押していると、ようやく沈んだ声が返ってきた。

「葛飾中央署の大場です。ちょっとお話があって参りました」

何も言わずにインターホンは切れた。しばらくして玄関の扉が開き、ブルーのカーディガン姿の柳本が出てきた。死体発見時、柳本から事情をきいたのが大場なので、顔を覚えていたようだ。

「どうぞ」

彼は力のない声で居間に招じてくれた。家の中は静かだった。黒革のソファーの上の、花柄の刺繍《ししゅう》のクッションは彼の妻の趣味だろう。そのクッションを背に腰を下ろし、改めて正面から向かい合うと、頬がげっそりとし、ずいぶんやつれたように思える。仕事も出来て、妻以外の女と浮気をする甲斐性を持ち、自信満々に人生を渡ってきたに違いない男の哀れな姿を見ていると、人生というものがいかに不確かな道を歩んでいるのかということがわかるようだ。

「奥さんは?」

大場は躊躇うようにきいた。

「実家に帰りました」

もちろん、里帰りというわけではない。警察に何度も呼び出されていれば、妻に浮気がばれてしまうのは当然のことだ。おそらく、会社での立場だって微妙になっているだろう。

悄然《しょうぜん》とした柳本の姿に、大場の良心が疼《うず》いた。大場の行為は捜査を間違った方向に進めてしまっただけでなく、無実の一般市民を疑惑の色に染めてしまい、家庭不和まで起こさせてしまったことになる。

いや、柳本は妻を裏切っていた。その道義的責任があるはずだ。だから、これくらいの代償は受けてしかるべきだと、大場は鬼になって自分を弁護しようとした。それでも、もし離婚という事態に発展したら、あまりにも大きな浮気の代償ということになる。

「柳本さん。私はあなたの無実を信じているひとりです。近いうちに必ず疑いが晴れます。もし、必要ならば奥さんに私からお話ししてもいい」

しかし、柳本は自嘲《じちょう》ぎみに笑った。

「向こうは裏切られたことでショックを受けているんですよ。私が犯人かどうかは問題じゃないんです」

ある意味では淡々とした口調にも思えたが、実際には捨て鉢になっているのかもしれない。大場は柳本の苦悩から目を逸らしてきいた。

「犯人を捕まえるためだと思って、辛いでしょうが思い出してください。加島音子さんから右田敏勝という男について聞いたことはありませんか」

「右田、ですか」

輝きを失った瞳が一瞬燃えたように光ったのは、彼女の新たな恋人の出現だと思ったからだろうか。死んだ音子に対してなおも嫉妬《しっと》を覚えたらしい柳本を不思議に思いながら、吐き捨てるような彼の声を聞いた。

「聞いたことはありません」

彼女には自分しかいないという自信があったに違いない。だから、草木亭のことは寝耳に水だったのだろう。いきなり別れ話を持ち出した彼女を、ただ呆然と見るしかなかった柳本の姿が想像出来た。

「最近、加島さんに何か妙な出来事はなかったでしょうか。たとえば、落とし物をして誰かが届けてくれたことがあったとか」

落とし物を犯人が拾ったことから不幸の種が生まれたということはよくある話だ。

「さあ、彼女に特に変わったことはなかったと思いますが」

「誰かに付け狙われていたという話もなかったのですね」

「ありません」

ふと、草木亭に会うことになっている新谷のことに思いを馳せた。おそらく、新谷も何ら手応えのない草木の返事を聞くだけで、いらいらを募らせるだけだろう。

「二十代後半ぐらいの男が、加島さんの知り合いにいるかどうかわかりませんか」

「男のことはわかりません」

さっきの嫉妬に燃えた目の光はもう消えて、元のように沈んだ目の色に変わっていた。

彼が落ち込んでいる理由は妻とのことにあるのは間違いない。そんな中でも、死んだ浮気相手の男関係に嫉妬の炎を燃やした柳本を思い、所詮《しょせん》男というのはそんなものかもしれないと妙に冷めた気持ちになった。

もうこれ以上、柳本にきくことはないか、何かきき漏らしていないかと考えるが、何か忘れているような、それでいて何もないような、中途半端な感じだった。しかし、いつまでも柳本と向かい合っていても仕方無い。それどころか、他の捜査員がここにやってくるかもしれない。

早く引き上げるにこしたことはないと腰を浮かしかけたとき、ふと忘れていたあることに気づいた。

「柳本さん。あなたが台風の夜、マンションに到着したのは七時過ぎだということでしたね。そのとき、あなたは誰かと会いませんでしたか」

「さあ」

「よく思い出していただけませんか」

虚《うつ》ろな目を天井に向けたのは考えようとしているからなのだろう。焦《じ》れったいほどの緩慢な動作は生命《いのち》のない人形のようだ。取調室でもこんな調子なのだろうか。だとすれば、その緩慢な動作は心証を悪くするかもしれない。柳本を犯人だと思っている捜査員の目には、その緩慢な動作はふてぶてしく映る可能性があった。

「そういえば」

やっと柳本の口が開き、顔を向けた。

「エレベーターを待っていると、全身びしょ濡れになった男がロビーに入ってきました」

手応えがあったことに、大場は自分でも驚いた。

「どんな感じの男でした？」

「ゴルフの雨天用の茶と白の模様のズボンと上着を身につけて、頭にはグリーンのビニール製の、つばの広い帽子を被《かぶ》っていましたね」

「顔は？」

「よくわかりません。三十ぐらいの、背の高い痩せた男でした」

「その男はあなたといっしょにエレベーターに乗ったのですか」

「いえ、乗りませんでした。だから妙に思った記憶があります」

「すると、あなたがエレベーターに乗ったあとで、もう一つの箱に乗ったのかもしれませんね」

エレベーターが二基あるマンションの構造を頭に浮かべながら言い、さらに肝心な点をきいた。

「あなたは部屋に入り、加島音子さんの遺体を発見されたわけですが、すぐ部屋を飛び出したのでしたね」

「そうです。私はすぐ隣の部屋のインターホンを押して、出てきた奥さんに、彼女が殺されていると訴えたんです。そこのご主人が警察に通報してくれました」

「あなたはその間、加島音子さんの部屋の前で待っていたのですね」

「ええ。やっぱり、部屋の中には入れませんでしたから」

ようやく胸の中のもやもやが晴れた。もはや、これ以上質問することはないと自分でも十分に納得して立ち上がった。

玄関まで見送ってくれた柳本に、奥さんに誠意をもって謝ることです、と言い、門を足早に出た。

海神駅に向かう足取りが無意識のうちに弾んでいるのがわかった。おそらく、柳本が見た男は右田敏勝だろう。犯行後、自転車を漕いで高砂橋を越えて立石東にあるアパートに帰った敏勝は、殺人を犯した興奮から酒でも呑んで布団にもぐり込んだ。そして、夕方まで寝入って起きた彼は、胸元《むなもと》にあるはずのロケットがないことに気づいた。犯行現場に落としたと思い、取りに戻ったのだ。だが、外は激しい雨だ。自転車は使えない。電車はダイヤが乱れている。仕方無く激しい風雨の中をゴルフウエアを着て、歩いてマンションに向かった。だが、すでに一足早く柳本が到着しており、引き返さざるを得なかった。そういう推理が成り立つと思った。

海神から上野行きの電車に乗り込んだあとも、考えは続いた。あの台風の夜、まさか犯人が現場に戻ってくるとは誰も想像していない。当然、聞き込みは犯行時刻における不審者の確認となり、翌日のことなど端《はな》から対象外だった。それは無理もない。もし遺留品があったことを知っていたならその可能性も考慮しただろうが、肝心のそれを大場が隠してしまったのだ。

いよいよ事件の核心に迫っていったが、それと同時に、これでますます本部への報告が困難になってきたことも事実だった。すべて、現場でロケットを発見したことを前提にした捜査によって右田敏勝が浮かんだのだ。そのロケットのことを持ち出さない限り、台風の夜に犯人が舞い戻ったという説明も理解してもらえない。

だが、今はそのことは考えまい。まだ確認しなければならないことがある。ゴルフウエアの男が右田敏勝である確率を高めるためにも、その男がマンションのどの部屋の住人でもなく、また客でもなかったということを確認しなければならない。

再び、江戸川を越えていた。現金なもので、今度は河川敷の緑が美しく、穏やかな陽射《ひざ》しに反射している川面《かわも》もやさしげに映った。

京成高砂駅で飛び下りるようにホームに出て、階段を駆け上がった。気が急《せ》いている。これから、十階建てマンションのすべての部屋を訪れ、住人の確認をしつつ、台風の夜にこういう恰好《かっこう》の三十くらいの男が訪ねてこなかったかという質問を、その部屋の数だけ繰り返さなければならないのだ。そして、その結果によって右田敏勝に直に会いに行き、該当するゴルフウエアを持っていないか確認する。持っていたら、彼の容疑はますます濃くなる。もっとも、それは大場の個人的レベルの話であって、ロケットを提出しない限り捜査本部を動かすだけの情報提供は無理だった。

マンションにやってきて、下から見上げたが、これからすべての部屋を当たると思うと、たかだか十階建てのマンションが途方もなく巨大に見えた。よし、と気合いを入れ、大場はいさんでマンションのエントランスに入った。

だいたい各階に留守の部屋が一つか二つあり、十五室の住人については確認を取ることは出来なかったが、その他は該当の人物が住人本人でもなければ、訪問客でもないということがわかった。十五室については、また今夜にでも訪問するとして、大場は中断していた右田克夫探しに戻ろうとした。

敏勝の件は別として、竹馬の友と言える右田克夫にどうしても会わなければならない。

右田克夫は昨年まで田端新町にいた。その後、どこに行ったのか。

区役所に転出届は出ていない。だからといって区内に在住しているとは限らない。他の区、あるいは都下や都外に引っ越していたとしても役所の手続きをしていない可能性もある。

京成高砂から上野行き電車に乗り込み、日暮里でJRに乗り換え、田端に出た。引っ越し業者のトラックを記憶している人間を探すことが目的だ。

明治通りを越え、『立花荘』があった場所に出た。引っ越しのとき、おそらくトラックが道を塞《ふさ》いで、車の通行は難儀したことだろう。記憶の底を探ってもらったが、近所の人間は誰もトラックの車体に書かれた文字までは覚えていなかった。中には思い出した人間もいたが、ある者は日通《にっつう》だったと言い、ある者は最近テレビでしきりに宣伝している業者だと言い、別な者は調べても実在しない社名を答える始末だった。どうやら、大手の業者の名前を上げたひとは、『立花荘』の他の住人の引っ越しと混同していたらしい。

こうなったら、業者を一つひとつ訪ねるしかない。手帳には電話帳を手繰《たぐ》って探し出した運送会社の電話番号が控えてある。そう考えながら、少し範囲を広げて東尾久のほうの住人まで聞き込みに行ったのは、こちらの住人が駅に向かう途中にでもそのトラックを見ているのではないかという僅かな期待からだった。しかし、トラックの前を通った者は何人かいたが、業者の名前までは覚えていなかった。おそらく、名前の知られた大手の業者ではないのだろう。

最後の聞き込みにしようと入ったネジやビスなどを製造している町工場の主人が、大場が話を切り上げて引き上げようとしたとき、思い出したように手を打った。

「そうだ。あんときは日曜日でしたが、ライトバンでうちの製品を取りに来た得意先の若い奴が、『立花荘』の前の引っ越し業者のトラックの停め方が悪いから、もっと道路の端に停めろと運転手に文句を言ってやったと怒っていたんです。そんとき、確か、その何とかという業者は引っ越しの費用がずいぶん安いので、最近のしてきていると言っていたように思います」

「その得意先のひとはどこに？」

「埼玉県の浦和です」

「浦和……」

「ちょっと電話できいてみましょうか」

油まみれの主人は仕事を中断して、奥に向かった。場合によっては、これから浦和まで行かなければならないかもしれない。祈るような気持ちで受話器を持った背中を見た。やっと振り向いた主人の顔に笑みが見えたので、ほっとした。

「若い奴って記憶力がいいですね。わかりましたよ。清和《せいわ》引っ越しセンターというそうです」

「清和引っ越しセンター？」

調べた業者のリストからその名前は漏れていた。もし、手帳に控えた業者をすべて当っていたら、無駄骨を折るところだった。

「なんでも、杉並区にある業者らしいですよ」

電話帳を借りて、清和引っ越しセンターの住所を調べると、杉並区阿佐谷《あさがや》になっていた。

大きな収穫を与えてくれた主人に礼を言って、大場は駅に急いだ。昼食時になっていたが、気持ちが食い気より清和引っ越しセンターに向いていた。

田端から山手線で新宿に出て中央《ちゆうおう》線に乗り換え、阿佐ケ谷《あさがや》駅に着いた。そこを出てからファミリーマートの前を通り、住所を確認しながら青梅《おうめ》街道の手前で左に折れた。すぐに清和引っ越しセンターという大きな看板が見えた。

小さな駐車場に二トントラックが三台停まっているだけなのは、他の場所に大きな駐車場があるからだろう。その駐車場の脇を通って、事務所に入った。

スチール机が六つ並んでおり、ふたりいるスカイブルーの作業着姿の男が共に受話器を耳に当てていた。眼鏡をかけた四十前後の女性事務員が近づいてきた。

警察手帳を見せて、依頼客のことできたいと切り出した。彼女は表情一つ変えずに、手帳と大場の顔を交互に見てから、ちらっと後ろを振り返ったがまだ電話が終わりそうにないとわかると、大場に向かい、

「どうぞ」

と、言った。立ったままなのは、用件を言えという意味のようだ。

「去年の十月末、北区田端新町の『立花荘』に住む右田克夫の引っ越しを請け負ったと思いますが、その引っ越し先を知りたいんです」

事務員は相変わらず無表情で、

「すみません。もう一度その手帳を見せてくれませんか」

と、警察手帳の提示を促した。大場はむっとしたが、手帳を開いて見せた。

「高井戸南署とはどういう関係なんですか」

「どういう意味ですか、それは？」

意外な言葉を聞いて、大場は思わず大声でき返した。電話を終えた男が飛んできた。

「どうしましたか」

「捜査上のことで、確認したいことがあるんです」

大場はその男にもう一度、同じことを言った。すると、男も顔をしかめながら、奥のスチール棚から黒い表紙の台帳を持ってきた。事務員は奥に引っ込んだ。どうやら、警察にいい感情を持っていないようだ。交通違反でもして反則金を取られたことでもあるのだろう。そんなことを思っていると、男はすぐに目当ての場所を開いた。引っ越しの荷物などのチェック、どこからどこへの引っ越しかなどが書いてあって、見積もり金額も記されている。

大場はその引っ越し先を見た。浜田山に住んでいたときの右田敏勝の住所が書き込まれていた。急に目の前に続いていた道が消えたように途方にくれた。その場所から今年の四月に右田敏勝は葛飾区に引っ越している。

「依頼はどなたから？」

「右田克夫さんからです」

「この見積もりは右田克夫さんの部屋に行って取ったものですね」

「そうです。それを担当した人間は今外に出ていますが」

「じゃあ、当然右田克夫さんとは会っているはずですね」

「もちろん。そうじゃないと、部屋に入れませんからね」

当然だと言わんばかりに、男が答えた。

男のひとり所帯では荷物は少なかっただろうと思えたが、見積もりを見る限りではそれなりの家財道具が揃《そろ》っていたようだ。

「ところで、さっきの女性が高井戸南署とどういう関係かと言いましたが、何かあったのですか」

微かな不安を芽生えさせながらきいた。

「きのう、やってきたんですよ。そこの刑事が右田敏勝ってひとのことを調べに」

眼前の風景が歪《ゆが》んだような衝撃に、思わず体がよろめきそうになった。ついに来るべきものが来たようだった。それにしても、なぜ右田敏勝のことが浮かび上がったのか。

5

その夜、京成高砂駅で落ち合った新谷となにくわぬ顔で署に帰った。新谷の報告は予想どおりだった。右田克夫の息子の名は敏勝であった。大会議室にはぼちぼち引き上げてきた捜査員がそれぞれお茶を飲んだり、雑談を交わしたり、報告書を書いたりしていたが、特に変わった様子はなかった。

大場は刑事部屋に行ってみた。すでに帰っていた関井係長が難しい顔で机に向かっている。右田敏勝の件はこっちに伝わっていないのだろうか。それともまだ極秘で、一部の人間しか知らされていないのか。しかし、極秘にしなければいけない理由は思いつかない。これが社会的身分の高い人間だったり、また少年犯罪だったりしたら、捜査も慎重にならざるを得まい。しかし、右田敏勝はどちらにも当てはまらない。

そうなると答えは一つだ。まだ、右田敏勝に明確な容疑が向いたわけではないということだ。

高井戸南署の捜査本部は事件直後、マンション周辺に住むひとり暮らしの男に聞き込みをしていたという。連続殺人の可能性から、もう一度、同じ人間に当たってみた。するど、右田敏勝が引っ越しをしていた。そのことが捜査員に引っかかった。もっとも事件後、転居した独身者が右田敏勝だけとは限らない。他にも何人かいるだろう。右田敏勝もその中のひとりとしか映っていないかもしれない。

だが、と大場は考え直す。敏勝は葛飾区立石東に引っ越しているのだ。そこが先日の殺人現場に近い場所だとすぐ思い至るはずだ。その時点で、敏勝に対する疑いが生じるのではないか。

大場は関井係長の前に行き、

「柳本のほうはきょうも？」

「もちろんさ」

きょうも執拗《しつよう》に責め続けたのだろうか。柳本の悄然とした顔を思い出して胸が痛んだが、関井が声をひそめた。

「だが、きょうは案外と早く終わったな」

「そうですか」

「そうそう、きょうは高井戸南からふたりこっちにやってきて、上のほうと何か話をしていたな」

「高井戸南から？」

「何のことか、こっちはわからん」

関井はぼやいた。しかし、大場にはわかる。右田敏勝の件に間違いない。右田敏勝に会いに行ったものと思える。が、やはり明確な根拠があってのことではないだろう。現場近くに住んでいた男の引っ越し先でも殺人事件が起きたのだから、いちおうの事情聴取をする必要はある。しかし、そのこと以外には右田敏勝を疑う要素は何もない。最初に起きた東尾久の殺人事件のときの右田敏勝の住まいは浜田山なのである。そのことを考えると、引っ越し先の近くで起きた事件はまったくの偶然かもしれないのだ。

席に戻り、大場はなぜ最初の事件が東尾久で起きたのか考えてみた。どうしても、『立花荘』のことが頭に浮かぶ。敏勝が父親の元に出入りをしていたとしたら、東尾久も敏勝にとって土地鑑のある場所ということになる。そう考えれば、三つの殺人事件のすべてについて、右田敏勝は現場近くにいたことになるのだ。

「そろそろはじまりますよ」

新谷が呼びに来た。大場は椅子から立ち上がった。階段を上がり、三階にある捜査本部に割り当てられている大会議室に行ったが、幹部はまだ登場していなかった。捜査員はほとんど着席しているが、まだ戻っていない者もいる。大場は後ろのほうの空いている席に座った。隣に新谷も腰を下ろした。

草木亭と加島音子の友人の女性に会ってきた新谷の話では、ふたりとも右田敏勝の名前を聞いたことがないと言ったという。加島音子にとって右田敏勝はそれほど切羽詰まった関係ではなかったということだろう。いったい、右田敏勝は加島音子にどういう理由から狙いを定めたのか。

室内の喧騒《けんそう》がさっと引いた。幹部たちがやってきたのだ。今まで、署長室で額を突き合わせていたのだろう。話の内容は右田敏勝の件に違いない。大場が知りたいのは、右田敏勝に会いに行ったのかということだ。そして、会ったとしたらどんな様子だったのか。

その報告がないまま、いつもの捜査報告になった。そういう一連のお定まりのメニューをこなしたあと、ようやく最後になって、捜査主任の坂城警部が口に出した。

「これは高井戸西のホステス殺しの本部からの情報だが、ホステス殺しが発生した今年の一月に現場近くの浜田山にアパートを借りていた右田敏勝二十七歳が、四月に葛飾区立石東にアパートを借りて移り住んでいるという。こちらの事件との関連性を一応調べる必要があると思う」

捜査主任の口振りは、淡々としており、あまり重要視していないように思えた。

「右田敏勝の簡単な略歴だが、一九七〇年に台東区浅草で右田克夫、千春の長男として生まれている。が、両親が離婚し、父親に引き取られた末、六歳のとき、父親の叔父、敏勝には大叔父にあたる右田善作《ぜんさく》の家に養子に入っている。が、十六歳のときに喧嘩で同級生を刺し殺し、少年院に二年入った」

少年院かと、大場が呟いた。

「出所後はバーテンや自動車のセールスマンなどをやっていたが、最近はいわゆるフリーアルバイターで、バイク便やピザの配達、宅配便の配達員などをやって生活しているということだ。職場の上司の話では、仕事は真面目にやっていたそうだ」

おそらく、ホステス殺害事件のあとの捜査で調べたものだろう。フリーアルバイターか、と大場は父親の右田克夫を思い出した。あの右田も職業をちょくちょく変えていた。父親の生き方をなぞっているような息子を想像し、何となく重たい気持ちになった。しかし、怒りが息子に向いているのか、右田に向いているのか、それとも子どもを捨てた千春に向いているのか、よくわからなかった。ひょっとしたら、すべてに対してかもしれない。そして、右田のシグナルを無視した自分自身にもそれが向けられている。

「念のために、事件発生の九月二十四日夜から二十五日明け方までの右田敏勝のアリバイ、それから現場付近で右田敏勝が目撃されていないかの調査をする必要がある。特に、二十四日午後十一時頃、被害者が帰宅したときにマンション前にいた背の高い細身の男、そして二十五日の午前二時頃、高砂橋を自転車で青戸方面に走っていた若い男について……」

捜査主任の坂城警部の顔に苦渋のようなものを見つけ、なるほど右田敏勝の存在を、余所から指摘されたことが面白くないに違いないと思った。しかし、どういう形であれ右田敏勝が浮上したことは大場にとって幸いだった。

隣にいる新谷が大場を指で軽く突《つつ》いた。右田敏勝の捜査に志願しようというのだろう。が、大場は目顔《めがお》で首を横に振った。

結局、右田敏勝周辺の捜査に三組のペアが割り振られたが、もちろんその中に大場と新谷の名はなく、本庁の中堅の刑事と所轄の若い刑事が本人と接触することになった。

捜査会議が終了し、右田敏勝周辺の捜査に従事する捜査員たちが残され、他の人間は疲れた足取りで署を出た。

「おやじさん、いい機会だったのに。ぼくたちがやれば早く核心に辿り着けたんじゃないですか」

「いや、同じことだ。本人は絶対にしらを切るはずだからな」

今さら、遺留品のロケットを出すわけにはいかなかった。仮に出したとしても証拠能力の問題が出てくるだろう。すなわち、公判になれば弁護士からロケットのことで必ず追及されるはずだ。そして現場で発見されたものかどうかという疑義が出されるだろう。腕のいい弁護士にかかったら、その証拠の品は捏造《ねつぞう》されたものという状況に持っていかれるに違いない。もはや、現場から持ち出した遺留品の証拠能力はゼロと言わなければならない。

新谷が何か言おうとしたが、大場は彼に手を振り、横断歩道を駆け足で渡って、ちょうど走ってきた浅草行きのバスに乗り込んだ。後部座席に向かうと、反対側の歩道から見送っている新谷の姿が目に入った。手を上げて応えようとしたが、横に並んだトラックが視界を遮った。

マンションに帰り着き、ドアの前でポケットから鍵を取り出して、鍵穴に差し込む。ドアを開くと、まっ暗な部屋が大場を迎えた。すぐ明かりを点けた。入口の近くにある電話が留守番電話のメッセージがあることをランプの表示で知らせていた。

再生ボタンを押してから大場は洗面所に行き、口をゆすいだ。背後から、久美子の声が流れてきた。

——お父さん、毎日遅くまでごくろうさま。忙しくてたいへんでしょうけど、今月の十八日はお母さんの命日よ。いっしょにお墓参りに行く約束、だいじょうぶかしら。また、電話します。体を大切にね。

そうだ、妻の祥月命日《しょうつきめいにち》だった。去年も、その前も、久美子といっしょに墓参りに行く直前に約束を破る羽目になってしまった。

仏壇の前に行き、鈴《りん》を鳴らして手を合わせ、それからパジャマに着替えた。寝酒にとウイスキーをグラスに入れ、仏壇の前で胡座《あぐら》をかいた。

もう九九年になるのかと、大場は亡き妻の顔を思い出した。所帯を持ってから、あまりふたりで出掛けたことはなかった。特に刑事になってからは外でいっしょに食事したことさえない。それでも、一つも文句を言わなかった。定年になったら、たくさん旅行するからいいわ、と心ではどう思おうと顔はいつもにこやかにしていた。しかし、久美子とはよく外出していたようだ。思い出にある妻の顔はいつも笑っている。そういう顔しか思い浮かばなかった。

感傷に浸りそうになるのを、ため息と共に振り払って立ち上がった。すると、隣にある工場のトタン屋根から音が聞こえ、ベランダの扉を開いた。街灯の明かりに雨脚《あまあし》が白く見えた。首都高の明かりも霞んでいた。雨の中に右田克夫の顔が浮かんだ。いったい、右田はどこにいるのだ。

田端新町の『立花荘』から浜田山の息子の部屋に荷物を運んだことはわかった。ということは、ふたりは一時的にいっしょに暮らしたのだろうか。なぜ、そのときからいっしょに暮らすようになったのか。それまではどうしていたのか。養子に出された息子がどういう軌跡を経て実の父親と暮らすようになったのか。

明日は浜田山のアパートに行ってみようと、ウイスキーのグラスを片手にしたまま、雨に煙《けぶ》る首都高を見ながら思った。

6

雨の中を浜田山にある『サンライズコーポ』という名のマンションまでやってきた大場は、刑事らしいふたり組が引き上げていくのを見て、とっさに隣の家の塀の陰に隠れた。ふたりの姿が視界から消えたあとも十分近く時間を置いて、大場はやっと『サンライズコーポ』に向かった。築年数はそれほど経っていないだろう。立石東で今右田敏勝が住んでいるアパートよりも家賃は高そうだ。

まず右田敏勝が入居していた部屋の隣室に狙いを定めて、外階段を上がった。二階の廊下はきれいに清掃が行き届いているが、雨がかかって濡れていた。大場の傘からも雨の雫《しずく》が落ちている。間野《まの》という表札が出ている部屋の前が濡れているのは、さっきの捜査員がここにやってきたことを物語っているようだ。

インターホンを押して待っていると、扉の内側から物音がして、ピンクのカーディガンを羽織《はお》っている三十代半ばと思える小太りの女性が顔を出した。左目の横に黒子《ほくろ》があるせいか、何となく泣いているような顔に見える。

「警察の者ですが、ちょっとよろしいですか」

「あら、さっきのひとたちと違うの？」

気《け》だるそうな言い方だった。大場は丸顔の女性の顔を見つめ、

「どうもご協力をありがとうございました。きき漏らしたことがあるので、代わりにやってきたんです」

「そう。入る？」

「いえ、ここで。すぐ終わりますから。さっきもきかれたと思いますけど、隣に住んでいた右田敏勝さんとは親しかったんでしょうか」

「会えば挨拶する程度よ。あの男、若い女の子を見ると目を輝かせるけど、あたしには見向きもしなかったわ」

彼女は少し口許を歪めた。

「去年の十月末に、右田さんの部屋に五十前後の男性が引っ越してきませんでしたか」

「ああ、あの怖そうなおやじね。でも、何度か見掛けただけで、そのうちいなくなってしまったわ」

「いなくなった？」

「ゴミを捨てに行くとき、右田さんに会ったから、そのおやじのことをきいたら、田舎《いなか》に帰ったと言っていたもの」

「じゃあ、それきり見掛けてはいない？」

「そうよ」

「荷物なんかは？　そのおやじが持ってきた荷物ですよ」

「さあ、どうしたのかしら」

「わかりました。どうもお忙しいところをお時間取らせました」

礼を言って離れ、何所帯かにきいてまわったが、さっきの間野という女性の言葉を裏付けるように、去年の十一月の終わり頃、右田親子が旅行鞄《かばん》を持って出掛けるのを見たという住人がいた。右田は息子を連れて、生まれ故郷の奥谷村に帰省したのだろうか。

ここ十数年間の右田の交友関係はまったくわからない。当時の右田がどのような人間と付き合っていたかも、大場は知らないのだ。ただ、組事務所に出入りしていたらしいから、その方面の人間と付き合いはあっただろうが、その組もだいぶ前に解散している。

腕時計に目をやると、十一時をまわっていた。これから秋山郷に行くには時間がなかった。しかし、そこに行けば、右田の消息が摑めるかもしれない。気持ちはそこに向かっていた。

翌日も雨だった。朝、捜査主任の坂城の激励を受けて捜査員が本部を飛び出した。大場は新谷にあとのことを頼み、京成高砂駅から上野に向かった。かってな行動がいつ本部に知られるか時間の問題だが、どうしても右田に会っておきたいのだ。

上野から上越新幹線に乗り込む。新幹線が出来て、故郷は近くなった。もう実家には父も母もいない。長兄が跡を継ぎ、そろそろその息子の代になろうとしている。が、東京で商社マンになっている息子はそのまま東京で暮らすのだろう。

敏勝を伴い、右田が何の目的で帰ったのかわからない。右田の実家も兄が継ぎ、もともと仲のよくなかった兄弟だから、ほとんど付き合いはなかったと聞いている。それに、東京で生まれた敏勝には馴染みのない土地に違いない。養子に入った大叔父の家は、越後ちぢみの産地として有名な小千谷《おぢや》にあり、奥谷村には縁がない。考えられるのは、右田は両親の墓参りにでも敏勝を連れていったのでは、ということだ。そうとしか考えられない。

越後湯沢《えちごゆざわ》駅に着いた。シーズンオフでスキー場のゲレンデの長いリフトは止まっているが、かなりの観光客が新幹線を降りた。あいにくの雨でも、駅前の土産物《みやげもの》店には客がちらほら見えた。

三十分待って森宮野原行きバスに乗り込んだ。バスはほぼ満員の乗客を乗せて出発した。東京に出たあと、はじめて実家に帰ったのがいつだったか、記憶にない。専門学校を中退して帰りづらかったこともあって、数年は帰っていなかった。たぶん警察官になってからだろう。

何度もバス停に停まり、ときには乗客を入れ換えて、一時間以上走っていた。だいぶ高度を上げている。脇に見えてきた川は中津川だ。山が迫ってきた。

山を越えると、長野県に入る。集落が幾つか現れては消える。森宮野原でバスを乗り換えた。晴れていれば苗場山や神楽《かぐら》ケ峰《がみね》の雄大な眺めを目にすることが出来るのだが、あいにくの雨はその楽しみを奪っていた。三十分ほどで老芝村に入った。大場が通っていた小学校や中学校の前を通り、昔とすっかり変わって近代的な建物になっている役所前を通過して、郵便局前で下車した。

傘を差し、そこからしばらく行って山のほうに入り、トマトや葉タバコ栽培の畑に沿って歩く。坂道を雨水が流れてくる。だんだん緑が多くなってくる。この道を歩いて学校に通ったことを思い出しながら、目の前に見えてきた農家に向かって急いだ。

ガレージに車がないのは兄が出掛けているからだろう。庭に面した廊下はガラス戸が閉まっているが、ひとがいるのがわかった。玄関にまわってチャイムを鳴らすと、すぐ中から大きな声が聞こえた。

「まあ、徳二さんじゃないの」

出てきたのは義姉だ。だいぶ白髪《しらが》が目立ってきた。

「さあ、あがんなさいな」

「あにきは？」

「きょうは農協で会合があるって出掛けているわ」

大場はまず仏間に行き、天井まである大きな仏壇の前に座り、線香を上げて合掌した。

その間にも、隣の部屋で義姉がお茶の支度《したく》をしている。

「義姉《ねえ》さん。すぐ帰りますから」

「うちのひとが帰ってくるまでは待っているでしょう」

「いや、そうもしていられないんですよ。ちょっとこっちに来る用事があったので寄っただけですから」

居間と台所を行き来している義姉は、

「お茶よりお酒のほうがいいかしら」

「いや。お茶で結構ですよ」

「そう」

大きなお膳の真ん中に、野沢菜《のざわな》が盛られた皿が出てきて、塗《ぬ》り箸《ばし》が添えられていた。実家に帰ってくる楽しみの一つに野沢菜が食べられることがある。

いただきますと箸をつけ、大場は思わず旨《うま》い、と漏らしていた。

「やっぱり、こういうものはこっちで食べないとおいしくないもんですよ」

義姉は向かいに腰を下ろし、空いた湯飲みにお茶を足しながら、

「いったいどんな用があったの？」

と、きいた。

「義姉さんは、右田克夫を覚えていますか」

「あたしはよく知らないわ」

「そうですか」

「右田克夫さんって、徳二さんの同級生？」

「そうです」

「うちのひとがいつだったか、徳二の友達と何年振りかで会ったとか言っていたわ」

「それはいつですか」

「去年の十一月の終わり頃だったわ」

義姉は何日かまでは覚えていなかった。それでも収穫はあった。兄が帰宅するまで待てないので農協に行くことも考えたが、兄には東京に帰ってから電話を入れることにして、大場は立ち上がった。

「あら、もう行くの」

「ええ。これから、右田克夫の実家に行ってみようと思っているんです」

「遠いの？」

「奥谷村です」

「バスはこの時間ないわよ。あとは二時過ぎ。歩きじゃ無理よ、この雨だもの。タクシーを呼びましょうか」

バスは一日数本だ。歩きだと一時間ちょっと。この雨ではもっと時間がかかってしまうだろう。

「すみません。じゃあ、そうしていただけますか」

義姉は電話に向かった。

タクシーを待つ間、義姉から子どもの悩みを聞いた。東京で商社マンになっている息子はここに戻ってくる気がないし、どうせなら私も東京で息子といっしょに暮らしたいが、うちのひとはここを離れないと言っている。そんな話を聞かされた。適当に相槌《あいづち》を打っている間にタクシーがやってきた。

「じゃあ、義姉さん。あにきによろしく」

「久美子ちゃんに遊びに来るように言って」

義姉に見送られて、大場はタクシーに乗り込んだ。行き先を告げると、案外と若い運転手だったので大場は意外に思ったが、よく考えれば意外でも何でもないのかもしれない。昔は陸の孤島と言われたこの地域も、今では秘境ということが逆に受けて、観光地として多くのひとに知られるようになった。村でも、過疎化対策で空き家になった農家を安い費用で観光客に利用してもらおうとPRしている。秘境、大自然の雄大な風景、そして周辺にある鄙《ひな》びた温泉とくれば、若いひとたちの気を引かないわけはない。

そうなってくると、都会からのUターン現象も見られる。ひょっとしたら、この運転手もそうかもしれないと思った。

「お客さんは東京からですか」

「そうだ。君も東京にいたことがあるの?」

「ええ、池袋《いけぶくろ》に。十年いた会社が潰れて、こっちに戻ってきたんですよ」

奥谷村への道も舗装され、子どもの頃とは見違えるように便利になった。タクシーは水しぶきを上げて山道を上っていった。

「この辺りだが」

昔と比べ、家々もすっかり立派になっているので、すぐには右田の実家がわからなかった。運転手といっしょに車の中から目を凝《こ》らして表札を見てまわって、ようやく見つけた。

「すまないが、待っていてください」

タクシーを待たせ、大場は傘を差して右田の実家の玄関に向かった。この辺りは、右田の父親が開拓するまではブナの生《お》い茂《しげ》る原生林だった。

タクシーが停まったのに気づいて、家人が玄関まで覗きに来ていたので、わざわざ呼び鈴を押す必要がなかった。若い女だった。おそらく、右田の長兄の子どもだろう。大場は右田克夫の同級生の者だと名乗ってから、

「克夫さんの居場所がわかったら教えていただきたいと思いまして」

と、奥にいるらしい右田の兄に聞こえるように言った。果たして、禿頭《とくとう》の六十前後と思える男が出てきた。

「おう、大場くんか」

「大場徳二です。ご無沙汰しております」

そう言ったあとで、右田の兄は表情を険《けわ》しくした。

「あいつが何かしたのか」

おそらく大場を刑事と知っての質問だろう。

「いえ。個人的なことで、会いたくなったものですから」

「ふむ」

「去年、こっちに帰ってきたようですね」

「ああ。どういう風の吹き回しか、自分の倅《せがれ》を連れて墓参りをしてきたと言っていた。

三十分ぐらいいただけですぐ帰ってしまった」

「すぐ帰った？」

妙だと思ったあとで、なぜか胸騒《むなさわ》ぎがした。いったい自分の心が何を恐れたのか。大場はその不安を押し退《の》けてきいた。

「克夫くん、今どこにいるのか知りませんか」

「さあな、手紙も寄越さないからな」

兄は他人事のように答えた。右田の行方《ゆくえ》はここでもわからなかった。

タクシーの中で、不安はますます高じていた。大場はふと思いついて、

「君はいつからこっちに？」

「一昨年《おととし》の春からです」

「去年の十一月の終わり頃、五十年配の男と三十前の男のふたり連れを見掛けなかったかな」

しばらく運転手が口をつぐんだのは考えているのだ。ふと思い出したように、

「そうそう、ふたり連れではないけど、老芝村にある木工所から呼ばれて、そこから三十前の男を越後湯沢の駅まで乗せたことがありますよ。ええ、ひとりだけ。木工所とは関係ない人間で、タクシーを呼ぶために本工所にいたようです」

「どんな感じの男でした？」

「さあ、瘦せて背が高かったような気がしますが。ただ、洋服がずいぶん汚れていました。だから、乗る前に泥を払ってくれないかと頼んだ記憶があります」

「洋服が汚れていた？」

「ええ。越後湯沢で降ろしたあと、座席を見たら木の葉が残っていました。体にくっついていたんでしょうね。山の中を歩きまわっていたのかとも思ったんですが、それにしては登山するような恰好でもなかったですしね。変な男だと……」

運転手の言葉を最後まで聞いていなかった。大場はその男が右田敏勝だと思った。もとより証拠はない。しかし、そうとしか思えない。もしそうだとしたら、右田敏勝がひとりで引き上げたということは何を物語っているのか。そう考えて、大場は固唾を呑んだ。ワイパーが忙《せわ》しく動くフロントガラスの前方に、苗場山が霞んで見えた。

第三章　捏《ねつ》造《ぞう》

1

葛飾中央署に右田敏勝がやってきた。任意で同行を求めると、あっさり承諾《しょうだく》したという。まだ右田敏勝を重要参考人としているわけではないが、アリバイがはっきりしないということに加え、犯行当夜、マンション前に立っていた不審な男が草木亭の証言により右田敏勝の可能性もあるという判断からだ。

すでに、捜査本部は加島音子の住むマンション周辺に、右田敏勝らしき男がしばしば現れていたという証言を得ていた。自転車に乗っている敏勝とトラブルを起こした人間が何人かいた。歩道を走っていて歩行者に接触して怒鳴《どな》ったり、停めてあった自転車を倒して、その持ち主と口論になったこともあった。

敏勝は高砂にあるイトーヨーカドーに買い物に行っていただけで、加島音子のことはまったく知らないと、アパートを訪問した捜査員に答えている。イトーヨーカドーはアパートの近くに立石店もあるが、大きい高砂店のほうを利用しているのだという。それは苦しい言い訳に思えるが、嘘だと決めつけることも出来ない。

大場は右田敏勝がやってきたと聞き、刑事部屋から飛び出した。同じ二階にある取調室に向かう敏勝を廊下で待ち伏せた。

本庁の刑事と並んでやってきた右田敏勝は長身で、顔は色白、顎《あご》のまわりに不精髭《ぶしょうひげ》を生《は》やしていた。片手をズボンのポケットに入れ、もの珍《めずら》しげに周囲にいる人間の顔を眺め、少しも動じたふうはない。

こいつが右田敏勝か、と大場は複雑な思いで見つめた。喜怒哀楽《きどあいらく》の感情を一切《いっさい》排した暗く死んだような目。それでいてきつい目つきに、幼いときの顔が甦る。大場の手が突然震えた。この男に飛び掛かり、父親をどうした、と問い詰めたい衝動に駆られたのだ。ふと敏勝が大場の前で足を緩めた。冷たい目をくれてから、再び横にいる刑事に促され、取調室に入っていった。

右田敏勝を間近に見た興奮はなかなか去らなかった。間違いなく、あの男が連続殺人の犯人だという確信を持った。

先日の秋山郷の老芝村行から捜査本部に帰った大場を待っていたのは、上司の刑事課長の憮然とした顔と、肩をすぼめた新谷の姿だった。あのあと、雨の中を右田親子の痕跡を辿って歩きまわり、つい時間を忘れて捜査本部に戻ったのは、新谷との待ち合わせ時間を大幅に遅れて九時近かった。ひとり悄然と先に本部に帰った新谷は大場のことを問い詰められ、ついに打ち明けざるを得なかった。だが、新谷は肝心なことは知らないと突っぱねていた。

　捜査本部員が引き上げたあとの会議室で、刑事課長に問われるまま、大場は右田敏勝が自分の幼馴染《おさなな じ》みの息子であることをはじめて打ち明けた。命令違反、規律違反などに問われ、捜査本部から外されるという事態にならなかったのは、右田敏勝に疑惑が向いたと同時に、他の捜査本部へのライバル心からだろう。右田敏勝を指摘されたのも高井戸南の捜査本部からであり、こうなったら是《ぜ》が非《ひ》でもこっちのヤマから先に解決しなければ面子《メンツ》に関わる。そういう敵愾心《てきがいしん》が、右田敏勝に最初から目をつけていた大場を必要な人間と思わせたに違いない。

　それでいっきに弾みがついたように、きょうの右田敏勝の事情聴取となったのだ。任意にしろ事情聴取するには時期尚早の感が否《いな》めないが、面子の問題から来る捜査本部の焦りともいえた。

　たとえどんな理由があるにせよ、大場は敏勝と対決出来る立場になったことは幸いだった。と同時に、困難も背負ったことになる。現場に落ちていた重要な証拠、銀のロケットの件は秘密のままだったからだ。そして、それはもはや証拠価値はゼロに近くなっている。現場で見つけたことを証明出来ないのだ。

大場は刑事部屋の自分の席で、右田敏勝の事情聴取の成り行きを見守った。実のところ、今すぐにでも自分であの男を問い詰めたいという気持ちは強い。しかし、仮に自分が取調べをすることが出来たとしても、取調べには任意性を保つ意味でも他の人間が必ず立ち合うことになっているので、思うとおりの質問は出来ない。いずれにしろ、今の大場は待つしかないのだ。

窓から秋の陽射しが入り込んでいるが、その明かりは窓際にある課長席までしか届かず、大場の机の周辺は薄暗い。しかし、窓の外に目をやり、秋空を眺めているうちに、なぜか雨の奥谷村の光景が甦った。

課長から叱責を受けることになったが、秋山郷へ足を運んだことで奥谷村での右田親子の行動が少しわかった。先祖代々の墓にお参りを済ませたあと、ふたりはもっと山の奥に向かったらしい。それを寺の住職が見ていた。なぜ、そこに向かったのか。ふたりが向かったのは、昔ブナの木を伐採していた場所よりさらに奥、深い峡谷《きょうこく》やそそり立つ崖があるほうだ。

それより興味を惹《ひ》かれるのは、帰りは右田敏勝ひとりだったということだ。これはタクシーの運転手と、タクシーを呼んだ木工所の事務員のふたりからしか証言を得られなかったが、逆にふたりが帰るのを見たという人間も、克夫と思われる男が帰るのを見たという人間もひとりも見つからなかった。

またしても胸の奥が焼けただれたように痛くなった。想像しただけでもおぞましいことだった。右田克夫は秋山郷の深い峡谷のどこかで眠っているのではないか。想像だけのことであり、地元警察に捜索を依頼するだけの証拠があるわけではない。

取調べはまだ続いている。しかし、右田敏勝が一筋縄《ひとすじなわ》でいく男ではないことは容易に想像がつく。

事情聴取がはじまってから一時間が経った頃、新谷が飛び込んできた。

「終わりました」

「終わった？」

「右田が仕事があるから帰ると言い出したそうです」

任意である限り、相手の事情を無視するわけにはいかなかった。取調べでは、右田敏勝はすべて否認したという。大場はすぐに刑事部屋を出た。すでに、彼は階段を下りていた。若い警察官に笑いながら話しかけている。大場は玄関を出たところで追いつき、右田敏勝に声をかけた。

「敏勝くん」

敏勝が足を止め、ゆっくり振り返った。そして、細めた目で大場を見た。

「久し振りだな。君のお父さんの友人の大場だ」

敏勝は口笛を吹くように唇をとんがらせ、ひゅうと音を出した。

「私を覚えているかね」

にやりとしてから、敏勝がポケットに手を突っ込み、何度かまさぐってからガムを取り出した。それを口に入れ、剝がした紙を大場に差し出した。

「捨ててくれ」

大場は黙って受け取り、敏勝の冷たい目を見つめながら言った。

「まさか、こんなところで会うとはね」

「そうか。おじさんが刑事だと聞いていたが、こんなところにいたのか」

敏勝は何がおかしいのか腹を抱えて笑ったあとで、

「じゃあ。急ぐんで」

「待て。おやじさんは元気か」

大場はそう言って、歩きはじめた敏勝の横に並んだ。駐車場からパトカーが一台出ていった。

「さあ。しばらく会ってないからな」

「いっしょに奥谷村に行ったんだろう?」

一瞬敏勝は冷たい目を向けたが、足は緩めなかった。

「銀のロケット、どうした?」

ふと敏勝が足を止め、噴き出すように笑いながら空を見上げた。呆気に取られ、大場は敏勝の顔を覗き込む。眩しいのか、目を細めた顔は厳しくなっている。何をしているのか、意味がわからない。何かを思い出そうとしているのか。敏勝がやっと顔を戻した。頬を引きつらせたような笑みを見せ、

「久美子ちゃんていったっけな、おじさんの娘。どうしている？」

「なに？」

久美子の名を出され、大場は不意打ちを食らう恰好になった。

「会ってみたいな。よろしく言っておいてくれよ」

うろたえる大場を尻目に、いきなり敏勝は早足になって、横断歩道ではない場所を渡った。車のクラクションがけたたましく鳴った。あっという間に、敏勝は水戸街道を越えていた。あとを追おうとした大場を遮るように大型タンクローリーが三台も続けて走り、続いてワゴン車やトラックが通り過ぎたあとに、道路の向こう側で立ち止まってこちらを見ている敏勝の姿が目に入った。まるで大場を挑発するような、大胆不敵な態度だった。

「おやじさん」

新谷が横に立った。

「あいつは、実の父親まで殺している」

大場は吐き捨てた。あのロケットを父親から譲り受けたとは考えられない。父親を殺し

て奪ったものに違いない。右田はあのロケットを肌身離さず大事に持っていた。そんな大切な品を敏勝に譲るはずはない、まともな息子ならともかく……。相変わらず、敏勝は同じ場所に立っている。あいつはどんな神経をしているのか、と心が寒くなった。捕まえられるものなら捕まえてみろという挑発なのか、銀のロケットの話に動揺したことへの見苦しい抵抗なのか、それとも……。

突然、波風が立つように、大場の心が騒いだ。なぜ、あいつは久美子の名前を出したのだ。幼馴染みという淡い思い出。そんなものがあの男にあるとは思えない。銀のロケットの件を持ち出したあと、天を見上げて何かを思い出そうとしていた敏勝が言い出したのだ懐《なつ》かしさからであるはずがない。大場は激しい動揺に見舞われていた。銀のロケットと久美子。

「脅《おど》しだ」

「えっ、おやじさん。何です？」

聞き咎《とが》めたのか、新谷が顔を向けた。大場は右田克夫が年賀状を寄越した意味をまたも考えた。

もし、あのとき右田に会っていたら、三人の女性も、そして右田自身も犠牲になることはなかったかもしれない。その後悔が激しい怒りになって右田敏勝に向かった。

その夜、大場はぐったりした体でようやく部屋に戻った。肉体より、精神的な疲労のほうが強いのかもしれない。机の引き出しを開け、ハンカチにくるんである銀のロケットを取り出し、手袋をはめた手でハンカチを開いた。

大場のもう一つの後悔は、この品物を現場から持ち去ってしまったことだ。まさか、敏勝がこれを持っていたとは思わなかった。おそらく、父親を殺したあと、これを奪って自分の頸にかけていたのだろう。

これには敏勝の指紋がついているはずだ。もし、現場で他の者がこれを発見していたら敏勝を即逮捕出来たかもしれない。そう思うと、自分の迂闊《うかつ》さを呪《のろ》いたくなった。

それにしても、奴はなぜこんなものを頸にかけていたのだろうか。考えられることは一つしかない。大場は蓋を開いた。そこには、夫と子どもを捨てて、他の男と蒸発した女の顔があった。

敏勝は母親を追い求めている。そんな気がしたのだ。そう思ったとき、被害者加島音子の雰囲気がこの写真の千春に似ているように思えた。そうか、あの男は母親を求めている。それも若き日の母親だ。おそらく他のふたりの被害者も同じようなタイプなのではないか。明日、ふたりが千春に似ているか確めてみようと思った。

大場は顔が熱くなってきてベランダに出た。冷気が脳を刺激して頭の活動を促すようだ。すっきりした頭で、敏勝の心理を考えた。なぜ、母親に似ている女を殺害するのか。

自分を捨てた母親に対する復讐《ふくしゅう》か。

なにげなくベランダから外を見た大場は、暗がりの中にあわてて姿を消した男に気づいた。その残像を追うと、敏勝の姿に重なった。

まさかと思う反面、奴ならやりかねないと思った。しかし、どうしてここがわかったのか。そして、何のために……。

そう考えたとき、久美子の名を出した敏勝の声が甦り、大場は急に心臓が収縮したような痛みを覚えた。

あわてて大場は電話に向かった。受話器を取り上げ、番号を押す。呼び出し音を聞いた。三度目で、久美子が出た。

「ああ、俺だ」

「まあ、お父さん。何かあったの？」

「どうしてそう思う？」

「だって、お父さんから電話があるなんて珍しいから」

「そうか。いや、この前はすまなかったな。明太子、うまかった」

「よかったわ。でも、お父さん、洗濯はもう少しまめにやったほうがいいわよ」

「そうだな」

「変ね。何か変よ。どうしたの？」

「何でもない。それより、父さんも仕事で忙しいから、しばらくこっちに来なくていい」

「やっぱり、変よ」

「そんなことはない。それより、母さんのお墓参りは必ずいっしょに行くから」

「わかったわ」

受話器を置いても落ち着かなかった。おそらく、奴は警察から出てくる大場のあとをずっと尾《つ》けてきたのではないか。バスに乗った大場のあとをどうやって尾けたのか。奴は車を持っていない。自転車ではバスを追いきれないだろう。そうなると、タクシーだ。そういえば、バスの後ろをずっと尾けてきたタクシーがあったような気もする。

奴の狙いは久美子を見つけ出すことではないか。ここを張っていれば、久美子が現れるかもしれないからだ。

もう一つの可能性は留守中にこの部屋に忍び込み、ロケットを奪い返すつもりかもしれない。いずれにしろ、こいつは常に肌身離さず持っていたほうがいいと思った。ロケットをハンカチに包み、輪ゴムで留め、ポケットに仕舞った。

大場は念のために部屋を出て鍵をかけ、さっき敏勝がいたと思われる辺りの周辺を歩いてみた。が、どこにもそれらしき姿はなかった。

2

朝から雨だった。その雨の中を、右田敏勝が悠然《ゆうぜん》と引き上げていく。葛飾中央署に他の二つの捜査本部から捜査員が派遣され、二日に亘《わた》ってそれぞれ右田敏勝に事情聴取を行ったが、いずれも攻めあぐねた。きょうは改めて加島音子の事件について事情をきいたのだが、ほとんど敏勝の独壇場《どくだんじょう》だったという。

俺がそんなことをするはずないだろうと叫んだり、被害者と利害関係がなく、殺しても何の利益にもならないことを滔々《とうとう》と捲《ま》くし立てたらしい。

捜査に協力するのは市民の務めですからと進んで事情聴取に応じているが、捜査本部に顔を出すことを楽しんでいるようなところも見受けられた。今も傘をまわしながら、まるで映画館の帰りのような足取りに、大場は怒りが込み上げてきた。

水戸街道を歩きはじめた敏勝の横に並んで声をかけた。ガムを嚙《か》んでいるのだろう、くちゃくちゃと気持ち悪い音を立てながら、敏勝は顔をこちらに向けた。

「敏勝くん。君と話がしたいんだ。高砂橋を渡ったところに、『オフコース』という喫茶店がある。そこに来てくれないかな」

「高砂橋?」

不思議な顔をしたのは、駅からだいぶ離れた場所を指定したからだろう。

「ああ、そっちのほうに行く用があるんだ。四時でどうだろうか。いったん、君はアパートに帰るんだろう」

「わかった。俺もあんたと話がしたかったんだ」

そう言ったあとで敏勝が傘をまわしたので、雫が顔にかかった。ふんと鼻で笑い、敏勝は大場の前から立ち去った。

午後から夜にかけての降水確率は八〇パーセントであり、夕方四時の時点でも雨が激しく降っているはずだ。

署に戻ると、捜査幹部たちの渋い顔が待っていた。そして、そこには右田敏勝に関連する調査に関わっていた捜査員八名が召集されていた。その小さな会議に、遅れて大場も加わった。

話を聞いていると、悲観的な内容ばかりだった。敏勝が事情聴取を受けているのは警察を嘲笑《ちようしよう》しているからだ。その自信がどこからきているのか。右田が犯人ではないからではないかという意見が出て、それに対して反論もなかった。

すべては自分が遺留品のロケットを隠したことからはじまっている。そのことをいやでも思い起こさせるやりとりを聞きながら、大場はどこまで自分の持っている情報をさらけ出すことが出来るか考えた。

三つの事件で、敏勝は常に現場近くにいたこと。東尾久の事件は例外に思えるが、当時実父の右田克夫が田端新町に住んでおり、その付近に土地鑑があった。おそらく犯行後、父親の部屋にひそんでいたのではないかということ。また、その父親が浜田山の敏勝のアパートに引っ越したあとひと月も経たずに失踪しており、その直前にふたりで父親の郷里の奥谷村に帰っていること。またそこから帰るときになぜか父親の姿を見た情報がないこと。それ以外はすべて遺留品のロケットの件を打ち明けなければ説明がつかないものばかりだった。

すなわち、犯行から半日経って、台風の最中《さなか》に現場に舞い戻ったのは紛失したロケットを取り戻すためであり、犯行の動機は蒸発した母親に対する熱く歪んだ思いからであろうことも、ロケットの中の写真を見せないと説明がつかないことだった。

「感想を聞かせてくれないか」

捜査主任の坂城警部のいかつい顔が大場に向けられた。いきなり向けられたと感じたのは、頭の中が回転しているときだったからで、大場はちょっと居住まいを正してから、

「右田敏勝が犯人であることに間違いありません。たぶん、父親も彼の手にかかっているでしょう」

「だが、証拠がないんだ」

坂城警部がいらだったようにさっきから人差し指の先で机を叩いている。証拠はある。

そう叫びたい衝動をどうにか抑え、

「奴と加島音子はどこかで繋がっているはずです。どこかに接点があるはずです。それは今年の四月以前でしょう。つまり、高井戸の事件のあと、こっちに引っ越しするまでの間に、奴は加島音子とどこかで会っているんじゃないでしょうか」

「しかし、被害者《ガイシャ》の周辺からは、誰かに言い寄られていたとかいう悩みを聞いていたという声は出ていない」

「それは奴の一方的な思い込みからですよ」

「その根拠は？」

「私は蒸発した奴の母親を覚えていますが、加島音子に雰囲気が似ていました。他のふたりの被害者も同様でした」

想像でしかありませんがと断わり、大場は話を進めた。

「おそらく、奴は自分を捨てた母親への思慕と同時に憎悪をたぎらせていたんじゃないでしょうか。奴の瞼の裏には幼い日に焼きついた母親の顔があり、それが成長し、おとなになった今でも残っていて、その顔と加島音子が重なったのではないでしょうか」

この考えが間違っていないように大場は思うのだ。敏勝の中の母親はまだ二十代のときの母親である。

「奴は加島音子を見掛け、そしてあとを尾け、住まいを探り出した。そのあとで、現在の住まいに引っ越したのでしょう。ときたま、彼は母親である加島音子に会いに行ったのです。もちろん、遠くから眺めるだけだったのでしょう。やがて、加島音子に男がいることがわかる。それも不倫だ。そのとき、母親が男を作って蒸発した記憶が奴を揺さぶったのです。それが加島音子に対する殺意になったのではないでしょうか」

思いつくに任せて話すうちに、頭の中で何かが形作られていくのがわかった。皆の視線が自分に集まっているのを意識しながら、大場は続けた。

「三つの殺人事件がそれぞれ独立したものという判断がなされたのは、被害者《ガイシャ》の男関係が複雑だからでした。それは偶然ではなく、そんな複雑な男関係を持っていることに気づいたときに殺意が生じたと考えられないでしょうか。被害者《ガイシャ》の衣服に乱れがなく、合掌させられていたというのも、母親への歪んだ思慕がそうさせたとは言えないでしょうか」

一座から声がなかったのは、大場の説明をどう理解するか戸惑っているからかもしれない。

「心の問題ということになるな」

うんざりしたように坂城警部が呟く。物取り、痴情、あるいは暴行目的といったはっきりした動機があったほうが事件は明快に解釈出来る。心の中の問題が動機となると、それを立証することが難しいと彼は考えたのだろう。確かに、右田敏勝に否定されたら、それまでだ。当然、敏勝は言うに違いない。俺を捨てた母親のことなんかとうの昔に忘れた、と。

「思い切って別件で引っ張ってみますか」

ベテランの警部補が呟くように言った。

「何かあるんですか」

驚いて、大場はきいた。

「青戸にあるスナックで傷害事件を起こしています。いつでも被害届を出させることが出来ますが」

「しかし、難しいな」

坂城は渋い顔になった。

「奴は簡単に落ちるタイプじゃない。確かに、怪しい。動機も今の大場くんの説明のとおりかもしれない。が、物証がない。奴に否定されたら、責め切れない。だいいち、若い頃の母親の顔は奴の頭の中にあるだけだ。それと被害者《ガイシャ》が似ていると言われても、俺たちにはわからない。わからないということは、奴に否定されればどうしようもないということだ」

そうかもしれない、と大場は反論出来ない悔しさを味わった。またも重たい沈黙に変わった。そして、その沈んだ空気のまま、打ち合わせは終わったが、最後に、坂城が思いつきのように口にした言葉が、大場の心を複雑に騒がせた。

「その母親を探してみるか」

『オフコース』という喫茶店の窓際のテーブルにつき、激しく降る雨を見つめながら、右田敏勝を待った。この場所なら自転車で来るかもしれない。それを期待した。令状を取って家宅捜索するという方法が取れない大場の賭《か》けだった。

台風の最中に雨天用のゴルフウエアにグリーンのビニール帽子を被った男。今さらその男が右田敏勝であるかないかわかったところで、大勢に影響があるわけではないが、やはりそのことを確認しておけば、敏勝に対する心理的な圧迫をかけられるときも来るかと思ったのだ。もちろん、それだけが目的ではない。

半分に減ったコーヒーは冷めていた。雨のせいか、店内に他の客はいない。時間があるということは、よけいなことを考えてしまうということでもある。

坂城の言葉がまた甦った。敏勝の母親を探し出す。それが可能かどうかは別として、その母親と敏勝を会わせるというのは面白い考えのように思えた。が、具体的にそれでどうなるのかと考えると、なんとなくその後の展開はぼやけてきて意味がないような気もしてくる。

それにしても、敏勝はどんな人生を送ってきたのだろうか。十六歳のときに傷害事件を起こして少年院に入っていることを思い合わせると、大叔父の養子になったあとの暮らしがそれほど幸福だったとは思えない。少年院を出たあとの人生は、まるで父親のあとをなぞるようだったのではないか。

不思議なのは、父親との再会である。いつ、どこで会ったのだろうか。そのとき、お互いはどんな気持ちだったのだろうか。母親から捨てられたのと同じように、ある意味では父親からも捨てられたのと同然なのだ。

ここに入ってから三十分過ぎた。来ないかもしれないと思い、いまいましい気持ちですっかり冷えたコーヒーを飲み干したとき、窓の外に、片手に茶色の傘を持ち、雨天用の茶と白の混じったゴルフウエアを着た男が自転車でやってくるのが目に入った。

時代が二十年ほど遡ったかのような不思議な錯覚に陥った。確か、右田克夫に呼ばれ、どこかの喫茶店で待ったことがあった。なかなかやってこないのに痺《しび》れを切らして帰ろうとしたとき、傘を片手に自転車を漕いでくる克夫を見た。あれはどんなときで、どんな用で呼ばれたのだったか記憶にない。が、そのときのことが甦えるほど、敏勝の姿が克夫に似ていたのだ。思いもかけない想起にしばし放心している目の前に、敏勝がやってきた。

「来ないかと思った」

あのときも言った台詞《せりふ》だったと思い出した。右田克夫はしきりにすまないすまないと連発したが、敏勝はただ口許を歪めただけだった。注文を取りに来たウエートレスに、メニューも見ずにビールを注文した。

「おや、ここには以前にも入ったことがあるのか」

大場はきいた。

「どうして、そんなことをきく？」

「この店にビールが置いてあるのをどうして知っているんだ」

入口の横に冷蔵庫があり、ビール壜《びん》が見える。が、まっすぐここにやってきた敏勝には背にする形になって見えなかったはずだ。

「何度か、入ったことがある」

「この前の台風の日もか」

「台風の日？」

敏勝がふんと鼻で笑い、

「台風の日は店は閉まっていたよ」

「じゃあ、あの日もマンションの帰りにこの前を通ったんだな？」

敏勝の顔がきつくなり、

「何を言っているのかわからねえよ」

「まあ、いい」

ウエートレスがビールとグラス二つを持ってきた。大場が壜を掴み、さあ、と敏勝にグラスを持つように言った。この男の癖なのか、また口許を歪め、グラスを握った。

「君が善作さんの家に養子に入ったことは、あとからおやじさんから聞いた。それからも、おやじさんとは会っていたのか」

「最初のうちはな。年に一度か二度、やってきた。でも、それきりだった」

そう言って、わざと喉を鳴らすように、音をたてながらビールを呑んだ。

「じゃあ、いつおやじさんと再会したんだね」

「善作のおやじが亡くなったときだ。葬式にやってきた。そんとき、久し振りにあの男に会った」

「あの男？　自分の父親だろう」

「俺を捨てた男がおやじなわけないだろう」

自分でビールを注ぐ。冷たい表情だ。

「それはいつなんだね」

「五年ぐらい前かな」

「そのとき、おやじさんは何をやっていた？」

「会社の社長だと言っていた。ポルノビデオの通信販売の会社だ」

「君は？」

敏勝はグラスをテーブルに置き、

「そんな刑事みたいなきき方をするなよ。せっかく何十年振りかで会ったんだから、もっと懐かしい話でもしようぜ。なんだったら、久美ちゃんを呼んでいっしょに飯でも食わねえか」

「おやじさんと浜田山のマンションで同居したそうだな。どうしてだ？」

無視してきき返すと、敏勝は不服そうな顔で、

「あいつ、病気で気が弱くなっていた。だから、いっしょに暮らそうと言ってやったんだよ。俺はやさしいからな」

「病気？」

「そうさ。ガンだったんだろう」

平然と言う敏勝に腸《はらわた》が煮えくり返ってきた。

「じゃあ、どうして一ヵ月足らずで、おやじさんが行方不明になってしまったんだ」

店の者に聞こえないように、大場は声を落とした。

「行方不明だって。よせよ、へんな言い方は。俺に迷惑かけないように、どこかの病院で療養しているんだろう」

「どこの病院だ？」

「さあな」

「おやじさんは病気なんかじゃない。おやじさんが持っていた銀のロケットはどうしたんだ？」

顔を突き出し、大場は小声できいた。

「何のことだ?」

「しらばっくれるな。おやじさんから取り上げただろう」

「ちぇ、もう空だ」

敏勝はビール壜を振って顔をしかめた。

「加島音子の死体の傍に落ちていた。俺が仕舞ってある」

敏勝の目が据《す》わってきた。

「自首するんだ」

胸のポケットから、右田敏勝がたばこを取り出した。使い捨てライターで火を点け、いっぱいに吸ってから、大場の顔面目掛けて煙を吐いた。濁った煙と共に魚の腐ったような口臭が顔を襲い、大場はあわてて鼻を押さえて顔を背《そむ》けた。

「おじさん。久美子ちゃん、いい女になったじゃねえか」

衝撃が脳天から突き刺さり全身を突き抜けていった。一瞬目の前がまっ暗になり、次に白っぽい風景に変わり、やっと輪郭《りんかく》がはっきりしてくると、敏勝のにやにやした顔が目に入り、改めて驚愕《きょうがく》に襲われた。

「久美子に会ったのか」

やっと声を振り絞った。

「大精興産石油事業部営業二課。本社新宿。住まいは渋谷区幡ヶ谷……」

「貴様。どうしてそれを？」

「ゴミ袋の中に、久美子ちゃんからの宅配便の送り状が捨ててあった」

ゴミ袋を漁《あさ》りやがったのかと、大場は偏執《へんしつ》的な行動を取る右田敏勝に背筋を凍らせた。久美子のマンションを突き止め、会社まで尾行していったのか。

「久美子に手を出すな」

「おじさん。俺、久美ちゃんを気にいったぜ。でも、知っているのか。久美ちゃんにはずいぶん親しくしている男がいるぜ。同じ会社の人間のようだ」

いい加減なことを言っているのか、それともほんとうにそこまで調べているのか、大場はすぐに言い返すべき言葉が見出せなかった。

「そのうち幡ヶ谷辺りに引っ越そうと思うんだ。こっちにいると、なんだか落ち着かなくってね。久美ちゃんを見ていると、若い頃のおふくろを思い出すんだ」

「貴様」

思わず、大場は大声を出した。店の者が驚いたように顔を向けた。敏勝は灰皿にたばこの先を押しつけ、おもむろに立ち上がり、

「おじさんから仲間のひとに言ってくれないか。そろそろ、捜査に協力するのも疲れたからってな。じゃあ、ごちそうさん」

ひとを食ったような態度で、敏勝はグリーンの帽子を被り、傘立てから茶色の傘を抜き取り、出ていった。

すぐに立ち上がることが出来なかった。あいつは次の標的に久美子を選んだのかもしれない。それとも、単なる脅しだろうか。ロケットの件を持ち出したことに対する報復としてあのようなことを言い出したのか。久美子は同時に複数の男性関係を持つような女ではない。だとすれば、敏勝が久美子に殺意まで抱くとは思えない。そこまで考えて、大場ははっとした。自分は娘の男関係を何も知らないのだ。もし、久美子にそのような事情があったとしたら……。いや、それより敏勝は俺の娘というだけで、久美子を狙うかもしれない。そう思うと、大場は取り乱しそうになった。

窓の外に、敏勝の姿が見えた。再び傘を差し、自転車を漕いで、来た道を戻っていく。紛れもない殺人鬼だ。あのような男がふつうの市民の中に紛れ込み、目立たないように棲《せい》息《そく》しているのだ。何とかしなければならない。そのとき、はじめて右田克夫からの年賀状の意味がわかったような気がした。右田は息子のことを相談したかったのではないか。息子が何か仕出かすかもしれないという不安があったのではないか。

敏勝の姿が消えてから目を戻したとき、テーブルの上の灰皿を見た。さっき右田敏勝が吸っていたたばこの吸い殻がある。ウエートレスが背中を見せている。大場はティッシュを取り出し、それで包むように吸殻をつまんだ。そして、素早くポケットに仕舞った。

3

内科診療室から出ると、長椅子に座っていた新谷が飛んできた。

「精神的なものらしい」

大場の言葉に、新谷は胸を撫《な》で下ろしたようだ。最近、大場は胃にきりきりした痛みを覚える。ついに先日の夜中には胃が手で絞るような痛みに襲われた。強烈な痛みは三十分ほどで止《や》んだが、ずっと胃を手で摑まれているような違和感になかなか寝つかれなかった。きょう、新谷に顔色の悪いのを指摘され、胃痛の話をしたら、強引にここに連れてこられたのだ。

「念のために、そのうち検査したほうがいいと言われたが、まあだいじょうぶだ」

いちおう薬を出しておきましょうと言うので、数軒隣にある薬局に向かった。精神的なものだという医師の説明は自分でも納得出来た。事件発生から三週間経った。他の捜査本部も右田敏勝逮捕にはほど遠い状況だった。すべて捜査が後手にまわったことが混迷を招いた原因だ。いずれの被害者にも複雑な男性関係があり、それが捜査の筋を誤らせたのだ。

そういう中で大場の心臓を抉《えぐ》ったのは、敏勝を尾行していた刑事の報告だった。渋谷区の不動産屋まわりをしており、笹塚《ささづか》、幡ヶ谷周辺の部屋を当たっているという。

別件逮捕という強硬手段に訴えようとする提案も、現在の不十分な証拠ではとうてい起訴に持ち込めないという悲観論にすぐ取って代わられた。

薬を用意してもらっている間、待合室の椅子に座っていると、聞き覚えのある声が耳に入ってテレビに顔を向けた。

「――俺が重要参考人だなんてわけがないだろう。俺は警察に協力してやっているだけさ。警察のひとは親切だ。だって、俺を疑っているわけじゃないからな」

取り囲んだレポーターたちに向かって右田敏勝が弱々しく喋っている。ふざけやがって、と猫を被っている態度にまたも胃がきりりと痛んだ。敏勝の作戦は図に当たり、はじめは容疑者浮かぶと大きく報じた新聞も、時間の経過と共にだんだん引いていき、最近では警察の見込み捜査からくる人権侵害かと攻撃しはじめていた。

「お父さまが現在どこにいるのかはわからないのですね」

「知らないな。俺は捨てられた子だからな。向こうにとっちゃ、親子だという意識はないんだろうよ」

「今、警察が秋山郷一帯を捜索しているようですが」

どうやら、父親の失踪事件に関しての質問のようだ。大場の話から、高井戸南署では右田克夫失踪事件として長野県警と協力して秋山郷の奥谷村の奥まで探索を開始した。だが、捜索から一週間経つが、右田克夫の死体は発見されていない。

「見つかるわけないだろう。だって、そんなものないんだからな。だいいち、そんなことを言い出したのはちょっといかれた刑事なんだ。どうしても、俺を犯人に仕立てたい人間がいるんだよ」

「そんなひとがいるんですか。誰ですか、それは？」

薬をもらって薬局を出たあとも、不快感が消えない。秋山郷の探索は無駄に終わるかもしれない。このままでは第四の殺人事件が起こるまで敏勝の逮捕が出来ないということになりかねない。それより、次の標的は久美子の可能性があるのだ。

大場と新谷は立石東にある敏勝のアパートに向かった。十月の爽《さわ》やかな陽気にも拘《かか》わらず、常に頸のまわりや背中に何かがへばりついているようで不快だった。それは、やはり敏勝を追い詰められない焦燥《しょうそう》感からきているのだろう。現場からロケットを持ち出してしまったという慙愧《ざんき》に堪《た》えない気持ちがまたも甦り、やりきれない叫びを発しそうになった。

アパートの階段を上がり、右田敏勝と表札のかかった部屋の呼び鈴を押した。何度も押して、やっとドアが開き、眠そうな目をした敏勝の顔が現れた。

「なんだよ、こんな早くから」

敏勝が語気を荒らげた。

「もう十時過ぎだ」

「へえ、そんな時間になるのか」

敏勝はあくびをしてから、

「ゆうべ、部屋探しで遅くなっちまったからな。そうそう、久美ちゃんを見掛けたよ。声をかけようとしたけど、マンションに入っていってしまった」

大場はもう少しで敏勝の胸《むな》ぐらに摑みかかるところだった。マンションの前で久美子を待ち伏せしていたのに違いない。

「いいか。久美子に近づくな。今度近づいたら、ただじゃおかない」

「ほう、おっかねえな。警察官のくせに脅迫するのかよ」

その瞬間、大場はこいつを殺して自分も死のうかと思った。たちまち、その思いが頭の中を占めた。最後の手段はこれしかない。そう思ったとき、突然秋山郷の深い峡谷やブナの原生林の風景の中に、右田克夫と敏勝の姿が点のように配置されている光景が浮かんだ。

「わかったぞ、敏勝。右田がなぜおまえを奥谷村に連れていったのか。父親の責任において、右田はおまえを抹殺《まっさつ》しようとしたんだ」

「また寝惚《ねぼ》けたことを言うぜ、このおやじ」

敏勝は露骨に顔を歪め、伸ばした人差し指を大場の鼻先に突きつけ、

「善良な市民を犯人扱いしていいと思っているのか。人権擁護《ようご》委員会に訴えるぞ」

と、歯を剝き出しにして叫んだ。

「おまえは人間じゃない。ひとの皮を被った獣《けだもの》だ」

新谷が大場の腕を引っ張った。同じ階の住人が騒ぎを聞きつけ、開いたドアから顔を覗かせたのだ。

気がつくと、新谷に腕を取られてアパートの外に出ていた。

「すまん、つい興奮して」

「おやじさん。気持ちはわかるけど拙いですよ」

だが、大場の気持ちは収まらなかった。久美子の名前が敏勝の口から出されると、たちまち取り乱し、前後の見境がなくなってしまうのだ。

「おやじさん。少し、休まれたらどうですか」

新谷が遠慮がちに言った。

「休み？　冗談じゃない」

「課長も心配していました。だいぶ疲れているんじゃないかって」

「疲れちゃいない」

疲れは感じないが、夜眠れないことには閉口している。眠り薬をウイスキーで喉に流し込むと、頭が重くなってすぐ寝入るが、一、二時間すると目が覚めてしまう。そうなると、頭がかってに活動をはじめる。もちろん、敏勝のこともそうだが、峡谷に向かって歩いていく右田克夫の姿が浮かんだと思うと、久美子の笑顔が現れ、そのうちに右田から届いた年賀状を見ている自分に気づき、やがて若いときの千春の顔が甦り、亡くなった妻の顔が浮かんでくる。どれも脈絡がないようでいて、あとから考えればすべて一つに収束していく。

「そうだ。明後日は奥さんの命日なんでしょう。ちょうどいい。久美子さんと久し振りにいっしょに出掛けたらいいじゃないですか」

そうか、墓参りに行く約束だったと、大場は青い空を眩しそうに見上げた。どうして、そのことを新谷が知っているのか。いつもならその詮索をしただろうが、妙に青い空が胸に染《し》みて、ふっと心が空っぽになっていた。その隙間に妻の顔とまだ子どもだった頃の久美子の顔が浮かんだ。

東京駅で久美子と待ち合わせ、東海道線で川崎《かわさき》に出て、そこから南武《なんぶ》線に乗り換え、武蔵溝ノ口《むさしみぞのくち》で降りる。今度はバスで三十分ほどで緑地《りょくち》霊園に着いた。

小高い丘の中腹に広がる霊園で、太陽が燦々《さんさん》と当たるのが気にいって、ここを妻の眠る場所に選んだのだ。多摩《たま》川や町並みを突っ切る第三京浜《だいさんけいひん》が細長く続いているのが見え、反対側に目を転じれば東名《とうめい》高速が走っている。

もし妻が生きていれば、今頃は登戸《のぼりと》の住人になっていただろう。マンション暮らしから抜け出てやっとマイホームが実現しようとした矢先に、妻が倒れた。何度も下見にやってきて慎重に考え、やっと購入を決意したとき、すでに病魔は妻を襲っていたのだ。

妻と出会ったのは警察官になって一、二年後だった。勤務していた交番の近くのマンションに住んでいた学生だった。はじめて顔を見たとき、炎に包まれたように全身が熱くなった。形のよい眉と黒い瞳、それに口のあたりが千春によく似ていたのだ。朝晩の通学の途中に顔を合わせるうちに会釈《えしやく》し合うようになった。結婚すると久美子がすぐに生まれた。夜中に目を覚ますと、いつも母乳を与えていた妻の姿を今でも覚えている。

久美子を頼んだわ。それが妻の最後の言葉だった。母親を失った久美子は毎日泣き続けた。そして、病床にある妻をほうって事件を追う大場を責めた。高校生になっても、あまり大場と口をきこうとしなかった。高卒で就職し、すぐに他に部屋を借りて出ていったのも父親を許せなかったからだろうか。久美子の心が和《やわ》らいできたのはここ数年のことだ。その久美子が今、墓の前で手を合わせている。俺はこの子をどんなことがあっても守り抜く。久美子の背中を見つめながら、大場は悲壮な決心をした。久美子のことは、新谷に頼むしかないかもしれない。刑事の妻にはさせたくないと思ったが……。

久美子がやっと立ち上がった。もう一度、大場も手を合わせた。線香の煙がまっすぐ上に向かっている。

「さあ、行こうか」

大場はやっと腰を上げた。

「ええ」

尽きない名残を振り払い、ふたりは石段を下りた。

「どこかで夕飯を食べていこうか」

「お父さん。きょうはお父さんのところに泊まるわ」

「ああ」

一瞬右田敏勝の顔が浮かんだが、すぐに消えた。自分がいっしょなら恐れることはないと自分に言い聞かせたのだ。

警察は右田敏勝の行動確認をしているが、敏勝は尾けられていることを承知して行動しているはずだ。

帰りは百合ケ丘《ゆりがおか》に出て、小田急《おだきゅう》線で新宿まで行き、そこからJRと京成を乗り継いで、四つ木のマンションに帰り着いたときには秋の陽射しは大きく傾いていた。

マンションに入り、郵便受けの鍵を外して郵便物を取り出し、それから四階の部屋に向かった。

部屋に入るなり、途中で買ってきた果物のセットを仏壇に供え、ロウソクに火を点けた。線香を手向《たむ》ける間に、久美子は部屋の片付けをはじめていた。いいというのに、久美子はまた溜《た》まっている洗濯物を洗濯機に入れ、それから浴室に行って風呂を沸《わ》かした。その手際《てぎわ》のよさは妻を見ているようだった。

着替えてからテーブルの前で落ち着いていると、久美子が声をかけてきた。

「お父さん。お風呂沸いたから入っていて。ちょっとスーパーまで行ってくるわ。野菜がないの」

「野菜なんかいいじゃないか」

「すぐだから」

「じゃあ、父さんも行くよ」

久美子が妙な顔をした。

「いや、のんびり久美子といっしょにスーパーに行ってみたいんだ」

あわてて言うと、久美子は笑みを見せて頷いた。怯えさせることになるので、敏勝が久美子を狙っていることは黙っていた。

サンダル履きで部屋を出た。近くにセブンイレブンがあり、その先にスーパーがあった。久美子がふときいた。

「母さんの買い物に付き合ったことはあるの?」

その質問が胸を締めつけた。

「いや」

それだけ言うのがやっとだった。久美子の表情を窺うと、鼻唄《はなうた》が聞こえてきた。そのことで救われた思いがした。と、同時に久美子のやさしさを見たような気がした。

久美子がスーパーで買い物をしている間、大場は入口に立って、さりげない素振《そぶ》りで行き交う人間に目をやった。自転車でやってくるひとも多い。

店内を振り返ると、久美子はレジに並んでいた。安らぎを覚えながら顔を戻したとき、さっと横切った男に気づいて緊張した。敏勝に似ていた。すぐそこに駆けた。路地に入ってみたが、もう姿はなかった。敏勝だったか、確信はない。そうだとも思えるし、そうではないとも思える。

元の場所に戻ると、久美子がきょろきょろしていた。大場は駆け寄り、

「持とう」

と、スーパーのビニール袋を受け取った。

「重いでしょう。ビールも買ったから。お父さんのおつまみも」

「あとでお金を払うよ」

「いいわよ。私だって給料をもらっているんですからね」

久美子は楽しそうだった。つられたように、大場も心が弾んできた。秋の夜の清々《すがすが》しさを身に感じた。すると、さっきの男は敏勝とは別人だったような気がしてきた。

部屋に戻った。さっそく久美子は台所に向かった。マグロとイカの刺身、鳥の唐揚《からあ》げに

野菜サラダ、それからスープを作った。二十五年ほど前の新婚当時を思い出しながら、テーブルをはさんで久美子と向かい合った。

「お母さんのぶんも」

そう言って、久美子は一つよぶんに出したグラスにもビールを注いだ。

「じゃあ」

何と言っていいかわからず、大場は少し照れながらグラスを軽く上げた。いただきますと言って、久美子もグラスを口に持っていった。

「きょうはお母さんも喜んでくれたでしょうね」

「ああ、そうだな。来年はもうひとりいるといいな」

「もうひとり？」

怪訝《けげん》そうに顔を向けた久美子がやがてその意味に気づいたのか、グラスを置き、ちょっと真顔になって、

「お父さん、なんだか変よ」

と、顔を覗き込んだ。大場はあわてて、

「何が？」

「だって、私が男のひとの話をするのをすごくいやがっていたじゃない。私が男のひとを連れてきたら殴ってやるとも言っていたわ。それなのに、いったいどうしたの」

「別に、どうってことないよ。ただ、新谷が……」

「新谷さん？」

「どうなんだ、新谷とは？」

「どうって……」

久美子は少しうろたえたようにビール壜を摑み、大場のグラスにビールを注いだが、その目に微かな潤いが生まれたように思えた。

「いや。あいつは久美子のことを憎からず思っているようだ。それとも、誰か付き合っている男でもいるのか」

「いやだわ。なんだか取調べを受けているみたい」

知らず知らずのうちに、厳しい表情になっていたのだろうか。久美子は少しおどけたように肩をすぼめて見せたが、それが話を逸らすための仕草だったような気がして、よけいに落ち着かなくなった。

久美子は親の目で見ても、妻譲りの美しい女性に成長したと思う。今まであまり意識しなかったが、久美子の顔立ちは妻より千春に似ているような気がしてならない。千春のことを思い出して切ない気持ちになりかかったが、すぐ久美子に思いを戻した。久美子にどんな結婚観があるのか、どんな男性観があるのか、まったくわからない。これは男親の悲しさか、それとも自分が親としてもっと知ろうと努力しなければならなかったのだろうか。そういえば、久美子に恋人が出来ることに常に怯え、そういった話題にはなるたけ触れないようにしていたことを思い出す。

久美子の周囲にいる男は新谷しか目に入らず、新谷がやさしい男であることを認めながら、刑事であるという理由で久美子の婿《むこ》としては対象外であると無意識のうちに考えて、安心してきたのではなかったか。

考えるまでもなく、久美子はもう二十四歳だ。恋人のひとりやふたりいてもおかしくないし、いつ結婚を言い出しても不思議ではないのだ。

「お父さん。つまんでよ」

料理に箸をつけようとしない大場を詰るように久美子が勧める。しかたなく刺身に箸を伸ばしたが、食べた瞬間、冷たい舌触りととろけるような甘みに思わず旨いと呟いた。それがきっかけになって急に空腹感を覚え、今度は忙しく箸が動いた。満足そうな久美子の顔が目の端に映り、

「おまえも食べろよ」

と、逆に言い返した。

「食べているわ」

いつの間にか、久美子の微妙な話題から逸れて、元のように穏やかな父娘の関係に戻った。野菜サラダのドレッシングは久美子の特製で、ニンニクを入れた醬油《しょうゆ》味《あじ》は大場の好

みの味だった。

「あっ、いけない」

と、いきなり久美子が立ち上がり、ベランダに向かった。洗濯がとうに終わっていたのだ。久美子は洗濯機から洗い物を取り出し、一枚ずつ干していった。しばらくして戻ってきて、ぽつりと言った。

「妙な男がいたわ」

「妙な……」

反射的に立ち上がり、ベランダに急いだ。しかし、街灯の明かりが細い路地を仄《ほの》かに照らしているだけで誰もいなかった。大場はしばらくそこに立っていた。急に頭の中で、敏勝に関する思考がはじまったのだ。このような状態で久美子の前に戻ることがためらわれた。

大場は自分の気持ちのなせるままに敏勝のことを考えた。敏勝が自分を捨てた親を怨《うら》んできたことは間違いない。ただ、母親に対しては複雑な感情を持っている。それがあの若い女性、いや女性たちを襲った動機になっている。じゃあ、父親に対してはどうなのだ、と自問する。育ての親の葬儀で克夫と再会してからたびたび会っていたことを考えても、母親に対するほどのわだかまりはなかったはずだ。もっとも、捨てたと言っても、母親のほうが文字どおり捨てたのであって父親のほうはまがりなりにもしばらくは育て、その後でしかるべく養子に出しているのだ。こう考えれば、父親に面白くない感情はあっても殺意まで生じるとは思えない。それでも、結果的には父親を殺していると思われる。あくまでも想像であるが、右田克夫が恐るべき息子を自らの手で始末しようとして逆に殺されたとみるべきだろう。つまり、敏勝にしてみれば、自分を殺そうとした父親に気づいた時点でもう憎悪の対象でしかなくなったことになる。

そして、問題は大場だ。父親の竹馬の友であり、蒸発した母親のことも知っており、さらに最後に父親がすがろうとした相手であることを敏勝は知っている。その大場は、事件現場で紛失した銀のロケットを拾い、さらに父親の死を追及し、連続殺人犯として自分を付け狙っている。敏勝にとっては、父親の再来と思ったかもしれない。だとすれば、父親に向けた憎悪が大場に対しても生じたのであろうことも想像がつく。

「お父さん、いつまでそんなところにいるの」

背後からの声で、さっと潮が引くように右田敏勝への思いが消えた。

「風が気持ちよかったんでね」

大場は言い訳をしながら、部屋に戻った。

今度はお酒に変え、最後に軽くごはんを食べた。久し振りに気持ちよく酔ったような気がする。大場はごろりと横になった。

「だめよ、そんなところで寝ちゃ。今、布団を敷くわ」

　ああ、と言いながら瞼が重くなっていくのをどうにも止めようがなかった。最近ずっと続いていた寝不足のせいだ。すっと奈落の底に吸い込まれそうになったとき、また「あの男が」と言う久美子の微かな呟きがたちまち大場の神経を刺激し、無意識のうちに跳ね起きていた。

　大場はベランダに飛び出した。久美子の横に立ったとき、電柱近くの暗がりに立っている敏勝を見た。思わず拳を握った。暗くて表情はわからないが、笑っているようにも思えた。

「誰、知っているひと?」

　久美子が不安そうにきいた。

「いや、知らない人間だ。たぶん、他の部屋の人間に用があるんだろう。若い女性も住んでいるからな。さあ、入ろう」

　大場はそう言って久美子を室内に入れた。時計を見ると、十時半になるところだった。すぐに飛び出していって敏勝を問い詰めたいが、彼が具体的に何かをしたというわけではなく、問い詰める以上のことは何も出来ないのだ。それに、久美子を怯えさせたくもなかった。

　仏壇のある部屋に久美子が寝、隣の部屋に大場は布団を敷いた。大場は久美子が部屋に入ってしばらくしてからベランダに出てみた。敏勝はいなかった。十一時をまわっていた。念のために、玄関のドアを開いて廊下に出てみた。そこに立ったとき、自転車にまたがって敏勝が走り去っていく姿を見た。明かりが消えたのを確認して、ようやく諦めたようだ。それにしても、敏勝というのは何という男なのだ。おそらく、夕方から待ち伏せていたに違いない。そして、この時間までこのマンションの周辺をうろついていたのだ。その執念深さや偏執的な行動に改めて嫌悪感と同時に不気味さを覚え、そしていつまでもあのような狂犬を野放しにしておいてはいけないと思った。

冷たい空気をいっぱいに吸い込み、そして大きく吐き出し、気持ちを落ち着かせてから部屋に戻った。

布団に入ると、襖を隔《へだ》てた隣から久美子の声が聞こえた。

「お父さん」

「なんだ」

天井を見つめながら、大場は問い返した。

「私、最近になってやっとわかるようになってきたわ。お母さんはお父さんと結婚してきっと幸せだったんだって」

「何を言うんだ」

「いつ思い出してみても、浮かぶのは穏やかな顔だけなの。そういえば、お母さんの泣き言を聞いたことないわ」

「俺には過ぎた女だったんだ。もっと、いろいろしてあげればよかったと後悔している」

もう俺に出来るのは最後に交わした約束を立派に果たすことだけだと大場は思った。久美子のことを頼むと言った妻の声が甦った。

「私も結婚するならお父さんのようなひととするわ。じゃあ、お休みなさい」

お休み、という声が喉に詰まった。もう一度言い直そうとしたが、涙声になりそうなので口をつぐんだ。

目を覚ますと、味噌汁《みそしる》の匂いが漂ってきた。やはり夜中に何度か目覚め、なかなか寝つけなかったが、いつもと違って心地よく目覚めた理由が味噌汁の匂いだとわかった。起き上がると、エプロン姿の久美子が食卓の支度をしていた。

「いい匂いがして目が覚めた」

洗面所から戻って食卓についた。朝刊が置いてあった。新婚時代を思い出させるように朝の時間が流れていく。新聞を手にする。殺人事件の捜査難航の記事が、人権問題と絡《から》めて載っていた。最初にY氏を重要参考人として事情聴取を重ねながら容疑が晴れると、次にM氏を責めた。このM氏には他の二つの殺人事件の容疑もかかっているが、証拠もなく、またも警察の失態をさらけ出したようだという内容だった。しかし、別のページにきょう発売の週刊誌の広告が出ていて、そこの特集記事に、「容疑者Mの疑惑」という見出しが大きく出ていた。

ごはんと味噌汁を持って久美子がやってきたので、あわてて新聞を閉じた。

「そういう恰好していると母さんにそっくりだ」

エプロン姿を眩しく見つめて言うと、久美子はうれしそうに笑い、

「いただきます」

と、明るい声を出してごはん茶碗を持った。大場は味噌汁を口に含んでから、湯気の立っているごはんにたまごと混ぜた納豆を掛け、その上に削り節を振り掛け、醬油をさっと垂らす。お新香《しんこ》も旨かった。

「野菜も食べてよ」

と、久美子が野菜サラダを勧める。珍しく大場はごはんをお代わりした。食べ終わったとき、電話が鳴った。久美子が出ようとするのを制したのは、署からだという予感がしたからだ。何かあったのかもしれない。

大場は急いで受話器を摑んだ。興奮した新谷の声が聞こえた。

「おやじさん。殺人《コロシ》です。白鳥《しらとり》五丁目三の一の『ユーローマンション』の三〇二号室の光石《みついし》まりな方で、若い女が頸を絞められベッドの上に仰向けになって死んでいました」

「まさか」

「ええ。胸の上で合掌させられていました。これから、こっちも出発します」

「わかった。直行する」

あわただしい電話の雰囲気を感じたのだろう。久美子が心配そうな顔を向けてくる。

「すまない。すぐ出掛けなくちゃならなくなった」

　妻とも何度もこういう場面があったことを思い出し、そのときの少しだけ悲しそうな表情になった妻の顔が甦り、大場は胸を針で刺されたような痛みを覚えた。

「だいじょうぶよ。後片付けをしておくから、気にしないで」

「そうか。せっかくいっしょに部屋を出ようと思ったんだが」

「また、ね。さあ、早く支度しないと」

　大場は急いで着替え、最後にいつもの紺の上着を羽織ってから、部屋を飛び出した。現場の白鳥五丁目は同じ葛飾区内で、ここからそれほど遠くない。タクシーを待つより自転車のほうが早いと思って、大場は自転車を出した。

　昔の曳舟川《ひきふねがわ》を埋め立てた道を走り、お花茶屋の踏切を越える。右手は白鳥二丁目だ。現場まで十五分足らずで着いた。

　都営住宅があり、児童公園の横手にあるマンションだった。すでに、所轄の警邏のパトカーが出動し、入口の前には警察官が立っていた。

4

死体は胸の上で合掌させられていた。暴行のあとはなく、衣服に乱れがないのは犯人が犯行後に整えたのだろう。加島音子の殺害現場と状況は似ていた。

死体を見て、死後硬直などから、死後八時間乃至《ないし》十時間という大まかな感想を持った。

現在午前八時二十分。死後八時間くらいとすれば犯行は午前零《れい》時過ぎということになる。

ゆうべ、敏勝が自転車で去っていったのは十一時十分頃だ。四つ木からなら余裕で犯行時刻に間に合う。

何げなく自分の上着のポケットを触ったとき、全身を電流が貫いたような衝撃を受けた。そして次の瞬間、まるでモーターが動きはじめどんどん回転数を増していくように脳細胞が活発になった。目の前に、敏勝が手を下した遺体がある。おそらく、この殺人現場に奴の犯行を裏付けるものは何もないだろう。連続殺人の中で唯一奴の失敗は、加島音子の部屋にロケットを落としていったことに気づかなかったことだ。逆にいえば、奴の首根っこを捕まえることができる唯一の証拠を大場が消してしまったことになる。

もしそのことさえなかったら、この目の前の女性が生を断たれることはなかったはずだ。自分の失態は大きく、悔やんでも悔やみきれない。しかし、ここでまた奴を捕まえることが出来なければさらなる被害者を出すことになるだろうし、それより娘の久美子に危害が及ぶ可能性が大なのだ。絶対に、奴の犯行をここで打ち止めにしなければならない。

しかし、一見しただけでも、室内は整頓されているし、遺留品が見つかる可能性はないと見抜いた。このままだと、またも奴を追い詰めることは出来ない。

大場は段を積み重ねるように思考を順次進めていった。それは自分がこれから取ろうとしている行為を正当化するための理論武装であり、自分を納得させるための儀式なのかもしれなかった。

これ以上、敏勝を野放しにすることは許されない。これは天が与えてくれたチャンスだ。大場はそっとポケットに手袋をはめた手を入れた。留めてある輪ゴムを外し、ハンカチを広げる。ロケットの鎖に触れた。それを摘まんで、取り出す。背後で、あわただしい音がする。誰かが到着したのだろう。

ポケットから手を出すと、大場はロケットをベッドの下に投げた。そして、急いで寝室を出た。

本庁の機捜や捜査一課の強行犯捜査係、鑑識、それに加島音子の捜査本部からも主だった人間が集まってきて、マンションはごった返した。

当然、大場は現場から追い出され、三〇二号室に入ったのは幹部クラスの数人だけだった。先に到着していた捜査員が隣室の住人などから得た情報によると、被害者の光石まりなは二十八歳、昼間は荒川区町屋にあるマイクロメーターや精密機器の部品を製造する田《た》川《がわ》製作所という会社の経理を担当しているが、夜は週二日、スナックでアルバイトをしていたという。その店は、鏡台の上にあったアドレス帳からすぐわかった。亀有《かめあり》三丁目にある『たんぽぽ』という店だった。先程、その店のママに連絡を取って確認したらしい。

鑑識作業が行われている間にも、現場の責任者である刑事課長の指揮により、捜査員は他の部屋の住人や近所、あるいは通行人などに聞き込みに走り、また犯人の足取り捜査のために最寄りの交通機関に当たりに出掛けた。電車はJR亀有、京成お花茶屋、あるいは青砥などの各駅があり、あとは車という線だが、いずれも見当違いだ。

発見者はマンションの管理人で、被害者の弘前《ひろさき》の実家の母親から電話が入り、娘が電話に出ないので様子を見てくれないかと頼まれて部屋に入ったのだという。被害者は管理人と親しくしていたらしい。実家から送ってきたリンゴなどをいつもおすそ分けしていたという。

大場は通行人の聞き込みをするためにマンションの外に出ると、大勢の捜査員が現場周辺の遺留品の捜索を行っていた。くわえたばこでやってきた若いサラリーマンふうの男が、警察官がうようよしている光景を見て驚いたのか急に足早になった。男があわてて逃げるように去っていく姿を見ながら、またも太陽の光線が目に入り込んだような刺激を受けて、大場は目が眩んだ。ポケットの中に、敏勝が捨てた吸い殻を入れっぱなしにしていることを思い出したのだ。

マンションのすぐ横に都営住宅が建っている。その手前が児童公園だ。大場は聞き込みに行く振りをしながら、かってにそこへ向かった。

まだ朝の食事の時間のせいか、公園に人気《ひとけ》はなかった。もっとも、事件現場のほうに野次馬となって向かっている人間も多いだろう。公園に入り、大場はベンチの前で靴の紐を結び直すようにしゃがみ込み、素早くポケットから取り出した吸い殻を捨てた。

犯人がここを通って逃走したということはあり得ない。下見だ。被害者が寝静まるか、帰宅するのをここでたばこを吸いながら待っていたという解釈がなされるかもしれない。

大場は立ち上がり、数歩行ってからまたしゃがんで、もう一方の靴の紐を結び直したのは、現場のマンションの各階の廊下にたくさんの野次馬がおり、犯行現場の部屋がある三階に警察官の姿が多く見えたからだ。絶対に怪しまれてはならない。それから、たまたま公園の前を通りかかったらしい初老の男性を呼び止め、事情を話してからもっともらしく質問をした。

「こちらにお住まいですか」

「そうです」

中小企業の管理職という雰囲気の男は胸を張って答えた。

「ゆうべ、何時頃、お帰りでしたか」

「私ですか。十時ちょっと過ぎですけど」

「その頃、何か不審な人物とか、車の音とか、そんなものに気づきませんでしたか」

「いえ。何も気づきませんでした」

そうですか、どうもご協力ありがとうございました、という声が興奮のために上《うわ》ずるのがわかった。聞き込みの捜査員がふたりこっちのほうに近づいてくる。大場はふたりを待った。そして、

「この建物の一階と二階は俺が受け持つ」

と強引に言い、聞き込みのために建物に向かった。ふたりもあとに続き、階段で三階に向かった。

大場は一、二階の各部屋を訪ね、不審者目撃の有無をきいた。その中で、二階に住む三十代半ばの男性が夜十一時頃、公園のベンチに男がいるのを見ていた。十一時という時間では右田敏勝ということはあり得ない。その頃、彼は大場のマンションを見張っていたのだ。だが、いちおう証言は利用出来ると思い、部屋番号と証言者の名前を手帳に控えた。

一通りの聞き込みを終えて外に出たとき、大場は証拠資料収集の捜査員が公園にまで進出してきていることを知った。

その収集の様子を目の端にとらえながら、大場は現場に戻った。すでに捜査員の現場観察が終わり、鑑識課の係員が中心となっての現場観察や資料収集作業がはじまっていた。

「おやじさん、どこに行っていたんですか。課長が呼んでいます」

新谷が背後から声をかけてきた。

「何かあったのか」

とっさにロケットの件だと思い、大場は思わず緊張して声が震えた。新谷は事情を知らないようだ。

大場は三階に上がった。エレベーターを降りると、葛飾中央署の関井係長が大場の顔を見てから振り返り、

「課長、来ました」

と、叫んだ。そして、大場を急かした。

三〇二号室に入ると、リビングに鑑識係や刑事課長が集まっていた。

「何か」

「これだ」

そう言って、刑事課長がビニール袋に入れたものを見せた。紛れもなく、この数週間の間肌身離さず持っていた銀のロケットだ。大場は息を呑み込み、

「これは?」

と、やっとの思いで口に出した。

「ベッドの下に落ちていた。こんな錆びついたものを若い女性が持っていたとは思えな

い。被害者のものではないとすると、加害者の持ち物の可能性がある」

「ちょっとよろしいですか」

大場はビニール袋の上をつまむようにして持ち、蛍光灯の明かりに透かした。視線が自分に集まっているのがわかる。大場はどういう態度が一番自然か、ビニール袋を翳《かざ》しながら必死に考えた。オーバーになることだけは避けなければならない。しかし、落ち着き払っているのもおかしいように思える。

「あっ、これは」

大場は軽い驚きの声を上げた。刑事課長の顔を見て、

「確か、これは右田克夫、敏勝の父親ですが、その父親が肌身離さず持っていたものに似ています」

敏勝が持っていたという断定は避けようとした。

「間違いないか」

「このロケットは昔、私が贈ったものです。そうだ、父親はこの中に最初の妻の、つまり敏勝の母親の写真を入れていました。この蓋を開けてみれば」

「若い女の写真が入っていた。それも古い写真だ」

そう言いながら、鑑識係がビニール袋からそっと取り出し、白い手袋をはめた手で注意深く蓋を開け、写真を大場の目の前に突き出した。あえて、それに手を伸ばそうとせず

に、大場は写真を見た。わざと少し間を置いた。そして、今度は少し声の調子を高めて、

「敏勝の母親です。若い頃の写真に間違いありません。昔、何度も見せられたものです」

たちまちその場にどよめきが起きた。

「とうとう尻尾《しっぽ》を出したか」

刑事課長も昂った声を出した。証拠品の捏造という違法行為に対する後ろめたさはなかった。これで久美子に襲いかかるであろう危険を未然に防ぐことが出来るのだ。そして、自分の失態の埋め合わせも出来る。もちろん、新たな犠牲者を出したという事実は重くのしかかってはいるが、それでも敏勝をとうとう捕まえることが出来る喜びのほうが勝《まさ》った。


午前十一時からはじまった捜査会議は活気づいた。加島音子殺害事件の捜査本部は、連続殺人事件に名称を変え、右田敏勝を容疑者に断定したのだ。そして、敏勝を目撃した者はいないかという一点に絞った聞き込み、右田敏勝のアリバイ、そして被害者との接点の調査など、改めて役割分担をし直した。また、青戸のスナックでの傷害事件での逮捕状を裁判所に請求し、いつでも別件で逮捕が出来るように準備することになったのは、敏勝が身の危険を感じて姿を晦ますかもしれないからだ。そのために捜査員をアパートに張り込ませることにした。こうして、敏勝逮捕に向かって捜査本部全体が動き出したことに、大

場は深い感慨を持った。思えば、右田克夫からの年賀状が届いた時点で会いに行っていれば、これほど多くの犠牲者を出さずに済んだかもしれないし、また加島音子の殺害現場からロケットを持ち出したりしなければ、光石まりなを犠牲者の中に数えることはなかったのだ。そういった慚愧に堪えない思いも、これで消せるのだと思うと、久々に心が晴れた。いや、実のところ、これで久美子が危険に曝される心配がなくなったという安堵感が、台風一過のような爽やかさになっているのに違いない。

ただ、晴れやかな心に微かに一点の翳《かげ》りをもたらしているものがあった。証拠の捏造という違法行為をやったというやましさが、ときたま苦痛をもたらすのだ。いくら、犯人に間違いないと思っていても、自分の警察官人生のすべてを否定しかねないほどの卑劣なやり方だということを承知しているからこそ、よけいに苦痛を覚えるのだ。

昼を過ぎて、捜査員は会議室を飛び出し、獲物を見つけた猟犬のような威勢のよさで町に出ていった。どの捜査員からもそれまでの息苦しさから解放されたように張り切っている様子が見て取れた。これでいっきに右田敏勝逮捕に向かうことは間違いなかった。最初は別件になるだろうが、間を置かず光石まりな殺しでも逮捕ということになるはずだ。その上で、先の加島音子殺害事件の追及へと進む。今はそのタイムテーブルを鮮やかに思い描くことが出来る。

大場は新谷を連れて亀有三丁目のスナック『たんぽぽ』に出向いた。居酒屋やレストランなどと並んでマンションがあり、その一階がラーメン屋とスナックになっていた。そのスナックのネオン看板に『たんぽぽ』と書かれていた。扉の横の壁には「フロアレディー募集」の貼り紙。もちろん、この時間は店を閉めているが、ママの柏田《かしわだ》レミ子はそのマンションの十階に住んでいる。ラーメン屋の横を入ると、正面にエレベーターがあった。

十階の一番奥の部屋が柏田レミ子の部屋だった。チャイムを鳴らすと、インターホンに応答があった。警察ですと告げると、しばらくして四十前後の女性が顔を出した。化粧をしていない顔は青白かった。

「どうぞ」

柏田レミ子は中に招じた。大場と新谷は玄関に入ると、ここで結構ですと断り、さっそく用件に入った。

「光石まりなさんはいつからお店で働いているのですか」

「去年の秋、確か九月頃です。ですから、もう一年以上になります。彼女、客あしらいが上手だったのに」

ため息交じりに言うのは光石まりなの死への嘆きではなく、アルバイトの女性がひとりいなくなったという損失のほうが、彼女にとっては大きな問題なのだろう。

「犯人の目星はついているんですか」

彼女が真剣な眼差《まなざ》しできいた。

「いえ。まだ」

大場が否定すると、また彼女がため息をついた。どうやら、警察に何度もやってこられるのを恐れているらしい。

「お店に、右田敏勝という客は来ていませんか」

「右田敏勝？　いえ」

「光石さんからそのような名前を聞いたことは？」

「ありません」

「ところで、光石さんの男性関係はどうでしたか」

敏勝は、若い頃の母親像を重ね合わせた女性に複雑な男性関係があるのを知った時点で、殺意のスイッチが入るのではないか。だとすれば、当然、この光石まりなにも何らかの複雑な異性関係があったと思うのも、そう飛躍した考えではない。果たして、柏田レミ子はちょっと口許を歪めた。が、彼女はそのことを言おうとしなかった。大場は穏やかながら、強い口調で、

「もし、あなたに話していただけなければ、お店のお客さんにひとりずつ当たらなくちゃならないことになります」

眉をひそめたのは、客に迷惑がかかることを恐れたからだろう。いや、そんな殊勝な気持ちより客離れが怖いのだ。だから、彼女はあわてて口を開いた。

「あの子、赤倉《あかくら》さんと親しくしていたみたい」

隠しきれないと思ったのだろう。

「赤倉さんというのは？」

「西日暮里にある美粧堂《びしょうどう》っていう化粧品販売会社の部長ですよ」

「部長？　というと奥さんも？」

「ええ。奥さんが前の社長の娘さんだそうです。あの子、赤倉さんにかなり夢中だったわ。待って。私がそんなことを言っていたなんて黙っていてください」

「もちろんです」

「それから、他のお客さんにもあまり迷惑がかからないようにしていただけますか」

「わかっています。あなたがすべて隠さず教えてくれさえすれば、我々だってお客さんにいちいち当たる必要はなくなるわけですからね」

大場は釘《くぎ》を刺すように言う。

「うちのマネージャーや常連客の間では有名でした。だって、あの子、赤倉さんが店に来るとすぐ態度が変わっちゃうんだもの」

「ふたりは深い関係だったんですか」

「そうだと思います。赤倉さん、ここんところずっとお店に来ないから、たぶん付き合っていたんでしょう。一度、あの子にそれとなくきいたら、否定しませんでしたから」

なるほど、店に顔を出さなくなった赤倉はもう客ではないから、平気で口に出したということらしい。

「赤倉さん以外に付き合っていた男性はいないんでしょうか」

「さあ」

「彼女目当てにやってくる客もいるんでしょう?」

「どうでしょうか」

彼女の返事が曖昧《あいまい》になった。彼女の狙いは店に刑事が入り込むことを避けたいということと、客に接触して欲しくないということだろう。ホステスが殺されたために、刑事が連日のように客に聞き込みを続け、そのせいで客足が遠のいて店仕舞いに追い込まれたクラブもあるのだ。

「早く犯人を捕まえてくださいな。そうじゃないと、あの子が可哀《かわい》そうだわ」

お店のほうが心配なのでしょうと厭味《いやみ》を言いたいのを抑え、大場は礼を言って、部屋を出た。

赤倉に会うために西日暮里の会社に出向くことも考えたが、もとより赤倉に容疑があるわけではなく、またいきなり訪ねて迷惑をかけることもないという思いから、亀有駅前にある交番に寄り、そこで化粧品販売会社の住所を調べて電話を入れた。

赤倉部長を、と出た相手に言うと、しばらく待たされてから、落ち着いた、それでいて若々しい声が聞こえた。

「はい。赤倉です」

「葛飾中央署の大場と申します。光石まりなさんをご存じですね」

すぐに返事がなかった。

「亀有にある『たんぽぽ』というスナックでアルバイトをしていた女性ですが」

「知っています。それが何か」

「今朝、遺体で発見されました」

「なんですって」

「頸を絞められていました。そのことでちょっとお話を伺《うかが》いたいのですが、お時間はございますか」

「殺されたんですか」

赤倉は声を落としてきいた。

「そうです。参考までにお伺いするだけですから、そうお時間は取らせません。よろしかったら、これから会社まで」

「いえ。こちらから出向きます。警察でもどこへでも」

光石まりなとのことが会社内で知られるのを恐れたのだろう、赤倉はあわてたように言った。

結局、日暮里駅前にある『日暮里サニーホール』の一階ロビーで待ち合わせた。平日でも、結婚式があるのか、礼服姿の年配の男性が数人、固まって尾久橋通《おぐばしどお》りに面した入口から入ってきた。そういえば、きょうは大安《たいあん》だ。しばらくして、今度は振り袖《そで》姿の若い女性がやってきて、そのうしろからまた黒のスーツに白いネクタイ姿の三十代半ばと思える男が現れ、最後に中肉中背《ちゅうにくちゅうぜい》のグレイのスーツ姿の男が入ってきた。ロビーをきょろきょろしているので、赤倉に間違いないと思って、大場は近づいていた。

「赤倉さんですか」

そうです、と男は緊張した面持ちで答えた。

「彼女はほんとうに死んだのですか」

大場が頷くと、赤倉は目を閉じてため息をついた。赤倉の背広はカシミアで、ネクタイも高級そうだった。腕時計もきらりと光っていた。大場は誰もいない柱の陰に赤倉を誘い、

「光石まりなさんとはどの程度の関係だったのでしょうか」

「あの、このことは会社のほうにも内聞にしてもらえますか」

会社のほうにもというのは、家庭にもというニュアンスが含まれているのだろう。わかっています、と答えると、赤倉は安心したように、

「半年ほど前から付き合っていましたが、ひと月ほど前に別れたんです」

「別れた？」

「ええ。彼女のほうから別れ話を持ち出してきましたよ。付き合っている間はときたま彼女のアパートに遊びに行ってましたが」

学生時代は何かスポーツをやっていたのかもしれない。健康的に陽に焼けた顔は夏はサーフィン、冬はスキーという想像を働かせる。ゴルフもきっとうまいに違いない。美人の妻に可愛い子どもという、典型的な家庭の姿が浮かぶ裏で、若い女と不倫を楽しんで悦に入っている男の身勝手さのようなものが、薄い唇と広い額に滲んでいるように思えた。

「彼女が別れ話を持ち出した理由に心当たりはありますか」

「新しい男が出来たんでしょう。私は深く詮索しませんでしたが」

「その男に心当たりは？」

「いえ、ありません。ただ、なんとなく私以外に付き合っている男がいるらしいことは気づいていましたが、私は別に気にしないようにしていました」

「どうしてですか」

「彼女とは遊びですし、彼女の深いところにまで入り込まないほうが長続きすると思っていたんです。要は私といっしょにいるときだけ楽しくしてくれればいいことですから」

ずいぶん割り切った考えだ。要するに、それほど夢中だったというわけでもないのだろう。

「光石まりなさんは男性から好かれるほうでしたか」

「細身ですがスタイルがよかったですからね。胸が大きく、脚がきれいなのでいつもミニスカートを穿《は》いていました」

一瞬引っかかりを覚えたが、大場は質問を続けた。

「右田敏勝という男性の名を光石さんから聞いたことはありませんか」

「ないですね」

「あなたはゆうべどちらにいらっしゃいましたか」

「ゆうべ、ですか」

少し困ったような顔をしたあとで、

「会社の部下の女性と食事をして、それから呑みに行きました。帰宅したのは午前さまでした」

自宅は松戸《まつど》だという。その女性の名を問うと、片島千尋《かたじまちひろ》と答えてから、赤倉は窺うような目で、

「まだ犯人の目星はつかないんですか」

と、きいた。それには答えず、大場は話を切り上げ、

「また何かあったらお話を伺わせていただくと思いますが、ご協力ください」

と言って、エントランス前からタクシーに乗る赤倉と別れ、日暮里駅に向かった。

「ずいぶん協力的でしたが、ほんとうのことを喋っているんでしょうか」

新谷が並んで歩きながらきいた。

「うん。どうも調子がよ過ぎる気がしないでもないな。それに、向こうから別れ話が持ち出されたというのも、ママの話とは印象が違う」

だからといって、それが問題になるとは思われない。それより、心は右田敏勝の件に飛んでいた。時計を見ると、午後三時。もう別件容疑での逮捕状は捜査本部に届いているだろう。

さっきまで晴れ渡っていた空に、雨雲が張り出してきていた。しばらく晴天が続くという天気予報を思い出しながら、大場は暗くなった空から日暮里駅に上がる階段に目をやった瞬間、ふとさっき感じた違和感の正体がわかった。光石まりなの容姿だ。細身でスタイルがいいというまでは問題ない。次だ。胸が大きく、いつもミニスカートを穿いていたという赤倉の説明は嘘ではあるまい。たぶん、他の人間にきいても同じように答えるだろう。違和感の正体はこれだった。

敏勝の母親の千春は確かに細身でスタイルのいい美人だった。だが、肉感的という印象ではない。外見的には清楚なイメージだ。それは加島音子にも、他のふたりの被害者にも、そして久美子にも言えることだ。

「おやじさん、どうしました?」

急に立ち止まったのを訝しげに見ている新谷に、何でもないと言って、大場は駅への階段を上がった。だが、頭の中に黒い瘤《こぶ》が出来たような鬱陶《うっとう》しさは電車に乗っても消えなかった。

署に帰ると、捜査本部は騒然としていた。新たな情報がどんどん入っていた。遺留品のロケットから僅かに検出された指紋が右田敏勝のものと一致した。アリバイは不明。マンション付近で立ち去っていく不審な人物の背恰好が右田敏勝に似ていたという目撃証言など、敏勝の牙城《がじょう》にいっきに迫る勢いだった。その勢いに押されたように大場の気持ちが昂ってきたとき、水を差すような関井係長の言葉が耳に入った。司法解剖の結果から、死亡推定時刻が昨夜の十時から十一時の間と狭《せば》められたという。

「十時から十一時の間というのは間違いないのですか」

大場は関井の胸ぐらに飛びかかるように夢中できいた。ちょっと怯《ひる》んだように関井は顎を引いて、

「間違いない。というのは、彼女の会社の同僚が十一時に電話を入れている。が、電話に出なかった。その後、十分置きに何度か電話をしたが、同じだったという。十一時に電話をする約束になっていたそうだ。だから、その時間にはすでに死んでいた可能性が強い」

関井の声が途中からエコーがかかったように聞きづらくなった。はっと気を引き締めると、他の捜査員の声が聞こえた。

「十一時二十分頃、四つ木の商店街を立石方面に向かって自転車を漕いでいた右田敏勝を、巡回中の警察官が見ていたという情報も入っている。犯行後、奴は遠回りしてアパートに向かったのだ」

　このとき、何かが狂いはじめていることに気づいた。大場が自転車に乗って引き上げていく敏勝を見たのは十一時十分前後だ。十一時二十分頃に四つ木の商店街で敏勝が目撃されているということは、あのあと敏勝は『ユーローマンション』に行ったのではないということになる。さらに、犯行時刻が十時から十一時の間だとすれば、その時間、敏勝は大場のマンションを監視していた。十時半頃に、大場がベランダから電柱近くの暗がりに立っていた敏勝を見ているのだ。

　大場は目が眩み、思わずよろけそうになった体を壁に手をついて支えた。驚いた新谷があわてて手を差し出した。

「おやじさん、だいじょうぶですか」

「心配ない。ちょっと疲れが出たんだ」

　そのとき、電話が入った。坂城警部が電話を取る。右田敏勝のアパートを監視している捜査員からのようだ。

「なに。よし、すぐ行く。何とか引き止めておけ」

　電話を切った坂城が叫んだ。

「右田に逃亡の可能性がある。緊急逮捕しよう」

俄然《がぜん》、あわただしくなった捜査本部の中で、ひとり大場だけが凍りついたように立ち竦《すく》んでいた。

第四章　黒い証拠

1

正面玄関の前で立ち止まり、万城目邦彦《まんじょうめくにひこ》は目を細めてこれから向かう建物をじっと見据えた。前庭にはパトカーが二台駐車しており、自転車も数台置いてある。制服警察官がその自転車に乗って出ていくところだった。

葛飾中央署の建物を睨みつけたのは、ここが新たな戦場になる可能性があったからだ。闘志が十分に燃え上がるのを待ってから戦場に赴《おもむ》く。それが、いつものやり方であった。たとえれば、相撲《すもう》で仕切りの制限時間がいっぱいになっていく緊張感だ。ようやく、それを感じてから改めて気合いを入れて、正面玄関に向かった。

署から出てきた刑事らしきふたりの男が胡乱《うろん》げに横目に見て行き過ぎていったのは、色の褪《あ》せたブルージーンズという若者のような恰好でありながら、長髪に黒いサングラスをかけた顔は中年男のものだという不釣り合いのせいだろう。だが、そういう目で見られても、万城目は気にすることはなかった。自分に自慢出来るものがあるとすれば、二つある。その一つが、自分はかつて世間の目を気にしたことがないということだ。だからといって、他人に迷惑をかけたことはない。こっちがそのつもりではないのに、相手が迷惑と思っていることは多々あるかもしれないが、そういうものは勘定のうちに入っていない。それともう一つ。三十年近くも昔に買ったジーンズのズボンや上着を未だに着用しているということである。これにはいくつか注釈がいる。まず物持ちがいいということ。それから、中年になった今も若い頃の体型をそのまま維持しているということ。そして、先の世間の目を気にしないということと繋がり、そんな古い洋服を着ていてもまったく気にならないということだった。

正面玄関前の階段を上がって、扉を開ける。手近なカウンターの中にいる若い警察官に、留置担当者に面会したいと言い、警務課の場所を訊ねた。端整な顔立ちの若い警察官はしばらく万城目の全身をじろじろ眺めていたが、胸のバッジに気づくとあわてて電話を摑んだ。受話器に向かって何事か話しかけている間も、彼の視線がときたまこちらに向いた。壁には交通安全や痴漢注意を呼びかけるポスターなどが貼られており、廊下を気の弱そうな中年の男が歩いてきた。おそらく駐車違反かスピード違反の取り締まりにでも引っかかったのだろう。若い警察官がやっと電話を切り、

「二階の留置管理課に行ってください」

と、告げた。奥の階段を上がって二階に行くと、左手が刑事課で右手に警務課があり、その向こうに留置管理課というものがあった。そこに融通《ゆうずう》のきかなそうな顔をした顎鬚の濃い制服の男が待ち構えるように立っていた。気に食わない顔つきだと思いながら、

「弁護士会から当番弁護士として派遣された者で、第一回目の接見に来ました」

と、いちおう当番弁護士のマニュアルどおりに申し入れた。

「誰？」

相手が面倒臭そうに答える。

「東京第一弁護士会の……」

「いや、あんたじゃないよ。被疑者」

やはり顔つきが気にいらないと思ったとおり、無愛想な男だった。

「右田敏勝です」

わざと大きな声で答えてやった。

「刑訴《けいそ》（刑事訴訟法）39条一項により、同法30条の選任権者からの依頼でなければ接見させられません」

「じゃあ、本人に弁護士が来ているが会うかどうかきいてみてくださいな。被疑者本人に会う意志があれば刑訴39条一項に該当しますよ」

「そんなことを取り次ぐ義務はないよ」

万城目はますます闘志が漲り、目がぎらついてきた。相手である留置担当者がちょっと怯んだように顔を引いた。万城目は少し声を高めて、

「いいですか。警察は本人への意思確認を取り次ぐことになっているんじゃないですか。弁護人選任権者以外の者の依頼で弁護人が面会に来た場合でも、その時点で改めて被疑者本人に……」

しかめっ面《つら》の留置担当者にさらに追い撃ちをかけるように、

「だいたい、当番弁護士を要請したのは被疑者なんですよ。被疑者は会いたがっているはずなんです。ちゃんときいてきてくれるまで、ここで待ちますよ」

万城目はわざと床の上にそのまま胡座をかいた。古いジーンズはこういうことが平気で出来るからいい。布のバッグから携帯電話を取り出し、弁護士会の番号を押す。呼び出し音が鳴る前にすぐ人差し指で留置担当者にわからないように電話を切り、わざと大声で、

「万城目です。今、葛飾中央署に被疑者の接見に来ました。ところが、言い掛かりをつけられ、接見を拒否されています。場合によってはマスコミにこのことを公表してよろしいですか」

「ちょっと待て」

万城目の言葉を聞いて、相手はあわてて声をかけて奥に引っ込んだ。隣にいた若い警察

官が苦々しげな顔で何か言いたそうにしているのを横目に、わざとらしく、

「ちょっと動きがありましたので、またあとで連絡を入れます」

と電話に向かって言い、ゆっくり携帯を仕舞った。それからおもむろに立ち上がり、奥を覗き込んだ。どうやら刑事課の人間と相談をしているらしい。

十分ぐらい待ったがいっこうに何も言ってこない。だんだん腹立たしくなってきた。逮捕、勾留《こうりゅう》された被疑者の多くは法律の知識に乏しく、黙秘権などの被疑者が有する権利そのものや、その行使の仕方を知らない者が多い。特に、作成された調書に訂正を申し入れることが出来るなど、頭にないだろう。また、仮にそのような知識を持っていたとしても、警察に逮捕されただけで気が動転し、正常な判断が出来にくい状況に置かれているはずなのだ。取調官に誘導されるまま、身に覚えのない自白をしてしまう可能性もある。若い女性を殺害した容疑で捕まった右田敏勝は二十七歳だ。早く手を差し伸べてやらねば、取り返しがつかないことになってしまう。だから、早急に接見する必要があるのだ。それをなんだかんだと時間を稼ぎ、接見を諦めさせようとしているのではないかとだんだん腹立たしくなってきた。近くにいる若い警察官のところに文句を言いに行こうと向かいかけたとき、奥からさっきの無愛想な顔の留置担当者が出てきた。

「ただ今、取調べ中だそうです。申し訳ありませんが、もう少しあとにしていただきたいということです」

「もう少しあと？」

「出来ることなら、明日にしていただいたほうがいいかもしれません」

万城目は怒りが爆発しそうになるのを抑えたが、声は無意識のうちに荒くなっていた。

「明日？　冗談じゃない。警察は原則として直《ただ》ちに弁護士の接見を認めることになっているんじゃないか。それとも、捜査活動に何か支障でもあるんですか。あるんなら、その説明をしてもらおうじゃないか」

「だから、ただ今取調べの最中だと言っているでしょう」

この男はジーパン姿の万城目を見下しているのかもしれない。

「取調べを中断してでも、接見させるのが当たり前じゃないか」

またも激しい口調で怒鳴ったとき、留置担当者の顔が万城目の背後に向いた。振り返ると、肩幅の広い猪首《いくび》の男がまっすぐこっちに向かってくるのが目に入った。留置担当者は救いを求めるような目で見ており、やがて、男は万城目の前に立ち、

「刑事課の者です。今、取調べ中なんです。あと十分ほどで休憩に入りますから、そしたら接見をしてもらって結構です。ただし、接見時間は十五分以内に」

かちんときて、

「どういう理由から制限するんですか。何か捜査に支障があるんですか」

と、刑事課の刑事に詰め寄った。支障というのは、「遠隔地から関係者を呼んでの面割

りや、日没時の実況見分、交通を遮断しての検証など、他の機会に代替することが困難なケース」などであり、それらは極めて例外的なものだ。

警察がガードを固くしているのは右田敏勝の取調べが難航しているからか、あるいは落ちる寸前だからなのか、どちらだろうかと考えた。いずれにしろ、変な入れ知恵をされて、以降の取調べに支障を来《きた》すことを恐れているのは明白である。

「それとも、弁護士に会わせては拙い理由でもあるんですか」

「ちょっと待ってください。もう一度、確認してきます」

のんびりした口調で言い、また刑事課のほうに向かった。やはり時間稼ぎをしているように思えてならない。おそらく、今厳しい取調べが繰り広げられているのだろう。もうここに来て三十分は経っている。おそらく、戻ってきてから、これから担当検事に連絡を取ると言い出すのに決まっている。そうしてまたぐだぐだして時間を稼ぐ魂胆だと考えて、万城目はそれに対する反撃の方法を巡らしていると、案外と早く刑事課の刑事が戻ってきた。

「もう少しで休憩に入るそうです。これから接見をしていただきますが、三十分ということにしてください」

てぐすね引いて待っていたところだったので、その言葉に拍子《ひょうし》抜《ぬ》けしたが、相手が接見室に案内すると言うので、黙って従った。

透明なプラスチックボードで仕切られた部屋で待った。急に接見を認めたのは、被疑者がすでに落ちたからかもしれないと思った。やってもいないことで責められ、厳しい取調べに屈した経験は万城目にもあった。

万城目が大学に入った頃、大学は荒れていた。その紛争の中で、万城目も友達に誘われ、デモに参加し、機動隊員ともみあい、そして逮捕された。そのときの取調べをした警察官に殴る、蹴《け》るの暴行を受けて、その数日前に起きた皇居に向けた爆発物発射事件の犯人として自白させられた。その容疑は革新系の弁護士の力で晴れたが、警察に対する怨みが骨の髄《ずい》まで染み込んだ。さらに、デモに参加していたということで、内定の決まっていた大手商社から内定取り消しを受け、あわてて他の会社へ就職活動をしたが、危険人物とみなされたらしく冷たく撥《は》ねつけられ、行き場がなかった。そのことが警察への怨みとなって、万城目は自分の人生の方向を弁護士に向けたのである。

キャバレーやピンクサロンのビラ撒《ま》きなどのアルバイトをやりながら、といえば聞こえはいいが、それは最初の数ヵ月だけで、あとはホステスをしていた年上の女性の部屋に転がり込み、ヒモ同然の生活をしながら司法試験を目指したのだ。

係員に連れられて、被疑者の右田敏勝がやってきた。色白の顔だが、細い目が不気味な感じだった。それに薄い唇の端が少し歪んでいるのは笑っているからなのか。顎髭が伸びはじめている。

被疑者の名前を弁護士会の事務局から聞いたとき、万城目はすぐ現在マスコミで騒がれている男であることに気づいた。若い女性を三人も殺したという疑惑の中心人物であり、つい先日も新しい被害者が出た。その事件でも右田敏勝が疑われている。

しかし、そういう先入観を度外視しても、万城目は右田の顔を目に入れた瞬間、ふっと冷たい風が背中を行き過ぎたような気がした。それは妖気に似たものだ。それは一瞬であり、今行き過ぎたものが何だったのか、もう思い出すことが出来ないほどのものだったが、しこりのように気になった。係官が部屋を出ていき、右田がプラスチックボードの向こう側に腰を下ろすと、ようやく万城目の気持ちも落ち着いてきた。

「弁護士会の要請で当番弁護士としてやってきた東京第一弁護士会の万城目邦彦です。あなたが右田敏勝さんですか」

万城目は事務的にきいた。右田は目を細め、観察するように無遠慮に眺め、そして口許を歪めた。

「あんた、ほんとうに弁護士なのか」

「これが弁護士バッジだよ」

普段どおりの口調に戻した万城目は、左胸のバッジをよく見えるように突き出した。右田が疑《うたぐ》り深そうな目を向けたのは弁護士という身分に対してではなく、自分の技量に対してだろうと想像した。

「もっとまともな弁護士が来ると期待していたんだ。なんだか調子が狂っちまったよ」

「それはこっちのせいじゃない。運が悪かったと諦めるんだな。とりあえず、最低限の仕事だけは済まさんと叱《しか》られちまうから、ぱっぱと片付ける」

万城目も第一印象からあまりよい感じではなかった被疑者に何の遠慮もなくそう告げ、バッグから弁護士会作成のパンフレットを取り出し、さっそくそれに基づき刑事手続きの概略説明に入った。すなわち、逮捕から四十八時間以内に検察庁に事件が送られ、検察官はそれから二十四時間以内に取調べをし、勾留の必要があれば勾留請求をする。この場合、裁判官が勾留質問を行い、勾留するかどうかを決める。勾留が認められると、勾留請求をした日から十日間以内の勾留をされる。さらに、必要があれば十日間以内の延長をされる。この間も、警察や検察官は取調べを行う。そして、その期間内に検察官は起訴するか起訴しないか……。

万城目は説明を途中でやめた。右田が耳をかいたり、天井に顔を向けたりしているからだ。

「おい、聞いているのか」

不愉快になってきて、大声で怒鳴った。

「そんなこと知っている」

「そうか。じゃあ、もう言わん。とりあえず、これを警察官に預けておくから、あとで受け取って読むんだ」

　そう言ってから、

「これも知っていると思うが、念のため言っておく。被疑者には黙秘権、弁護人選任権がある。それから取調べについてだが、君が警察官や検察官からきかれたことが供述調書になる。もちろん、黙秘権があるから、答えたい質問にだけ答え、答えたくない質問には答えなくてもいい」

　そっぽを向いている右田を見て、万城目はばかばかしくなった。

「どうやら、先刻承知って顔だな。まあ、身に覚えのないことは絶対に認めないことだ。裁判になってからほんとうのことを言えばいいなんて甘い気持ちでいると、自分の頸を絞めることになるからな。あとは供述調書をよく確認せずに署名、指印《しいん》をしないことだ。まあ、そんなところだな」

　そう言って、腕時計に目を落としてから、

「なんだ、これなら十五分もいらなかったじゃないか」

と、ぼやいてから、

「あとで、このパンフレットを読んでおけよ」

もう一度念押しをして、万城目が腰を浮かしかけると、

「もう帰るのか」

と、右田が制した。

「当番弁護士としての第一回の接見はこれで十分だ。君みたいに法律のことに詳しい善良な市民には当番弁護士なんか必要ないようだからな。今後、弁護人を選任したいのなら、弁護士会の弁護人斡旋制度がある。それを利用することだ。まあ、気にいった弁護士が見つかることを祈っている」

「気がみじけえな」

「用件は済んだんだ。警察を待たせちゃ悪いからな」

「あんた、いくつだ？」

右田がじろじろ睨《ね》めまわしながらきいた。

「年齢なんかきいてどういうつもりだ？」

「若いのか老けているのか、さっぱりわからないからな」

万城目が再び腰を下ろしたのは、接見時間のことでもめた留置担当者の手前もあるので、もう少しこの男と時間を潰そうと思ったからでもあるが、このまま去りがたい気もしていた。正直なところ、こんな男の弁護をしたいとは思わなかったが、さっき感じた妖気に似たものの正体が気になったのだ。

「いくつだっていいさ。ところで、君はずいぶん落ち着いているが、こういう場所には馴れているのか」

「冗談じゃない。こんなところに連れ込まれて、誰が落ち着いていられるものか。俺はなにもやってないのに」

「ほんとうにやっていないのか」

「あんた、俺がなんで捕まったのか知っているのか」

「新聞で読んだ。女性殺しだ。光石まりなという女性を殺した容疑だ。どうなんだ」

「俺は関係ねえよ」

　万城目は過去に殺人犯の弁護を何度かしたことがあり、はじめての接見での印象は、ほんとうにこの男がひとを殺したのか、という素朴《そぼく》な疑問を持つことばかりだった。が、話しているうちに、相手が嘘をついているかどうか、その見極めがついてくる。

　アベックの車を襲い、ふたりの男女を殺害し、現金を奪ったとして逮捕された十九歳の飲食チェーン店の店員の弁護をしたときもそうだった。しらを切り通す少年には良心の呵《か》責《しゃく》がないように思われたが、それでもどこかおどおどした面があり、厳しい追及に心理的動揺も見られた。だから、その少年に罪を認めさせて情状酌量《しゃくりょう》の弁護をしたのだが、この右田は違う。人間の感情を持ち合わせているのかという気持ちさえ持つ。

　万城目は自分の直感を信じており、これまでその直感が間違っていたことはなかったと自負している。しかし、この右田についての判断は難しかった。自分の経験から来るセンサーは無実だということを示しているにも拘わらず、全面的に信じられないもどかしさを感じる。ふつうの人間となら五分も話せば判断がつくのに、何も摑めない。自分の直感を狂わせている男の何かが気になってならない。

「まあ、どんな逮捕理由があるのかわからんが、せいぜいいい弁護士を探してもらって頑張ることだ」

「あんた、どうなんだ、腕のほうは？」

「どうだかな」

「頼りねえな」

「クロをシロにする腕なんかはないな。シロをシロとするだけだ。クロをシロにしてもらいたいなら、たくさん金を出して腕利《うでき》きの弁護士を選任するんだな」

「シロをシロだと言ってくれればいいんだ。だが、俺をどうしてもクロにしたい人間がいる」

「どういうことだ？」

万城目は右田の目が鈍《にぶ》く光ったのを見た。その鈍い光がまたも万城目の判断を狂わせる。どんな殺人犯にも良心のかけらがあり、犯罪者特有の暗さのようなものが目やなにげない指の動きに現れるのを万城目は敏感にとらえるのだが、もし右田が殺人者だとしたら、まったく新たなタイプの殺人者ではないか。そう思わせるほど、右田は万城目が出会ってきた犯罪者たちと異質であり、それでは無辜《むこ》の人間なのかというと、もちろんそういう人間とは異なる独特な臭いを感じる。

「刑事の中に、俺を陥《おとしい》れようとしている人間がいるんだ。俺の弁護をするってことは、そいつと闘うことになる」

妄想《もうそう》に取りつかれているのだろうか。だが、目を見ても異常性は見られない。しかし、まったく正常な人間の目かというと、そうも言い切れない。異常か正常か、の判断がつかないというより、そういったものとはまったく別の判断が必要な気がするのだ。いったい、この男は何者なのだ。どんな人間なのだという怯えのような恐怖心が湧き起こった。

弁護士になってはじめて味わう不可解さだった。

「どうやら、あんたは俺に興味を持ってくれたらしいな」

いきなり右田の言葉が強烈なアッパーのように顎をとらえ、思わず脳震盪《のうしんとう》を起こしたようになった。こっちが相手の心を探っているより素早く、相手のほうがこっちの心を読み取ってしまった。そんな感じがしたのだ。

まるで、右田のペースに巻き込まれたように、万城目は身を乗り出した。

「その刑事のことを話してみろ」

右田は口許を歪めてから、

「現場に銀のロケットとたばこの吸い殻が落ちていたらしいが、あれは警察のでっち上げだ」

激しい口調になりながらも、決して興奮しているふうでもない。あくまでも冷静な右田に半ば驚き呆《あき》れながら、

「しかし、現場には君の指紋がついた銀のロケット、それから、マンション近くの公園に、ＤＮＡ鑑定の結果、あんたが吸ったものと思われるたばこの吸い殻が落ちていた、と新聞で読んだ記憶がある。これは、どう説明するんだね」

「だからでっち上げだと言っているだろう。俺はロケットをどっかで落としてしまったんだ。それを大場って刑事が拾って持っていた」

右田の言葉をそのまま受け入れることは出来なかった。

「あんた、自分が何を言っているのかわかっているのか」

「ああ、わかっているとも」

右田がプラスチックボードに顔をくっつけるようにして、

「大場って刑事は俺のおやじの幼馴染みだ。おやじがいなくなったのを俺のせいにして、なにがなんでも俺を犯人にしたがっている。だから、ロケットを拾い、関係ない殺人現場に落として俺を犯人に仕立てたんだ」

「その証拠があるのか」

「証拠？」

「大場刑事がロケットを拾い、それを現場に捨てたという証拠だ」

「証拠か……。ないな」

少し困ったような顔をしていたが、右田はあくまでも冷静だった。現場に落ちていたことは、その持ち主がその場にいたことを如実《にょじつ》に物語っている。それに対する反論がでっち上げだというのでは、現実味に欠ける。裁判官を納得させることは難しい。

確かに、警察が証拠を捏造したケースは多々ある。いや、冤罪《えんざい》事件の多くはこの証拠のでっち上げで、中でも多いのが取調べ時に作成する供述調書だ。自分の経験からいっても、強引に自白させられることがある。だから、右田の話を誇大妄想という一言で切り捨てるわけにはいかない。

「大場刑事がロケットを拾う可能性のある場所を考えてみろ。たとえば、あんたは任意で何度か警察に呼ばれたんだろう。そのとき、署内で落とした可能性はないのか」

右田が考え込んだ。

「それから、署内でたばこを吸ったか。吸い殻を署内の灰皿に捨てていったのか」

高砂の事件で参考人として警察に呼ばれたときに、右田はロケットを落とし、かつ取調室でたばこを吸った。それを警察が犯人に仕立てるために遺留品とした可能性を考えた。だがそういうことはちょっと考えられない。

そのとき、右田の背後の扉が開き、係官が顔を出し、接見時間の終了を告げた。

「すぐ終わる。待っていろ」

万城目は係官を怒鳴ってから、右田に顔を戻した。

「もう、時間がない。弁護士が決まったら、そのことを弁護士に……」

「どうだ、先生。俺の弁護を引き受けてくれないか。あんたなら、俺を助けてくれるような気がするんだ」

すぐに返事が出来なかった。こんなことははじめてだ。右田が急に泣き顔になり、

「ねえ、先生。俺を助けてくれよ。俺はほんとうにやっていないんだよ」

と、訴えた。さっきまでの不気味さはかき消え、目の前にいるのは気弱そうなただの若い男だった。その落差に呆然とした。

途中、スーパーで買い物をしてから、杉並区西荻南《にしおぎみなみ》にあるマンションに帰った。帰ったといえば聞こえはいいが、表札は奥山《おくやま》かほるとなっている。最近、懇《ねんご》ろになった女で、六本木のクラブホステスだった。

鍵を開けて部屋に入ったが、当然ながら彼女はまだ帰っていない。たいてい帰宅は午前零時をまわった頃だ。今は九時過ぎだから、彼女が帰ってくるまであと三時間ぐらいある。入口の左手にある浴室に行き、浴槽にお湯を溜める。風呂を沸かしている間に、刺身でご飯を食べた。ひとに不思議がられるのだがアルコールは一切受け付けないので、お茶専門だ。

食事のあと、風呂に入り、出てからスポーツドリンクを片手にベランダに出た。眼下に中央線の西荻窪《にしおぎくぼ》駅が見える。風呂上がりの火照った顔に夜風が気持ちよいが、右田のことを思い出し、なんとなく浮かない気分になった。

結局、右田に乞《こ》われるまま弁護人を引き受けたのだが、断りたい気持ちと引き受けたい思いが複雑に交錯していた。引き受けたくない理由は明白ではない。ただなんとなく、彼に近づいてはならないという危険信号のようなものを感じたのだ。だが、それもはっきりしたものではなく、まったく漠然とした不安でしかなかった。もう一つの引き受けたいという気持ちは、彼に対する興味だ。かつて自分が出会ったどのタイプにも属さない種類の人間ということに興味を持ったのと、自分の眼識《がんしき》が通用しない人間への好奇心といったものだ。つまり、彼の弁護を引き受けるのは、彼のために弁護をしてやろうという弁護士としての使命感に突き動かされたものではないということであり、こういう形での弁護人の受任ははじめてであった。もちろん、彼の弁護人になったからには、彼の利益のために警察官や検察官とやりあうことは当然ではあるが、それより、右田敏勝という男の本質を見てみたいという欲求が強いのだ。

それにしても、右田の弁護人になったことが、どうしてこうも自分の心を重たくさせるのかと不思議でならなかった。あのあと、いったん乃木坂《のぎざか》の古いビルの一室にある事務所に帰り、資金のない右田のために、法律扶助協会《ほうりつふじょきょうかい》の「刑事被疑者弁護援助制度」により弁護士費用の援助をしてもらおうとして申込書を作成していたのだが、そのときも、受任したことへの後悔の念が生じた。

いったい右田の何を恐れているのか、何が気になるのか、改めて自問しても明確な答えがあるわけではない。あるいは事件の異様さか。右田は大場という刑事が証拠をでっち上げたのだと言う。そういったことで弁護しなければならないことに怖《お》じ気《け》づいたのかと考えるが、警察に対する敵愾心に満ちている自分にはそれはない。かえって、闘志が漲る。

それなのに、なぜこのように気が晴れないのか。俺としたことがどういうわけだ、と自分を叱咤《しった》してから、部屋に戻った。

ソファーに横になったのは疲れているせいだろう。右田と会っていたのはたかが三十分ちょっとの時間なのに、終わったあとはぐったりした。こんな経験もはじめてだった。それにしても右田はたいへんなことを言っていた。右田の言葉が真実なら、大場は何らかのときに右田の銀のロケットを拾い、それを光石まりなの殺害現場にわざと落としたということになるのだ。そんなことがあり得るだろうか。

いつの間にか寝入ってしまったらしい。物音で目が覚めると、ミニスカートのかほるが立っていた。

「だめよ、そんなところで寝ちゃ。風邪引いちゃうわよ」

二十七歳の彼女との年齢差は二十以上あるが、それほど年の差を感じたことはなかった。だいぶアルコールが入っているようだ。万城目は起き上がり、彼女が脱いだスーツの上着をハンガーにかけてやる。その無意識の行為に、ふと自分が中年なのだという寂しさのようなものを感じることがある。三度の離婚歴のある万城目は三人の妻たちに対していつも横暴に振る舞っていて、我《わ》が儘《まま》のしほうだいだった。それなのに、かほるに対しては我が儘を聞いてあげている。あげく、無意識のうちに、帰宅した彼女の洋服の片付けをしている。そんな自分を不思議に思わざるを得ない。やはり、心のどこかでかほるとの年齢差を意識している、いや自分が五十という年齢になったことを意識しているせいかもしれない。

2

空気は澄み、風も爽やかだ。だが、秋の陽射しはここには届かない。本人が署名し、指印した弁護人選任届を受領し、正式に右田敏勝の弁護人になってから、改めて接見室で右田と会った。

「これからはいっしょに闘っていくことになるのだから、私には隠し事をせず、ありのままを喋ってもらいたい。たとえ、君にとって不利なことを聞いても、君に不利益になるような真似はしない」

万城目はプラスチックボードの向こう側にいる右田に向かって諭《さと》すように言う。

「わかっているさ。それより、この前のこと、思い出した」

「この前のこと？」

「先生の宿題だ。じつは、大場に呼ばれて、高砂橋近くの喫茶店でふたりきりで会ったことがある」

「いつだ？」

「雨が降っていた日だ。だから雨天用のゴルフウエアを着ていった。喫茶店で、そのウエアを脱いだときに落ちたんだと思う」

「喫茶店で落としたことに間違いないんだな」

万城目は確認した。

「そうだ。あそこでしか考えられない」

「何という喫茶店だ」

「『オフコース』だ」

右田の言葉に淀みはなかった。

「たばこの吸い殻もそうだな」

「そうだ。あいつの前ではあのときしか吸っていない」

万城目は不思議な思いで自信に満ちた右田の顔を見た。この男の言うことがどこまでほんとうか、どこに嘘が混じっているのか、まったくその判断がつかなかった。いや、きのう会ったときもそうだったが、自分のセンサーは嘘はついていないという判断を下している。にも拘わらず、すっきりしないのはなぜか。

「先生。俺はほんとうにやっちゃいない。あんなマンションに近づいたこともないんだ」

またも心の内を覗き込んだような右田の言葉に一瞬どぎまぎした。この男はひとの心を読むことが出来るのかと驚いたが、よく考えてみれば、今の言葉は自然に出たもので、自分の考え過ぎに違いない。気を取り直して、新たな質問をした。

「犯行時刻、君はどこにいた？」

「アリバイならある。その大場刑事のマンションの前にいた」

「どういうことだ？」

右田は口許を歪め、

「大場に久美子という娘がいるんだ。その娘があの夜、大場のマンションに来ていた。彼女が引き上げるとき、声をかけようとして待っていたんだ。でも十一時過ぎても帰る気配がなく、泊まっていくのだと思って諦めて引き上げた。二度ほど、ベランダに出てきた大場と目が合った」

平然と言う右田の言葉が事実だとは思えないが、作り話をしているようでもなかった。

「大場は俺が久美子に近づくのが面白くないみたいだ。だから、俺を何とか引き離そうとして犯人にでっち上げたんだ」

「そのことを取調べでも話したのか」

「いや、喋っちゃいない。今までずっと黙秘している」

右田は嘲《あざけ》るような笑みを口許に浮かべた。

「今後の見通しだが、明日検察庁に送致される。おそらく、最長の二十日間の勾留延長をして君を取り調べるはずだ。証拠は揃っている。したがって、君がいくら否認しようが検察官が起訴に持っていくのは間違いないだろう。勝負は法廷だ。裁判で君を無罪に持っていくためにも、これから君は私の指示に従うんだ」

「わかった」

「いいか、でっち上げだという点やアリバイについても、こっちがいいと言うまで口に出すな。今までのように黙秘を続けろ。やっていない、知らない、アリバイがある、ということだけは言っておくんだ」

万城目は少し考えてから、

「取調室でせいぜい相手を怒らせろ。少しぐらい殴られろ。そして、殴られたら派手に椅子から転げ落ちたりして大袈裟《おおげさ》に騒ぐんだ」

刑事に乱暴されたというのはあとで有利に働くから、せいぜい相手を怒らせて殴られろと言った。もちろん、万城目がいつもこんなアドバイスを被疑者にしているわけではない。こういう言い方をするのはこれがはじめてだ。これは、右田だからだ。なにしろ、この右田は自分が経験的に知っている被疑者とは異質なのだ。それと、事件そのものも異例だ。刑事が証拠を捏造して無実の人間を有罪に持っていこうとしているというのだから。もっとも、右田がほんとうのことを喋っているという前提でだが。

係官が顔を覗かせたので、万城目はきょうは素直に接見を切り上げた。早く確かめたいことがあったからだ。

一歩外に出たとたん、道路や建物に光が反射しているのかと思うほど、秋の陽射しが眩しく、思わず目を細めた。陽光の射さない接見室で過ごしたせいだ。今頃、留置場に戻った右田も鉄格子《てつごうし》のはまった窓から、秋晴れの空を眺めていることだろう。

万城目は署を出てから水戸街道を横断し、タクシーを摑まえた。二キロぐらいというから、三十分歩けば辿り着くだろうが、時間が惜しかった。

商店街を抜け、京成線の踏切を越え、やがて高砂橋の近くに見えてきた『オフコース』の少し先でタクシーから降りた。何の変哲もないふつうの喫茶店だ。

四時近い時間なのに、店はかなり混み合っていた。入って右手、道路沿いの窓ガラスに面してテーブルが二卓。左手にカウンターがあり、その中にマスターらしい髭の男と、若い女性がいた。万城目は店内を一瞥してから、カウンターに向かった。

水を出そうとする若い女に、

「客じゃないんです。こういう者ですが」

と、急いで名刺を差し出した。若い女が名刺から万城目の顔を見、それから全身をさっと見たようだった。そして、黙って、名刺をマスターに渡した。

「弁護士さん？」

名刺を見たマスターが時代遅れの恰好をした男に懐かしそうな目をくれたので、万城目は改めてマスターを見た。そういえば、年齢も同じくらいか。運動家崩れか、それとも新宿にたむろしていたヒッピー族か。そう思わせるほど、懐かしい臭いを感じた。同じような青春を送った仲間のような親しみも覚え、自然に打ち解けた口調になった。

「十月十日の午後四時頃、朝から雨が降っていた日です。こちらに葛飾中央署の大場という刑事と右田敏勝という男が窓際のテーブルにいたらしいのですが、ご記憶はありませんか」

そう言い、右田の写真を見せた。

最初に反応を示したのは若い女のほうだった。

「覚えています。あの日は雨のせいで他にお客はいなかったし、それにこのひと、ワイドショーで騒がれている男でしょう。その前にも何度か来たことがありますから。確かに、所轄の刑事さんと待ち合わせていましたよ」

「なるほど。で、刑事のほうは？」

今度はマスターが口をはさんだ。

「名前は知りませんが、顔を何度か見掛けたことがあります」

右田の言葉に嘘がなかったと知り、万城目は改めて神経が昂ってきた。

「ふたりはどんな様子でしたか」

「何だか声を抑えて深刻そうに話していたようです。ちょっと異様な雰囲気でしたね」

「そのとき、若い男、右田ですが、たばこを吸っていたかどうか覚えていらっしゃいますか」

「吸っていました」

若い女があっさりと答えた。

「吸っているところを見たんですね」

「ええ。雨が止むかどうか、ときたま外に目をやっていたんです。ですから、右田というひとがたばこを吸っているのに気づきました。でも、あとで灰皿に吸い殻がないので不思議に思ったんです」

「吸い殻がなかったのですね」

「そう。先に若いひとが帰り、そのあとで刑事さんが出ていったんですけど、テーブルの上を片付けに行ったら灰皿に灰が少し残っていましたけど、吸い殻がなかったんです」

「あの刑事さんがポケットに、丸めたティッシュを仕舞うのを見ましたよ」

マスターがグラスを拭きながら言った。右田のでっち上げ説に信憑性《しんぴょうせい》が出てきて、ますます万城目の心臓が騒いだ。

「銀のロケットのことは気づきませんでしたか」

「銀のロケット?」

「ええ。右田がここで落としたと言っているんですが」

「さあ、それは気がつかなかったな」

若い女も首を横に振った。たばこの吸い殻を大場刑事がポケットに仕舞った可能性があるとわかっただけで十分だ。裁判ではなにも大場が銀のロケットを拾ったところまで証明する必要はないのだ。ただ、その可能性さえ示せれば、それでいい。

「弁護士さんも青春時代は新宿で過ごしたくちですか」

マスターがいきなり話を変えた。

「ええ、我々の時代の青春でしたな、新宿は」

自分でも思わず口許が綻びるのがわかった。やはり、マスターも同じことを感じていたようだ。

「私の息子なんか渋谷専門ですが、やはり私は新宿三丁目ですよ。穴蔵のような地下の呑み屋でよく羽目を外しました」

「またはじまった」

そう言いながら、若い女の子は呼ばれて客席に向かった。どうやら、このマスターもときたまノスタルジアに浸るようだ。じっくりマスターと話し合いたい気持ちもあったが、今の万城目は、そのことより右田の言葉に真実味が出たことの驚きに心を奪われていた。ここにやってくるまで、まさかという半信半疑の思いだったのだ。捜査本部の刑事が被疑者を個人的に呼び出していたということも異例なことなのに、大場という刑事はそこでとんでもないことをしたかもしれないのだ。

新たな客が続けて入ってきたのをきっかけに喫茶店を後にしたが、知らず知らずのうちに興奮していたのだろう、万城目は帰る方向を見定めることなく歩き出し、気がついたときには、橋を渡っていた。

京成の青砥駅の構内で、携帯電話から新橋《しんばし》にある調査会社『沖野《おきの》探偵事務所』に電話をした。きんきん声の事務員に代わって、しゃがれ声の沖野がすぐに出た。

「万城目だ。ちょっとこれから寄りたいんだが」

「仕事ですか」

「そう」

「わかりました。帰ろうかと思っていたところですが、待ってますよ」

電話を切り、券売機に向かう。『沖野探偵事務所』は万城目が事件関係者の調査のために使っているところだった。

青砥から西馬込《にしまごめ》行の電車に乗り新橋まで出る間、大場の立場になって考えてみた。右田の話を信じるならば、大場は自分の娘に目をつけた右田を恐れ、放逐《ほうちく》する意味で証拠を捏造したものと解釈出来る。しかし、大場がそこまでしなければならない事情がよくわからない。大場は右田を連続女性殺人の犯人と思っているから、自分の娘に近づけたくないのだろう。それでも、証拠を捏造してまでも右田を犯人に仕立てようとするのは異様だ。いずれにしろ、大場のことをもっと知らなければならない。

新橋に着いて、地下道を出て、ごった返しているJR新橋駅の構内を抜けて、烏森口《からすもりぐち》に出た。ガード沿いを第一京浜《だいいちけいひん》（国道十五号）に向かう途中の、一階に呑み屋の入っている狭い小さなビルの三階に、『沖野探偵事務所』の看板が出ている。

狭い階段を三階に上がると、いきなり目の前に事務所のドアが現れる。かってに開けて中に入ると、衝立《ついたて》で仕切られていて奥は覗けない。カウンターの上に呼び鈴があるが、無視して衝立の向こうに行くと、窓際の机で色白の沖野が珍しくボールペンを持って書き物をしていた。報告書の原案を書いているのか。壁際のほうでは事務員がパソコンを使っていた。

「早かったじゃないですか」

ボールペンを置き、沖野が顔を上げた。万城目は近くにあった椅子を引いて腰を下ろした。その声で、事務員が振り返り、すぐに立ち上がった。

「どうだね、景気は？」

「ぼちぼちですね」

沖野は警視庁捜査四課の元警部補で、彼が使っている調査員も元警察官が多い。ほとんどが問題を起こして辞めた連中で、沖野も暴力団との行き過ぎた交際が辞職の理由だ。要するに金と女をあてがわれ、散々いい思いをしてきたのだ。万城目はある暴力団幹部の起こした傷害事件の弁護をしたことがあるが、その幹部を通じて知り合い、それからずっと調査を依頼している。

事務員が茶をいれて持ってきてくれた。軽く手を上げて礼を言い、湯飲みに手を伸ばした。

「で、今度は何です？」

沖野がきく。

「調査してもらいたい人間がいる。現職の警察官だ」

「警察官？」

沖野の目が光った。

「大場徳二という男だ。生まれは信州秋山郷の老芝村というところだそうだ。現在は、葛飾中央署の刑事課所属で巡査部長……」

「ちょっと待ってください」

右田から仕入れてきた情報を伝えていると、沖野は素早くメモ用紙を引き寄せた。

「幼馴染みに右田克夫という男がいる。その男との関係を中心に調べてもらいたい」

話が終わると、沖野は身を乗り出して、

「何をやったんです？」

「まだわからない。たぶん、老芝村まで行ってもらわなければならないだろう。金は明日にでも振り込む」

「すみません。なあに、警察官のことならわけはありませんよ」

「じゃあ、頼んだ」

万城目は残ったお茶を飲み干してから立ち上がった。ドアまで見送ってくれた沖野と別れ、ビルの外に出たとき、すっかり日が暮れて、呑み屋のネオンが輝き出していた。

3

検事が勾留請求をして十日間以内の勾留が認められ、右田敏勝は引き続き留置されることになった。

青戸にあるスナックでの傷害事件で逮捕し、その後、本件でも逮捕状を取りつけて再逮捕したのだが、違法な別件逮捕というわけではなかった。現場に落ちていた銀のロケットから右田敏勝の指紋が検出されたのと、『ユーローマンション』近くの団地内にある公園に、右田敏勝が捨てたと思われるたばこの吸い殻が落ちていたこと、そして、現場近くで右田らしい男が目撃されていること、さらに、犯行時間帯に右田のアリバイがないということから逮捕したのであり、不十分な証拠を補うために直接被疑者の取調べに訴えようとして逮捕したわけではないのだ。完璧《かんぺき》な証拠のもとに右田を逮捕し、取調べで追及しているのである。が、彼の取調べは捗らなかった。また、逮捕は光石まりな殺害事件の容疑だけであり、他の三件の殺人事件については逮捕に至らない状況だった。

夕方、裏付け捜査から署に戻った大場は、署の玄関からブルージーンズに肩から鞄を下げた中年の男が出てくるのに出会った。まるで一見ロックかフォークソングの歌手かと思えるような若々しい風体《ふうてい》に、くすんだ中年男の顔がそぐわない。何かの事件の関係者かもしれないと思いながらすれ違おうとしたとき、その男の目がこっちに一瞬向いたのに気づいた。いやサングラスをかけているので目の動きははっきりしないが、確かに顔がこちらに向いた。

立ち止まり、大場はその男の後ろ姿を見送った。痩せた後ろ姿はまるで学生のようだ。水戸街道の歩道に出たところで、男が振り返り、サングラスを外してこっちを見た。その顔は明らかに何十年も人生の風雪を受けてきた顔だった。今度は男とはっきり目を見合わせたと思った。明らかに、男の態度は大場を意識してのものだ。もちろん、自分の知らない人間だ。

あの男を見ていると、一瞬にして二十歳頃のことが甦ってくる。警察官になったばかりのある非番のとき、新橋でデモ隊と機動隊の衝突を見た。手拭いで顔を隠し、ヘルメットを被った学生たちが機動隊に向かって投石を繰り返し、そして今度は逆に機動隊に追われて逃げまどう。今の男を見ていると、あのときの学生たちを思い出す。

再びサングラスをかけて、男は歩き出した。

「右田の弁護人じゃないですか。ジーンズ姿だと、誰かが言っていました」

新谷が大場の耳許《みみもと》で囁《ささや》いた。昼間は聞き込みのため外を出まわっているので右田の弁護人を見る機会は今までなかった。

「あいつが右田の弁護を……」

なぜか暗い翳りが目の前を過《よ》ぎった。あの弁護士が俺のことを見ていたのは右田に俺のことを聞いたからだろうと、大場は胸に針を刺されたような痛みを覚えた。

「おやじさん、行きましょうか」

新谷に急かされ、やっと署内に入ったが、階段の途中で、大場は思い出して言った。

「おやじさんと言うのはやめるんだ」

「えっ。あっ、すみません」

今になって注意したものだから、新谷は最初は何を言われたのかわからなかったようだ。あわてて謝ったが、不審顔になっていた。大場の頭はさっきの弁護士のことでいっぱいだったのだ。

刑事課の部屋に戻り、係長席で憮然としている関井にきょうの右田の様子を訊ねた。関井のしかめっ面がすべてを物語っていた。

「相変わらずだ。取調べにならないようだ」

「取調べにならない？」

「質問したことの十倍になって言葉が返ってくる。それも関係ない話ばかり。強く出れば、黙秘。もう、手を焼いているよ」

朝九時から夜の十時まで取調べをしているが、まったく怯むことはなく、食事はぜんぶ平らげ、たばこも要求し、まるで取調べを楽しんでいるようなところもあるらしい。事件以外のことには饒舌《じょうぜつ》で、ときたま冗談さえ交えるという。

「物に関してどういう答えが返ってくるんです？」

「ロケットのことをきいても、知らないの一点張り。事件に関することになると、急に寡黙になり、アリバイがある、やっていない、と言うだけだ」

起訴前までは所轄の留置場に右田を留置出来る。したがって、ある程度自由に右田の取調べを行うことが出来た。被疑者は拘置所や刑務所のいわゆる監獄に拘禁されるのだが、警察署の留置場を監獄として代用することが出来ると監獄法ではうたっている。これが自白強要の温床といわれる代用監獄であるが、右田敏勝の場合はその効果が期待出来そうもなかった。

ベテランの取調官も右田の態度や質問に対する反応などが見定められないと嘆いているらしい。こうなれば根比べだと、闘志を剝き出しにしているらしいが、見通しが立っていないという取調べ状況を聞きながら、大場は眩んだように目を瞑《つむ》った。その網膜に、さっきのジーンズの弁護士の顔が浮かんで、あわてて目を開けると、捜査課の風景が一転して殺風景な原野に取って代わり、大場だけがぽつんと取り残されたような孤独感に襲われた。

その日、マンションに帰ったのは夜十一時近かった。手を洗い、口をゆすぎ、それから上着だけを脱ぎ、ウイスキーをロックで作った。

光石まりな殺しは奴の仕業ではないかもしれない。考えたくもない、おぞましい考えがずっと大場を苦しめている。

光石まりなが殺された時間が十月十八日の十時から十一時の間。その頃、奴はこのマンションを見張っていたのだ。大場は十時半に敏勝を確認し、十一時過ぎには自転車に乗って立ち去る姿を見ている。遺留品の銀のロケットも、公園で発見されたたばこの吸い殻も大場が捏造した証拠だ。さらに問題は光石まりなが肉感的な女だったということだ。いつも豊かな胸を誇示するような洋服を身にまとい、きれいな脚を自慢するようなミニスカート姿だったという女は、過去三件の被害者像とは異質なのだ。右田は自分の若き日の母親に似た女を求めている。それが大場の考えだが、そうだとすると、この件では敏勝はシロだ。そう結論付けないわけにはいかない。

しかし、今さら引っ込みがつかない状況に大場は追い込まれてしまっている。あの証拠品は私が置きましたなどと、どの面を下げて言えようか。ましてや、もともと高砂の現場から持ち出した品物なのだ。

大場が警察官になった動機は他に就職口がなく、たまたま募集を見たからだという程度のものでしかなかったが、警察官の経験を積んでいくうちに社会の安全を守るという職業意識のようなものが自然に芽生えてきた。刑事になってからは、被害者の無念を思いながら罪を犯した者に対してがむしゃらに怒りをぶつけていった。そういう警察官人生を今、すべて否定してしまいかねない状況にある。

ふと襲いかかった弱気の虫を封じ込めるように、右田のような人間を野放しに出来ない、そのために、俺があえて鬼になったのだ、と自分に言い聞かせた。光石まりな殺しで取調べが進められている間に、他の殺人事件の裏付け捜査が進むという望みは薄いだろう。だとすれば、敏勝を追い込むことが出来るのは光石まりな殺しだけだ。今が唯一、敏勝を追い詰めるチャンスなのだ。奴には良心の呵責など微塵《みじん》もない。そして、常に反社会的な行為に出る人間だ。社会に適合出来ない人間なのだ。そういう人間をこのままにしておいたら、また必ず犠牲者が出る。それは確信出来る。そして、その標的が娘の久美子ではないとは言い切れない。最後は私情に近い思いからの怒りだと承知しながら、敏勝を絶対に二度と外に出してはならないと思うのだった。

慙愧に堪えない思いに周期的に駆られるが、そのたびに社会正義のための行為なのだと自分に言い聞かせ、良心の呵責を封じ込めている。そして、自分の中で証拠の捏造という行為を正当化したとき、改めてほんとうに敏勝を有罪に出来るのかという不安に襲われた。

取調べで敏勝の自供を得ることは難しいと考えざるを得ない。結局、自供を得られないまま、起訴するしかないことになる。今のままで有罪に持ち込めるだろうか。そんな弱々しい気持ちになったのはジーンズの弁護士に会ったせいだ。

いつの間にかウイスキーが三杯目になっていた。ますます神経が冴《さ》えてきた。あの弁護士は敏勝からどこまで聞いているだろうか。問題は証拠の捏造に気づかれるかどうかという点だが、敏勝が高砂の殺害現場に落としたなどと言うはずはないだろう。紛失場所を適当な場所にしたら、大場がそれを拾う機会があるかどうかという問題になる。つまり、ほんとうのことを言わない限り、大場の捏造を指摘出来ないはずだ。たばこの吸い殻にしても、喫茶店で大場がこっそりポケットに仕舞ったという証拠もない。だとすれば、遺留品の捏造という反撃を弁護側がしてくることはあり得ないように思える。

だいじょうぶだ。絶対に、敏勝を有罪に持っていける。そう思って安心すると、今度は新たな雑念が生まれた。ただ一つの気掛かりは、光石まりな殺しを敏勝のせいにすることで、真犯人を見逃してしまうことだ。おそらく、真犯人は一連の殺人事件に見せかけてまりなを殺害したはずなのだ。その計略にまんまとはまることは刑事としてのプライドと正義が許さなかった。

大場は立ち上がり、部屋の中を動きまわった。真犯人は被害者の身近にいる人間だ。だから、連続殺人犯の仕業に偽装したのだ。ベランダの外に目を向けた瞬間、首都高の明かりが目に飛び込んできた。今頃真犯人は、容疑が敏勝に向いているのをいいことにのうのうとしているかもしれない。大場は真犯人を探し出そうという思いに駆られた。

4

万城目は大手町に出て、鉄鋼会社の本社ビルに出向いた。ロビーの壁には、この会社のステンレス鋼を使った建造物や、巨大なトンネルなどの写真が飾られ、中央には新しい製品を使ったビルの模型が展示されている。その脇を通って受付に行くと、ベレー帽を被った女性が少し不審そうな表情で万城目の言葉を聞き、内線電話を摑んだ。そして、すぐに

受話器を置くと、

「ただ今、下りてくるそうです」

と、丁寧な口調で答えた。万城目は軽く手を上げてその場を離れ、壁にかかっているパネルの写真を眺めた。万城目は三十年近く前、この会社の入社試験を受けたことを思い出した。もちろん、面接で落とされた。学生運動家で逮捕歴があるというのでは企業が敬遠するのは当然だろうが、万城目はただデモに参加していただけに過ぎなかった。そんな昔のことを苦く思い出していると、背後に近づいてくる足音がした。振り返ると、三十代半ばと思える暗い感じの男が近づいてくる。万城目の姿を見て、彼は戸惑いぎみに足を止め、確かめるためなのか受付のほうを振り返った。

「柳本さんですね」

万城目は声をかけた。柳本は目を見開いた。

「弁護士の万城目と申します。お忙しいところを申し訳ありません」

名刺を差し出してから、

「ちょっとよろしいですか、外へ」

入れ代わり立ち代わり来訪者があって受付は休む暇《ひま》がないようだ。外に出てから、ビルの横手にある広場に向かった。そこに花壇があり、その前で立ち止まった。空は晴れ渡っているが、風が強かった。

「警察のいい加減な捜査のためにひどい目に遭《あ》いましたね」

万城目は長い間容疑者扱いされてきたことに同情するように柳本に言った。

「やっと、解放されました」

その悔しさを思い出したのか、柳本は唇を嚙み締めるようにして天を仰《あお》いだ。

「また辛いことを思い出させるようで申し訳ありませんが、教えてください。加島音子さんから、変な男に付け狙われているようだという不安を聞いたことはありませんか」

万城目は確かめるようにきいた。

「いえ、ありません。そのことは刑事さんからも聞かれましたが、彼女は何も言っていませんでした」

ここに来る前、もうひとりの恋人である草木亭にも会って話を聞いてきたが、やはり同じように言っていた。いや、加島音子の周囲の人間だけではなく、東尾久と高井戸西の一つの事件の被害者も、不安がる言葉を周囲には漏らしていなかった。

「お電話でお願いしました加島さんの写真なんですが、お持ちいただけたでしょうか」

小さく頷き、柳本は胸の内ポケットから封筒を出した。その中から写真を取り出し、万城目に寄越した。どこかの庭園の前でのスナップだ。おそらく、柳本が撮ったのだろう。

加島音子は清楚なブラウス姿で膝小僧《ひざこぞう》が見えるくらいのスカートを穿いている。白い歯がいかにも健康そうな印象だった。妻子ある柳本と付き合い、その裏で草木亭との結婚の準備を進めるような大胆さがあるとはとうてい思えない雰囲気だった。もっとも、現代ではそういうことが特別に破廉恥《はれんち》な行為ではないということなのだろうか。

「お借りしてよろしいでしょうか」

「どうぞ。いや、いらなくなったら処分してください。もう、必要ありませんから」

思い出は、と問い掛けて、万城目は口を閉ざした。草木亭の一件がわだかまりとなっているのか、それとも死んだ人間は過去のものだということなのか。柳本には家庭があり、仕事がある。妻子も戻ってきて職場にも復帰した柳本にはそれだけの割り切りが出来るだろうが、さっき会ってきた草木亭の落ち込みは激しかった。結婚を約束し、新しい人生プランが出来上がりつつあったのを断ち切られたのだ。

「弁護士さん。あの男はどうなんですか」

出し抜けに、柳本がきいた。

「あの男?」

右田のことを言っているのはわかったが、万城目は惚《とぼ》けて逆にきき返した。何か言いかけたが、柳本はそれ以上は口を開かなかった。

ビルの入口で柳本と別れ、万城目は地下鉄に向かった。きょうで連続女性殺害事件の被害者の関係者すべてに会ったことになる。そこでわかったのは、犯人らしい人物の影を誰も感じとっていないことだ。これがなんとなく不思議な気がした。というのは、犯行が通り魔的なものではないとすれば、被害者と犯人が何らかの形で接触しているはずだと睨んでいたからだ。

万城目は右田敏勝の弁護人を受任してから、新聞記事を漁り、右田に関わる事件の記事をひと通り読んでみた。東尾久のOL殺しからはじまり、高井戸西のホステス殺し、そしてついひと月ほど前に葛飾区高砂で発生したOL殺し。さらには、自分の父親を秋山郷の奥谷村に誘い出して殺した疑いと、全部で四つの事件の疑惑に右田は曝されている。もっとも、父親の件に関しては、死体が発見されたわけではないのではっきりしていないが、状況的には事件性があるような気がする。

関係者に話を聞いてまわったのは右田敏勝に対するある疑いからだった。万城目は右田を連続女性殺しの犯人としていつしか見ていた。弁護士が最初からそういう先入観で見てはならないことは当然承知していることだが、右田に対する場合は特別に許されるような気がするのだ。それだけ右田が常識では推《お》し量ることの出来ない人間だからだ。言うに言われぬ妖気のようなものを右田は醸《かも》し出している。そのことが連続殺人と結び付けてしまうのだ。

当然のことながら、右田の経歴や人間性なども調査してみた。彼の母親が男と蒸発して行方不明になっていることや、大叔父の家に養子に出されていること、そして少年院にも入っていたことがあるなどがわかり、さらに探偵の沖野には養子先や父親の実家のある秋山郷の奥谷村まで行ってもらった。

三人の被害者の周辺から妙な男に付け狙われていたという話が出なかったのは、そういう事実がなかったというより、本人たちが不審がらなかったというのが正しいのではないか。万城目はそう思ったのだ。その根拠は最近まで彼がアルバイトをしていたというピザの宅配や、宅配便の会社などにまわってみた結果だ。意外なことに彼の評判がいいのだ。人当たりがいい、話は面白い、真面目に仕事をする。そういう答えが一様に返ってきた。特に女性はそう言う。これは万城目にとっては驚きだった。まさに、そこには好青年がいる。万城目と彼女らの受けた印象が一八〇度違っている。いったいこれはどういうことなのか。

万城目は大手町から千代田《ちよだ》線に乗り、亀有に向かった。右田敏勝との接見のためだ。万城目は右田から受ける何ともいえない恐怖心の一方で、この仕事を受けたことを喜んでいる自分にも気づいている。自分の心理をうまく推し量ることが出来ないが、そういう何か得体の知れない人間といっしょに警察に対抗出来るという高揚感かもしれない。さらに、右田のことを知るにつれ、万城目の気持ちはますます昂ってきた。こいつはたいへんな野郎に巡り合ったのかもしれないという興奮だった。

新御茶ノ水《しんおちゃのみず》から西日暮里、町屋。北千住《きたせんじゅ》から地上に出て、綾瀬《あやせ》を過ぎてそのまま乗り入れるJR常盤線の亀有に着いた頃には空は黄昏《たそがれ》ていた。右田の弁護人になってから、他の仕事をあまり引き受けないようにしているが、いくつかの会社の顧問をしており、収入面ではそれほど心配なかった。ただ、顧問会社のほとんどが暴力団関係者やいかがわしい商売をしている会社だということに少しばかり忸怩たるものがあるが、それだけ顧問料も多い。

亀有駅から中川橋《なかがわばし》を渡って葛飾中央署まで歩く間、右田とふたりきりで会わなくてはならないという怯えと、右田という人間の秘密に迫れるかもしれないという胸の昂りとが交互に生じてきて、そのたびに万城目の足の動きが遅くなったり速まったりした。ようやく葛飾中央署の建物が目に入って、知らず知らずのうちに万城目は右田の弁護人であるという意識が高まってきた。

もう何度も出入りして、すっかり顔馴染みになった婦警に手を上げて、二階に上がり留置担当者を呼んでもらい、また不快そうな顔をされながら接見室に通される。そんな毎度のパターンを繰り返して、万城目はプラスチックボードの前の椅子に腰を下ろして、右田がやってくるのを待った。

五分ほどで、右田敏勝が係官に連れられてやってきた。きょうはいつになく興奮した様子で、プラスチックボードの向こう側に乱暴に腰を下ろした。正式に弁護人を受任してからは右田から受けるどす黒い圧迫感はなくなったが、それでも何かの拍子に彼の表情に現れる不気味さは変わりなかった。

「ちくしょう。刑事のやろう、俺の髪の毛をこうして摑みやがった」

右田は忌ま忌《い》ましげに自分で頭髪を引っ張った。

「結構じゃないか。その刑事の名前は？」

万城目は手帳を取り出して、名前と日時を控えた。場合によっては公判での武器になるからだ。

「勾留期限まで、まだ間がある。それまで、あの手この手で攻めてくるだろう。絶対に自白するな。頑張るんだ」

「わかっている。そのことは心配ないさ」

「自白さえしていなければ、あんな証拠なんて問題じゃない。『オフコース』のマスターやウエートレスからもいい感触を得たからな。ところで、どうして銀のロケットをおやじさんが君にくれたのかだが」

「さあな」

「なんか理由を考えろ。おやじさんが、母親の顔を知らないのを不憫だと思ったとか、なんでもいい。もっともらしい理由を考えておけ」

「わかった」

「ともかく、証拠品への対処は出来た。次はアリバイだ」

決め手となった遺留品が二つ共、大場という刑事が光石まりな事件の直前に手にした可能性さえ示唆《しさ》出来れば、裁判官の印象は大きく違うはずだ。弁護側は検察側の訴えに疑問を投げつけるだけでいいのだ。さらに、アリバイがある程度証明出来れば、万全となる。

「犯行時間帯に君が大場刑事のマンションの前にいたことを、誰か証明出来る人間はいないか」

「大場自身だ。それから娘の久美子」

「大場が認めるはずはない。娘のほうもだめだ。誰かに会わなかったか。誰かがじろじろ見ていったりしなかったか」

「うむ」

「次に来るときまでによく思い出しておいてくれ。それより、この件も喋っていないだろうな」

「いや、何も。先生に言われたように黙秘を通している」

「よし、それでいい」

万城目の頭の中に、徐々に裁判の筋立てが出来つつあった。アリバイの主張をあえてさせなかったのは、警察側にそのことへの対応を取らせまいとしたのだ。久美子目当てにマンションを張っていたことを知られたくなかったので、ずっと言えなかったと言えば説明がつく。

他の三件の容疑は立証出来ず、光石まりな殺しだけで起訴に持っていくしかないところに警察や検察側の弱点がある。過去三件の女性殺しをつぶさに検討した結果、光石まりな殺しとそれらの事件とは少し違う印象を万城目は持っている。まず気がついたのは被害者の女性のタイプだ。先の三件が共通しているのに、光石まりなは少し違う。それだけで、過去三件の女性殺しと光石まりな殺しは別物だと言い切ることは出来ないが、その可能性が高いと思っている。そして、光石まりな殺しは右田の犯行ではないという考えは、弁護士としての嗅覚から来るものだ。言い換えれば、先の三件は右田の犯行の可能性があると万城目は思えばこそ、光石まりな殺しが右田の犯行ではないように思えるのだ。

万城目は右田の目を見つめ、

「ところで、あんたのおやじさんは今どこにいるんだね」

と、きいた。

「知らないな」

表情一つ変えずに答える右田を、万城目は冷めた目で見つめた。この男は平気で嘘をつけると見抜いているからだ。もちろん、嘘だと決めつけるわけにはいかないが、万城目は父親がこの男の手にかかっているような気がしている。銀のロケットも父親から取り上げたものだろう。急に背筋が寒くなって、万城目はいつもより早目に接見を切り上げた。

大場は西日暮里にやってきた。光石まりなを殺害した犯人は一連の女性殺害事件に偽装して犯行に及んだのであり、計画的だったということになる。偽装をしたということは、逆にいえば自分が疑われる可能性が大きいからだとも考えられる。そういうことからして、まりなが殺されたとしたら疑いはまっさきに美粧堂という化粧品販売会社の赤倉に向かうに違いない。

5

その美粧堂は千代田線の西日暮里駅に近い場所にあった。赤倉は、犯行時刻には部下の片島千尋という女性といっしょだったと答えた。美粧堂という銅板の古めかしい表札のある門を入り、四階建ての小綺麗《こぎれい》なビルに向かった。敷地の左手には、やはり社名の書かれたライトバンが何台か駐車しており、そこから小型トラックが門を出ていった。

片島千尋の名を告げると、受付の女性はすぐ受話器に手を伸ばしたが、あわてて引っ込め、大場の背後に目をやって、

「ちょうど戻ってきました」

と、教えた。振り返ると、三十代前半と思える色白の事務服姿の女性が封筒を小脇に抱えて戻ってきたところだった。光石まりなとは逆のタイプを想像していたのだが、その想

像どおり地味な感じの女性だった。

「片島さん」

エレベーターに向かいかけた彼女を、受付の女性が座ったまま呼び止めた。色白の女性は立ち止まって顔を向けた。大場はすぐにその女性に向かい、

「片島千尋さんですか」

と、確認した。

「はい」

身構えるように、彼女は顔を強張らせた。

「大場と申します。お話があるのですがちょっとよろしいでしょうか」

すぐに頷いた片島千尋の表情で、彼女が大場の正体に気づいたことを察した。警察だと名乗らないのになぜわかったのか。言うまでもない。赤倉に言い含められているからに違いない。捜査本部では赤倉にも事情聴取をしたが、その時点ですでに右田敏勝の犯行と決めつけていたのだから、特に深い質問をしていないのだ。

受付の女性が好奇心に満ちた目を向けているのがわかったので、彼女を外に誘い出した。彼女は警戒ぎみに、大場のあとを付いてきた。

建物を出て、駐車場のほうに向かいながら、

「私は葛飾中央署の者です。参考までにお訊ねしたいことがあるのです」

「なんでしょうか」

彼女は顔に似合わず芯の強そうな鋭い目を向けた。最初から対決する姿勢を見せている彼女に、大場は用意した質問ではなく、別なきき方をあえてしてみた。

「十月十八日の夜十時ごろ、あなたはどこにおいででしたか」

果たして、彼女は迷わず静かに答えた。

「赤倉部長といっしょでした」

彼女の頭の中には、赤倉のアリバイを証言するという考えがあるから、そういう答え方になったのだろう。つまり、赤倉から言い聞かされていたことを物語っている。そうでなければ、いきなり不躾《ぶしつけ》な質問をしたら、なぜそんな質問をするか反論するだろうし、そのまま素直に答えたとしても、いきなり赤倉の名前を出したりしなかったはずだ。

「赤倉さんとは親しいのですか」

「部長ですから。残業していたら、部長から食事に誘われ、それからいっしょにスナックに行ったのです」

思わずたじろぐほどの強い眼差しだった。この女は赤倉のために命を懸《か》けようとしているのではないか。そんな思いにさせられるほど彼女のひたむきな抵抗に、大場はしばし次の質問が口から出せなかった。

「スナックはどこですか」

やっと、静かにきいた。

「根津《ねづ》にある『オレンジ』というスナックです。そこに十一時過ぎまでいて、あとはタクシーで千駄木《せんだぎ》にあるマンションまで送っていただきました」

質問が彼女自身への問い掛けになっているにも拘わらず、彼女はそのことに気づかないほど、赤倉を護ろうと必死になっているのだ。なんだか痛ましい気がしたのは、大場が赤倉を問い詰める目的がないからかもしれない。もっとも、この女が嘘をついているのかどうか、まだわからない。

大場は念のために『オレンジ』というスナックの場所を聞いた。大場は迷ってから、あえて切り出してみた。

「亀有にある『たんぽぽ』というスナックに行ったことはありますか」

「いえ。私はありません」

私は、という答えも、赤倉を頭に描いてのことだ。

「光石まりなという女性を知っていますか」

「知りません」

彼女の顔は緊張のためだろう、ひきつっていた。制服姿の販売員らしい男女が社屋から出てきてライトバンに向かった。途中でこちらを気にして振り向いたので、彼女はさっと顔を背けた。

彼女と別れ、門を出てから、大場は立ち止まった。しばらくすると、さっきの男女がライトバンに乗って門を出てきたので、それを呼び止めた。

運転席の若い男は車を門の横に停め、ウインドーガラスを下ろして不審そうな顔を出した。

「お出掛けのところをすみません。警察の者ですが」

大場は手帳を見せてから、

「ある事件の参考のためにおききしているのですが、片島千尋さんのことについて」

と、切り出した。助手席にいた女のほうが身を乗り出してきた。

片島千尋は離婚歴があり、三年前から事務員として勤めているらしい。赤倉との仲をふたりは気づいていないようだった。

なんの事件ですか、ときくふたりを適当にかわして、西日暮里の駅に向かった。

千代田線で亀有に着き、スナック『たんぽぽ』の並びにある喫茶店に入っていくと、すでにやってきていた新谷がコーヒーを飲んでいた。前に座ると、新谷が顔を寄せ、

「三人ほど、わかりました」

と、いきなり言った。

『たんぽぽ』の常連客の名前だった。捜査本部が客まで聞き込みをしていないのも無理はなかった。が、右田敏勝以外に犯人がいることを強く疑っている大場は、『たんぽぽ』の

ママと光石まりなの間に何か確執がなかったか、その点が引っかかっていた。ウエートレスがやってきたが、すぐ出るからと断り、水だけもらった。

「よし、行こうか」

水をいっきに飲み干してから、大場は立ち上がった。あわてたように、新谷も腰を浮かす。

光石まりな殺しの容疑で起訴出来ても、先の三件については敏勝を逮捕出来る見通しさえ立っていない。強引にそれらの件でも逮捕していっしょに起訴し、なまじ公判で叩かれ、光石まりな殺しのほうに影響が出ないとも限らない。したがって、とりあえず光石まりな殺しだけでの起訴になるだろう。この件に関しては証拠がある。が、完璧を期するためにも、光石まりな殺しが右田以外に犯人があり得ないことを捜査しておく必要がある。そのための捜査だと新谷には告げてある。

喫茶店を出てから、新谷のメモの先頭にある薬局に向かった。駅の反対側だった。滋養強壮のドリンク剤の幟《のぼり》がはためく店頭で、頭髪の薄い四十年配の男が商品を並べていた。大場が声をかけると、主人らしい男は驚いて顔を向けた。主人だと答えた声は低音で、カラオケがうまそうだと感じた。

「事件の裏付け捜査のためなんです。ご協力ください」

そう前置きしてから、大場が切り出した。

「スナック『たんぽぽ』にはよく行っていたようですね」

「ええ、嫌いじゃないので」

マイクを持つ真似をして、主人が快活に笑った。が、すぐ真顔になって、

「まりなって子が殺された件でしょう。可哀そうなことをしたな。いい子だったのに」

「彼女はどんな女性でした？」

「胸を大きく開いたシャツとミニスカートで客とカラオケをやっていました。唄もうまかったんですが、演歌はだめ」

「客の中で、彼女と親しい人間に心当たりはありませんか」

「結構くどいていた客も多かったけど、あれで案外に堅いのか、誘いに乗ったという話は聞いちゃいません」

身持ちの堅さのせいではなく、すでに付き合っている男がいたからだと考えたほうがよさそうだ。

「彼女に熱心だった客の名前を教えていただけませんか」

「えっ、私が喋ったなんてことを知られたら」

「心配いりません」

「なら、いいんですが」

そう言って、気弱そうに顔をしかめた。

「あなたの目から見て、彼女と親しそうな男性というとどなたでしたか」

「以前は赤倉さんのことをよく口に出していましたけど」

「美粧堂の赤倉部長ですね」

「そうです。でも、彼女は他にも付き合っている男がいたみたいですから」

「他にも？　誰ですか、それは？」

「いや、私が言ったなんてほんとうに言わないでくださいよ」

「わかっています」

「店のマネージャーですよ」

「マネージャー？」

「一度、彼女とマネージャーが湯島《ゆしま》のラブホテル街を歩いているのを見たことがあるんです。昼間ですよ。ふたりは出来ていると見ています」

彼が意味ありげに言ったのは、マネージャーとママの柏田レミ子の関係を頭に置いてのことらしい。

「ママとマネージャーの関係は？」

「まあ、愛人関係ってところでしょうね」

「ママは、マネージャーとまりなのことを知っているんでしょうか」

「さあ」

主人は小首を傾げてから、

「でも、『たんぽぽ』でも連続女性殺しの事件の話をよくしていたんですよ。まりなさんにも、あんたも気をつけたほうがいいと冗談を言っていたんですが、まさか、それがほんとうになるとは……」

「お店で、そんな話題がよく出ていたんですか」

「そうです。ママなんかもいっしょになって、あんたは狙われるタイプだからって言ってました」

「誰がそんな話を最初に？」

「誰ともなくですよ」

薬局の主人と別れ、他の常連客を何人か当たったが、聞いたのは同じような話だった。ママの柏田レミ子にもまりな殺しの動機があるということになる。

マネージャーは小井戸順次《こいどじゅんじ》という三十五歳の男で、ここから十五分ほど歩いたアパートに住んでいるというので、そこまで行ってみた。

中学校を過ぎ、やがて右手に団地が見える場所に小井戸順次の住むアパートが見つかった。階段を上がった二階の右から二番目の部屋で、インターホンを鳴らすと、しばらくしてパンチパーマの色黒の男が顔を出した。

「小井戸さんですね」

警察だと告げると、小井戸は一瞬緊張したようだった。

「光石まりなさんの事件のことで、ちょっと事後調査の必要がありましてね」

「どうぞ、入ってください」

小井戸は中に引き入れた。玄関の狭い三和土《たたき》に立ち、改めて小井戸と向かい合ってから、大場は切り出した。

「光石まりなさんはどのような女性でしたか」

口のまわりを手の甲でこすってから、小井戸は目を細め、

「かなりもてたでしょうが、根は寂しかったんでしょうね。だって、周囲の男は彼女の顔より体のほうに目が行くって感じでしたからね」

この男にはすでに他の捜査本部員が事情聴取を行っている。光石まりなのスナックでの様子を知るためだ。

「あなたは、どうなんです？」

小井戸は眉をひそめ、

「私は別に……」

「不躾なことをおききしますが、あなたとママはどのような関係なんですか」

「私は雇《やと》われている身ですよ。以前に、ママが働いていたクラブでボーイをやっていた関係で、ママが店を開くときに誘ってもらったんですよ」

「そのクラブの名は？」

「銀座七丁目にある『社交界《しやこうかい》』というところです」

「ママはどんな経歴のひとなんですか」

「以前は大手商社の秘書課にいて、結婚に失敗してから銀座に出たそうです。それから、いくつかクラブを変わっているようです。それ以外のことはあまり知りません」

「すると家族は？」

「弟がいます」

「光石まりなさんとあなたが親しいという噂を聞いたのですが」

「誰ですか、そんなことを言ったのは？」

小井戸は怒り顔になった。

「どうなんです？」

「出鱈目《でたらめ》ですよ。私は関係ない」

「ところで、光石まりなさんと親しくしていた男性をご存じじゃありませんか」

「他の刑事さんに言いましたよ。美粧堂の赤倉さんですよ。あのひとにはかなり熱を上げていたようです」

ママと同じことを言うのは、口裏を合わせているのかもしれない。店の客にいたずらに警察が接触しないようにするために、わざと赤倉の名前を出しているのか、それとも本気でそう考えているのか、よくわからない。

「赤倉さんとは最近まで付き合っていたのでしょうか」

「さあ、よくわかりませんね」

「彼女から異性問題で相談を受けたことはありませんか」

「いえ、ありません」

「彼女の口から右田敏勝という男の名を聞いたことは？」

「いえ、ありません」

「あなたは彼女の部屋に入ったことはありますか」

「ありませんよ。どうして私が彼女の家に行かなくちゃならないんですか」

小井戸は語気を荒らげ、

「それより犯人が捕まっているのに、なぜそんなことをきくんですか」

「念のためです。それに、万が一真犯人が別にいるということもあり得ますからね」

小井戸の目が一瞬動いたのを、大場は見逃さなかった。もし、新谷といっしょでなければ、さらに突っ込んでみるのだが、そうもいかなかった。ただ、ある一点だけ口に出し、反応を窺ってみることにした。

「よく店で、客が連続女性殺しの話題を出して、光石まりなさんをからかっていたそうですね」

「ええ。まさか、それがほんとうになるなんて」

取って付けたように小井戸が言った。

この男にはアリバイがある。事件当夜も店に出ていたのは客が証言している。それでも何か隠しているような気がしてならない。

小井戸の部屋を辞去して外に出たときには、陽が傾いていた。大場と新谷は亀有から千代田線で根津に出た。言問通りを上野《うえの》桜木《さくらぎ》のほうに向かう途中の路地を左に折れると、スナック『オレンジ』の看板が見えてきた。

ちょうど火点《ひとも》し頃《ごろ》になり、各飲食店のネオンに明かりが徐々に点きはじめた。急に吹きはじめた風が居酒屋の小さな提灯《ちょうちん》を揺らした。

スナックの扉を押すと、有線の演歌が流れていた。まだ店は閑散として、カウンターの中に髭面の中年男がいるだけだった。

名乗る前に警察だとわかったようで、マスターはすぐカウンターから出てきた。

「美粧堂の赤倉部長をご存じですか」

「ええ、よくご利用いただいています」

「片島千尋さんという女性は？」

「知っています」

「最近、ふたりで来たことはありますか」

「確か、二週間ほど前にお見えになりました」

「何日か覚えていらっしゃいますか」

「私の誕生日の話をしていたんです。そう、十月十八日でした」

思い出したように言うマスターの言葉に、大場は頷きながら、

「何時頃でしょうか」

と、きいた。

「九時ちょっと前に来て、十一時過ぎまでいました」

何か事前の準備が出来ているような返答に思えた。なんとなくしっくりこない。

「そのとき、他にお客さんはいましたか」

「一見《いちげん》のお客さんがふたり」

「マスター。その時間帯に光石まりなさんという赤倉さんが付き合っていた女性が殺されているんです。これはとても重要なことなのですが、その時間に赤倉さんと片島さんがここにいたことを証明出来るのはマスターの言葉だけということになりますね」

大場が切り込むように言うと、マスターはちょっと顔を引いて、困惑の表情を見せた。

「赤倉さんに疑いがかかっているんですか」

「いえ。これは犯行とは直接関係ありません。しかし、裏付け捜査で、もし赤倉さんが嘘をついていたとなると、別の微妙な問題になりかねないんです」

「微妙な問題？」

「詳しくは申せませんが、あとでマスターの話が嘘だとわかった場合、弁護士がこのことを裁判で持ち出してこないとも限りません。それで、確認しているのですが、ほんとうにふたりはその時間帯にここにいたのですね」

はったりをかけるつもりで言ったのだが、現実問題として、あのジーンズの弁護士がこのことを持ち出してこないとも限らないと思った。

「仮に証人として呼ばれても、法廷で同じことを証言出来ますね」

大場がそう言うと、急にマスターの顔が気弱そうになった。

「どうしました？」

「他言しないと約束していただけますか」

「もちろんです」

マスターは大仰《おおぎょう》に肩をすぼめる恰好をして、

「あのふたりは、あの夜出来ちゃったんですよ」

「出来た？」

「ここに九時前に来て、小一時間ほどして出ていきました。ホテルに行ったんですよ。鶯谷《うぐいすだに》です」

「どうして、そのことを知っているのですか」

「じつは事件のあと、赤倉さんがやってきましてね。ちょっとたいへんなことになったと話し出したんです。以前に付き合っていた女が殺された。じつは、その時間ホテルに行っていたのだと打ち明け、このことがばれたら拙いから、ここにいたことにしてくれと」

「すると、ホテルに行ったというのは赤倉さんの言葉だけなんですか」

「いえ。ここから出ていく様子を見て、そんな感じがしていました。だから、赤倉さんからそう言われてもすぐ信用したんです。それに、赤倉さんはそんな事件を起こすようなひとじゃありませんからね」

赤倉と片島千尋のアリバイが不明ということになった。ラブホテルに行ったことは間違いないのだろう。だが、万が一の可能性もあった。光石まりなとの別れ話がこじれ、片島千尋を共犯に犯行に及んだという考えが浮かぶ。

しかし、大場の頭にあるのは、スナック『たんぽぽ』のママだった。光石まりなが愛人であるマネージャーと親しくなったことが殺害の動機かもしれない。もちろん、本人が直に手を下したわけではない。犯行時間には店に出ていたのであり、アリバイがある。誰かの手を借りたのだろう。

スナックを出てから、新谷がきいた。

「おやじさん。今のマスターから調書を取っておかなくてもいいんですか」

「赤倉と片島千尋のふたりから取ればいいだろう。もちろん、ふたりの裏は取ったほうがいい」

大場の脳裏《のうり》に、いつか署の前ですれ違った万城目弁護士の姿が甦った。あの弁護士の日が不気味だった。裁判になったら立ちふさがってくる気がした。いかにも弁護士といった風貌だったら、特に何も感じなかったかもしれない。が、ジーンズ姿の中年男の、どこを切り取っても弁護士の臭いのしない男の、そして屈折の塊《かたまり》で常に何かに逆らっているような男の茫洋《ぼうよう》とした顔に、なぜか不気味さを覚えるのだ。

物的証拠だけでは不安だった。右田敏勝以外に犯人が存在する可能性を潰しておかねばならない。そう思いながら、虚空《こくう》を睨みつけた。


数日後の夜、大場は高田馬場《たかだのばば》のパチンコ店の前に立っていた。早稲田通りは若者を中心にしてごった返している。

銀座のクラブ『社交界』は柏田レミ子が三年前まで勤めていた店で、銀座では中流といった感じの店だ。そこのママから柏田レミ子の弟進一《しんいち》についてきいた。組の構成員ではないが、その方面の人間とも付き合いのある穀潰《ごくつぶ》しだ。以前はホストクラブのホストをやっていたが、今はヒモのような生活をしているという。彼が暴力団関係者からの借金を最近すっかり返済したことを知ったとき、きょうの行動を決めていた。

大場の目がとらえていた男が立ち上がった。舌打ちしながら出てきた三十代半ばの男を呼び止めた。頬骨の突き出た顔をしかめ、男は大場を睨みつけた。

「柏田進一さん、だね」

大場は抑えた声できいた。

「なんだ、あんたは?」

胸元に銀のネックレスが見える。鼻持ちならない野郎だと、大場は虫酸《むしず》が走った。

「葛飾中央署の者だ」

「警察がなんの用だ?」

言い返す声が震えている。

「いきがるんじゃない。ちょっと顔を貸してくれ」

「だからなんの用だってきいているんだ」

通りかかった女子高校生のグループが驚いたように顔を向けた。

「大声を出すんじゃない。葛飾中央署だよ。そう言えばわかるはずだ」

「わからないね。それに、刑事が単独行動を取るのか」

「単独だと思うか」

「なに?」

「まわりを見まわしてみな。いるだろう、俺の仲間が」

柏田はきょろきょろした。道路の向こう側も人通りが激しく、柏田の目が特別な人間を見たとしたら、それは彼の勘違いというものだ。

「おまえが逃げたら公務執行妨害ですぐ捕まえることになっている。別件逮捕だよ」

大場ははったりをかけた。

「どういうことだ？」

怯んだように、柏田の腰が引けた。

「通るひとの迷惑になる。歩きながら話そう。付いてこい」

大場が先に歩き、後ろに向かって、

「逃げるなら逃げてもいいぞ。そのほうがこっちは手間が省ける」

「冗談じゃない。逃げる理由なんてない」

路地に入り、

「光石まりなを知っているな」

と、大場はいきなりきいた。

「知らない」

返事まで一呼吸間があった。

「しらっぱくれるな。おまえの姉さんの店で働いていた女だ。先日、殺された」

「ああ、あれか。それがどうした？　犯人は捕まったんだろう」

「まだ、犯人だと決まったわけじゃない。他にいる可能性もあるんだ」

柏田の顔を見た。一瞬強張ったようだ。大場がさっきから無性《むしょう》にいらついていたのは、この男が光石まりな殺しの犯人かもしれないという憤《いきどお》りからだった。被害者の無念を思うと、この男に対して怒りをぶつけたくなるのだ。

「じつはな、あんたに似た男が現場から逃げていくのを見たという目撃者が現れたんだ」

「そんなはずはない」

「十月十八日の夜、どこにいた？」

柏田は動揺している。やはり、こいつかもしれないという心証をますます強めた。

「どうした？」

「待ってくれよ。今、思い出しているところだ」

「まあ、いい。今夜帰ってよく思い出すんだ。いいか、光石まりな殺しの容疑で右田敏勝という男が捕まっている。だが、一〇〇パーセント右田がやったという証拠がない限り、他の可能性も考えなきゃならないんだ」

「俺は知らない」

「だが、あんたにも不利な状況がある。最近、博打《ばくち》の負け金を清算したそうじゃないか。その金はどうした？」

「姉貴から借りたんだ」

「姉さんから頼まれてまりなを殺した。その代償だろう」

「なんの証拠があって、そんな出鱈目なことを言うんだ」

「出鱈目じゃない。俺は可能性を言っているのだ。もし、右田がシロになったら、次の標的はあんんただ」

柏田は息を呑んだようだ。

「いいか。おそらく、右田は起訴され、裁判になるだろう。だが、向こうには有能な弁護士がついている。裁判がどうなるかわからない。光石まりなが右田に付きまとわれていたという証言でも出てくれば、右田の容疑は決定的になるんだがな。右田はこれまでにもどこかで女を見掛け、あとを尾けている。光石まりなからそんな話を聞いたという人間に心当たりはないか、あんたの姉さんにもきいてみろ。もしそんな人間がいれば、警察もあんたをこれ以上深追いはしないだろう」

大場は声を抑え、

「もし、そういう人間が見つかったら、警察に届ければいい」

「わかった」

柏田は頷いた。大場の言葉に、柏田がどう出るか。賭けだった。光石まりな殺しの真相はおそらくこうだろう。自分の男にちょっかいを出しているまりなに怒りを持ち、このままだと自分が捨てられるかもしれないと恐れた柏田レミ子が弟を使い、世間を騒がせている連続殺人に偽装して殺害したのだ。スナックで、柏田レミ子が連続女性殺しの話題を出したのもその伏線だろう。証拠はないが、これで柏田が動けば、その推理が間違いないということになる。いや、動いてもらわなければ困るのだ。右田を有罪に持っていくためには手段を選ばない。大場はそれだけの覚悟を決めていた。

翌日、大場は上司の刑事課長に呼ばれた。刑事課長は深刻そうに眉を寄せた顔を大場に向け、

「右田は落ちそうもない。一度、君が取調べをやってみたらどうだ?」

と、勧めた。

一瞬躊躇《ちゆうちよ》したのは、右田のアリバイを証明出来る立場にある自分に後ろめたさを覚えたからだ。しかし、大場は腹を括《くく》った。

「やらせてください」

「よし」

刑事課長は立ち上がった。

これまで取調べに当たってきた警部補から経緯を聞いた上で、大場は勇んで取調室に入った。

右田敏勝が椅子にふんぞり返るように座っていた。大場の顔を見ると、にやりと笑った。むかつくような笑みだ。取調補助者は今までどおり、温厚そうな本庁のベテラン巡査

部長が当たっている。

　スチール机の向かい側に腰を下ろし、大場は逸る気持ちを抑えて静かに口を開いた。

「毎日の取調べで疲れただろう。どうだ、体の調子は？」

「ああ、上々だ。ただ、体がなまっていけない」

　そう言いながら、腕をまわした。被疑者という悲壮感はまったく見られなかった。

「君のおやじさん、どうしているんだろうな。君のことは新聞で知っているはずだ。それなのに面会にも来ない」

　大場はわざと父親の右田克夫の話題からはじめた。

「とうの昔に一度は捨てた子どもだからな。今さら俺がどんなになったって関心もないんだろう」

「そうじゃないだろう。おやじさんは君のことを心配していたんじゃないか。田端新町のアパートには君もよく行っていたんだろう」

「まあな」

「だから君だって、おやじさんといっしょに暮らそうとしたんじゃないか」

「あのときは綺麗事を言ったが、あれはほんとうはアパートが取り壊されることになったから、新しい部屋が見つかるまで俺のところに転がり込んだだけだ。だから、すぐ出ていったんだよ。俺といっしょじゃ、いやだったんだろう」

「ほんとうにどこに行ったのか知らないのか」

「知らないな。赤の他人と同じだからな」

貴様が秋山郷の奥谷村で殺したんじゃないのか、という言葉を出すのを懸命に堪えた。

「俺とおやじさんは幼馴染みだった。東京に先に出てきたおやじさんは俺の面倒をよく見てくれた。君が生まれたときも喜んでいた」

敏勝は聞いているのかどうか、つまらなそうな顔をしている。

「右田。おやじさんはおまえを心配していたんだ。父親が可哀そうだと思わないのか。今頃、山奥でひとりで寂しがっている」

大場は拳を握り締めた。

「ところで、お母さんのことはどう思っている?」

「俺を捨てた女になんて興味もないな」

「そんなはずはないだろう。君はおやじさんから銀のロケットをもらって、頸にかけていたんじゃないか」

「そう、かけていた」

大場はおやっと思った。素直にかけていたと答えた敏勝の心理を推し量ったのだ。指紋がついていたという事実を前に、観念したのだろうか。

「お母さんが恋しくてか」

「違うな。おやじがくれたからかけていただけだ」

「お母さんに似た女性を見ると、声をかけていたんじゃないのか」

「別に」

「浜田山から立石東に引っ越した理由はなんだ？」

「気まぐれだ」

「お母さんに似た面差《おもざ》しのある加島音子がいたからじゃないのか」

「かってに話を作るなよ」

「絹田文江もお母さんに似ている」

「関係ない話だ」

右田に動揺はまったく見られない。

「銀のロケットはどこで落とした？」

「覚えていない」

平然と答える右田に、大場は戸惑いを覚えた。

「光石まりなとはどこで出会った？」

「知らないな、そんな女」

「そんなことないだろう。おまえがその手で殺したんだ。そのとき、鎖が切れたことに気づかなかったのは、おまえの失敗だ」

「大場さん。あんたとはいずれ法廷で対決することになるだろう。それまで首を洗って待っていろ」

「右田」

思わず机越しに腕を伸ばし、敏勝の襟首《えりくび》を摑んだ。右田はわざと顔を突き出すようにして、

「殴るか。上等じゃねえか。殴ってもらおう。さあ、痣が出来るぐらい、殴ってみろよ」

と、声を張り上げた。

身内を震わせながら、大場が手を離し、

「右田。おまえを二度と娑婆《しゃば》には出さない」

襟元を直し、それから髪に手をやりながら、

「そろそろ、休憩したほうがいいんじゃないか」

と、敏勝は平然と言う。大場の手が再び動いたとき、傍らにいた刑事があわてて大場の手を押さえた。それを見て、敏勝がおかしそうに声を立てて笑った。

結局、大場の取調べも功を奏さず、再び聞き込み捜査にまわった。取調べの鬼と言われた本庁の猛者《もさ》を相手に、敏勝はまったく動じていない。再度の十日間の勾留延長をした期限も、あと三日後に迫った日だった。裏付け捜査から署に帰った大場は、捜査本部のあわ

ただしい動きに気づいた。

「何かあったのですか」

たまたま近くにいた関井係長にきいた。

「光石まりなと右田の接点がわかった。被害者の友人の酒田亜美《さかたあみ》という女がやってきて、証言してくれたのだ。ふたりで青砥駅の改札を出ようとしたとき、右田の手が光石まりなのバッグを振り払う形になって落としてしまったらしい。被害者がそのときの男に付け狙われていたそうだ」

酒田亜美が何者かわからないが、おそらく柏田姉弟が拵《こしら》えた人物に違いない。高田馬場で柏田進一に会ってから僅か五日後のことだ。思惑どおりに柏田姉弟が対応を取ったことに驚きながら、これで敏勝を有罪にする証拠は万全といかないまでも、ある程度は形作られたと思った。


十一月の初め。日はだいぶ短くなり、陽射しも弱まり、秋の深まりが濃厚になってきた。右田敏勝は起訴され、身柄が東京拘置所に移されることになった。意気揚々と留置場から出てきた敏勝に、大場は声をかけた。

「右田。おやじさんの行方を教えてくれ」

敏勝は立ち止まり、じっと大場を見つめていたが、何も言わずに、再び歩き出した。そして、裏口から出て護送車に乗り込んだ。大場はそれを見送りながら、複雑な思いに駆られた。敏勝はまったく無関係な罪で裁かれるのだ。そのことを考え、またも胸を針で刺されたような痛みを覚えたが、すぐ気を取り直した。奴は殺人鬼なのだと。

ただ、起訴が光石まりな殺しだけということが無念だった。引き続き警察は他の三件の殺人について捜査を続けている。だが、いずれの事件も敏勝の犯行とするには決め手に欠けた。光石まりな事件だけでは、仮に敏勝が有罪になったとしても懲役十年前後、そして刑務所に入っても仮釈放で七年程度で社会に出てくる可能性が強い。

今二十七歳の敏勝は三十四歳ぐらいで、堂々と町を闊歩《かっぽ》することが出来るのだ。なんとしてでも、他の三件の事件でも敏勝を起訴し、極刑に追い込まなくてはならない。大場は焦りに似た感情に衝《つ》き動かされた。

第五章　偽　証

1

　一月十三日、第一回公判期日を迎えた。公判が始まる一時間前、陽光が雪に反射して日《ま》映《ばゆ》い東京地方裁判所の敷地内に、傍聴希望者の長い列が出来ていた。前日の大雪のために足場が悪いにも拘わらず、大勢の傍聴人が駆けつけたのは、それだけ世間の関心の高さを物語っているようだ。

　万城目が法廷に入ると同時に、検察官も三名が入廷してきた。すでに書記官なども所定の場所につき、開廷前の張り詰めた空気が漂っていた。万城目は鞄からノートを出し、机の上に広げた。傍聴席は傍聴券を入手した人々で満席だった。

　法廷では万城目はジーンズ姿ではなく、ブレザーのこざっぱりした姿に変えている。これはいちおう法廷を神聖な場ととらえているからでもあるが、それより裁判官の心証に配慮してのことだ。逆にいえば、裁判官も服装でひとを判断する狭量な人間に違いないと思っているからだ。

看守に付き添われ、被告人の右田敏勝が姿を現した。傍聴席に目をやり、ゆっくり弁護人席の前にある被告人席についた。検察官の鋭い視線が右田に向けられた。はじめから、全面対決が予想される中での開廷であり、検察官も闘志を剝き出しにしているのだ。

定刻の午後一時を少しまわって、正面の扉が開き、裁判官が三名登場した。起立という廷吏《ていり》の掛け声で、傍聴人も含めた全員が一斉に立ち上がり、裁判官が壇上の席に座ってから一同も着席し、右田は看守から手錠と腰縄を外された。それを待って、眼鏡をかけた学者ふうの容貌の裁判長が声をかけた。

「被告人は前へ出なさい」

右田がゆっくり陳述台に立つと、被告人が本人であるかどうかを確認する型どおりの人《じん》定《てい》質問が行われ、名前、本籍、住居、職業を矢《や》継《つ》ぎ早《ばや》に訊ね、それに対して右田は消え入りそうな声で答えた。そこにいるのは、ひとりの気弱な青年という雰囲気だ。

万城目はそんな右田を見ながら、またも背筋に悪寒が走った。右田とはじめて会ってから三ヵ月近くなる。その間、何度も右田に会ったが、今でも彼には尋常な人間にはない何かを感じることがあり、それがとてつもない恐怖心を煽った。その恐怖心は実際に実害を加えられるというような恐ろしさではなく、正体のわからないものへの怯えだった。右田を見ていると、なぜか気持ちが沈んでくる。右田には闇しか見えない。そう、闇への恐怖心かもしれない。彼との接見は、ある意味でその恐怖心との闘いでもあったのかもしれないと、今になって思う。

だが、法廷での右田の態度はどうしたというのだ。小羊のように怯え、いかにも弱々しい男を演じている。

「それでは検察官、起訴状の朗読を。被告人は立ったまま聞いていなさい」

起訴状の朗読を促す裁判長の声で、たちまち目の前の現実に引き戻された。右田が陳述台の前に立っていた。

小柄な正成《まさなり》検事が体に似合わない大きな声で、公訴事実と罪名及び罰条を読み上げた。

すなわち、十月十八日、かねてより目をつけていた光石まりなのマンションの部屋に侵入し、花瓶《かびん》で頭部を殴打し、倒れたところを電気スタンドのコードで頸を絞めて殺害した。

そういう内容である。

「では、これから事件に対する被告人の陳述に入りますが、これに先立って被告人に注意しておきます」

裁判長が型どおり、被告人に与えられた黙秘権や供述拒否権などの権利を告げた。

「……ただ、黙秘権や供述拒否権は、言いたくないことを言わないでよいというだけの権利であって、積極的に嘘を言うことまでも認めた権利ではありません。もし、述べるならほんとうのことを述べなければならないし、また述べた以上は、被告人にとって有利、不利を問わず証拠になることがありますから……」

裁判長は声を改め、

「では訊ねます。さきほど検察官が朗読された公訴事実は、そのとおり間違いありませんか。それとも被告人として何か異論のある点がありますか」

「まったく違います。検察官が読み上げた内容はまったく出鱈目です。ぼくは無実です。信じてください」

今にも泣き出しそうな声だ。万城目も目を見張った。三人の検察官が互いに顔を見合わせたが、それは予めわかっていた答えだったので、これからの覚悟を確認しあったのかもしれない。

「弁護人はいかがですか」

裁判長の声に、万城目はゆっくり立ち上がり、少し戸惑いながら、

「被告人と同旨です」

と、答えた。傍聴席がざわついたが、それもすぐ裁判長の声で潮が引くように消えた。

「証拠調べ手続きに入ります。検察官、冒頭陳述及び証拠調べ請求をどうぞ」

この裁判長は頑固一徹《がんこいってつ》な印象を与えるが、過去の判決例でも疑わしきは罰せずという信条の持ち主で、無罪判決、あるいは有罪の場合でも求刑より相当に軽い量刑の判決を下す

裁判官である。このことが弁護側に有利であることは間違いない。

再び、正成検事が書類を持って立ち上がり、

「検察官が証拠によって証明しようとする事実は冒頭陳述書のとおりでありますので、これを朗読します」

まず犯行に至る経緯。被告人は八月の初めの夕方、京成線青砥駅の改札付近で被害者と友人の酒田亜美とのふたり連れと出会い、そのとき被害者のバッグをわざと手で振り払うように落として、話し掛けるきっかけを作った。その後、被告人は被害者のあとを尾け、葛飾区白鳥にある『ユーローマンション』の被害者宅を突き止めた。次に、犯罪の実行。十月十八日、被告人は被害者の部屋を訪れ、不用意にドアを開けた被害者の部屋に強引に押し入り、交際を強要したが聞き入れてもらえず、かっとなって花瓶で頭部を殴打し、さらに電気スタンドのコードで頸を絞め、殺害した。最後に情状で、被告人が少年時代に傷害事件を起こして少年院送致となったことがあること。また本件以外にも連続女性殺害事件の容疑を受け、証拠不十分で逮捕に至らないものの、未だにその件では警察は捜査を継続中であること。さらに、本件に関しては犯罪事実を一切否認していることなどを挙げた。職業をフリーアルバイターと称しているが、物事に飽きっぽい性格が仕事を長続きさせない。本人には罪の意識がまるでない……ということなどを朗々と読み上げていった。

そして、最後に、

「よって、以上の事実を証明するために証拠等関係カード記載のとおり証拠の取調べを請求いたします」

と、正成検事は証拠等関係カードを廷吏に渡した。廷吏は裁判長や書記のぶんをそれぞれに渡し、それから弁護人用の写しを万城目のところに持ってきた。そこには犯罪事実に関する各種の証拠が記載されており、まず物証関係では銀のロケットやたばこの吸い殻などの遺留品の他に、右田敏勝のアパートの部屋から差し押さえた、手袋、地図帳などの押収品があった。手袋は犯行時はめていたもの、地図帳は犯行現場の地理を頭に入れるためのものというわけだろう。続いての書証関係では冒頭陳述の事実を裏付ける実況見分調書や捜査報告書、鑑定書などで、そこには鑑識課員やその他の証人の名前も記されている。最初は犯罪事実に関する証拠の取調べの請求のみで、その取調べが終わったあとで、情状に関する証拠の取調べを請求するのだが、ふつう被告人の自白調書もそのときいっしょに請求することが多い。だが、今回は被告人の自白調書が出されることはない。いや、供述調書はあるが、そこにはすべて否定の言葉が羅列してあるだけだからだ。

これらの内容については検察庁の記録閲覧室ですでに見て知っていることなので、裁判長の問い掛けに対して、万城目は証人の酒田亜美の検察官面前調書を不同意、検察官の証人申請に関しては、しかるべく、と異議のないことを伝えた。それに対して、検察側は万城目が不同意にした、酒田亜美の検察官面前調書に関して、改めて彼女の証人申請を行った。この間、右田は被告人席で、まるで他人の裁判を傍聴しているような落ち着きで座っていた。右田は最後まで厳しい取調べにも音《ね》を上げず、とうとう容疑を否認し続けた。それは無実だからという思いもあるだろうが、かつての冤罪事件の被害者が強引な取調べに負けて嘘の自白をしてしまうケースがほとんどだったことを思うと、激しい取調べを切り抜けた根拠は無実だという信念からだけではないはずだ。そこに彼の不気味さや恐ろしさがある。そんな右田に対して嫌悪感を覚えながらも、万城目は右田を無罪に持っていくことに全力を上げようとしている。連続女性殺害事件の犯人を野に放してやる。その暗い思いが快感となって押し寄せてくるのだ。

右田を利用して何かに復讐しようとしている。いったい、俺は何に復讐しようとしているのか、と万城目は自問する。デモに参加して逮捕されたことがずっと尾を引いており、あのときの警察官に対する怨みだろうか。あの逮捕によって大手商社の内定を取り消されてしまったのだ。社会正義のために弁護士になったのではない。俺の人生を狂わせた警察に対する憤りが犯罪者を弁護する気持ちに向かわせたのだ。未だにそのことを引きずっているのは、やはり弁護士以外の道に進みたかったからかもしれない。

右田を野に放つ。そして、その右田が再び殺人を犯してくれればいい。そんなことを一瞬考えた俺はどこか狂っているのだろうか、と万城目は自分に怯えた。

「証人尋問に移ります」

裁判長の声が耳許で弾《はじ》けたように聞こえた。検察側は捜査に携《たずさ》わった警察官を証人として呼び、まず捜査状況を証言させるつもりのようだった。この証人申請の意図は、いかに右田敏勝が捜査線上に浮かんだのかを裁判官に納得させるためのものだろう。

肩幅のがっちりした証人が証言台の前に立った。いかにも警察官という雰囲気を醸し出しているのは捜査本部にいた本庁強行犯の警部補だ。

型どおりの人定質問を行ったあと、裁判長は宣誓書の朗読を促した。起立という廷吏の声で、法廷内の全員が起立し、その中で、警部補が宣誓書を読み上げた。

「宣誓。良心にしたがって真実を述べ、何事も隠さず、偽りを述べないことを誓います。証人……」

その後、警部補は宣誓書に署名し、用意してきた印鑑を押した。

「尋問に先立って注意いたします。ただ今、朗読したのは嘘を言わないという誓いの書面ですが……」

裁判長が、証人自身や近親者に不利になる場合には証言拒否権があることや、嘘をつけば偽証罪に問われることがあるなど注意を与えてから、検察官に尋問を促した。

すでに速記官が席につき、タイプライターの前で速記をはじめている。今度も正成検事が立ち上がった。端整な顔立ちに鋭い目つきは、まさに検事というイメージどおりのような気がする。もっとも、検事という職業を天性のものと心得ているような男が、あっさりと弁護士に転身してしまった例を知っているので、万城目はその雰囲気を額面どおりには受け取っていないが、それでも現時点では検事という立場に誇りを持っているに違いない。その誇りは被告人を必ず有罪に持ち込むという意気込みにもなっているのだろう。

「あなたは警視庁捜査一課強行犯捜査係に所属しておられるのですね」

正成検事が尋問をはじめた。

「そうです」

「強行犯捜査係というのはどのような捜査に当たるわけですか」

「殺人、強盗などの凶悪犯罪です」

「あなたは強行犯捜査係の一員として、十月十八日に発生した光石まりな殺害事件に加わったことはありますか」

「あります」

尋問者が希望し、または期待している答えを含む尋問は誘導尋問であり、主尋問では許されない。だが、証人の身分や経歴など実質的な尋問に入る前に明らかにする必要のある準備的な質問は許されるのである。

いよいよ、正成検事は実質的な尋問に入った。

「あなたが、殺人のあった現場に駆けつけたのは何時頃でしたか」

「翌十九日の午前八時過ぎでした」

「被害者の状況はどのようなものでしたか」

「被害者はベッドに仰向けになって両手を胸の上で組んでいました」

「それは犯人があえてそうさせた、というわけでしょうか」

「そうです」

この初公判がはじまるまで裁判宮は事件の詳細を知らず、現時点でも冒頭陳述の知識だけである。したがって、検察官がわかり切ったことを質問しているのも、裁判官に状況をわからせるためであり、すでにそれを知っている者からすれば退屈極まりないやり取りだが、万城目は検察官の一言一句《いちごんいっく》も聞き逃さないように耳を傾けた。質問はだんだん核心に近づいていく。

「現場の状況から、犯人についてどう判断がなされたのですか」

「被害者を合掌させていることから、被害者の顔見知りの可能性も考えられましたが、それよりひと月ほど前に同じ警察署管内の高砂で若い女性が殺され、同じように胸の上で合掌させられていました。それで、同一犯の可能性を考えたのです」

「同一犯ということですが、犯人の見当はついていたのですか」

「はい。右田敏勝、つまり被告人は高砂の事件でも容疑者でした」

「すると、本件の殺害現場に立ったとき、被告人の犯行の可能性も考えたのですか」

「高砂の事件で、被告人を重要参考人として何度か任意で事情聴取をしてきたという経緯があり、その時点で被告人のことを頭に描きました。しかし、それも犯人の可能性の一つという判断であり、被害者の顔見知りの可能性という線と並行して捜査をすることになったのです」

「すると、最初から被告人ひとりに絞った捜査だったというわけではないんですね」

「違います」

「被告人の容疑が高まったのは、どういう理由からですか」

「現場のベッドの下に銀のロケットが落ちていました。錆びついて古いものだったので、被害者のものと思えず、犯人が落としたと考えたわけですが、そのロケットから指紋が検出されたのです。それが被告人のものと一致しました」

　正成検事はつかつかと証人席の前に出て、ビニール袋に入った銀のロケットを示して、

「これですね」

　と確認してから、廷吏に渡した。

「つまり、被告人が殺害現場に落としたものだという判断ですね」

　席に戻って、検事がきく。

「そうです」

　被告人席の右田が微かに笑った声が万城目の耳に届いた。その声が検察官にも裁判官にも、そして証言台の証人にも聞こえたのか、皆の視線が一瞬右田に集まった。右田が俯《うつむ》

いているのは笑っているのではなく、泣いているのだと気づいて唖然《あぜん》とした。万城目はあわてて右田の肩を叩き、静かにしなさい、と注意した。

「そのロケットから、被告人を容疑者と断定したのですか」

検事は被告人に冷たい目を向けてから、改めて質問を続けた。

「もう一つ、現場近くの団地の中にある公園にたばこの吸い殻が落ちており、DNA鑑定の結果、被告人の唾液が付着していることがわかりました。つまり、被告人が被害者の帰りをその公園で待っていたものと判断しました。そのことから、被告人のアパートに捜査員を派遣し、事件当夜のアリバイを訊ねたところ、曖昧な返事しかもらえなかったのです」

さっきと同じように、ビニール袋に入ったたばこの吸い殻を廷吏に渡してから尋問を続けた。

「被告人は犯行について全面的に否認していますね」

「はい。逃れられない証拠を突きつけても、まったく意に介さないという態度でした」

取調べにまったく動じなかった右田に憤懣《ふんまん》やるかたないといった様子で、証人の警部補は睨むような目を被告人席に向けた。

「被告人は銀のロケットを自分のものだと認めているのですか」

「それは認めています」

「自分のものが殺害現場に落ちていたということに被告人は何と答えたのでしょうか」

「どこかで落としたと言っていました」

「どこで落としたと言うのですか」

「あるところで、と言うだけで具体的な場所を言おうとはしませんでした」

「その銀のロケットは被告人にとって、どういう意味のあるものなのでしょうか」

「その中に若い女性の写真が入っています。その女性は、被告人が幼い頃に蒸発した母親なのです。被告人はその母親の写真を頸にかけていたのです」

「その写真と事件がどう結びつくのですか」

「被告人は自分を捨てた母親のことが忘れられないものと思われます。そこに、今回の犯行の動機があるのです。つまり、被告人にマザーコンプレックスのようなものがあったのだと思います」

　右田が天井に顔を向けた。またパフォーマンスを繰り広げようとするのかと思ったが、右田はすぐ顔を下に向けた。それを見ながら、万城目は今の証人の言葉は当たっているだろうと思った。右田は自分を捨てて他の男と蒸発した母親に対して凄まじい憎しみと同時に思慕の念も持っている。銀のロケットを肌身離さなかったのもそのためだが、それが一連の女性殺害の動機になっているのに違いない。

「次に、被告人が被害者に目をつけたのはなぜでしょうか」

「京成線青砥駅の改札付近で、たまたま被害者を見掛け、気にいったのだと思います。それで、あとを尾けてマンションを見つけ出し、それ以降、被害者を尾行したりしていたようです」

万城目は尋問を聞きながら要点をノートに書き込んでいった。それにしても、まるで別人と化した右田の態度は呆れ返るというより不愉快でしかなかった。仮に、右田が無罪になったとしても、この男とは絶対に付き合いたくない。万城目はそう思いながら、検事の尋問に耳を傾けた。

「被告人が被害者の部屋に入ることが出来たのはどうしてでしょうか」

「本人の自白がないので、推測という形になりますが、隣室の住人の話では被害者はひとりで部屋に入っていったようなので、被告人はあとから来訪者を装って押し入ったものと考えました」

「被告人は一貫して容疑を否認しているわけですが、それはほんとうに無実だからではないのか、という疑問を持たれませんでしたか」

「もちろん、そういう観点から事件を再検討してみました。ですが、被告人の犯行と考えなければ、現場に落ちていた銀のロケットやたばこの吸い殻などの説明がつかないのです。たとえば、被告人が被害者と深い交際をしていて何度も部屋に遊びに行っていた。その際にロケットを落としたというように考えたとしても、それならば室内から被告人の指紋がたくさん検出されてもいいはずです。それがないというのは、犯行当夜に被告人がはじめて被害者の部屋に押し入ったということを物語っていると思います」

「それでは、なぜ被告人は自白をしないのでしょうか」

「被告人には罪の意識がないからだと思います。およそ、良心とかおもいやりとか、そういった人間的な感情を一切持ち合わせていないのだと思います」

警部補の言葉はある一面では正しいだろうと、万城目は考える。自分の行為が法を犯しているという意識はあるだろうが、右田に罪の意識はまったくない。この男を人間と考えて接してはいけないのだと、最初から感じていた。狂犬ならば、その尾を踏まないように接する。

いつの間にか主尋問が終わり、裁判長が反対尋問を促した。反対尋問は主尋問の内容に関連する事柄について証人の供述の証明力を争うために行うものだが、裁判長の許可が得られれば、この際に新たなこちらの主張を尋問に織り込むことが出来る。もっとも、その尋問は主尋問とみなされ、今度は検察側の反対尋問を受けることになる。

万城目はゆっくり立ち上がった。右田が一瞬笑みを浮かべたような気がした。あんたのお手並みをじっくり拝見させてもらうよ。彼の歪んだ口許がそう言っている。

「現場に銀のロケットが落ちていたということですが、それを発見したのは誰ですか」

万城目は静かに切り出した。

「あなたが発見する前まで、殺害現場の寝室に入ったのはどなたとどなたですか。具体的に名を挙げていただけませんか」

警部補が少し不審顔になったのは、質問の趣旨が理解出来ないからだろう。それでも、考えながら、口を開いた。

「発見者の管理人と最初に駆けつけた所轄警邏隊の警察官、それから所轄刑事課の刑事がふたり」

「その捜査課の刑事の名前はわかりますか」

「大場巡査部長と新谷巡査だったと思います」

「大場巡査部長ですね」

万城目が確認したとき、「異議あり」と正成検事が声を張り上げた。

「質問の趣旨が定かではありません。それに反対尋問の範囲を逸脱していると思います」

「裁判長。弁護人は銀のロケットが殺害現場に落ちていたということに重大な疑義を抱いております。したがって、証人が銀のロケットを拾うまでの間に、現場にどういう人間が入り込んだのか確認しておく必要があるのです」

「銀のロケットが殺害現場に落ちていたことに疑義があるというのはどういうことなのですか。具体的に説明してください」

「私です」

「被告人は本件事件より前に銀のロケットを紛失しております。したがって、何者かが悪意をもって、拾った銀のロケットを現場に置いたと弁護人は見ております」

裁判長は左右の陪席《ばいせき》裁判官に確認を取ってから、顔を正面に戻し、

「それでは尋問を認めます。ただし、場合によっては主尋問ということになります」

万城目が一礼してから、改めて証人に向かった。

「もう一度確認しておきますが、あなたが銀のロケットを拾い上げる前に殺害現場に立ち入った者の中に、大場巡査部長がいたのですね」

「ええ、おりました」

警部補が不安そうに答えた。万城目はさらに続けた。

「あなたが銀のロケットを拾い上げたとき、それが被告人のものであるとすぐにわかったわけですか」

「いえ」

「すると、それが被告人のものだとわかったのはいつのことなのでしょうか」

「さきほどの大場巡査部長にそれを見せたところ、右田のものに違いないと言ったのです」

「なるほど。ここでも大場巡査部長が出てくるのですね」

そう言ったとき、突然右田が顔を上げた。びっくりしたが、彼はそのまま何も言わなか

った。安堵して、万城目は続けた。

「大場巡査部長はどうしてそのロケットが被告人のものだとわかったのでしょうか」

「被告人の父親とは竹馬の友で、その銀のロケットも大場巡査部長が昔、御徒町のアクセサリー店で買って被告人の父親に贈ったものです。中に入っていた写真を見て、間違いないと思ったそうです」

「被告人の父親が知り合いだとしたら、当然、大場巡査部長は被告人を知っているということになりますね」

「そうです」

「それから、近くの公園から被告人のたばこの吸い殻が発見された件ですが、大場巡査部長はその方面に聞き込みに行きましたか」

「たぶん、その近くの団地に目撃者の有無を確かめに行ったと思いますが」

この証拠の捏造は大場が個人的に行ったものだ。もし警察の組織ぐるみのでっち上げだとしたら、もっと念入りに対策を取っているはずであり、大場の名前も証言に出さなかったかもしれない。そこに付け入る余地が十分にあった。

「あなたは高砂で起きたＯＬ殺害事件の捜査本部にいましたか」

「はい。おりました」

万城目は次の質問に移った。

「そのあなたが、なぜ本件の殺害現場に立ち合ったのでしょうか」

「被害者の状況が高砂の事件と酷似していることから現場に行きました」

「なるほど。で、高砂の事件ですが、捜査本部では被告人を容疑者のひとりとして挙げていたのですね」

「そうです」

「なぜ、その事件で被告人に疑いがかかったのでしょうか」

「高井戸でホステスが同じように合掌させられて殺されていました。この事件発生当初、高井戸南署に設置された捜査本部では現場周辺の聞き込みをしており、その中に、当時浜田山に住んでいた被告人にも聞き込みに行っています。ところが、高砂の事件発生後に両事件の関連性に気づいた捜査本部が新たに周辺の聞き込みを行ったところ、被告人がすでに引っ越しており、その引っ越し先が高砂の現場に近い場所だとわかり、内偵をはじめました」

「しかし、逮捕まで至っておりませんね。それはどうしてですか」

「残念ながら物的証拠がありませんでした」

「ということは、容疑から外れたということですか」

「いえ。状況的にはもっとも怪しいと言わざるを得ません。犯行当夜のアリバイも不明ですし、犯行時刻に被告人らしい男が現場のマンション前で目撃されているのですから」

「物的証拠はないが、被告人の疑いは消えていなかったということですか」

「そうです」

「だとすると、本事件が発生したとき、当然被告人の犯行という考えが前提にあって現場に臨んだということになりますか」

「もちろん、それは考慮しておりました」

「つまり、本件の捜査に入る前から被告人の犯行という疑いを持っていたわけですね」

「いえ、そうではありません。両事件が同一犯の仕業か見極めようとして現場に臨んだということです」

「しかし、銀のロケットが見つかって、すぐに捜査本部の目は被告人に向いた」

「そういうことになります」

「仮に、銀のロケットが発見されなかったとしたら、捜査はどのような展開になっていたでしょうか」

「仮定の話には答えられません」

「じゃあ、言い方を変えます。現場に、銀のロケット以外に被告人の犯行を示す証拠品はあったのでしょうか」

「いえ。ありません」

「裁判長。銀のロケットの件は重大であり、この件についてはは弁護人があとでもう一度取り上げたいと思います。尋問を終わります」

万城目は尋問を終えた。椅子に腰を下ろすと、右田が振り返り、微かに頷いた。今の反対尋問は右田の満足のいく内容だったようだ。

その日の公判が終わり、右田は看守に手錠と腰縄をかけられ、再び拘置所に引き上げていった。その意気揚々とした後ろ姿が小癪《こしゃく》というより、腹立たしかった。万城目は右田の顔を見たくなかったので、打ち合わせは後日ということにして、そそくさと裁判所から引き上げた。

きょうの反対尋問は手応えがあったと思う。が、それは満足感とはならず、憂鬱な気持ちになっていく。警察の鼻を明かすことについては溜飲《りゅういん》が下がるだろうが、右田を野に放つために力を注いでいることがなんとなくばからしくなったのだ。それは、右田が弱々しい青年を演じた態度のせいだ。

裁判所からまっすぐ千代田線の乃木坂駅に近い古いビルの二階にある事務所に帰った。若いアルバイトの女性事務員が退屈そうに雑誌を読んでいて、万城目が戻ってきても雑誌からちょっと顔を上げただけだった。

「何もなかった?」

「何も」

愛想《あいそ》のない返事を聞いて、執務室の机に向かい、鞄を置いた。椅子に腰を下ろしてから、大きく伸びをし、それから引き出しを開けて報告書を取り出した。

大場巡査部長の経歴がレポート用紙にみっちり書かれている。元警察官だけあって沖野の調査能力は優れていた。実際に、秋山郷の奥谷村まで行き、右田敏勝の父親克夫との関係を調べ上げている。ただ、さすがに右田敏勝の母親の行方まではわからなかったようだ。

しかし、この資料は今後、大場と対決する際に有力な材料だった。大場との対決が待ち遠しくなってきた。

2

上司の刑事課長に呼ばれ、大場は小会議室に入った。そこには、証人として出廷した警部補を中心に、捜査主任の坂城警部をはじめとして数人の幹部が集まっていた。

刑事課長と並んで椅子に腰を下ろすと、坂城警部が待ちかねたように口を開いた。

「これからきょうの初公判のお復習《さら》いをする。大場くん。弁護士は何かしたたかな計算をしていると思う。彼の話をよく聞いてくれ。じゃあ、もう一度」

そう言ってから、警部補に呼び掛けた。彼は緊張した顔で、

「弁護士は、刑事課長が現場から銀のロケットを発見する以前に、現場に誰と誰が入った

かときいてきました。それに対して、私は大場さんの名前を出しました。それから、弁護士は銀のロケットが被告人のものだとわかった理由を訊ね、やはり大場さんが……」

初公判の内容を聞いて、霞んだように目の前にいる幹部たちの顔がぼやけていった。弁護士がしきりに大場のことを気にしていたという。それが何を意味するか、明白だ。大場は下腹に力を込めて、警部補の話を聞いた。

「最後に、弁護士は銀のロケットがなかったら被告人の犯行だとわかったのかときさきましたので、仮定の話には答えられないと言うと、銀のロケット以外に被告人が犯人だとする物証があるのかときいてきました」

大場は懸命に頭の中で今聞いた話を整理しながら検討した。敏勝が無罪となるために、銀のロケットは第三者が現場に意図的に置いたものという主張をすることは最初からわかっていたことだ。それが、大場の仕業だということも敏勝はわかっている。なにしろ、銀のロケットを大場が持っていることを大場自身が伝えたからだ。だが、敏勝は大場がどこでそれを拾ったかは言えないはずだ。まさか、加島音子の殺害現場に落としたものだとは口が裂けても言うはずがない。

銀のロケットの件に関して、敏勝の落としたロケットを拾った真犯人が、犯行を右田の仕業に見せ掛けるためにわざわざ現場に置いていった。被害者を合掌させていたのも、一連の事件の犯人とされている敏勝のせいにするためだ。そういう主張で裁判に臨んでくると大場は計算していた。ところが、敏勝と万城目はまともに大場に歯向かってきたのだ。取調べのとき、彼がどこで落としたかを言わなかったが、それは言わなかったのではなく言えなかったためと考えたが、やはり彼には何かの企みがあってあえて口をつぐんでいたようだ。敏勝は落とした場所を想定している。それを言わなかったのは、こちらに反撃の準備をさせないためだろう。

「どう思うね」

坂城警部が大場に顔を向けた。大場は少したじろぎながら、

「予想されたことです」

と、強気の発言をした。

「右田敏勝は取調べにも頑として口を割ろうとしませんでした。裁判でも無実を主張しようとする右田が、銀のロケットについて何らかの反論をしてくることは予想がついていました。ただ、私を前面に押し出してくるとは思ってもみませんでしたが」

そこまで言って、大場ははたと敏勝の企《たくら》みに気づいた。敏勝とふたりきりで高砂橋近くの『オフコース』という喫茶店で会った、あの日のことを利用するに違いない。

「じゃあ、奴はどんな手を打ってくると考えるのだ？」

正念場であった。一つ嘘をつくと、さらに嘘を積み重ねていかなければならないのだということを身に染みて感じながら、

「私が銀のロケットを拾い、それを殺害現場に置いたのだと主張するのでしょう」

「なぜ、君なのだ？」

「右田敏勝の父親との関係から、私を標的に据えたのでしょう」

もはや嘘をついているという負い目はなかった。

「しかし、君がロケットを拾ったと主張してもそんな事実はないはずじゃないか。それをどうやって証明しようというのか」

「いや。証明出来なくてもいいのです。その可能性さえ裁判官に示せばいいのですから」

「その可能性があるのか」

「すみません。ちょっと拙いことに、私は右田とふたりきりで会ったことがあるんです」

「なんだって？　どこで会ったのだ？」

「高砂橋の近くにある『オフコース』という喫茶店です」

実際は雨天用のゴルフウエアを見てみたかったのだが、その理由を隠し、まさか、右田があのような人間だとは思わず、自首を勧めるために呼びつけたのだと説明した。

「ちょっと軽率《けいそつ》だったな」

坂城が顔をしかめた。

「申し訳ありません」

「済んでしまったことはもうしょうがない。問題は今後のことだ」

坂城が唾を飛ばして言った。

「おそらく、右田はそこでロケットを落とし、それを私が拾ったと主張するのではないでしょうか」

「可能性はどうなんだ？」

「残念ながら、雨の日で他に客もいませんでした」

「ロケットを落としたのなら店の者が気づくんじゃないのか。そのことから反論出来るはずだが」

警部が自信なさそうに言ったのは、ここでも弁護側は敏勝がそこで落としたことを証明する必要はなく、その可能性を突きつければいいからだ。

「おそらく、弁護士はその喫茶店のマスターに接触しているはずです」

「待てよ。『オフコース』のマスターは佐山寛《さやまひろし》という男だったな」

それまで黙っていた刑事課長が思い出したように口をはさんだ。皆の視線が課長に向かう。

「佐山寛は以前は過激派のメンバーだった男だ」

課長の言葉に、ざわついた空気になった。大場もそのことを公安の刑事から聞いたことはあるが、現在の彼はふつうの生活を送っているので、特に過去のことを意識したことはなかった。

「佐山寛があの店をはじめたのは三年前だ。公安がかなりマークをしていた時期があった」

刑事課長は思い出して言う。当時刑事課長は佐山寛の動行を監視する公安に協力していたらしい。

「つまり警察には反感を持っているということか」

坂城警部が厳しい顔つきになった。

「そうだ。弁護士に肩入れをした証言をする可能性があるな。いずれにしろ、弁護側はあの男を証人として呼ぶかもしれない」

「拙いな」

そう言ったものの、坂城の目は異様に光った。何か閃いたのかもしれないと思っていると、声をひそめ、

「佐山寛を調べてみよう。なんでもいい。古い話でも。もしかしたら、昔の仲間との交流もあるかもしれない。そんな人間だから、何か出てくるはずだ。もし何かあれば佐山に対する牽制《けんせい》になる」

警部の意図はわかった。佐山寛の後ろめたいことを見つけ、それを取引材料にして証言を抑えようという魂胆だ。

もちろん、坂城たちは佐山が警察への反感から弁護士側に有利な証言をするかもしれな

いという恐れを抱いて、それに対抗しての手段として考えたのであろうが、証人に圧力をかけようとしていることは紛れもない。

「もし、圧力をかけたことが弁護士にばれたら、かえって拙いことになるのではありませんか」

そう言ったのは本庁の刑事だ。それに大場が答えた。

「まだ、裁判で佐山の名が挙がったわけではありません。今から、佐山に当たっておけば、裁判に影響はないはずです」

こうなっては大場もそれしか方法がないように思えたのだ。万が一、佐山が法廷で、銀のロケットを落としたのを見たと証言したら、どうなるのか。たちまち、弁護側の思いどおりに敏勝の容疑が薄れてくるはずだ。

もう一つ、大場が手を打っておいた目撃証人がいる。柏田進一とレミ子が用意した証人の酒田亜美だ。大場が十分に脅したからだが、このふたりは敏勝が無罪になれば自分たちに疑いが向くことを知っている。だから、証人にも信用のおける人間を選んだはずだ。弁護士に何か言われても、崩れることはないだろう。だが、銀のロケットの件が疑義を持たれたら、目撃証人の信用性にも影響が出ないとも限らない。弁護士に何か言われても、
ともかく佐山寛の件は警察として対応することになった。大場はますます自分も追い詰められていることを悟らないわけにはいかなかった。

その他に、裁判に関して検討を加えたが、特に問題となる箇所はなさそうだった。だが、大場は口に出さなかったが、敏勝のアリバイの件も気になっている。取調べでアリバイを主張しなかった敏勝が法廷で何を言ってくるのか。久美子のことを持ち出すのではないか。久美子はベランダから敏勝を見ている。敏勝も久美子を見ているはずだ。敏勝は犯行時間帯、久美子が遊びに来ていた大場のマンションの部屋をずっと見ていたと証言したとしても、大場はそのことに気づかなかったと言えばいい。だが、久美子が法廷に呼ばれるようなことがあってはならない。それより、敏勝がマンションの前に立っていたのを誰かが目撃していたらどうなるか。

「そうそう、忘れていたが、法廷での右田はここにいたときの態度とは全然違っていたらしい。猫を被っていたそうだ」

刑事課長の言葉に、大場の心は凍りついたようになった。いけしゃあしゃあと、そういう態度を取ることが出来る敏勝に呆れた。ふざけやがって、と思わず握り締めた拳に力が入った。

椅子を引く音に気づくと、話し合いが終わって皆立ち上がったところだった。会議室から出て大場は洗面所に入った。

鏡の中の顔がやつれていることに驚いた。心労が重なっているのだ。

この裁判が終わるまでの間に、加島音子他二名の殺害事件が敏勝の犯行であるという証拠が見つけられるだろうか。連続殺人事件の容疑で起訴出来れば、この裁判で敏勝が無罪になっても構わない。いや、そのほうが、真犯人の追及も出来て、すべてうまく収まるのだ。だが、連続殺人事件のほうはまったく進展がない。

先の三人の被害者の誰ひとりとして、周囲の人間に怪しい男に付きまとわれていたという話をしていないのだ。これはどういうわけなのか。加島音子にしても、敏勝はどこかで彼女を見初《みそ》め、そしてわざわざその近くに引っ越してきているのだ。事件を起こす前まで、敏勝は何度も被害者に接触しているはずだ。なのに、被害者のほうは恐怖心を抱いていたようなことはなかった。いったい、これはどういうことなのだろうか。

鏡に新谷の顔が映った。

「おやじさん。いっしょに帰りませんか」

トイレが長いので心配して迎えに来たようだ。大場は黙って洗面台から離れた。

厳しい寒さだった。署を出てから、バス停まで足早になった。

「おやじさん。ちょっと呑んでいきませんか」

面倒臭く、大場は軽く手を振った。新谷は珍しく執拗に、

「じゃあ、これからおやじさんのところに行きます」

と言い、バス停まで付いてきた。何か話があるのだろう。その話の内容に想像がつき、煩《わずら》わしくなって、

「悪いが疲れているんだ。またにしてくれ」

「おやじさん」

ちょうどバスがやってきた。大場は新谷に軽く手を上げ、バスのステップに足を掛け、

「心配するな」

と言い残して、車内に入った。

不満そうな新谷の顔が窓から見える。すまないと心で謝り、大場は空いている座席に腰を下ろした。

裁判の成り行きに不安を持っている。その最大の原因はアリバイの件だ。それにあの弁護士の存在も気になる。この裁判に負けるのではないか。またも不安が襲いかかった。これだったら、いっそ敏勝をこの手で殺害したほうがよかったのか……。いや、久美子のことを考えると、それは出来なかった。

ため息をついたとき、下車するバス停に着いた。大場はマンションの前までやってきて、裏側にまわってみた。自分の部屋のベランダが見える路地の電柱の脇に立った。ここに、敏勝が立っていたのだ。

しばらくそこで待った。今は十時近い時間だが、ときたま勤め帰りの人間がここを通っていく。三十分ほどで四人の人間とすれ違い、それから犬の散歩の老人にも会った。彼らは、一様に立ち止まっている大場を横目で見て通っていく。やはり、薄暗い路地に男が立

っていると、薄気味悪く思うのだろう。

あの夜、ここに立っていた敏勝を、同じように通行人が横目で見ながら通っていったに違いない。つまり、敏勝の証言を裏付ける証人が何人かいることになる。弁護士はそれらの証人をすでに探し出しているかもしれない。

足の爪先から冷えてきて、急いでマンションの部屋に入った。仏壇に手を合わせてから、石油ストーブを点火した。コートを着たまま、その前に腰を下ろす。しばらくして、ストーブからぼうっという大きな音がして炎が見えた。

手を打たなければならない。アリバイの主張を何としてでも崩さなければ、と焦ってきた。炎が立って、顔が熱くなってきた。その熱に煽られたように、大場はある奸計《かんけい》を思いついた。

3

一月の末に開かれた第二回公判期日に、検察側の証人として酒田亜美が出廷した。前回、この女の調書を不同意にしたため、改めて証人尋問することになったのである。髪をストレートに長く伸ばし、地味な服装だが、爪《つめ》を伸ばしている。清楚さを装っているが、どこかすさんだ雰囲気が窺えた。冷ややかに証言台に向かう細身の女を見つめながら、万城目はその証人の背後に大場の挑戦を感じ取った。三十年近くも前のこと。取調べでさんざんいたぶられた相手が大場ということではないが、なぜか大場がそのときの刑事のような錯覚に襲われ、燃えるような闘志が湧き起こった。

裁判長の人定質問に答える彼女の声は体に似ずにやや太い。二十八歳というから、光石まりなと同じ年齢だ。住所は練馬《ねりま》区東大泉《ひがしおおいずみ》、職業はOLだというが、実際は違う。彼女のことは、沖野にひそかに調べてもらっているのだが、詳しいことはわからなかった。ただ、彼女がある人物と繋がりがあるということだけはわかっている。

正成検事が余裕ある口調で尋問を開始した。

「あなたは本事件の被害者光石まりなさんとは、どのようなご関係になるわけですか」

「あるひとを通じて知り合った友達です」

「何年ほどお付き合いをしていたのですか」

「一年ぐらいかしら」

「どの程度の仲だったのでしょうか」

「たまに会う程度でしたけど、同い年のせいか、会えばいっしょに買い物に行ったり、恋人の話をしたり……」

「被害者に恋人はいたのですか」

「ええ。彼女は亀有にある『たんぽぽ』というスナックで週二回ほど働いていたんです。

そこで知り合った、ある会社の部長さんと親しくしていると言っていました」

「あなたは、そのひとに会ったことはあるのですか」

「いいえ」

「ところで、あなたは被害者から、何か悩みを相談されたことはありますか」

「あります」

「どんな内容でしたか」

「変な男にいつも見張られているような気がするというのです」

「変な男？　あなたはその男に心当たりがありますか」

「はい。京成の青砥駅の駅ビルにあるブティックにふたりで行くために、そこの改札の前で待ち合わせしたとき、彼女に男のひとがぶつかってきたんです。それで彼女はバッグを落としてしまったんです。そのとき、その男は散らばった中身を拾おうともせずに、ただ黙ってにやにや笑っているだけでした。薄気味悪くて、急いでその場から離れたんですけど、その男が彼女のマンションの近くに立っていたと言うんです」

「どうして、その男が被害者のマンションの場所を知ったのでしょうか」

「あとを尾けたんだと思います。ブティックで買い物をしたあと、私たちは青砥で別れました。私はまた電車に乗って帰ったんですが、彼女はマンションまで歩いて帰りました。そのとき、あとを尾けられたんだろうって、彼女が言っていました」

「あなたと被害者が青砥に行ったのはいつのことですか」

「日にちまではっきり覚えていないのですが、暑い日でしたから八月の初め頃だったと思います」

「被害者がその男をマンションの近くで見掛けたのはいつ頃のことでしょうか」

「九月に入ってからだと思います。電話で聞きました」

「あなたも、その男を被害者のマンションの近くで見掛けたことはあるんですか」

「一度だけ」

「それはいつですか」

「九月半ばに、彼女のマンションに遊びに行ったことがあるんです。夜の遅い時間でしたが、そのとき、マンションの近くの公園の中にいる男を見ました。駅でぶつかってきた男だとすぐわかりました」

「その男はこの法廷の中にいますか」

「います」

そう言って、彼女は被告人席の右田を見た。

「誰ですか」

「このひとです」

彼女は右田に向かって指を突き出した。ぽかんとしてそれを見ていた右田は首を後ろに

まわし、

「たいした女だ」

と、囁いた。肝《きも》の据わったこの女はいったい何者なのだろうか、と万城目もそのしたたかさに舌を巻かざるを得なかった。この法廷で堂々と証人を演じ、平気で嘘をつく女の素《す》性《じょう》を知りたくなった。沖野にもう少し調べさせるか。おそらく、この女の周辺にはきな臭い連中が集まっているに違いない。そんなことを思わせる女だった。女のことにあれこれ思いをはせていると、尋問を終わりますという声が聞こえた。

「弁護人、反対尋問をどうぞ」

裁判長の声に、この女の化けの皮を剝がしてやるという意気込みで、万城目は勇んで立ち上がった。

「あなたが、青砥駅の改札外で、被告人を見たのが去年の八月初め、ということでしたね」

万城目は女の目を見据えながらきいた。

「そうです」

女も視線をそらさず答えた。

「それは何時頃でしたか」

「夕方頃だったと思います」

「改札は混雑していましたか、空いていましたか」

「そのときは、それほど混んでいませんでした」

「そのときの男の印象はどうだったのですか」

「にやにやしていて、薄気味悪いと思いました」

「被害者も同じように思ったでしょうか」

「そうです」

「それから電話で、その男のことを聞いたのが九月初めだということですが、その電話はわざわざそのことを告げるためのものでしたか、それとも他に用があったついでに、その話が出たのですか」

「なんとなくむしゃくしゃしていて、誰かの声を聞きたいと思って私から電話をしたとき、彼女がそのことを話したんです」

「被害者は薄気味悪い男がいると、あなたに話していたのですね」

「そうです。あのときの男が待ち伏せていたと」

「なるほど。そして、九月半ばに、被害者のマンションに遊びに行ったときに、あなたもその男を見ているのですね」

「そうです」

「あなたは顔を覚えていたのですか」

「はい。顔を見たとき、はっきり思い出しました」

「先程の話では、マンションに着いたのは夜遅い時間だということですが、そんな時間に公園の中にいる男の顔を識別出来たのですか」

「街灯が点いていましたから」

「たとえば、まったく別のひとが先入観から同じ人間に見えた、ということはなかったのでしょうか」

「ありません」

「自信があるわけですね」

「はい」

たった一度、それもちょっと見ただけの人間の顔をひと月も経ってから、それも夜に少し離れた公園にいるという状況下で識別出来たとは考えられず、この点を追及しようとしたが、言い訳をされるだけだと思って、その追及は諦めた。

「ところで、あなたはテレビを見ますか」

「テレビ？　見ますけど」

「ワイドショーなどを見たことは？」

「あります」

「被害者はどうでしょうか」

「さあ、見ていたと思いますけど」

　彼女は自信なさそうに答えた。

「九月二十四日未明から翌明け方の間に高砂で女性が殺された事件があり、その後連続女性殺害事件の犯人として被告人が疑われ、ワイドショーにも取り上げられ、顔もテレビに映し出されるようになったのですが、あなたはそのことを知っていましたか」

「疑われているひとがいるのは知っていましたけど、その放送を見ていませんから」

「そうですか。では、被害者はどうでしょうか。あとから、尾けていた男はあの連続女性殺人の犯人として疑われているひとに似ている、というようなことをあなたに言っていませんでしたか」

「いえ」

「ということは、被害者もそのテレビを見ていなかったということでしょうか」

「そうだと思います」

「変ですね。被害者のアルバイト先であるスナック『たんぽぽ』のママ柏田レミ子、及びマネージャーの供述調書によると、被害者はスナックで女性連続殺人犯のことを話しているんです。この中で、被害者は、テレビで見たけど怖いわと言っていたというのです。裁判長、甲号十四の柏田レミ子、同十五号小井戸順次の供述調書です」

　と、万城目は書証番号を伝えた。廷吏が該当の証拠書類を裁判官に渡し、その内容を確認するのを待ってから、万城目は続けた。

「その供述によりますと、そのような会話がなされたのは十月八日、そして十日、さらに十五日にもそんな話題になったということです。その三回とも、被害者は被告人のことに触れていないのです。ところが、あなたの話では、被害者が不気味な男に付け狙われていたという。なぜ、被害者はあなたには話していて、スナックではそのことに触れなかったのでしょうか」

「私が聞いたのは九月半ばです。連続殺人犯のことがワイドショーで流れるようになったのは高砂で女性が殺された以降ですから九月の終わりから十月に入ってからでしょう。だったら、その頃はあの男はまりなさんの傍には近寄らなかったんじゃないですか。警察の動きを気にして近づけなかったといったほうが当たっているかもしれませんけど。だから彼女も、もうだいじょうぶと思って安心していたんじゃないかしら」

「でも、供述調書によると、ママがあなたも気をつけなさいよ、と言ったのに対して、被害者はほんとうに怖いわ、と答えているんです。そのとき、被害者は自分を付け狙っていた男がワイドショーで取り上げられた男だと思っていなかったのでしょうか。よしんばそうは思っていなかったとしても、なぜその会話の中で、じつは変な男に狙われていたことがある、という話にならなかったのでしょうか」

「彼女の心理はわかりません」

「こういうことは考えられませんか。じつは、付け狙われていたと思ったのは被害者自身の勘違いで、実際はそのようなことはなかったのだと」

「そんなことはありません。彼女は怯えていたのですから」

「だとすると、スナックでの会話が妙なことになりますね。彼女はスナックの会話ではとうてい怯えていたようには思えないのですが……。ようするに、被害者は被告人に付け狙われているということをあなただけに話して、他の人間にはそのことを漏らしていないということになりますね」

「よくわかりません」

「実際にそうなのです。被害者が怯えていたことを、あなた以外の周囲の人間は誰も知らないのです。これはどういうことでしょう」

万城目は証人の顔を見つめた。彼女は目を虚空に向けたまま平然としている。

「その回答は二通り考えられると思うのです。一つは、被害者が何らかの理由により、あなたにありもしない恐怖心を話したということです。つまり、被害者があなたに嘘をついたということです。この考えについて、どう思われますか」

「彼女がそんな嘘をつく理由はありません」

「では、もう一つの回答に移ります。それは、あなたが被害者の話を何か勘違いして聞いたということです。つまり、被害者は誰かに付け狙われているなどとは言っていないにも拘わらず、あなたはかってにそう解釈してしまった」

　検察官が異議を申し立てるかと思ったが、その声は聞こえなかった。ほんとうは、あなたが嘘をついているのではないか、と言いたかったのだが、そこまでは追及しなかった。

「勘違いなどしていません」

「なるほど。じゃあ、間違いなく、被害者は不安を持っていたということですね」

「そうです」

「すると、また妙なことになるんですね。警察の捜査によると、被告人は被害者の部屋を訪れチャイムを鳴らして、被害者がドアを開けた瞬間に押し入ったということになっているんです。それほど用心している人間がなぜやすやすとドアを開けてしまったのでしょうか」

「さっき言ったとおり、もうだいじょうぶだと思って、彼女が油断していたのだと思います」

「油断、ですか」

　万城目は一呼吸置いてから、

「こうは考えられませんか。被害者は訪問者が自分を付け狙っている男と違うので、安心してドアを開けたのだと……」

「そんなことはないと思います」

「なぜですか」

「わかりません。ただ、彼女はもともと不用心なところがあって、誰かがやってくると簡単にドアを開けてしまうのです」

「でも、少し前まで付け狙われていたのなら、訪問者には警戒していたんじゃないでしょうか」

「これまでの事件を見れば、事件と事件の間は半月以上開《あ》いています。ですから、高砂で事件があったばかりだし、それに犯人も浮かび上がっているというので、安心していたんだと思います」

「まあ、いいでしょう。ところで、あなたは事件を知ってどう思われましたか。すぐ、誰に殺されたのかわかりましたか」

「はい」

「あなたが警察に調書を取られたのが十一月に入ってからですね。事件から実に二十日近く経ってからです。いったい、どうしてもっと早く警察に届け出なかったのですか」

「犯人が捕まったから必要ないと思ったのです」

「それなのに、気が変わって届け出たのはなぜですか」

「誰かから、犯人はしらを切り、罪を認めていないということを聞いたからです。それなら、私の知っていることを話してやろうという気持ちになったのです」

「誰から聞いたのですか」

「覚えていません」

「覚えていない？　じゃあ、警察官からですか、それともあなたの知り合いからですか」

「警察のひとじゃありません」

「じゃあ、あなたの知り合いですね。そして、そのひとは事件のことで警察官から事情聴取を受けている」

「異議あり」

ついに正成検事の鋭い声が飛んだ。

「弁護人の質問は本件に直接関係なく、いたずらに時間を浪費するものであります」

「裁判長。弁護人はこの証人の証言に重大な疑義を見出しております。これまでの尋問でも明らかになりましたように、証人の証言にはいくつかの矛盾があります。ただ今の質問もその一つで、なぜ証人が事件から実に二十日近く経って警察に届け出たのか。そして、そのきっかけとなったのは何か、そのことを探ろうとしているのであります」

裁判長は両隣の陪席と相談をはじめた。その間、万城目はようやく落ち着きをなくしてきた証人に目を向けていた。裁判長が顔を戻した。

「異議を却下します。弁護人は尋問を続けてください。ただし、主尋問と見なし、検察側に反対尋問の機会を与えます」

「ありがとうございます」

万城目は頭を下げてから、改めて証人を見つめた。

「あなたが、なぜ二十日近くも経ってから警察に届け出たのか。その理由をもう一度説明していただけますか」

「犯人が罪を認めていないことを知って、腹立たしくなったからですよ」

「犯人が罪を認めていないことを知ったのは、どうしてですか」

「誰かから聞いたんです。誰から聞いたのか覚えていません」

「そのひとがいい加減なことを話していたとは思いませんでしたか」

「いいえ、そんなひとじゃありません」

「いい加減なことを言うひとじゃない、と言うのですか」

「そのときの話し方で、いい加減なことじゃないってわかりましたから」

「そこまで覚えておきながら、そのひとが誰だか忘れたということですか」

「そうです」

「じゃあ、そのひとはどうして、犯人が罪を認めていないことを知ったのでしょうか」

「そんなこと、わかりません」

「そうですか。そのひとはなぜあなたにそんな話をしたのでしょうか。そういう話題は唐突に出てくるものではないでしょう。どういう話から、そんな台詞が出たのでしょうか」

「覚えていません」

「じゃあ、きき方を変えましょう。そのひとは、あなたのことをよく知っていて、そんな話を持ち出したのでしょうか。それとも、ただの一般的な話題として口に出したのでしょうか」

「一般的なことからです」

「そのとき、あなたはそのひととふたりきりだったのですか。それとも、他にどなたかいらっしゃいましたか」

「忘れたわ。もういい加減にしてよ。なぜ、あたしがそんなことに答えなくちゃならないのよ。冗談じゃないわ」

突然、酒田亜美は居直ったように声を張り上げた。

「あたしはただ被害者から聞いた話をしにここにやってきただけじゃないの。ねちねち、しつこいわ」

とうとう本性を現したかと、万城目がしたり顔になった。

「私の質問のどこが気に障《さわ》りましたか」

「ねちねちしているところよ」

「あなたが、正直に答えてくれれば何の問題もないことですよ。さっきから聞いていると、あなたは、そのひとのことを知っていてあえて隠しているとしか思えないのですが」

「違います。言えば、そのひとに迷惑がかかってしまうかもしれないでしょう」

裁判長が口をはさんだ。

「証言を拒否するには、それなりの理由がなければなりません。証言の前に申しましたように、真実の証言をすることによって、証人自身や証人の近親者の犯罪が明るみに出て起訴されたり処罰されたりする心配がある場合には証言を拒絶出来ますが、刑事訴訟規則第122条により、拒《こば》む事由を示さなければなりません」

「そのひとは別に犯罪に関係していませんが、とにかく迷惑がかかるのです。ですから、そのひとの名前が言えないのです」

「すると、そのひとはあなたがよく知っているひとだということになりますね」

裁判長がきく。

「そうです。よく知っています。ですが、名前は言えません」

万城目は舌打ちした。しかし、この証人の胡散臭《うさんくさ》さは裁判官にもわかったはずだと、気を取り直して、

「それでは、別の質問に移ります。あなたは被害者が殺されたとき、すぐ被告人の仕業だと思ったのですか」

「そうです。そうに違いないと思いました」

「あなたは被害者の通夜、告別式に参列しましたか」

「いえ」

「どうしてですか」

「悲しくて行けなかったのです。ですから、ひとりで胸の内で冥福《めいふく》を祈ろうとしたんですよ」

「あなたは通夜、告別式というものに出ない主義なのですか」

「そういうわけじゃありません」

「つまり、被害者とはそれほど親しい関係ではなかった。そういうことですか」

「違います」

「さっき、あなたは被害者と電話でよく話したと言っていましたね。それは、どちらから電話をかけたのですか」

「私のほうからです」

「被害者のほうからかかってきたことはありますか」

「いえ。ありません」

被害者のアドレス帳にこの女の名前が記載されていないことを意識しての発言だろう。

「あなたが被害者と交際していたことを知っているひとはいますか」

「いえ、誰も知らないと思います」

「最後の質問に入ります」

最後というので、彼女はふと安堵の色を浮かべた。その油断を狙って、

「あなたは、柏田進一という男性をご存じですか」

「知りません」

彼女の表情が一瞬強張ったようだ。

「そうですか。この柏田進一は『たんぽぽ』のママの実弟です。あなたの友人がこの男性と同棲している女性に……」

「異議あり」

再び、検察官の声が響いた。

「いたずらに証人のプライバシーを詮索する質問です」

「裁判長」

万城目は突然裁判官席に目を向けた。

「この証人にはいろいろ不自然な点が多く見受けられます。先ほど申しましたが、その最大の理由が事件から二十日近く経って突如として警察に届け出た。そして、この証人の繋がりを求めると柏田進一という人物に行き当たります。これが『たんぽぽ』のママの実弟なのです。弁護人は、証人が柏田進一から示唆されて警察に届け出たのではないかという推測を持っており、先程来、証人が頑と口を閉ざしていることと考え合わせ、このことに重大な関心を寄せており、場合によっては柏田進一を当法廷に呼ぶことも視野に入れてお

りますが、この証人の曖昧な証言を頭に入れておいていただきたいと思います。それではこれで尋問を終わります」

万城目はいっきにまくしたてた。弱々しさを演じるのを忘れたのか、右田が後ろを向き、にんまりした顔を向けた。そのとたんに虫酸が走り、思わず逸らした目に、厳しい目つきの正成検事の顔が入った。

「検察官、反対尋問がありますか」

裁判長の声に、正成検事はゆっくり立ち上がった。

「あなたは、被告人が否認を続けているということを誰から聞いたか、隠しておりますが、今でもそのお気持ちですか」

「いえ。もう名前が出たから隠す必要はありません」

「じゃあ、お話し出来ますね。それは誰ですか」

「さっき話に出た柏田進一というひとの恋人の伊達志津美《だてしづみ》さんです。いっしょに食事をしているとき、光石まりなさんの話をしたことがあるんです。そしたら、彼女の恋人のお姉さんがやっているスナックで働いていた女性だというでしょう。その偶然にびっくりしましたが、その次の日、彼女から電話がかかってきて、犯人は否認していると教えてくれたのです」

「伊達志津美さんはどうしてそのことを知っていたのですか」

「私のことを柏田進一さんに話したのです。柏田さんは、犯人が否認していることをお姉さんから聞いていたそうです」

「どうして、伊達志津美さんの名前を出すことが出来なかったのですか」

「彼女の同棲相手の柏田進一さんが今、奥さんと離婚調停の最中だそうです。ですから、伊達志津美さんと付き合っていることは内緒になっているのです。もし、そのことが奥さんにわかったら、慰謝料の問題で不利になるからと、私が警察に届け出ることにも反対だったそうです」

「その反対を押し切って、あなたは警察に訴え出たというのですね」

「そうです」

　正成検事と酒田亜美の話を聞きながら、冷静になって考えれば、証人として立ててくる以上、そこまで用心して作戦を練っていることは当然なのに、万城目は事態を甘く見ていたことに気づき、ちょっとばかり歯噛みをする思いだった。確かに、こちらの調査でも、柏田進一は離婚問題を抱えていることは摑んでいたが、そのことを盾《たて》に取って反撃してくると予想しなかったのは迂闊だった。こっちが警察に訴え出た時期を取り上げ、そのきっかけを追及してくることを予期した上で、わざと柏田進一と伊達志津美のことを隠し、そして最後にもっともらしい理由ですべてを打ち明ける。その効果的な演出を考えたのが大場なのか、それとも検察官なのかわからないが、やすやすとその作戦に引っかかってしまった自分に忸怩たる思いに駆られた。

おそらく、伊達志津美を証言台に呼んでも酒田亜美の話を裏付けることしか言わないだろう。シナリオが出来上がっていて、そのとおり実行しているのに違いない。柏田進一もしかり。そのとき、万城目は何か自分に囁きかけている声を聞いた。いや、実際に声が聞こえたわけではなく、何か違和感のようなものを感じ、脳がそのことを考えろと指令を発しているのだ。だが、そのことを深く考えようにも、まだ正成検事と酒田亜美のやり取りが続いており、それに耳を傾けなければならなかった。

「あなたが、光石まりなさんの告別式に出席しなかったほんとうの理由は別に何かあるんじゃありませんか」

「じつは、あるひとに、私と彼女が知り合いだったということを知られたくなかったのです。葬儀にはきっとそのひとも出席するでしょうし、そこに私がいたら、ふたりの関係がわかってしまうからです」

「そのひとというのは誰ですか。いえ、名前は言えないでしょうから、せめてどういう事情で知られたくなかったのか、そのことをお話ししてください」

「じつは、彼女がそのひとからお金を引き出させるために、私がサラ金の事務員を装って彼女に返済を迫ったことがあるんです。結局、そのひとが五十万円を出してくれたのですが……」

「さきほど弁護人に対する証言の中で、あなた方の交際を誰も知らないというお話でしたね」

「じつは、私は彼女と組んで呑み屋で声をかけてきた男性から同じような方法で金をもらっていたんです。そういう仲だったので、ふたりの関係を誰にも知られないようにしていたんです」

とんだ茶番だが、万城目はこの証人尋問に負けたと認めざるを得なかった。

4

大場は浅草署を出てからビューホテルの前を通り、しばらくして路地を右に入った。その昔、右田克夫に連れられていったお好み焼き屋があった場所はビルになっていた。浅草署の生活安全課のベテラン署員の話では、そのお好み焼き屋は四年前にやめており、現在そこの主人はかっぱ橋道具街通《ばしどうぐがいどお》りを越えた松《まつ》が谷《や》に住んでいるという。

当時のことを思い出し、少し感傷に浸ってから、大場は再び歩き出した。サンプル商品を売る店が並んでいる道具街から寺の多い一帯に入る。寺の塀伝いにしばらく行くと、小学校があり、そこを曲がってから、ようやく古いモルタルの家が見えてきた。通りにはひとの姿がなく、ときたま車が通るだけだ。

チャイムを鳴らす。その音を微かに聞きながら、日溜まりの玄関前で立っていると、内側からごそごそ物音がした。出てきたのは、八十前後と思える胡麻塩頭《ごましおあたま》の老人で、髭にも白いものが交じっていた。異様に大きい目で、大場を睨みつける。たちまち記憶が鮮明になった。白い帽子に前掛けをして、調理していた亭主の顔と重なり、ふいに懐かしさが込み上げてきた。

「大場と申します。覚えていらっしゃるかどうか。千春さんの……」

老人の表情に何の変化もなく、すっかり忘れてしまったのか、それともこの老人自身の老化のゆえなのかと心配したが、

「あんた、克夫さんの友達だったね」

と言い出したので、大場は驚きながら大きな声で、そうだと答えた。喋る声もはっきりしていて、老いを感じさせなかった。

「まあ、入んなさい」

「失礼します」

千春はこの老人のいとこの娘で、そのいとこは早死にしており、老人夫婦が面倒を見ていた。そのことは、千春と所帯を持った当時に右田克夫から聞かされたことで、いわば千春の親代わりだったのだ。

玄関を入ったところにある部屋には炬燵《こたつ》が出ていて、テレビが点いていた。神棚の反対

側の天井の隅に一陽来復《いちようらいふく》のお守りが貼ってある。テレビを消して、老人は炬燵に入るように勧めた。

大場が炬燵に入ると、奥から老婦人が顔を出した。

「お久し振りです」

大場が声をかけると、彼女も懐かしそうに目を細めた。たちまちのうちに二十歳前後の頃のことが甘酸っぱく思い出されてきた。すぐ辞めたがまだ専門学校生で、右田に連れられ、浅草にあったお好み焼き屋で腹拵えをして、それからピンクサロンやソープランドに繰り出した頃の苦さのようなものが胸に広がった。

老婦人がいれてくれた渋いお茶を啜《すす》りながら、当時の思い出話をいっときしてから、大場は用件を切り出した。

「千春さんは今、どこにいるのかわかりませんか」

「わからんのですよ。一昨年、右田さんも熱海《あたみ》まで探しに行ったが見つからなかったそうです」

「右田？　右田克夫がここにやってきたのですか」

「そうですよ。二十数年ぶりに顔を出しましてね。面変《おもが》わりしていて、最初は誰だかわからなかったんですよ。千春のことをきかれ、やっと思い出したという始末でした」

「一昨年のいつのことですか」

「暖かくなった頃だから、三月か四月だったかな」

右田も千春を探していたのかという感慨は一瞬で消え去った。千春が恋しかったわけではあるまい。自分に年賀状を寄越した理由と同じような気がする。すなわち、右田は息子の得体の知れぬ不気味さを千春の力によって抑えつけようとしたのではないか。自分の手に負えなくなった敏勝への恐怖におののく右田の姿が想像出来ていたたまれなかった。

「で、右田は千春さんを探しに熱海まで行ったと言うのですね。どうして千春さんが熱海にいると思ったのでしょうか」

「もう七年も前になりますが、お店のお客さんが熱海のホテルで千春らしい女を見たんですわ。芸者をしていたようです。それで、ロケットの写真を見せて探したそうですが……」

「右田が行ったときには、千春さんはいなかったのですね」

「そうです。去年まで熱海にいたのにと、右田さんはがっかりしていました」

その時点で去年というと、三年前のことだから千春は四十歳をとうに過ぎていたはずだ。芸者稼業《かぎよう》が苦痛になっていたのだろうか。それにしても、車のセールスマンと駆け落ちした千春が熱海で芸者になっていたとは。

「その後、千春さんを探す手掛かりは何もなかったのでしょうか」

「ただ、千春の朋輩《ほうばい》が、よく東京から遊びに来ていた羽振りのいい中小企業の社長に可愛がられていたから、その男の世話になっているんじゃないかって言っていたそうなんです」

「中小企業の社長というのが誰だかわかりますか」

場合によっては熱海まで行き、そのことを調べてこなくてはならないかと思いながらきいたが、老人はあっさり答えた。

「確か、法元《ほうげん》……そう、法元だ」

「法元？」

どこかで聞いたことがあるような気がして、記憶を手繰った。が、すぐには思い出せない。

「右田はその法元さんにも会いに行ったのでしょうか」

「会いに行ったはずです」

大場は辞去して、稲荷町《いなりちょう》の駅に向かいながら、法元という名を思い出そうとした。記憶に引っかかっているのだが、それが明白にならないもどかしさを覚えながら、浅草に向かう車中で、急に暗い海底から海面に浮上したように思い出した。

法元は法元秀明《ひであき》かもしれない。大田《おおた》区大森《おおもり》で小さな工場を経営していたが、それは表向きで、実際は貴金属商に工員ふたりの三人で侵入し、貴金属類を奪い、故買屋《こばいや》を通して盗んだ品物を金に換える、いわば、窃盗のプロ集団だった。その連中は葛飾中央署管内の貴金属店にも忍び込んだことがある。さんざん荒しまわっていたが、今年の一月、青山《あおやま》の貴金属店に押し入ったとき、偶然パトロール中の警察官に見つかり、逮捕されたのだ。

東京から遊びに来ていた羽振りのいい中小企業の社長の法元が、この法元を指しているのかもしれないと考えたのも、千春の業《ごう》のようなものを思ったからだ。右田をはじめ、最初に蒸発した相手の男もいわば社会のはみ出し者だった。つまり、千春は犯罪を犯すようなタイプの人間に惹かれる、そういう人間が特有に持つ悪の臭いのようなものを好む性癖があるのではないか。

大場は葛飾中央署に帰ると、まっすぐ刑事課盗犯係に行き、ベテラン刑事に声をかけた。

「ちょっと教えてもらいたいんだが」

大場と同い年の刑事はちょっと前に外まわりから帰ってきたばかりなのか、茶を呑んでいるところだった。

「貴金属を専門に扱っていた窃盗犯の法元秀明のことなんだが」

うむっといった感じで、彼は細い目を光らせた。

「何か関わりがあるのか」

「いや。直接に関わりがあるわけじゃないんだ。それに、関わっているかどうかもわからない。ただ、気になるので、法元秀明についてききたい。あの男に妻子は？」

「女房と嫁いでいった娘がいた。女房のほうは工場の経営者の妻らしく地味な感じだったが、彼は都内にマンションを持っていて愛人を住まわせていた」

「愛人の名前は？」

「何人かいたからな」

「千春、という名前は出てこなかったか」

「千春……」

すがるように、盗犯係のベテラン刑事の顔を見る。

「ちょっと、記憶にないな」

「法元は主にどんなところで遊んでいたんだ。銀座か、赤坂か」

「いや。あの男は都内では遊んでいない。たいてい、熱海だ」

間違いないという昂りから顔が熱くなった。大場は摑みかかるようにきく。

「法元の愛人たちの住まいはわかるか」

「いや。法元が逮捕されると、皆離れていった」

「法元の女房は？」

「秋田の実家に帰っていると思う。大森の工場は閉鎖したままだ」

「亭主と別れたのか」

「たぶんな」

「確か、中目黒《なかめぐろ》にマンションを借りている」

ちょっと待てと言って、盗犯係のベテラン刑事はキャビネットから捜査記録を引っ張り出してきた。その中に娘の供述調書があった。

「あった。やはり、中目黒だ」

その住所を書き留めてから、

「で、今法元はどこに？」

「前橋《まえばし》だ」

前橋刑務所のことだ。

「ありがとう、参考になった」

何か言いたそうだったが、大場は礼を言って離れた。

千春は法元を頼って東京に出てきたのではないか。それが三年前。それからずっといっしょだったかどうかわからないが、ヒントが摑めるかもしれない。考えてみれば、千春は逃げているわけではない。ふつうの生活を送っているのだ。居所を摑むのは、そう困難なことではないはずだ、と自分に言い聞かせたが、気になるのは右田が果たして千春に会えたのかということだ。

右田は法元に会いに行っただろう。逮捕される以前のことであり、まだ法元の羽振りがよかった頃だ。熱海のホテルで何らかの方法で法元の宿泊者カードを見たか、あるいは他の芸者が法元の名刺を持っていたかもしれない。大森の工場に法元を訪ね、千春のことをきく。果たして、法元が千春のことを教えたのか、教えなかったのか。

千春が店を持たせてもらったとしたら、熱海の朋輩たちにそのことを隠すことはないだろう。朋輩たちが知らないのだとしたら、法元の愛人としてどこかのマンションで暮らしていたのではないか。そんなときに、元亭主だという男がやってきたとしても、千春の居場所を教えるだろうか。どうも、法元は教えなかったように思える。右田は千春には会えなかった。それが大場の結論だった。

その夜、通勤の帰宅時間と重なり、混雑に閉口しながら北千住で日比谷《ひびや》線に乗り換え、大場は中目黒に向かった。法元の女房は、正式に別れたのかどうかわからないが、秋田にいるのでは話にならない。今の場合、頼りとするのは娘しかいなかった。

捜査本部の幹部に進言し、前橋刑務所まで法元に会いに行くことも考えたが、千春とは警察官としてでなく、あくまでも一個人という立場で会いたいのだ。

中目黒で降り、山手通《やまてどお》りをしばらく行き、途中の道を目黒川《めぐろがわ》方向に折れた。幾らも歩かないうちに、法元の娘が住むマンションが見えてきた。

大場は部屋の前に行き、表札を確認してからインターホンを押した。女の声が返ってきたので、大場は警察の者だと名乗り、ドアスコープに警察手帳をかざした。

緊張のためか強張ったような顔を出したのは二十代半ばの、いかにも初々《ういうい》しい感じの女性だった。法元の娘であることを確認してから、

「前橋に行くことはありませんか」

と、面会の予定をきいた。

「どうしてでしょうか」

「じつは村中千春という女性を探しているのです。千春さんは熱海で芸者をやっていて、遊びに来ていた法元さんと知り合ったそうなんです。熱海から東京に移ったのが法元さんに誘われたからなのかどうかはわかりませんが、法元さんなら彼女の行方について何か知っているかもしれない。どうか、法元さんにあなたからきいていただきたいのです」

「どうして私がそんな真似をしなくちゃならないんですか」

彼女は冷たい目で抗議した。

「あなたしか頼るひとがいないからです。それに、私は警察官としてでなく、個人的な事情から千春さんを探しているのです」

「娘の私が、父に愛人の話を持ち出せと言うんですか」

「このとおりです」

大場はただ頼むしかなかった。大場の気持ちが通じたのか、しばらくしてから彼女から

軽いため息が出て、

「わかりました。来月、面会に行くことになっていますから、きいてみます」

「ありがとう」

大場はさらに深々と頭を下げた。


法元の娘からマンションに連絡が入ったのは、それから二週間後だった。その日、第二回公判が開かれ、スナック『たんぽぽ』の柏田レミ子の証人尋問が行われた。その裁判の様子を聞いた限りだが、柏田レミ子はうまくやったようだ。彼女にすれば、命を懸けての証言だったはずだ。

裁判は有利に運んでいるという実感を持ってマンションに帰ったときに、法元の娘から電話があり、大場は期待して受話器を耳にあてがった。

「きょう、行ってきました」

まず、彼女はそう言ってから、

「千春さんのことですが、確かに熱海の座敷で会ったそうです。それで、東京に出たがっているのを知り、東京のマンションを借りてやったそうですが……」

彼女が言葉を濁したのは、法元が逮捕されたという言葉を出すのが忍びがたかったからだろう。

「ただ、芸者時代に親しくなった立木《たちき》という男とこっそり会っていたそうです。その立木というひとに当たってみたらどうかと言っていました」

「立木、ですか」

「虎《とら》ノ門《もん》で特許事務所をやっているそうです。ですから、探せばすぐわかるんじゃないかって言っていました」

立木は弁理士のようだ。

「それから、右田さんというひとが訪ねてきたことがあったそうです。でも、知らないと惚けたと言っていました」

そこで右田の追跡も頓挫《とんざ》したのだ。大場は礼を言ったあとで、いよいよ千春の居場所がわかると思うと、微かに胸がときめいた。

翌日、虎ノ門に出て、虎《とら》の門《もん》病院方面に歩いた。新谷と別れ、大場はひとりで行動をした。立木特許事務所はすぐわかった。虎の門病院の近くにある古いビルの二階に、その看板が出ていた。

ノックしてドアを開き、受付にいる若い女性に、立木先生にお会いしたいと言った。彼女はすぐ立ち上がり、衝立で仕切られた部屋に向かった。パソコンが三台並び、本棚には背表紙に金文字でタイトルが書かれた特許関係の本が並んでいた。待つほどのこともなく、受付の女性が出てきて、すぐ後ろから腹の出た貫禄《かんろく》のある男が現れた。四十半ばで、予想より若かった。脂《あぶら》ぎって、いかにも精力的な感じの男だ。

午前中に電話帳で調べた電話番号にかけて、千春の名前を出して確認を取った上での訪問だったので、立木は大場の到着を待っていたようだ。どうやら、事務員の耳を気にして、事務所を避けたいのだろう、立木は大場を近くの喫茶店に誘った。

テーブルに向かい合い、コーヒーを頼むのももどかしく、大場は切り出した。

「村中千春という女性が今どこにいるのか、ご存じじゃありませんか」

「知っています」

鷹揚《おうよう》に答える立木には、最先端技術の特許問題や国際間の特許戦争などという過酷な世界に身を置いているという厳しさのようなものは感じられなかったが、それは今仕事から離れているからだろう。

「どこにいるんですか」

「その前に、彼女は何か罪に問われるのですか」

あくまでも穏やかな声で、立木はきき返す。

「いいえ。私があくまでも個人的な理由で探しているのです」

「そうですか。彼女は東尾久で小料理屋を去年の三月からはじめています。客あしらいがうまいので、かなり繁盛していますよ」

「東尾久……」

思わず呟いたのは、右田が住んでいた田端新町に近い場所だからだ。運命の皮肉か、右田が探していた女が二年後に、その近くで小料理屋を開こうとは……。

「あなたとはどういう関係なのですか」

「ときたま熱海に行ったとき、座敷に呼んでいました。一時《いっとき》、法元という男に囲われていたみたいですが、たまに電話をくれましてね。食事などをしていました」

「店の資金はどうしたのでしょう？」

「法元に買ってもらったマンションを売ったのと、自分でも芸者時代の蓄えがあったのでしょう」

「あなたも少しは出資なさった？」

「まあ……」

立木は曖昧に答えた。彼にしてみれば、千春から電話が来て食事をしたあと、ホテルに行き、それなりの小遣《こづか》いを渡していたのだろう。法元に囲われながら、千春は熱海の芸者時代の客を誘い出しては小遣いをもらっていたのかもしれない。

そんな生活をしている千春が哀れだった。はじめて浅草のお好み焼き屋で会った彼女は無垢《むく》な少女という印象だった。もともとの彼女の本質がそうだったのか、それとも右田との出会いが彼女を不幸にしたのか、いずれにしてもそれ以降の人生は決して幸福とは思えなかった。

　男運が悪いというのが業というより、まるで犯罪を犯すような暗い心を持った男に惹かれることが彼女の業なのかもしれない。自分の知っている千春と同一人物とは信じられないが、それが事実なのだ。どういう軌跡を経て、芸者になったのかわからないが、そこまでの間にも何人かの男と別れてきたのだろう。そして、四十歳を過ぎた千春は三味線《しゃみせん》が弾《ひ》けるわけでもなく、芸者生活にも先が見えてきた。そんなときに、法元に誘われ、東京に出た。しかし、愛人生活でおとなしくしている性格ではなく、客の男に電話をかけては法元に隠れて付き合っていた。だが、法元は窃盗の容疑で逮捕された。あわてて、千春はマンションを売り払ったのに違いない。取り上げられてしまうという恐れからだろう。そして、その金を居抜きの店を買う資金の一部にしたに違いない。

　千春のこれまでの軌跡を振り返りながら、彼女にとって右田克夫がどういう存在だったのか、息子の敏勝のことを思い出したことがあるのか、そんなことを考えたが、少なくとも右田克夫の存在はまったく彼女の記憶から消し去られてしまっているのだろうと思われた。

「彼女は昔話で自分の来《こ》し方《かた》を喋ったことはありますか」

「いえ。まったくありません。家族のことも、一切喋りませんでしたね」

　右田の名を出すことは差し控えた。過去を捨てた千春のために、それを詮索させるようなことを言う必要はないと思ったのだ。それより、早く千春に会ってみたかった。彼女は、右田敏勝のことは新聞やテレビで見て知っているに違いない。どんな気持ちなのか、知りたい。

コーヒー代をもってくれた立木に礼を言って別れ、大場は新橋に向かって歩いた。やっと千春に会える。そう思うと、知らず知らずのうちに足早になっていた。

烏森口《からすもり》を抜けてJR新橋駅に近づく。帰宅時間には少し間があるはずだが、周辺はごった返し、信号が変わると、どっと通行人の固まりが移動する。駅の改札もひとが多い。

田端まで行き、そこから歩くことにした。山手線は空いていた。一昨年、右田が千春を探したのは、千春なら敏勝の奥底にひそむ闇をすくい取ってくれるかもしれないという期待からだろう。その頃、すでに最初の事件が起きており、右田克夫は敏勝が犯人ではないかという疑いを持っていたに違いない。

田端に着いた。改札を抜け、陸橋を渡り、右田克夫の住まいを訪ねてこの道を歩いたことを思い出しながら、心は千春に向かっていた。もし、一年時期が早まっていれば、右田は千春と再会したかもしれない。そんなことを考えながら、明治通りを渡り、尾久橋通りに出た。春に向かって少しずつ延びてきた日も沈み、周囲は夕闇が迫っていた。

千春は現在、四十代後半になるはずだ。千春に会って何を頼もうとしているのか、自分でも明白な考えを持っているわけではない。法廷に彼女を立たせて、敏勝と対峙《たいじ》させる考えは毛頭ない。しかし、敏勝の内部に棲《す》む悪魔のようなものを抑えつけることが出来るのは、ただひとり、千春しかいないような気がしている。

スナックがあり、しばらく行って信用金庫の手前の路地を入ると、すぐ『ちはる』と書かれた看板が目に入った。どういうわけか、とたんに脚が震えた。自分が重いものを担いで千春に会おうとしていることに気づいたのだ。

大場は店の前を行き過ぎた。暖簾のかかった扉の向こうに千春がいるのだと思うと、にわかに心が騒いだ。すぐに引き返したが、まだ暖簾をくぐる勇気がなかった。自分でもどうしたことだろうと思いながら、また引き返す。

その逡巡《しゅんじゅん》の理由に気づいた。自分はまだ千春のことを忘れていないのだ。そう思ったとたん、眩暈《めまい》を覚えた。約三十年という歳月が一瞬にして消え、あの頃のことが甦る。はじめてお好み焼き屋で彼女を見たときから、淡い恋心が芽生えていたのかもしれない。それが、右田克夫が思いを寄せているらしいと知り、意識して彼女への思慕を他に向けた。そが、右田に誘われるまま、ピンクサロンやソープランドで遊ぶようになったのだ。右田から千春と結婚すると聞かされたとき、祝いの言葉を述べる自分の頬が震えていたのを覚えている。男と蒸発した千春を探し出し、右田と縒《よ》りを戻させたのも、ある意味では千春への思いがさせたのだ。

それに、亡き妻に惹かれたのも千春に顔立ちが似ていたからだ。意識の底ではずっと千春のことを思い続けていたのかもしれない。指呼《しこ》の間《かん》に彼女がいるのだと思ったとたん、そのことを強く意識してしまった。

自分は千春に会って何をしようとしているのか。あんたの息子は殺人鬼だ、何とかしてくれと言うつもりなのか。千春の行方を探すことに夢中で、明確な目的さえ持ち得なかった自分に腹を立てながら、いつの間にか入口の前に立っていた。重たい気持ちとは別に、背後から押されるような力を感じながら、半ば無意識のうちに扉を開けた。

十人ほどが座れるカウンターにテーブルが三卓。時間が早いせいか、まだ客はいなかった。いらっしゃい、という声ではじめて女将《おかみ》に顔を向けた。

違う、千春ではない、と大場は呆然と立ち竦んだ。

5

公判は回を重ね、桜の花も早散った四月半ば、七回目の公判で、いよいよ弁護側申請の証人の取調べになった。万城目はまず『オフコース』のマスターの佐山寛から証言させる戦術に出た。マスターから大場巡査部長と被告人がふたりきりで会っていたという証言を得て、そこで銀のロケットとたばこの吸い殻が大場の手に渡った可能性を訴える。そのあとに、大場を証人に呼ぶ。最後に、被告人のアリバイを証明するという段取りを考えていた。この裁判のポイントは偏《ひとえ》に、大場の不審な行動にあるのだ。

証言台に、佐山寛がおもむろに立った。自分と同じ年代で、なぜか同じ時代を共有したという意識を感じさせる男だった。同じ年代の男と出会ったとしても、そういう感じを持ったことはほとんどないのだが、このマスターにはそれを感じた。新宿三丁目の穴蔵のような地下の呑み屋で青春を過ごした、あの時代がふっと甦ってくる。同じ空気を吸い、同じ匂いを嗅《か》ぎ、同じような悩みを持って青春時代を過ごした仲間のような気がした。何度か打ち合わせのために会ったが、このマスターは学生運動に首を突っ込み、さらに過激派の学生として公安に睨まれていたのだという。この話を聞いたとき、万城目はこの男は味方だと思い、瞬時にして、裁判の成り行きに光明を見出したのだ。

裁判長が型どおりに人定質問から宣誓書を朗読させ、そして黙秘権、証言拒否権などを告げ、いよいよ万城目は尋問をはじめた。

「証人が葛飾区高砂二丁目で喫茶店をはじめてから何年になりますか」

「三年です」

「お客さんは常連さんが多いのですか」

「駅に近いわけではありませんから、七割方常連ですね。特に、近くに工場や会社がありますから、そういった方々に利用していただいています」

「すると、お客さんの顔はだいたい覚えているのでしょうか」

「はい。名前はわからなくても、顔は覚えています」

「被告人を見てください。被告人の顔を覚えていらっしゃいますか」

「はい。よく利用していただきました」

「何度か客としてやってきているのですね」

「そうです」

「ところで、お店には警察の方もいらっしゃいますか」

「はい。ときたま」

「どういう用件で?」

「所轄の盗犯担当の刑事さんがたびたび顔を出されます」

いざ事件捜査のときには聞き込みが重要な仕事であり、聞き込みは相手方の協力があってはじめて目的を達することが出来ることから、所轄の刑事は平素から管内のポイントとなるひとたちとは良好な関係を保っておくことが必要だ。新聞配達、牛乳配達、出前持ちなどは目撃者になる可能性もあり、また料理屋やスナック、ゲームセンターなどは犯罪者が利用している可能性もある。したがって、喫茶店のマスターも所轄の刑事に顔見知りが多いということになるのだが、佐山の場合はさらに、かつて過激派のメンバーだったということで警察にマークされていた可能性もある。

「ところで、十月十日の夕方四時半頃、被告人が客としてやってきませんでしたか」

「いらっしゃいました」

「どうして日付をご記憶されているのですか」

「その日は雨が降っていたのですが、彼は雨天用のゴルフウエアを着て、ビニールの帽子を被って店に入ってきたので、記憶に残りました。それに、意外なひとと待ち合わせていたので、よく覚えています。雨のせいで他にお客さんがいない中、そのひとは彼を三十分ほど待っていました」

「そのひと、とは誰ですか」

「所轄の刑事さんです」

「刑事？　それはよく聞き込みにやってくる盗犯担当の刑事さんですか」

「いえ、違います。強行犯担当の刑事さんです。以前にも何かの事件の聞き込みでやってこられたこともあったし、飲食店組合の警察の指導で署に出向いたとき、お見掛けしたことがある刑事さんでした」

「名前はご存じですか」

「大場さんです」

「大場、ですね」

万城目はわざと大きな声で復唱した。すでに大場の名は、本庁捜査一課の警部補の反対尋問の際に出ている。

「署内には大場徳二という巡査部長がいるだけですが、その刑事さんに間違いないでしょうか」

「間違いありません」

ここまでは計算どおりに進んでいる。

「被告人はその大場刑事と待ち合わせていたのですね」

「そうです。窓際の席で向かい合っていました」

「ふたりにどんな飲み物を出しましたか」

「コーヒーとビールです」

「灰皿は？」

「出しました」

「ふたりが、どんな話をしていたのか、わかりますか」

「話の内容は聞こえませんでした。でも、あまりいい雰囲気ではなかったです」

「というのは？」

「大場刑事の顔が険しく、彼はせせら笑っているような印象でしたから」

「ふたりが話し合っていたのは、どのぐらいの時間だったのでしょうか」

「三十分ぐらいだったと思います」

「ふたりは同時に席を立ったのですか」

「いいえ。先に彼が帰りました」

「じゃあ、大場刑事はその場に残っていたのですね。どのくらい、ひとりで残っていましたか」

「五分ぐらいだったと思います」

「ふたりが話し合っている最中、被告人はたばこを吸っていましたか」

「わかりません」

　耳を疑い、万城目は思わず、えっ、とき返した。さっき、被告人がせせら笑っていたと聞いたときから、何となく違和感を覚えていたのだが、今それがいっきに噴き出した。

「灰皿を出したのでしょう」

　万城目がいらだちを抑えて、もう一度きいた。

「出しました。でも、たばこを吸っていたかどうかわかりません」

　どうしたんですか、という言葉を投げ掛けようとしたとき、マスターが目を逸らした。その慙愧に堪えないような顔つきに、万城目は声を失った。彼の背後に、警察の圧力を感じたのだ。

　これ以上問うても、彼が正直に答えることはないだろう。まさか、警察がそこまでしてくるとは想像だにしなかった。

『あなたの証言によっては四人もの若い女性を殺害した野獣のような男を再び世間に出してしまう恐れがあるんですよ。もし、あなたが警察に不利な証言をしなければ、あの件は不問にしましょう』

そう言って、マスターに圧力をかける警察官の姿がおぼろげに見える。あの件、は何かわからない。しかし、マスターにとって致命的なものだろう。もちろん犯罪絡みだ。そういえば、マスターには大学生の息子がいたと聞いたことがある。その息子のことで、何か取引がなされたのかもしれない。

あの店にいたアルバイトの女性を呼ぶことも考えたが、結果は同じだろう。万城目は自分の負けを意識しながら、最後にきいた。

「あなたは、被告人が去ったあと、逐一《ちくいち》、大場刑事の行動を見ていたのですか」

「いえ」

「すると、大場刑事があなたの目を逃れて何かをしたとしても、あなたは気づかなかったのでしょうね」

そういう言い方をするのが精一杯だった。

「はい」

万城目は憮然《ぶぜん》として腰を下ろし、正成検事の反対尋問がはじまっても、もうそれは耳に入らなかった。なりふり構わぬといった警察のやり方を考えれば、当然被告人が大場刑事のマンションの前に立っていたというアリバイを証言できる目撃者に対しても、何らかの手を打っているに違いない。右田が振り向いた。弱々しさは消え、その目は射るように鋭かった。

二日後の夜、万城目の乃木坂の事務所に、探偵の沖野がやってきた。元警視庁捜査四課で辣腕《らつわん》を振るった男の成れの果てのいかがわしい探偵だが、その調査能力には一目置いている。

執務室の来客用の椅子に腰を下ろした沖野は舌打ちしてから、

「迂闊だった。あのマスターの倅《せがれ》が強姦《ごうかん》事件の容疑者のひとりとして捜査の対象になっていたんです」

「やはり息子か」

「ナンパした女子高校生をカラオケボックスに誘い、三人掛かりで強姦したらしい。カラオケボックスの従業員の話からその事件が警察の知るところとなったが、肝心の被害者が親告しなかった。そのために犯人がわかっていながら、事件にならなかった。ところが、その事件が蒸《む》し返されたようです」

「女子高校生が親告したのか」

「いや。たぶん、被害者に親告させるとマスターに迫ったんでしょう。倅の経歴に傷がつくのが怖かったのだと思いますよ」

沖野は口許に嘲笑を浮かべ、

「初公判で手の内を曝してしまったのがいけなかったんじゃないですか。先生ほどのひとが、警察がそんな卑劣な手段を使うとは思わなかったなんていう言い訳は通じませんよ」

沖野が珍しく手厳しく万城目を責めた。沖野の言うとおり警察が佐山を攻めるきっかけになったであろう、右田逮捕の証拠となった銀のロケットと吸い殻への疑義は隠しておいたほうがよかったかもしれない。しかし、それでうまくいったかどうかもわからないと思った。大場は明らかに証拠品を捏造している。そこには決死の覚悟があったはずだ。捨て身でかかってくる大場には、こっちももっと腹を括らなければだめだということだ。

「とにかく、大場という刑事を甘く見過ぎたんですよ」

沖野はいらだったように吐き捨てた。

「大場の攻め方もちょっと考えたほうがいいかもしれないな」

万城目は立ち上がって窓辺に寄った。路地裏で、電柱に酔っぱらいが立ち小便をしていた。怒鳴ってやろうと窓を開けたが、すでに用を済まして歩き出していた。

「それより、柏田進一の件はどうだ？」

振り向いてきくと、沖野はくわえていたたばこに火を点けてから、

「奴、五百万ほどあった博打の借金を清算していました。その金の出所が、姉です。柏田レミ子と進一、それから進一の愛人と酒田亜美。この繋がりが何か臭います」

そういえば、スナックで連続殺人の話をしているときには必ずママがいた。光石まりな

と右田敏勝の繋がりを証明するのはママの柏田レミ子しかいないという気がしないでもない。そのことを言うと、沖野も頷きながら、

「柏田レミ子はマネージャーと出来ている形跡があるんです。そしてそのマネージャーに光石まりなとも付き合っていたという噂があります」

「柏田レミ子にも、光石まりな殺害の動機が存在するということだな。なんとか、その辺りを調べてもらえないか」

仮に柏田レミ子が弟の進一を使って光石まりなを殺害したのだとしても、捜査権のない人間がその証拠を探し出すことは、湖底に沈んだものを岸からただ眺めて探そうとしているほどに困難だ。だが、彼らも何かミスをしでかしてないとも限らない。少なくとも、ただ手を拱《こまね》いているよりは、可能性のあるものは潰しておいたほうがいい。

「やってみましょう。それにしても、やけにこの事件には力を入れていますが、右田敏勝をほんとうに娑婆に出したいと思っているのですか」

沖野は何度か裁判を傍聴しており、右田敏勝を一目見て殺人者の持つ独特な雰囲気を感じ取ったといい、あの男はやっているのではないか、と万城目にきいてきたことがある。それに対して、無実だと答えておいて、いろいろ調査を続けてもらったのだが、今また同じ質問をされた。万城目はこれ以上隠しておく必要もないことから、正直に打ち明けた。

「右田は今の裁判にかけられている事件はやっていない。無実だ。たとえ他の三人の女性

を殺していたとしても、起訴された事件については無実なのだ」

「大場刑事が証拠を捏造してまで光石まりな事件の犯人に仕立てようとした理由が、痛いほどわかると言っていたじゃないですか。奴は天性の犯罪者だ。娑婆に戻れば、必ずまた事件を起こすでしょう。それでも、先生が奴の弁護をする理由は何なのです？　弁護士だからですか、それとも警察に対する復讐ですか、あるいは世間に対してなのか」

沖野が真顔になって言う。

「みんなそうだとも言えるし、そうではないとも言える」

「なんですか、それ」

「自分でもよくわからないんだ」

右田敏勝の持つ独特な雰囲気が、万城目の心を縛りつけているのは間違いない。ひとの血が流れているとは思えない男の何かが、万城目に訴えかけている。その何かを探りたいというのが、ほんとうのところかもしれなかった。


二日後、万城目は東京拘置所に出掛けた。待合室で待っている間、またもじわじわと押し寄せてくる恐怖心に襲われ、出来ることなら逃げ出したいと思った。右田と会う前には必ずといっていいほど覚える不思議な感情が、また別な意味で自分を虜《とりこ》にしていることに気づいている。やがて、名を呼ばれ、指定された接見室に行き、右田敏勝と会った。や

はり、以前とは少し表情が違っていた。吊り上がった目を向け、

「どうなんだ、見通しは？」

と、右田は静かにきいた。

「なんとも言えない。次回はいよいよ大場を証言台に呼ぶ。正念場だ。大場という刑事は真剣だ。たぶん、職を賭《と》している」

右田は微かに眉を寄せ、

「俺はこの命を懸けている」

と、冷ややかに言った。この事件で有罪になれば、さらに他の三件でも警察、検察側が一気呵成《いっきかせい》に起訴に持っていく可能性もある。そうすれば、間違いなく右田は死刑だろう。命を懸けている、という言葉に誇張はなかった。

「こっちの作戦は失敗とは言えないまでも、旗色《はたいろ》は悪い。あそこまでやるとは想像もしていなかった」

万城目は言い訳ともつかない言葉で、右田の反応を見た。果たして、右田の顔が強張った。

「他人の罪を被る気はない」

「じゃあ、自分の罪ならいいのか」

万城目は言い返した。右田が目を細めた。

「高砂のOL殺し。それから東尾久、高井戸西。この三つはどうなんだ?」

「関係ないな。それに、俺の仕業だったら、警察はとうに俺を捕まえているはずだ」

「証拠がないからだ」

「証拠がないというのは俺じゃないっていう証拠だ」

「じゃあ、光石まりな殺しはどうなんだ。証拠がある。君が犯人だということか」

右田の顔つきが変わった。

「おい、先生よ。あんたは俺が無実だと信じているんだろう。だったら、下らん議論なんか吹っ掛けてないで、これからのことを考えろよ」

「戦術は考えてある。これしかない」

「なんだ?」

「いいか。大場は腹を括って証拠を捏造しているんだ。その大場に踊らされている警察や検察官には捏造という意識はない」

「だからなんだって言うんだ」

右田がいらだったように言う。

「君も腹を括れということだ」

「どういうことだ?」

「大場の攻め方を変える。俺の言うとおりにしろ」

右田の目がだんだん異様に光りはじめた。

6

明日の証人出廷を控えて、大場は東京地検に行き、立会い検事の正成と打ち合わせを済ませ、検察庁合同庁舎を出た。弁護士の尋問を想定しての検討も、どこにも不安はないような気がした。『オフコース』のマスターの証言を抑えつけたことで、俄然有利になったのだ。弁護士は当然、殺害現場での大場の行動をきいてくるだろう。そこで、銀のロケットを仕込まなかったか。しかし、大場が銀のロケットを拾う可能性として弁護側が指定出来る唯一の場所である『オフコース』が否定されれば、大場とロケットの繋がりがまったくなくなるのだ。

交差点を渡り、日比谷公園に入った。ツツジが見事に咲いている。池の辺《ほとり》にあるベンチにアベックが座っている。その背後を通り、当てもなく足を進める。

明日の証人尋問によって裁判官の心証が大きく左右されるはずだ。俺の証言で奴を有罪に持ち込むことが出来る。ただ、肝心の他の三件の事件の見通しが立っていないことが心残りだった。その事件を加えられれば間違いなく死刑だ。

光石まりな殺しの罪で服役している間に他の三件の事件を解決することが出来るか。その間に、敏勝をその件で起訴出来るか。それが出来なければ、当面の間、野獣を檻《おり》の中に入れておくだけになり、再び檻を出たときにはさらに凶暴性を増す可能性が高い。いや、大場に謀《はか》られたという怨みから、きっと仕返しに来るはずだ。奴に限って刑務所で更生するとは思えない。

明日のことを考えて神経が昂っているせいか、あるいは右田敏勝への恐れのようなものから逃れたいという心境からか、ふいに千春のことが頭に浮かんだ。先日、東尾久の小料理屋『ちはる』に出向いたが、そこの女将は、面付《つらつ》きはよく似ていたが千春ではなかった。右田はあの銀のロケットの中の、小さい昔の写真くらいしか持っていなかったのかもしれない。そのせいで、きいて回ったひとたちが同一人物と勘違いしたのだろう。女将の名はヒデ子といった。だが、事情は彼女から聞いてよくわかった。

ヒデ子が離婚して熱海に行ったのが七年前。死ぬつもりで睡眠薬を飲み海岸で朦朧《もうろう》としているところを、千春に助けられた。しばらく千春のアパートに泊めてもらったが、そのうち千春は東京からやってきた会社員に見初められ、芸者をやめ、東京に行くことになった。その千春に代わって、同じ置屋《おきや》に入った。源氏名を千春としたのは、助けてもらった恩義を感じてのことだと、ヒデ子は言ったのだ。

ある意味では、ヒデ子も千春と同じような人生を歩んできたと言えるかもしれない。化粧をしても、彼女の切ない人生の断片が荒れた肌に覗けそうな気がしたが、やっと落ち着いた場所をなんとしてでも守っていこうとする気概のようなものも窺えた。

目指す相手が本人ではなかったことに落胆したが、ヒデ子は千春の住まいを知っていた。年賀状や暑中見舞いのやり取りを続けていると言い、その一枚を見せてくれたのだ。

だが、千春が普通のサラリーマンと所帯を持っていることを知り、大場は逡巡の末に、結局会いに行くことを諦めたのだ。

その諦めたはずの千春の顔が浮かんだのは、やはり右田敏勝を抑えつけることが出来るのは母親の千春しかいないと改めて思ったからだ。

気がつくと、大場の足は新橋に向かっていた。千春は武蔵小金井《むさしこがねい》市に住んでいる。東京駅で中央線に乗り換え、そこを目指した。明日の出廷を控えて昂る気持ちを鎮めようとして千春のことを思い出したのだが、場合によっては法廷で千春に会った話をしてもいいかもしれないという計算も働いたのである。母親のことを聞いて、敏勝がどういう反応を示すか、そのことにも興味があった。その場合でも、千春の承諾を得なくてはならない。

武蔵小金井駅から小金井街道《こがねいかいどう》を北に向かい、セブンイレブンの前を過ぎてから細い道を右に折れる。社宅などが並び、教会の前を過ぎた。

千春の住む家はやがて見つかった。テラスがあり、ガレージには白い車が入っている。庭に梅の樹《き》。門扉《もんぴ》は閉まっているが、二階の窓に洗濯物が干してあった。

その家の前を素通りしながら、庭に目をやった。犬がおり、子ども用の自転車が見えた。千春が後妻に入ったとき、亭主には先立たれた妻との間に子どもがふたりいた。九歳と七歳であり、そのふたりの子どもも十六歳と十四歳になっていることになる。

家を見通せる場所に立ち、しばらく様子を見ていたが、玄関の扉が開くことはなかった。三十分ほどして、場所を移動しようとしたとき、宅配便の車が家の前に停まった。明るい色のユニホーム姿の運転手が荷物を持って門の横にあるインターホンを鳴らし、それから門を入り、玄関に向かった。大場は急いでその玄関が見える位置まで移動した。と、同時に開いた玄関の扉の向こうに、女の顔が現れた。ごくろうさま、という明るい声が耳に届いた。

配達人が戻ってきて、大場はさりげなくその場を離れた。心臓の動悸が早まった。思ったより若々しい顔は昔の千春の面影《おもかげ》をそのまま残していた。男から男に流れ、そのたびに落ちていく女の人生の軌跡を想像したのだが、予想に反しての幸福そうな姿に、安堵と共に戸惑いも隠せなかった。

再び、扉が閉まり、千春は中に消えたが、大場はその場に立ち竦んでいた。

第六章　対　決

1

　静まり返った法廷に一歩足を踏み入れたとたん、大場は息苦しくなった。ほぼ満員の傍聴席、居並ぶ裁判官、検察官、弁護人。そして、被告人席には右田敏勝。廷吏や速記官を除いた全員の目が証言台に向かう大場に注がれていることが、全身に針を当てられているように感じられた。

　目の端に、わざとしおらしくしている右田敏勝と落ち着き払った感じの万城目弁護士の頰骨の突き出た顔をとらえながら証言台の前につき、裁判長に顔を向けた。裁判長の型どおりの人定質問、宣誓、証言拒否権の告知のあと、いよいよ万城目が裁判長の声で立ち上がった。大場は汗ばんだ掌《てのひら》を、気づかれないようにそっとズボンでこすった。

「証人は、葛飾中央署の刑事課強行犯捜査係に所属しておられますが、九月に高砂でＯＬ

が殺されるという事件がありましたね。あなたはその事件の捜査に関わったことはありますか」

「あります」

「捜査本部にいたということですね」

「そうです」

「その事件は解決したのですか」

「いえ、未解決です」

「次に、本件の殺害現場に臨場したことはありますか」

「はい」

「高砂の事件が未解決なのに、新たに発生した事件の捜査もされるということですか」

「違います。本件が高砂の事件と酷似しているとの連絡を受けたので、同一犯の犯行の可能性も考えて現場に臨んだのです」

「酷似とはどういった点ですか」

「殺害方法、それから被害者が胸の上で合掌させられていたことなどから、その可能性を踏まえてのことです」

「本件発生の報告を、証人はどこでお聞きになりましたか」

「自宅です」

「人定質問で述べた住所、葛飾区四つ木ですね」

「そうです」

「連絡は何時にありましたか」

「朝の七時二十五分でした」

「じゃあ、現場に着いたのは？」

「七時五十分です」

「どうして、正確な時間を覚えていらっしゃるのですか」

「その都度、時計を見ることにしていますから」

「証人が現場に駆けつけたとき、現場にはどういうひとたちが到着していましたか」

「所轄の警察官が現場保存に努めており、他の捜査員はまだ到着していませんでした」

「すると、捜査担当の刑事さんの中では証人が一番早く到着したということですね」

「そうです」

「証人は殺害現場の部屋に入りましたか」

「入りました」

　死体の状況を見るためだと付け加えようとして、大場は自制した。嘘をつこうとすると、無意識のうちに饒舌になってしまう。そのことを思い出したのだ。あくまでも、弁護人が質問したことにだけ答えようと、心に決めていた。

「現場に最初に入るのは誰ですか」

「鑑識課です」

「鑑識課は何をやるわけですか」

「現場の写真撮影や遺留品、指紋、足跡などの場所に標識を置いたりします」

「その後は？」

「捜査員が現場の状況を見ます」

「その時点では、遺留品は現場に残っている状態なのですね」

「そうです。鑑識はあくまでも標識を置くだけです」

「では、遺留品はいつ採取するのですか」

「捜査員の現場観察が終わったあとです」

「証人が現場に入ったのは鑑識課が入ったあとですか」

「いえ、前です」

「鑑識の作業が終わってから捜査員が現場観察をするわけではないんですか」

「私が到着したとき、まだ鑑識課員は到着していませんでしたから」

「すると、あなたは鑑識の作業の前に現場に入ったということですね」

「そうです」

「どうしてですか」

「死体の状況を見るためです」

「あなたはいつもそうするのですか」

「早く到着したときはそうです。特に、本件は高砂の事件との類似性が問題でもありますから」

「現場にあなたしかいなかったことはありますか」

「一時的にはありました」

「では、証人が現場に何か細工をしたとしても、誰にも気づかれないのですね」

「質問の趣旨がよくわかりませんが、遺留品を隠したとしても誰にも気づかれません」

大場はわざと、遺留品を隠したとしても、という部分を大声で言った。万城目弁護士の眉が少し寄ったのは、大場のメッセージがわかったからだろうか。

「もし、証人がその場に何か落としたとしても、それが被害者のものでなければ、犯人の遺留品と見なされる可能性がありますね」

万城目が鋭い視線を向けた。その目を睨み返して、大場は答えた。

「はい。しかし、あとから指紋を調べればわかりますから、仮にそのようなミスをしたとしても、捜査に影響はありません」

「現場の観察を終えたあと、証人はどうなさいましたか」

「現場付近の聞き込みにまわりました」

「それは誰かに命令されて動いたのですか」

「ふつうはそうですが、そのときは私の判断で聞き込みに出ました」

「つまり、上司の命令に従わずかってに聞き込みに出たということですね」

「そういうことになります」

「どうして、そんなかってな行動に出たのですか」

「ちょうど朝の出勤時間帯でしたので、近所の住人は会社に出掛けてしまうかもしれない。そうなると、夜まで聞き込みが出来なくなると思い、急いで飛び出したのです」

「しかし、捜査ではかってな行動は許されないんじゃないですか」

「そうです。ですから一通りの聞き込みを終え、急いで現場に戻りました」

「ところで、証人は採取した遺留品から銀のロケットを見せられましたか」

「はい」

「それを見て、証人は被告人のものだと述べたそうですが、そのことに間違いありませんか」

「ありません」

「どうして、それが被告人のものだと思ったのですか」

「その銀のロケットを被告人が身につけていたのを知っていたからです」

「どこで見たというのですか」

「『オフコース』という喫茶店です」

　大場は自らそのことを口に出した。万城目が意表を衝かれたような顔をし、ちょっと質問の流れが途切れ、間が空いた。

「それはいつですか」

　万城目がやっと質問を再開した。

「高砂の事件のあとです。詳しい日にちまでは覚えていません。ただ、被告人が任意の事情聴取のために警察署にやってきたときに約束したのですから、十月の十日だったと思います。雨が降っている日でした」

「それは、捜査本部の意向だったのですか」

「違います。私の個人的な事情からです」

「その事情とは、証人が被告人の父親と幼い頃からの友達だということですか」

「そうです」

　そこで、少しの間、右田克夫との関係に質問が移り、それが終わってから、改めて前の続きに入った。

「喫茶店で証人は被告人とどのような話をしたのですか」

「父親の行方を訊ねたかったのです」

「被告人の父親ですか」

「そうです。右田克夫はひと月ほど、浜田山に住んでいた頃の被告人のマンションで同居していましたが、その後行方不明になっています。その事情をきくためと、それから自首を勧めるためでした」

「自首？　どういうことですか」

「被告人は高砂の事件、そして他の二つの女性殺害事件に関わっている可能性が高いのです」

「証人は被告人が父親の行方を知っていると思っているのはどうしてですか」

「去年の十一月の終わりごろに、父親は故郷の老芝村に現われていました。私が老芝村で聞き込んだところ、被告人といっしょだったことがわかりました。その後、父親は行方不明になっています」

「被告人だという証拠はあるのですか」

「右田克夫が実家の兄に倅を墓参りに連れて行くと言っていました。おそらくその時、老芝村で父親からロケットを手に入れたのでしょう」

「喫茶店で会ったとき、被告人はロケットを頸にかけていたと言うのですか」

「そうです。かけていました」

大場は下腹に力を込め、偽りを答えた。

「そのとき、証人は被告人からそのロケットを見せてもらったのですか」

「いえ、見せてもらっていません。ただ、ロケットのことをきくと、父親からもらったのだと答えたので、私が父親に贈ったものだとわかりました」

「なぜ、被告人が銀のロケットを持っているのだと思いましたか」

「それこそ犯行の動機になりますが、被告人は自分を捨てた母親を憎むと同時に恋しさを抱いているのです」

「証人はいわゆる三つの殺人事件及び父親の失踪事件について、被告人の犯行だと思っているわけですね」

「そうです」

「では、なぜ被告人を逮捕しなかったのですか」

「状況証拠だけで、逮捕出来る物的証拠がなかったからです」

「高砂の事件ですと、もし被告人が犯人だとすると、被害者を襲うためにわざわざ現在のアパートに引っ越したことになりますね」

「そうです」

「ということは、それ以前に被害者に目をつけていたことになりますね」

「そうです」

「本件では、先に被害者の友人の女性から、被告人が被害者を付け狙っていたという証言が出ていますが、高砂の事件の被害者もそのようなことがあったのですか」

「いえ。そういう情報は得られていません」

「他の二つの事件ではどうですか」

「同様です」

「すると、本件のみ、被告人が被害者を付け狙っていることが第三者に知られているということになりますね」

「そうです」

「それは妙じゃありませんか。もし、本件とそれらの事件の犯人が同一人物なら、高砂の事件を含む三件とも、行き当たりばったりな犯行ではなく、十分に計画を練った上での犯行のはずではないでしょうか。だとすれば、被告人は被害者に何らかの形で近づいているんじゃないでしょうか。それなのに、それらの事件の被害者の周辺から被害者の不安がる声が出ていないのは、なぜか」

万城目はゆっくり弁護人席から証言台のほうまで出てきて、

「こう考えることは出来ませんか。つまり、被告人は被害者に接近していたのです。ですが、被害者のほうは被告人に対して警戒するようなことが何もなかった。だから、被害者は被告人のことを何も言っていなかったのではないですか。どうですか」

大場は耳を疑って万城目の言葉を聞いた。まるで、三件の殺人事件の容疑を認めたような話し振りだったからだ。

「そうだと思います」

警戒しながら、大場は答えた。

「弁護人は被告人がアルバイトをしていた仕事先で被告人の評判を聞きましたが、礼儀正しい、おとなしくてやさしいなどというように、特に若い女性からは好意的に思われていました。先程、証人は被告人の母親に対する複雑な思いを述べておられましたが、そこに被告人の特性があるのではないでしょうか。すなわち、被告人は若い女性の中に、若い頃の母親の面影を見出すのです。だから、礼儀正しく、やさしい態度で接している。弁護人はそう考えるのですが、いかがでしょうか」

「そうかもしれません」

「そうだとすると、仮に三件の殺人事件の犯人が被告人だったと仮定した場合、被害者が警戒することはなかったのも説明がつくと思うのです」

おそらく、そうだろう、と大場は考えた。感情を剝き出しにした右田敏勝しか知らないが、若い女性に対しての敏勝はまったく別人のようにおとなしくなってしまうのではないか。被害者は敏勝にまったく警戒心がなかった。だから、夜に訪問した敏勝に不用意にドアを開けてしまったのではないか。

「つまり、被告人は近づこうとする女性にはおとなしくやさしい青年を装う。いかがですか」

「間違いないと思います」

「さて、本件ですが、被害者は被告人に怯えていたという証言があるのです。ということは、被告人は被害者の女性に近づこうという意図はなかったからではないんでしょうか」

大場は一瞬返答に詰まった。万城目が続ける。

「そうじゃないとすると、先の三件の事件の説明がつかなくなります」

「被告人の複雑な心理はわかりません」

「被告人が近づこうした女性は、皆若き日の母親の面影のある女性ばかりだったのではないですか。殺害後、胸の上で合掌させたのも母親という意識があるからではないでしょうか。ところが、本件の被害者は先の三人の被害者とタイプが違います。つまり、母親という意識はなかったのではないかと思われるのです」

「いえ、それは主観の問題ですから、被告人が本件の被害者にも同じような感情を持ったのかもしれません。その証拠に、殺害後は合掌させているのですから」

「なるほど。ところで、なぜ被告人は高砂の事件から僅かひと月足らずで犯行に走ったのでしょうか。警察に疑われている身では、被告人にとっては極めて危険な状況下での犯行だったはずです。実際、それまでの三件では、間隔は半年以上開いていました」

「被告人に警察に対する挑戦、あるいは私に対する挑戦のような気持ちがあっての犯行だったと思います。ある意味でいえば、自分が絶対にヘマをしないという驕《おご》りがあの犯行に走らせたと言えるかもしれません」

いよいよ、娘のことを持ち出すのではないかという警戒心が起きた。が、万城目の質問は別なことに飛んだ。

「ところで、被告人の犯行だと決めつける証拠は銀のロケットとたばこの吸い殼、それに殺害方法ですね」

「そうです」

「その他にありますか」

「被告人にアリバイがないことです」

当然、アリバイに大場のマンションを見張っていたはずだと主張するだろうが、大場はその対応を取ってあった。以前に大場が面倒を見た傷害罪の男に、マンションを見張っていたことにさせたのだ。大場に復讐するためだと、その男に言わせるように手を打ってあった。

「高砂の事件での殺害方法は新聞の記事にもなりましたね」

「ええ」

「すると、何者かが連続殺人の犯行を模倣《もほう》しようとしたとしても、それは可能だったのでしょうか」

「可能だったかもしれません」

なるほど、弁護の要点をそっちに持っていこうとしているのか、と大場はとっさに考えた。当然、万城目は調査員を使って被害者周辺を調べているだろうから、柏田レミ子とマネージャーの小井戸順次、そしてその小井戸と被害者の関係は摑んでいるに違いない。そして、証人として出廷した酒田亜美の線から柏田レミ子の弟である柏田進一に疑惑を向けた可能性もある。もちろん、捜査権のない彼らに証拠を摑むことは出来なかっただろうが、それでも可能性を抱いているかもしれない。徐々に、尋問をそっちに向けるのかと身構えていると、案の定、弁護人はそれに関連してきいてきた。

「高砂の事件のあと、被告人のことはテレビのワイドショーでも取り上げられ、連日被告人の顔が画面に登場したのですが、証人はご存じですか」

「知っています」

「つまり、模倣殺人を計画し、被告人に罪をなすりつけようとした人間がいた場合、その人物は被告人の顔を知ることが出来るわけですね」

その人物がこっそり敏勝のアパートを探り出し、銀のロケットを盗み出したという論法を考えたのか。それはいかにも浅はかな考えでしかない、と大場は弁護士が苦し紛れに考えついただろう問いに答えた。

「顔を知ることは出来るでしょう。しかし、被告人の住所まではわかりません」

「そうですね。ですから、被告人に罪を着せようと事件を模倣したとしても、銀のロケットやたばこの吸い殻を盗み出すことはちょっと不可能かもしれませんね」

弁護士のほうが先に結論づけたので、大場はおやっと思った。

「殺害方法などは連続殺人の一環として模倣出来るが、遺留品の銀のロケットとたばこの吸い殻を模倣犯が手に入れることは出来ない。したがって、被告人の犯行だと特定出来たということになりますね」

「そうです」

万城目の質問の意味がまたも摑めなくなり、大場は不安に駆られながら返事をした。

「逆にいえば、銀のロケットとたばこの吸い殻以外に被告人を犯人とする決め手はないということになりますね」

「いえ、ほかにもアリバイが不明な点や、被害者を付け狙っていたこと、さらに被告人が三件の女性殺害事件に関わっているらしいことなど、諸々の状況証拠を結び付けていけば必然的に被告人の犯行であるという結論に達するはずです」

「なるほど。よくわかりました。尋問を終えます」

一瞬弁護士の言葉が理解出来ないほど、尋問の終了を告げられたことが意外だった。あまりにも呆気なかった。もっと鋭い追及があると思っていたのだ。アリバイの件もそうだし、久美子の話を持ち出して大場の心理を揺さぶってくるかもしれないと心の準備をしていた。それがないばかりでなく、今の尋問からはほとんど大場の答えを叩こうという姿勢は見られなかった。確かに、尋問当初は現場での大場の不可解な行動を追及していたが、それもおざなりなものという印象しかない。いったい、これはどういうことか。

検察側の反対尋問に機械的に答えながら、大場はそのことばかり考えていた。反対尋問もさほどの時間はかからず簡単に終えた。

退廷したあと、大場は何かしっくりこず、未練たらしく廊下に立った。意気込んでいた力を発揮することなく、簡単に放り出されてしまったことでかえって途方にくれた。しばらくして、大場は傍聴席の扉をそっと開き、廷内を覗いた。傍聴席の一番後ろの隅に空いている椅子が一つだけあった。大場はそこに向かった。さっきまで大場が立っていた証言台の前に敏勝が立っているのが見えた。被告人に対する本人質問がはじまったのだ。大場は腰を下ろして、証言台に立った敏勝の背中を見つめた。

2

万城目弁護士は片手に資料を持って立った。大場が入ってきたことを知っているはずだ。ブレザーを羽織ってこざっぱりとした身形《みなり》からはジーンズ姿のときのようにはっきりした屈折感は受けなかったが、深い額の皺《しわ》にはやはり何かにぶつけねばいられない怨嗟《えんさ》に似たものが刻み込まれていると思った。そんな万城目と心に闇を持った右田敏勝が手を結んだとき、何か得体の知れぬエネルギーが爆発するのではないか。そんな恐れを抱きながら、万城目の被告人質問に注視した。

万城目は証言台の前に神妙に立っている右田敏勝に向かって、

「聞かれたことだけに要領よく答えてください」

と声をかけ、いよいよ質問に入った。

「あなたは銀のロケットを頸にかけていたことがありますか」

「ありません」

その返事に大場の体がたちまち緊張感に包まれた。

「ないんですか。しかし、現場に落ちていた銀のロケットにはあなたの指紋がついていました。これはどういうわけですか」

静寂《せいじやく》な廷内に万城目のわざとらしい大きな声が轟《とどろ》いた。

「父に会ったとき、見せてもらったのです」

何を言い出すのかと、大場は背筋を伸ばし、前にいる傍聴人の頭越しに敏勝の背中を見た。

「父というのは、右田克夫さんのことですね」

「そうです」

「あなたは、自分の父親に会ったのですか」

「会いました」

「それはいつのことですか」

「去年の十月初めだったと思います」

思わず、大場は声を上げそうになった。何を言い出すのだ。右田克夫は一昨年の十一月末に、おまえが殺して死体を奥谷村の山中か谷底に隠したのではないか。しかし、警視庁の要請を受けた長野県警の捜索にも拘わらず、右田克夫の死体は発見されないまま冬季に入り、捜索は中止された。おそらく右田克夫は昨冬も雪の下で過ごしたに違いない。敏勝が殺したはずの男を蘇《よみがえ》らせ、いったいこのふたりは何を企んでいるのか、と思わず固唾を呑んだ。

「すると、本件の事件が起きる前ということですね」

「そうです」

「そのとき、父親はなぜあなたに銀のロケットを見せたのでしょうか」

「わかりません。が、いきなり、この中におまえの母親の若い頃の写真が入っているから見てみろと言って、父がそのロケットを私に差し出したのです」

「あなたは、それを手に取ったのですか」

「そうです。それで自分で蓋を開けました」

「中に何が入っていましたか」

「若い女の写真です」

「あなたの母親ですね」

「小さい頃に別れたきりですから、わかりません。ですから、何の感慨もありませんでした」

「で、その銀のロケットはどうしましたか」

「そのまま、父に返しました」

頭の中が真っ白になり、目の前から法廷の風景が消えた。一瞬自分がどこにいるのか判断がつかなくなった。傍聴席の周囲のざわめきでやっと我に返った。

「その銀のロケットを欲しいとは言わなかったのですか」

「そんな古いものを持っていても仕方無いし、自分を捨てた女の写真なんか欲しくありませんでしたから」

嘘をつくな、と大場は心の内で叫び、声に出せないもどかしさに拳を握り締めた。

「父親はなぜ、そのロケット入りの写真を持っていたのでしょうか」

「父は母を愛していたようです。裏切られたくせに、母のことをずっと胸に秘めていたんです」

「返したとき、父親はそのロケットを手でつまんでいましたか」

「いいえ。ハンカチにくるみました」

ふたりの意図がはっきりして、大場は顔から血の気《け》が引くのがわかった。

「ハンカチにくるむなんて、おかしいと思いませんでしたか」

万城目の意気込んだような声が聞こえ、敏勝の弾んだ声が続いた。

「いえ。それほど大事にしているのかと思いました」

「ところで、あなたは父親の右田克夫さんとたびたび会っていたのですか」

「はい。会っていました」

「主に、どのような場所で会っていたのですか」

「浅草や亀戸《かめいど》、北千住などの喫茶店です」

「父親はどこで暮らしていたのですか」

「私が住んでいた浜田山のマンションでいっとき同居しましたが、ひとりがいいと言って、出ていきました。その後、どこでどうやって暮らしているのか知りません。ただ、日本堤《にほんづつみ》の簡易宿泊所などにも宿泊していたようですが」

「すると、会うときは父親のほうから接触してくるんですか」

「そうです」

「なぜ、父親は浜田山のマンションでの同居をいやがったのでしょうか」

はじめて右田敏勝は言葉に詰まったように俯いた。詰まらない演技をしやがって、と大場はまたも心の内で吐き捨てる。そんな大場を嘲るように、ふたりのやり取りは進んだ。

「さあ、辛いことでしょうが、正直に話してください」

「父は二年前、荒川区田端新町に住んでいました。ところが、一昨年の三月、東尾久で若い女性が殺されるという事件があったのです。その直後、何となく父の様子がおかしかったのです」

自分の父親を犯人に仕立てようとする敏勝の厚顔無恥《こうがんむち》さと、それを煽っているかのような万城目の節操のなさに怒り心頭に発したが、いつしか偽証してまで敏勝を有罪に持っていこうとしていた自分に気づき、やりきれない怒りは大場の体内で未消化に終わった。

「あなたは、その事件の犯人が父親だと思ったのですか」

「はっきりした根拠があったわけじゃありませんが……」

「それで、その年の十月末に父親は浜田山のあなたの部屋に引っ越してきましたね」

「はい」

「ところが、ひと月ほどで、また出ていってしまったということですが、その理由は?」

「私がしつこく東尾久の事件のことをきいたからだと思います」

「父親の犯行かどうかはっきりさせたかったのですか」

「そうです」

「父親はあなたの問いにどう答えました」

「惚けるだけでした」

「それから三ヵ月足らずで、つまり去年の一月のことですが、近くの高井戸西で今度はホステスが殺されましたね。そのことをどう思いましたか」

「はい。高井戸南署の刑事さんが来て事件の内容を知りましたが、やはり父のことが頭を過ぎりました」

「その後、父親はあなたのところにやってきましたか」

「いえ。現れませんでした」

「その年の四月に、あなたは現在の立石東に引っ越ししましたね」

「はい」

「引っ越しの理由は？」

「父と縁のない生活をしようと思ったからです。ですから、父がやってこないのをいことに引っ越したのです」

「父親から逃れたかったというわけですか」

「そうです」

敏勝の不気味さに怯え、右田克夫はひとりで悩んでいたのだ。すべて逆ではないか。

「それで逃れられたのですか」

「いえ。立石東に越して三ヵ月ぐらいしてから、立石の駅でばったり会いました。父は私を探していたようです」

「それからは？」

「はい。たびたび、私のところにやってくるようになりました」

「あなたは事件のことを口に出しましたか」

「いえ。言っても無駄だと思いましたし、はっきりした証拠もないので黙っていました」

「そんなとき、九月二十四日午後十一時から翌日午前六時の間に、ＯＬが前の二つの事件と同じような状況で殺されるという事件が高砂でありましたね。そのときはどう思いましたか」

「父の行くところで事件が起きているのだから、もう間違いないと思うようになりました」

「で、あなたはどうしましたか」

「父が訪ねてきたとき、私は父に相当きつく自首を勧めました」

「父親はどう出ましたか」

「取り合おうとしませんでした」

おそらく、生前の右田克夫は敏勝に自首を迫ったのだろう。しかし、敏勝は聞く耳を持たなかった。そのときの絶望的な彼の心を想像し、胸が締めつけられるようで苦しくなった。

「その後、警察の疑いがあなたに向かい出したのですね」

「そうです。ですから、よけいに父に自首をして欲しいと思ったのです」

「それで、先程の銀のロケットの話になるのですね」

「そうです」

「つまり、あなたが警察で疑われている時期に父親があなたを訪ね、銀のロケットを見せた、ということですね」

「はい」

「先程もお伺いしましたが、そのときは父親が何のために銀のロケットを見せたのか、理由はわからなかったのですね」

「はい。わかりませんでした」

「その銀のロケットの件が十月初め。それから二週間近く経って、本件が起きました。あなたはこの事件を何で知りましたか」

「夕刊で知りました」

「すぐ、警察があなたに事情をききに来ましたね。そのとき、どう思いましたか」

「また父がやったかと悲しくなりました」

悄然と言う敏勝の狡猾《こうかつ》さ。平然と質問を続ける万城目の破廉恥さ。それを打ち砕くことが出来ない己の無能さが情け無かった。

「しかし、現場にあなたの指紋のついたロケットが落ちていたんです。そのことを聞いて、どう思いました？」

「父は私を犯人に仕立てようとしているのだと思いました」

一昨年から右田克夫は奥谷村の山奥で眠っているはずだ。敏勝が殺したのだ。大場は何度もそう叫びたいのを必死に抑えた。

「なぜ、あなたはこのように大事なことを今まで黙っていたのですか」

「いくら悪い親でも、自分の父親を売るような真似はしたくなかったんです。私は無実なのだから、裁判でそのことは明らかになるだろうと思っていました」

「それが今になって話すことを決意した理由はなんですか」

「私がやってもいないのに、このままでは犯人にされてしまうかもしれないと思ったのと、それよりこのままでは父が救われないと思うようになったからです。父はどこかでびくびくと、身をひそめて生きているはずです。そんな生き方しかできないのなら、罪を認め、償うほうが父を救うことになる。だから、ほんとうのことを言うべきだと思ったのです」

右田敏勝は涙声になった。最後は父親思いのやさしい青年の印象を裁判官に植えつけて、万城目の尋問が終わった。大場は完全に打ちのめされていた。悪夢を見たような不快感が消えないなかで、検察側が質問をはじめたが、まったく予想をしていなかった展開に、検察官の質問も鋭さを欠き、右田敏勝の相手ではなかった。

閉廷になって、傍聴人が一斉に立ち上がった。大場はすぐには体が動かなかった。最後に立ち上がったとき、弁護人席にいる万城目と目が合った。勝ち誇っていると思った彼の目が虚ろなような気がして少し戸惑った。が、それも一瞬で、万城目は紫の風呂敷で書類を包みはじめた。

大場は閑散とした法廷を出た。エレベーターの前にはひとが固まっていた。そこに向かいかけたとき、背後から声をかけられた。

「おやじさん」

はっとして顔を向けると、新谷が険しい表情で立っていた。なぜ、彼がここにいるのかと奇妙に思いながらも憮然とした。

エレベーターの扉が開き、ひとがどっと乗り込む。あとから黙って大場と新谷も乗り込んだ。一階に着き、ホールを玄関に向かう。

「おやじさん。ちょっと話があるんですが」

口をきくのも億劫《おっくう》だった。新谷がさっさと歩く大場に駆け寄り、

「おやじさん。新大久保《しんおおくぼ》にあるディスカウントショップで、光石まりなのものと思われるダイヤの指輪が売られていたんです」

「どういうことだ？」

大場は足を止めた。

「昼前、美粧堂の赤倉部長からおやじさん宛てに電話が入ったんです。代わりに私が出たら、そのディスカウントショップでたまたまダイヤの指輪を見つけたそうです。なんでも、赤倉部長が光石まりなに贈ったものだそうです。このことは、まだ誰にも話していません」

言葉を失って、大場は新谷を睨みつけていた。

3

拘置所の接見室でプラスチックボードの衝立をはさんで向かい合った右田敏勝の顔から、薄気味悪い笑みがこぼれていた。またも氷室《ひむろ》にいるような冷気を全身に受けた。このような感覚は右田からときたま受けるものだが、それは彼の全身が醸し出す血の臭いのせいだ。もちろん、実際に血の臭いを感じるわけではなく、彼が三人の若い女性を殺した真犯人に間違いないという直感から来るものだ。しかし、自分でも不思議だった。たとえ、そんな人間であっても、自分が危害を加えられることがないのはわかっているのだ。それなのに、なぜ彼を恐れるのか。その恐怖心の正体に行き当たったのは、じつは先日の法廷が終わった直後だった。手応えは十分だった被告人への本人質問が終わったあと、弁護人としての勝利を確信した直後に芽生えた奇妙な戸惑い。やがて、閉廷になって裁判所を後にし、事務所のある乃木坂に向かう電車の中で、真向かいに座った若い女性を見るともなしに見ていて、突如として恐怖心の正体に行き当たったのだ。

「先生、どうしたんだ？　裁判所以外の場所じゃいつもジーンズだったじゃないか」

右田が先に口を開いた。彼の言うとおり、万城目は拘置所の接見にもジーンズ姿でやってきていた。が、きょうはあえて法廷のときと同じブレザーを着て、スラックスを穿いていた。

「いつかきこうと思っていたんだけど、先生はどうしていつもジーンズなんだ？　先生のジーンズ姿は何か時代遅れって感じがするんだけどな」

「ジーンズ姿はある意味では私の原点でもあるんだよ」

そう、三十年ほど前の自分自身でもあるのだ。すべて、警察に捕まったあのときから、自分の人生が変わった。いくつかの企業から採用を拒否され、行き着いたのが弁護士という職業。そして、警察官から痛めつけられた屈辱感が反社会的な弁護士の道を歩ませたのだ。いかがわしい会社の顧問や暴力団関係者の弁護を積極的に引き受けてきた。それは決して自分でも本心から望んでいるものではないことを承知していながら、結局はそういう弁護ばかり引き受けていた。その葛藤の中での弁護士生活だった。犯罪者の弁護人を引き受けるのも、警察への敵愾心以外の何物でもなかった。だから、右田敏勝はそんな自分の陰湿な思いを満たしてくれる恰好の犯罪者だったのだ。当初は右田を野に放ち、また事件でも起こしてもらえば自分の人生を狂わせた警察に対する復讐になると考えたこともあったが、いざ彼に無罪の可能性が高くなってきたとたん、彼の弁護をしてきたことを後悔するようになった。

「きょうやってきたのは、君に少し言っておきたいことがあったんだ」

「なんですか」

「君にもわかるだろうが、裁判は相当有利になった」

「相当じゃないでしょう。先生のお陰で、もう無罪になるのは目に見えているよ」

「油断するな。最後まで気持ちを引き締めておけ」

万城目はたしなめるように言った。すると、右田は口許を歪め、

「先生はたいしたもんだ。おやじを持ち出すとはな。お陰で助かった」

「安心するなと言ったはずだ。万が一、君の父親が発見されたら、それでおしまいだ」

右田の目が光った。万城目はその射るような視線を受け止めた。

「その心配はないと何度も言っているだろう」

嘲笑のように口許を歪め、右田は吐き捨てた。

「まもなく裁判は結審するだろう。検察官が論告、求刑でどう言ってくるかわからないが、おそらく苦し紛れの作文でしかない。判決公判まで一ヵ月乃至二ヵ月。仮に二ヵ月だとしても七月半ばには、釈放される見通しだ」

右田の頬が緩むのを睨みつけながら、

「いいか。よく聞くんだ。仮に、この裁判で無罪になったとしても、検察は控訴してくるかもしれない。そしたら、高裁でまた裁判だ。いや、それだけじゃない。警察は他の三件の女性殺しでも君を容疑者として捜査を続けている。そのことを忘れるんじゃない」

「だから、なんだって言うんだ。何が言いたいんだよ、先生は？」

「無罪になって釈放されても無茶な真似はするな、ということだ。おとなしくまっとうな暮らしをするんだ」

この男が自分を陥れようとした大場刑事に仕返しをする可能性が高い、と万城目は見ている。そして、その標的は大場の娘の久美子だろう。右田が久美子に並々ならぬ関心を寄せていることは、彼の言動から察せられる。しかし、当然大場はそのことを読んで、万全の態勢を整えて娘を守ろうとするはずだ。右田は容易に目的を果たせないはずだ。そうなったとき、右田の欲求不満が別な獲物に向かわないとも限らない。

「わかっているさ。こうみえても、俺は常識人だぜ。恩を受けた先生にはちゃんと礼をするさ」

「そんなものはいい」

「先生の奥さんはどんなひとなんだ？」

「いない。独り者だ。それがどうした？」

万城目は警戒しながらきく。

「いや。ただ、先生のことに興味を持ったんでね。付き合っている女はいるんだろう?」

「ああ、六本木のクラブでホステスをやっている。そんなことより、右田。俺が君の弁護をしたのは、それが弁護士の職務だからだ。それが終われば、もう君とは関係ない」

あわてて万城目は言った。無罪になったら、俺とおまえはもう赤の他人だ。俺の前に顔を見せるな、という意味合いを言葉に含ませた。

「寂しいな」

「何?」

「俺、先生と離れるのが寂しいよ」

急に、右田はしんみりした口調になった。目に涙さえ浮かべかねない様子だ。なんという奴なんだと、万城目は不気味に思った。

「先生。先生のようなひとが俺のおやじだったら、俺だってまっとうに生きてこられたんだ。母親に捨てられたって、先生のようなおやじがいてくれたら」

この場面を第三者が見たら、完全に騙されるだろう。そういう演技を平気で出来る右田を不快な思いで見ていると、右田の俯いた肩先が少し震え、

「俺はずっとおふくろのことを怨んできたんだ。でも、ほんとうは恋しかった。おふくろだけじゃない。おやじのことだって……」

ほんとうに目尻を濡らしているのを見て、万城目はほっとした。右田は真情を吐露している。その驚きに胸を衝かれた。確かに、右田の生い立ちは恵まれていたとはいえない。物心もつかないうちに母親は男と蒸発。父親からも捨てられるように養子に出された。そこでも、幸福に暮らせたわけではない。

「先生。助けてくれ。俺、ひとりじゃだめになる。先生の事務所で働かせてくれないか。先生の傍にいたいんだ」

冗談じゃない、と無下《むげ》に断ることも出来ず、万城目は返事が出来なかった。右田は平気で嘘をつく。良心の呵責がまるでない。人間の血が流れていると思っていなかっただけに、目の前で涙を見せる右田をにわかに信用出来ず、かといってそこまで演技が出来るものなのかという疑問も湧いた。右田の本質を見極めようと、それを口に出した。

「右田。俺を父親のように思うなら、正直に答えろ。いいな」

顔を上げた右田が大きく頷くのを見て、切り出した。

「三人の女性を殺したのは君か」

右田の表情に戸惑いの色が浮かんだ。それはよく考えれば、信頼していた相手から妙な疑いをかけられたという衝撃なのかもしれない。しかし、万城目にはそうは思えない。

「君が何を言っても、君から聞いたことは誰にも言わない。だから、安心するんだ。さあ、どうなんだ」

「そうだよ、俺だ。俺が三人を殺した」

耳許で炸裂音《さくれつおん》を聞いたように、一時的に聴覚が麻痺した。感覚がなかったのは僅かな時間だったはずだが、右田の声は途中まで耳に入っていなかった。

「――おやじから銀のロケットに入っていた写真を見せられてから、俺の頭におふくろの若いまんまの顔が記憶されたんだ。それから街を歩いていても、気がつくとおふくろに似た女を探していた。そして、絹田文江を見つけたんだ。それからあとを尾けた。何日も何日も。そしたら、あの女の本性がわかった。同棲していた男がいた。なのに何人かの男と付き合っている。許せなかった。なんだか、おふくろが俺を無視して男と遊んでいるような気がして……」

深夜の訪問だったが、インターホンで同棲している男の名を告げたところ、絹田文江は警戒心もさほどなくドアを開けたという。手袋をはめ、頭髪を隠すように帽子を被った。毛髪が落ちるのを用心したのだ。磯崎麗香も同様だという。彼女とは何度か言葉を交わしたことがあるらしい。

「加島音子は新宿のデパートで見掛けたんだ。高砂まであとを尾けた。それから、その近くに部屋を探して、立石東の部屋に引っ越した。彼女とも何度か顔を合わせたよ。俺に警戒心なんて全然持たなかった」

右田の告白を聞きながら、それぞれの犯行の手口や殺害したときの状況などを詳しく覚えている冷静さに驚きを禁じ得なかった。

「銀のロケットはどうした?」

「加島音子を殺してアパートに帰ったのは夜中の三時過ぎだった。酒を呑んで眠り、目を覚ましたのが昼過ぎで、夕方になってロケットがないことに気づいた。あの女の部屋だと思い、台風の中を取りに行ったが、彼女の恋人が来ていた。結局、そのまま引き上げた」

「じゃあ、大場刑事はその現場でロケットを拾ったのか」

「そうだ。そう言っていた」

ずしりとした重いものが胸の中に入り込んだ気がして、万城目は深くため息をついた。

そして、もう一つ肝心なことをきいた。

「父親はどうした?」

「殺した」

平然と言う右田にまたも戦慄を覚えた。

「死体はどこだ?」

「奥谷村の先だ。鳥甲山《とりかぶとやま》という山がある。その山裾《やますそ》の、谷底に下りていく途中の洞穴《ほらあな》の中に隠した。簡単にはわからない」

「目印は?」

「なぜ、そんなことをきくんだ?」

「いつまでも、そんな場所に埋めておいては可哀そうだ。だが、もう掘り出すわけにはいかない。だから、せめてその場所に行って供養してやるんだ」

「奥谷村の村営の保養センターが右手に見える峠がある。そこを左に下りていく。川に吊り橋がかかっている」

「すべて解決したら、そこに花束でも持っていくんだ」

「わかった。先生、全部正直に話したんだから、俺の面倒を見てくれるんだろう。なあ、先生」

すがるように訴える右田に、万城目は頷かないわけにはいかなかった。その後、

「わかった。君の身の振り方は考えておく」

そう言って、万城目は接見を終え、立ち上がったとき、右田の口許が歪んだのを見たような気がして心臓の鼓動が一瞬乱れた。

拘置所を出たとき、雨雲が上空を覆っていた。東武《とうぶ》線の小菅《こすげ》ではなく千代田線の綾瀬駅に向かったが、その途中でもさっきの右田の表情が気になっていた。今にも雨が降り出しそうな空が、よけいに気持ちを暗くした。

万城目は事務所に寄らず、まっすぐ杉並区西荻南にある奥山かほるのマンションに向かった。新宿を出たときには窓ガラスが濡れており、西荻窪駅の改札を出てからマンション

までは駆けた。

かほるの部屋のチャイムを鳴らすと、外出姿の彼女が驚いたように万城目を迎えた。

「どうしたの。ずいぶん早いじゃないの」

「ちょっと時間が空いてね。なんだ、もう出掛けるのか」

ハンカチで濡れた髪を拭きながらきく。

「そうなのよ」

「同伴か」

最近、彼女に執心の客がいるという噂は耳に入っている。きょうの相手がその男かどうかわからないが、万城目はなんとなく浮かない気持ちになった。だが、そのことをしつこく問い詰めることも出来なかった。二十七歳になった彼女との年齢差は二十以上ある。以前は年齢など気にしたことがなかったのに、かほると付き合うようになってからは年齢差が気になってならない。

かほると親しくなったのは彼女の婚約不履行の問題で相談に乗ってやったことからだが、幼くして父親を亡くしている彼女は父親のような男に心を惹かれるところがあった。

「じゃあ、行ってくるわ。今夜、ちょっと遅いかもしれないけど」

きき返す隙を与えないように、彼女はそそくさと出ていった。ベランダに雨が降り注いでいる。ようやく日が暮れようとしている。かほるの相手の男のことに少しこだわっていると、ふいに接見の最後に見せた右田の嘲笑のような口許の歪みを思い出した。右田に感じていた恐怖心はかほるに起因していたのだ。

かほるは彫りの深い顔だちで、いつも長い脚を見せつけるようにミニスカートを穿いている。右田敏勝が標的にしてきた若き日の母親に似た女とはまったく違うタイプだ。にも拘わらず、不安が去らない。何ヵ月も拘置所に閉じ込められてきた彼は、自由の身になったとき、殺意の衝動を抑えられなくなるのではないか。そのとき、身近にいる者が最初の標的になる可能性がある。もし彼がかほるの存在を知ったらどうだろうか。彼がかほるを標的にしないと言い切れるだろうか。母親とタイプの異なる女には興味を示さないと言えるだろうか。ふつうだったら考え過ぎだと笑い飛ばすであろう妄想に似た恐怖心も、相手があの男だと思うと一笑《いっしょう》に付《ふ》すことは出来ないのだ。

右田を釈放させてはならないのではないか。本能的な危機感が湧いてきた。右田の告白を警察に話すつもりは毛頭ないが、仮に話したとしても証拠は何もないのだ。右田に口から出任《でまか》せを言っただけだと居直られたら、それでおしまいだ。ほんとうに、右田を外に出していいのか。もし、自然な形で、右田を留《とど》めておくことが出来るとしたら……。

矛盾した心の葛藤の中で、無意識のうちに電話台に向かった。そして、受話器を取り、沖野の事務所にかけた。幸い事務員が、たった今帰ってきたところですと言い、すぐに本人に代わった。

「万城目だ。明日、誰かを秋山郷の奥谷村に向かわせてくれないか」

「何かあったんですか」

「右田の父親が埋められている可能性がある。それを調べてきてもらいたいのだ。場所の目印は……」

その場所を説明しようとして、万城目は声を呑んだ。果たして、右田がその肝心なことまで正直に話したのだろうか。右田のことだ。正直に言うはずはない。いや、あの改悛《かいしゅん》の情がほんとうなら真実を言ったはずだ。黙ってしまった万城目にいらだったように、「もしもし、もしもし」と呼び掛ける沖野の声が遠くに聞こえ、あわてて万城目は改めてその場所を告げた。

4

渓谷沿いや山中を走ってきたバスはようやく奥谷村に着いた。降りたのはたったひとりだ。鳥甲山は山頂のほうに雪が残っているが、ほとんど岩肌は露出し、その下のほうは緑が濃くなっていた。

切明《きりあけ》温泉行きのバスが走り去っていったあと、大場はバス道を離れ、林道に入ってさらに奥に向かって歩いた。大場の耳にその情報が入ったのは六月初旬だった。高井戸南署の刑事を通してその話がもたらされたのだ。すなわち、五月の下旬、奥谷村の村営の保養センターの管理人が不審なふたり連れを見たというものだった。

東京ナンバーのワゴン車が鳥甲山への登山道近くの林道の中に停まっており、三十前後と思える男がふたり乗っていた。ひとが足を踏み入れないような場所で何かを探しているような素振りだったという。果たして、それが右田克夫の件と関係あるのか、ないのか。大場はなんとなく関係がある気がした。管理人はそのふたりの男を見て、去年の警察の捜索を思い出したという。管理人の直感は外れていないのではないか。大場はそう思うのだ。

だが、誰がそんな真似をしているのか。そのことは想像もつかなかった。それに、ふたりの男が何かを見つけたのだとしたら大騒ぎになっているはずだ。それもなかったということは、何も探し出せなかったのか、あるいは右田克夫の件と無関係だったのか。迷いながら、大場は昨夜上野から上越新幹線に乗った。そして、老芝村の実家に泊めてもらい、今朝早く、バスに乗り込んだのだ。

林道に入って三十分ほど経った。眼下に吊り橋が見えてきた。昔は右田克夫といっしょにここまで遊びに来たものだった。そして、川原にある露天風呂に入っていくのだ。そこは登山客もよく利用する露天風呂だった。

大場は立ち止まって川原を見下ろした。冷たい風が襟元に吹きつける。考えてみれば、まだ子どもだったのによくこんな遠い場所までやってきていたものだと思う。右田はいつもさっさと先を歩いたが、大場を労《いたわ》ることを忘れなかった。ある記憶が甦る。川原の岩場で大場が足を挫《くじ》いたことがあった。歩けない大場を背負って、右田が吊り橋を渡っていった。

途中、営林署の署員と出会って車に乗せてもらったが、そこまで汗をかきながら右田が大場を背負ってくれたのだ。鳥甲山に登ったときも、カミソリ岩と呼ばれる岩場で足が竦んで動けなくなったとき、右田が手を引いてくれた。不思議なことに、右田のやさしい面ばかりが思い出されてならない。すでに死んでいるだろうという感傷のせいかもしれない。

しばしの感慨から解き放たれて、吊り橋と反対方向に行くと、やがて熊笹の向こうに白い建物が見えてきた。二階建ての保養センターで、コンクリートの建物と平屋建てのトタン屋根で湯治場《とうじば》の雰囲気を思わせる建物が繋がっていた。平屋建てのほうから湯気が出ているのは大浴場になっているらしい。

もちろん、当時はこのようなコンクリートの白い建物ではなかった。誰かが窓から覗いているのがわかった。大場が玄関に向かっていくと、その男が窓を開けた。

「東京からやってきた警察の者ですが」

大場は声をかけた。一瞬の不審顔から男は窓を閉め、しばらくして横のドアから出てきた。初老の男で管理人だった。

「素晴らしい眺めですね」

眼前に広がっている鳥甲山を眺め、大場は汗を拭いた。

「どうぞ、こっちへ入ってください」

管理人は玄関に向かった。大場はあとに従った。静まり返ったロビーに明かりが灯った。そして、何もありませんが、と湯飲みと煎餅《せんべい》を持ってきてくれた。渇いた喉に茶が心地よかった。

「例のふたり連れの男のことですね」

管理人が先に切り出した。

「そうです。そのふたりの様子を聞かせてください」

大場は湯飲みを置いた。

「薪《まき》を取りに奥に入っていたとき、ふたりの男が林の中に見え隠れしたんです。ハイカーの恰好をしていましたが、ハイカーならそんな場所に入り込まない。道を間違えたのかと思い、しばらく様子を窺っていると、地図を取り出して何か相談している。営林署の人間なら顔も知っているし、まったく知らない顔だったので、声をかけようとしたら、ふたりはそこから立ち去ってしまったんです。それから午後になって、またふたりを見ました。今度はさっきと違う場所で吊り橋の下の川原付近にいたのです。何かを探しているのかと思ったとき、警察官かもしれないと思いました」

管理人はそのふたりの顔を遠くから見ているが、土地の人間でもなく、ハイカーでもないので、一昨年失踪した人間の身内かもしれないとも思ったと言う。

「次の日、鳥甲山の登山口の近くに東京ナンバーのワゴン車が停まっていたんです。たぶん、そのふたりの男は野宿したのではないかと思いました。その日の夕方、男たちは鳥甲山から下りてきました」

その話をたまたまやってきた駐在の巡査に話した。それが県警の刑事を通じて、高井戸南署に伝わったのだ。

「それきり、その男たちはやってきていないんですね」

大場は確認した。

「ええ、見ていません」

ふたりの男は何のためにこの地にやってきたのか。右田克夫の死体の発見のためと考えたら、なぜここにあるとわかったのだろうか。

いちおう、ふたりがいた場所を聞いて、大場は保養センターを出た。ロビーの時計はまだ九時前だった。

大場は来た道を戻り、今度は吊り橋を渡り、反対側に出て川沿いを進み、しばらくして川原に下りる道を見つけた。スニーカーを履いてきたのだが、足場が悪い。川のせせらぎと風の音しか聞こえない。ふたりはこの一帯で何をしていたのか。この付近に右田克夫が埋められている可能性があるのか。周囲は目映《まばゆ》いばかりの緑だ。男たちは翌日、鳥甲山に登ったらしい。右田が敏勝を連れて山に登った可能性も否定出来ない。

敏勝にここの土地鑑はない。ここまで敏勝を引っ張ってきたのは右田のほうだ。昔、右田は飯場にいた出稼ぎの男を殺して埋めた可能性がある。その死体は雪解けと共に見つかったのだが、その場所はここからだいぶ離れている。

再び吊り橋に戻り、道標《みちしるべ》を見て杉林や雑木林を抜けていく。やがて、鳥甲山登山口に出た。この付近に東京ナンバーの車が停まっていたのだろう。そう思って登山口に目をやったとき、ふいに胸にたぎるものがあった。右田といっしょに登った頃の自分に返ったような懐かしさに包まれたのだ。無意識のうちに登山道に入っていった。もちろん、山頂まで登るつもりはない。そう思いつつも、足がかってに動いた。上のほうから右田の声が聞こえてきそうだった。大場はもくもくと歩いた。その時点で、大場はここまでやってきた目的を忘れていた。樹林の中を登っていくうちに、汗が出てきた。急な登りだ。鎖場《くさりば》に出て、そこを伝いながら登る。汗が目に入った。引き返そうと思いながら、先に進むのは右田との思い出を確かめたいためかもしれない。目を足元に落とし、まるで体をいじめるように登る。やがてゆるい下り坂になり、樹間《じゆかん》から山頂が見えた。それを見ながら進む。

大場は中学生のときに戻っていた。ふと右田克夫が先に行き、大場を導いているような錯覚がした。

両側が鋭く切れ落ちた岩稜《がんりよう》に出た。岩にはワイヤーロープがかかっているが、吸い込まれそうになる。そうだ、ここだ。恐怖に足が震え、一歩も動けなくなった場所だ。励ましながら右田が手を引いてくれたのだ。

大場はそこで休んだ。鳥甲山の山頂が手に届くように見える。あのときも、こうして右田といっしょに鳥甲山を眺めたに違いない。そこで、どんな言葉を交わしたのかはまったく記憶にない。

深い峡谷を見ているうちに、ここから突き落とされたら、という妄想が起きた。管理人が見たというふたりの男もそう思って、ここまでやってきたのだろうか。ここで格闘があった痕跡を探そうとしたが、月日が経っていてそれを見つけるのは不可能だった。

腕時計に目をやると、午後一時をまわっていた。疲労に空腹感が加わる。この地に右田克夫がいる。早く見つけ出してやりたい気持ちだけでなく、敏勝の嘘を見破りたいという思いも強い。だが、右田の死体が発見されたとしても、もう手遅れだ。公判は先日結審したのだ。論告求刑で検察側は起訴状の公訴事実に基づいて論告をし、さらに父親の犯行を臭わせた弁護側を鋭く批判した。「それほど父親を庇うならば、なぜこの時期にそのことを告白したのか。しかしながら、一連の事件に父親が容疑者として浮かび上がったことはまったくなく、その痕跡はない。父親の犯行の可能性は皆無に等しく、極めて不自然な告白である」と決めつけ、懲役十五年を求刑した。

それに対して、弁護人の弁論は、父親の右田克夫を犯人に仕立てて、無罪の弁論を朗々と述べた。

「父親を庇うために嘘をつき通した被告人の心情がどれほど切なく辛いものだったか。そのために自分が殺人者として処罰されてもいいと覚悟をしていたやるせない気持ち、そして、それ以上に、真実を明かす決心をしたことで、父親を告発するという辛い選択をしなければならなかった思いを……」

万城目は公判で大場の偽証を追及しようとしたことを脇に置き、右田克夫を犯人に仕立てるという卑劣な戦術に出てきた。右田克夫が犯人であり得るはずはないのだ。大場の心の中は荒れ狂っていた。年賀状を寄越した、あの右田の思いを汲《く》み取ってあげていたならと、またも後悔の念に襲われた。自分ひとりで方《かた》をつけようとした挙げ句、反対に殺されることになったのだ。

今、右田敏勝は拘置所にいる。拘置されている間、彼が大場に対して憎しみの情をますますかきたてていっただろうことは想像に難《かた》くない。その怒りが久美子に向かわないとも限らない。いや、必ず久美子に向かうはずだ。

雲が早く流れるようになった。風が冷たい。大場は来た道を戻った。下りは登りよりも早かったが、林道に出たときには四時近かった。

保養センターの前を通り、さっきバスを降りた場所に戻った。三十分待ってやってきたバスで津南《つなん》に出て、そこでバスを乗り換えて、越後湯沢駅に向かった。その頃には、周囲の山が闇に溶け込もうとしていた。次回の判決公判で、敏勝に無罪判決が出る公算は強い。大場は自分の賭けが失敗したことを認めないわけにはいかなかった。バスの後部座席で揺られながら、大場は敏勝との新たな対決を考えた。

越後湯沢から乗り込んだ上越新幹線はだいぶ混んでいた。山から遠ざかり、民家の明かりが遠くに見えた。敏勝は間違いなく出てくるだろう。奴を始末するのは自分しかいないと思うのだ。右田に代わって、それが出来るのは自分しかいない。そんな悲壮感が、大場を包んでいた。胸のポケットには、ゆうべ実家で書いた辞職願が収まっている。

上野に着き、西日暮里に出て、そこから千代田線に乗って、亀有まで行った。頭にあるのは敏勝のことだけだった。葛飾中央署に寄ったのは、辞職願を提出するためだ。

八時をまわっていたが、刑事部屋に新谷がいた。大場の顔を見て、すぐ飛んできた。

「おやじさん、どこに行っていたんですか。探しましたよ」

じろじろ大場の服装を見、それから持っていたバッグに目を見張った。何か言いかけた新谷の質問を封じるように、

「課長たちは？」

と、大場は窓際の課長席に目を向けてきいた。

「会議中です」

捜査本部の幹部たちは夕方からずっと会議室に閉じ籠もっているという。新たな問題が浮上してきたので、今後の対策を練っているのだろう。

新大久保のディスカウントショップの貴金属売場で光石まりなのダイヤの指輪が見つかった件だ。その指輪がその店に流れたルートを別の捜査員が探っていた。その結果、ついにその店に卸《おろ》した業者の仕入れ先である故買商を見つけ出した。だが、その故買商は一見の客から買い求めたので顔も名前も知らないと言い、口を割らないという。どうやら柏田進一を庇い、口を閉ざしているらしい。だが、いずれ観念するだろう。柏田進一の名前が出てくるのは時間の問題だ。

事態が大きく変わったことを思い知らされた。光石まりな殺しに右田敏勝以外に真犯人がいる可能性が出てきて、幹部たちは対応に追われているのだろう。柏田進一が犯人だとすると、問題になってくるのが殺人現場に落ちていたロケットの件だ。最後は意見を変えたが、大場が証拠品を捏造したという万城目弁護士の当初の言い分がにわかに信憑性を増してきたことになるのだ。

自分で蒔《ま》いた種でありながらどこか他人事なのは、大場の心が決まっているせいだ。大場の頭には久美子を敏勝から守る。そのことしかないのだ。

しばらく待ったが、会議が終わりそうもないので、辞職願の提出を明日にして、大場は引き上げることにした。新谷が追いかけてきた。

「おやじさん。そんな怖い顔してどうしたんです？」

大場は新谷に顔を向けた。だが、機械的に向けただけで、意識は常に敏勝のことにあった。新谷が心配そうに声をかけた。

「右田のことなら、おやじさんの責任じゃありませんよ」

なぐさめを言うが、新谷は何もわかっていないのだ。

「君はいくつになるんだ」

突然の問い掛けに面食らったように目を伏せたが、新谷はすぐ顔を上げ、しばらく大場の目を見つめてから、やっと答えた。

「二十八です」

「そうか」

大場は年齢をきいてどうするつもりだったか、思い出せない。そのまま、まっすぐ前を向いて歩いた。収まりがつかないのか、新谷が駆け足になって並び、

「なんだか、変ですよ。きょうのおやじさんは」

「そんなことはない」

「いや、そうです。きょう、どこへ行っていたのですか。署に出てこないので、病気で寝込んでいるんじゃないかってマンションまで見に行ったんですよ」

大場は新谷を振り切るように足早になった。が、新谷は諦めずに付いてくる。仕方無く、大場は足を緩めた。

「新谷、俺が……」

言いかけて、大場は口を閉ざした。辞職の件はまだ言えなかった。バスがやってきた。新谷も強引に乗り込んできた。吊り革に摑まりながら、大場は焦点の定まらない目をすっかり暗くなった窓の外に向けていた。街路樹の緑も深くなった。季節はまもなく梅雨に入る。梅雨の時期の真っ最中に、右田が大手を振って外に出てくることになる。

下車する停留所に着いた。新谷もいっしょに降り、入口まで行きますと言って、マンションまで付いてきた。

四階に上がり、部屋の前に行くと、明かりが見えた。インターホンを押すと、ドアが開き久美子が顔を出した。

「お帰りなさい」

「来ていたのか」

そう言ったあと、大場は新谷を振り返った。ちょっと俯いた顔を見て、彼が久美子に電話をかけたことがわかった。おやじさんが元気ないようだから様子を見に来てくれと頼んだのかもしれない。

「じゃあ、ぼくはこれで」

「あら、いいじゃないですか、寄っていってくださいな」

久美子が声をかける。ふたりを無視して、大場は黙って中に入った。

「おやじさんを送ってきただけですから」

新谷が小声で言うのが聞こえた。上がれ、と一言口に出せば、素直に新谷も靴を脱いだかもしれない。

「おやじさん。失礼します」

「おい、おやじさんと言うなと言っただろう」

肩をすぼめるようにして新谷が引き上げていこうとするのを、大場は引き止めた。

「ちょっと待て。仕事の件で言い忘れたことがある。ちょっと上がれ」

新谷は躊躇いがちに、それでも浮き浮きした様子を隠しきれないように、部屋に上がってきた。大場は仏壇に手を合わせ、それから着替えた。テーブルには夕飯の支度が出来ていた。風呂も沸いていた。

「おやじさん。なんですか」

新谷がわざとらしく生《き》真面目な顔できく。

「あとだ。汗を流してくる。それまで、新谷にビールでも呑ませてやってくれ」

久美子に言い、大場はさっさと浴室に向かった。裸になった体を鏡に映し出したが、だいぶ肉が落ちたようだ。頬もこけてきた。複雑な思いでいると、居間から久美子の笑い声が聞こえた。

湯船に浸かりながら、久美子を刑事の嫁にしていいのかと自問した。だが、久美子を誰かに託さなければ安心出来ないのだ。以前、久美子には付き合っている男がいたはずだ。理由はわからないが、その男とうまくいかなかったのだろう。

新谷なら安心して久美子を任せられる。ただ、刑事という職業が引っかかるのだ。大場はわざと長く風呂に浸かった。

いつしか、またも敏勝のことを考えていた。敏勝は必ず俺に復讐してくるだろう。その標的は久美子になるはずだ。

浴室を出て居間に行くと、久美子と新谷が楽しそうにしていた。

「おや、どうした?」

「お父さんが出てくるまで待っているって」

ビールに手をつけていない新谷に呆れ返った。

「先にやっていろと言ったじゃないか」

「そうはいきませんよ」

「世話のやける奴だ」

そう言いながら、座布団に胡座をかくと、新谷がすかさず缶ビールを持ったので、大場も目の前のグラスを摑んだ。新谷のグラスには久美子が注ぐ。今度は新谷が久美子に缶を差し出す。

三人で乾杯したあと、新谷が改まった口調で、

「おやじさん。話って何ですか」

と、きいた。

「明日でいい。それより、摘まめ。どうせ帰ったってろくなものを食べちゃいないんだろうからな」

新谷が苦笑した。

「なにがおかしい？」

「いつものおやじさんに戻っています。さすが久美子さんの力だ」

「なにを抜かすか」

何杯かグラスを空けていくうちに、急に眠気を催《もよお》してきた。どうにも我慢出来なくなって、そのまま横になった。

「そんなところで眠っちゃ、風邪を引くわよ」

久美子の声が聞こえたが、目を閉じた。そのうちに布団がかけられた。

「おやじさん。疲れているんですよ」

新谷の声が耳に入る。もし、ふたりが結婚した場合、大場の娘を嫁にしたということが新谷の将来に差し障りになってはならない。なにしろ、敏勝の裁判で、大場は偽証という

警察官としてあるまじきことをしたのだ。万城目弁護士の戦術転換によってそのことはうやむやになってしまったが、警察内部では当然ながら問題になるはずだ。

うとうととして、目覚めたとき、新谷が立ち上がろうとしていた。

「お父さん。お帰りになるそうよ」

「久美子、バス停まで送ってやれ」

大場は起き上がって言った。

「いいですよ。じゃあ、おやじさん、ごちそうさまでした」

新谷が久美子と共に部屋を出て行ってから、大場は箸を手にした。ようやく空腹を覚えたのだ。

お新香を口に入れたとき、久美子が戻ってきた。

「タクシーに乗って帰ったわ」

そう言いながら、テーブルにつき、残っていたビールに口をつけた。

「新谷のことをどう思う？」

大場は思い切ってきいてみた。

「とってもいいひとだと思うわ」

その言葉が他人事のように思えた。

「好きな男でもいるのか」

「いやねえ、いないわよ」

そう言ったときの久美子の表情に翳りを見た。まさか妻子ある男と付き合っているのではあるまいなと、と問い掛けようとした。そう思ったのは、久美子には付き合っている男がいるという右田敏勝の言葉が頭にあるせいだ。その言葉が出任せだったのかどうかわからない。が、敏勝が久美子を尾行したことは事実であり、久美子の交友関係もある程度掴んでいる可能性は十分にあり得るのだ。少なくとも、付き合っていた男がいたのは間違いないだろう。今、彼女が見せた翳りはその男とのことで屈託が生まれたからではないのか。

大場はそれ以上、何も言い出せなかった。

5

右田敏勝の判決公判を一週間後に控え、捜査本部はあわただしい雰囲気にあった。数日前に、故買商が、ダイヤの指輪を購入した相手が柏田進一だと白状したらしい。それに基づいて柏田進一について調べたところ、姉との関係が浮上してきた。すなわち、姉に光石まりな殺しの動機が存在し、姉に頼まれて柏田進一が殺人を実行したという疑いが出てきたのだ。柏田進一に容疑が向いたということは、取りもなおさず右田敏勝の潔白を意味する。右田敏勝と柏田との共犯は考えられなかったからだ。

柏田進一が光石まりなのダイヤを奪ったのが事件より前のことだという言い逃れは出来ない。なぜなら、事件当日の昼間、光石まりなはそのダイヤの指輪をはめて友人と会っていたのだ。すなわち、柏田進一がその指輪を手に入れたのは事件の当日ということになる。もし、柏田進一が犯人なら、誤って無辜《むこ》の人間を起訴したという重大なミスを犯したことになるのだ。

それだけではない。現場に落ちていた銀のロケットやたばこの吸い殻の件の後始末だ。当初、万城目弁護士は大場を名指しし、その証拠品は捏造されたものだと指摘した。今になって、その指摘が大きな意味を帯びてきたのだ。

会議室に呼ばれたとき、大場はついに来るべきときが来たことを悟らないわけにはいかなかった。しかし、これ以上嘘をつき通すべきではないと、大場は考えていた。それは辞職願を書いたときに腹が決まっていたのだが、先日、提出した辞職願は上司の刑事課長の机の引き出しの中に収まったままだ。

会議室の椅子に座ると、目の前には刑事課長や本庁の坂城警部などの顔が並んでいた。当然ながら、その詮議《せんぎ》は大場に及んだ。銀のロケットを現場に置いたのが大場ではないかと、幹部たちが疑い出したことは明白だった。

「柏田進一が犯人とするなら、銀のロケットは事件と無関係ということになる。それなのに、なぜ現場に落ちていたのか」

刑事課長が厳しい表情できいた。大場は追い詰められていた。警察官人生を懸け、証拠を捏造してまで右田敏勝を逮捕に追い込んだのに、ついに敗北を喫したのだ。その悔しさが胸を焼きつくすように襲いかかってくる。しかし、現実にもう右田敏勝は自由の身になるのだ。これからは久美子を守るために、自分ひとりで敏勝と戦わなければならないという悲壮な覚悟を固めていた。そんな大場には自分の名誉だとか、警察の面子などというものはもはや関係なかった。

大場は顔を上げてはっきりした声で言った。

「右田敏勝の言うとおりです。私は喫茶店でロケットを拾い、光石まりなの殺害現場に落としました」

まるで、大場の言葉が爆弾のように炸裂し、皆の聴力や声を麻痺させてしまったかのように、座は寂として声がなかった。それだけ、大場の告白は幹部たちに衝撃を与えたようだった。

「なぜ、そんな真似をしたんだ」

何か発言しなければ、この場の収拾がつかない。そんな感じで発言した刑事課長の声は尖っていた。改めて問われ、大場はあのときの心理を思い出そうとした。だが、はっきりとした考えは浮かんでこなかった。

「魔が差したんです。右田の犯行に間違いないならば、それを補強するために使ってもいいのではないかと思ったのです」

　あのとき、たまたまポケットにロケットとたばこの吸い殻が入っていたことが、悪魔の誘惑に乗ってしまった理由の一つに違いない。

「なんとしてでも右田敏勝を捕まえたい。そう思い、やむにやまれぬ気持ちになったのです」

　自分は正直に打ち明けていない。ロケットを拾ったことからして、嘘をついている。ロケットは高砂の現場に落ちていたのだ。それを拾って隠したという自責の念が心を疼かせた。

「浅はかだ」

　坂城警部が吐き捨てた。もし、あそこで敏勝を捕まえなければ、私の娘が狙われる可能性があったのだと、大場は口に出かかった。が、それこそ私情だと思い、抑えた。

「裁判で、弁護士が反論してくることは予想出来たはずだ」

　刑事課長が激しく責めた。

「あのとき、私はほんとうに右田敏勝が光石まりなを殺したと信じていたのです。だから、補強証拠のつもりでした」

　それはほんとうだった。ほんとうに敏勝の仕業だと思ったのだ。だが、すぐに自分自身に対して問い掛けるもうひとりの自分がいた。もし、久美子のことがなければ、自分はそこまでしただろうか。いや、そこまではしなかったはずだ。公私混同だ。そして、もう一つ。高砂の現場からロケットを隠した失策を取り戻すためでもあった。

「辞めてすむと思っているのか」

大場は反論出来なかった。しかし、大場には辞めるしか責任の取りようはなかった。過去三人の殺害事件で、右田敏勝を捕まえられなかったことで四人目の犠牲者を出してしまったのは紛れもない事実だ。

さっきより重苦しい空気が会議室に充満した。

「いずれにしろ、このことは絶対に口外してはならない。マスコミから袋叩きにされる」

坂城警部が憮然として言う。そればかりではなく、自分たちにも責任が及ぶのを恐れてのことだと、大場は思った。

「光石まりな殺しは右田敏勝ではなかったということか」

誰かの腹立ち紛れの声が耳朶《じだ》を打った。

「犯人《ホシ》は柏田進一に違いない。だが、その場合、その銀のロケットの問題にどうけりをつけるつもりですか」

誰かがきく。現場に右田敏勝のロケットが落ちていたことをどう説明づけるか。

「被害者《ガイシャ》が拾った可能性を臭わせるしかない」

右田敏勝が落としたロケットを光石まりなが拾ってマンションに持ちかえっていた。死人に口無しで、そういう想定で逃げるしかないと刑事課長が答え、

「ただ、真犯人《ホンボシ》がほんとうに柏田進一に間違いないのか、あるいはやはり右田敏勝の仕業だったのか、その結論を出すのはまだ早い。もっと、捜査を進めるんだ」

さらに刑事課長は大場に目をくれ、

「君の辞職はまだだ」

と、手厳しく告げた。しかし、大場を捜査本部から外すと言った。それは仕方無いと思った。いずれ出てくるであろう敏勝と、大場は対決しなければならない。こうなっては、光石まりな殺しの真犯人が右田敏勝であろうが、今はそのことは問題ではないのだ。裁判で、敏勝に無罪判決が出れば、その時点で敏勝が大手を振って外に出てくる。自身が警察官でありながら、警察が久美子を守ってくれるはずはないという思いから、大場は単独で敏勝を相手にしなければならないのだ。

その敏勝の判決公判が日一日と迫ってくるに従い、大場は心臓を圧迫されるような不安と異様な興奮に襲われるようになった。柏田進一の周辺捜査に勤《いそ》しむ捜査員を尻目に、大場はやることがなく、日がな一日椅子に座っている。そして、時間が来れば帰宅する。高井戸西や東尾久の事件のほうの進展もない。

やりきれない日を重ねて、ついに公判期日を明日に控え、大場は警察を休んだ。現場か

ら採取した指紋の中に柏田進一のものが含まれていたことがわかり、事件当夜の目撃者も見つかったという。ただ、捜査本部は裁判を横目にして躊躇していた。

大場は高井戸南署に出向いて、顔身知りの部長刑事から話を聞いた。右田敏勝を逮捕すべき証拠は未だに見つからないというのだ。それから、荒川中央署にもまわったが、同じだった。打つべき手はまったくなかった。

その夜、マンションの自分の部屋に戻っても、落ち着かなかった。いよいよ、明日だ。布団に入っても、なかなか寝つかれなかった。加島音子の部屋で銀のロケットを拾ったときのことや、今度は光石まりなの部屋で逆にロケットを置いたときのことが何度も甦ってくる。そんなことに思い悩まされながら、どうにか眠気を催していった。

寝入ったとき、突然大きな音がした。ベランダの窓ガラスが轟音と共に破られ、そこから黒い影が侵入してきた。久美子の悲鳴が上がった。大場が跳ね起きたとき、黒い影が久美子に襲いかかっていた。大場は絶叫したが、足が動かない。

そこで目を覚ました。夢だったのか。寝汗をびっしょりかいていた。それからはなかなか寝つかれず、窓の外が白《しら》んできてから寝入ったようだった。目覚めると、昨夜来の雨は上がっていたが、雲は重く垂れ込めている。食欲はなかった。朝食を摂《と》らず、大場は鬱々とした気持ちで、マンションを出た。

霞《かすみ》ヶ関《せき》で地下鉄を出ると、目の前が裁判所合同庁舎だ。すでに敏勝は拘置所からここにやってきているだろう。深呼吸してから、大場は門内に足を踏み入れた。

傍聴席はほぼ埋まっていた。大勢の傍聴人の中で、大場ほど切実な思いでいる者はいないであろう。大場は孤独だった。たったひとりで殺人鬼と戦わなければならないのだ。裁判官が揃ってから、奥の扉が開いて廷吏に連れられた右田敏勝が姿を見せた。前にいる傍聴人の間から敏勝の顔が見えた。

昔、右田克夫といっしょに大場のアパートに遊びに来た子どもの面影が甦る。色白で、唇だけが妙に赤かった。それに、何を考えているのかわからないような目。久美子が怯えていたことを思い出す。母親に捨てられ、養子に出すという形で父親からも捨てられようとしていた敏勝の怒りが表情に出ていたのだろうか。あの頃の敏勝に現在の姿の萌芽《ほうが》があったのか、それともその後の人生が敏勝の心を歪めていったのか。しかし、成人した敏勝のアルバイト先での評判は悪くない。女性にはやさしかったらしい。それは、心の中で常に母親の面影を追い求めていたからかもしれない。敏勝の中で、母親を若いまま偶像化していたのだろう。だが、その裏には自分を捨てたという怨みが陰湿に巣くっていたのだ。

敏勝は被告人席に腰を下ろした。検察官の表情が冴えないのはわかるが、万城目弁護士の顔色も悪いことが不思議だった。弁護士としての喜びを嚙み締めることが出来る一瞬が近づいているはずなのだ。

「被告人は前へ」

裁判長の声に、敏勝が待っていたようにすっくと立ち上がった。まるで無罪判決を受けることが当然だと思っているように、陳述台に向かう足取りは軽そうだった。

裁判長がじっと見据えて、敏勝が落ち着くのを待った。

「それでは判決を言い渡します」

裁判長の単調な声が一瞬そこで止まった。不安になったのか、敏勝の背中が少し揺らいだような気がした。

「主文、被告人は……無罪」

予想したとおりだとはいえ、改めて無罪という言葉を聞いた瞬間、足元が崩れていくような衝撃を受けた。もう敏勝に手錠や腰紐がまわされることはないのだ。背中を見せている敏勝の表情はわからないが、してやったりの顔をしているのか。いや顔色一つ変えていないのかもしれない。

「――被告人は初公判以来終始一貫して無実を訴えていたのであるが、本被告人は極めて特殊な状況下に置かれていた。すなわち、被告人は、荒川区東尾久、杉並区高井戸西、そして葛飾区高砂で発生した女性殺害事件の容疑者として……」

敏勝は裁判長の読み上げる判決主文に耳を傾けている。いや、そう装っているだけだろう。おそらく、敏勝の心は他に向かっているはずだ。

「被告人がなぜ黙っていたのか。その理由として、弁護人は現在失跡中の父親を庇うためだということだが、この点について、一連の女性殺害事件を父親の犯行と見なすべき証拠もなく、なぜ被告人が父親の犯行だと思ったかについてはにわかに理解しがたいところである。また、それほど父親を庇うならば、なぜこの時期にそのことを告白したのか。もともと、一連の事件に父親が容疑者として浮かび上がったことはないのであり、被告人が突然、父親のことを告白するのは極めて不自然であるという検察官の論に首肯《しゅこう》出来るものである。が、以上のことを考慮しても、犯行を証明すべき証拠が銀のロケットとたばこの吸い殻だけというのも不自然であり、それを除くと、被告人を犯人だと決めつけるものは何一つないことも……」

大場は後悔の念に襲われた。もし、高砂の殺害現場からロケットさえ持ち出さなければ、敏勝を逮捕し、有罪に持っていけたはずなのだ。なぜ、あのとき、ロケットを隠してしまったのか。またも、そのことを思い、慚愧に堪えなかった。

「また、被告人が高砂の事件で事情聴取を受けていた身であり、そのような時期にあえて危険を冒してまで新たな犯行に及んだとは考え難く、この点においても被告人の犯行を否定し得る」

判決理由を聞いていても仕方無かった。裁判所の見解を知っても、敏勝に対してもう何も出来ないのだ。殺人鬼が檻から放たれる。その冷厳たる事実があるだけだった。

無罪という裁判長の声を聞いたとき、血の臭いを嗅いだような気がして、万城目は目が眩んだ。解き放ってはならないものが今、再び自由を得ようとしている。

判決理由を読み上げる裁判長の声を神妙に聞いている右田敏勝の殊勝な顔つきは、初公判以来変わらない。いや、拘置所の面会室で会ったときに涙声で訴えた姿を見れば、右田はほんとうに改心したのではないかと思われた。だが、奥谷村に捜索に行かせた沖野は死体を発見出来なかったのだ。やはり、彼は隠し場所を偽っていたのかもしれない。そのことからすると、右田敏勝の改心も見せ掛けに過ぎないと思わざるを得ない。

6

出来ることなら、万城目は右田との縁を切りたい。だが、彼に泣きすがられたとき、不思議なことに拒絶の気持ちとは逆の言葉が出ていた。いやでたまらないのに、なぜか右田の面倒を見なければならない思いに駆られた。自分でも理解出来ない心の有り様だった。それでも、なるたけ自分から遠ざけようと考え、彼を探偵の沖野に任せようとした。が、沖野も尻込みした。あの男に人間の血が流れているとは思えない、というのが彼の拒絶の理由だった。暴力団とつるんで裏社会にも首を突っ込んでいる沖野までが、右田の持つ妖気のようなものを恐れているのだ。

右田が解放される時間が刻一刻と迫ってくる。右田は万城目の前で三件の女性殺害と実父の殺害を認めた。おそらく事実だろう。が、証拠はない。警察がそれらの事件で彼を逮捕出来るとは思えない。

もっとも望ましいのは、この裁判で無罪判決が出たあと、即座に連続女性殺害事件の容疑で右田が逮捕されることだった。だが、警察にそのような動きはなかった。

万城目は弁護士として光石まりな殺しの事件を扱っただけである。他に、右田がどんなに殺人を犯していようが関係ない。だが、右田は並の犯罪者とは違う。これからも災いをもたらす危険性が高いのだ。そんな殺人鬼を解き放ってしまうのだと考えると、万城目は激しい後悔の念に駆られた。

いったい、俺は何を恐れているのだろうかと改めて考えた。彼は万城目には危害を与えないだろう。にも拘わらず、この怯えは何なのか。その答えはとうにわかっているはずだ。右田が奥山かほるを新たな獲物に選ぶ可能性だ。もし、右田がかほるを見たら、どんな反応を示すだろうか。しかし、俺が恐れているのはそのことだろうか、と万城目は自問する。それなら、右田の目から奥山かほるを遠ざければいいのだ。万城目は自分の心の暗がりに何があるのか見極めようとしたが、そこまで到達出来ず、ただ不安感が増しただけだった。

判決文の朗読を終えた裁判長は右田敏勝に向かって言った。

「確かに、この裁判では無罪になったが、全面的に君の言い分を信用したわけではない。つまり、君の生き方そのものについて無罪判決を下したわけではないので、そのことをしっかり胸に収め、これからの人生を歩んでもらいたい」

裁判長も右田敏勝に対して胡散臭いものを感じていたのに違いない。その言葉を、右田敏勝は余裕の笑みで受け止めた。

裁判長が退席し、判決公判は終了した。憮然とした顔つきで検察官が早々と法廷から引き上げた。検察側は控訴してくるだろうか。しかし、控訴しようがしまいが、もう関係ない。無罪判決が出た時点で、右田は自由の身が保証されたのだ。

いつの間にか、傍聴席に姿を見せていた大場の姿は消えていた。右田が万城目に顔を向けた。その凍りつくような視線に、万城目は自分の暗い心の中をかきまわされたような不快な思いに襲われた。

右田の私物は拘置所から裁判所に届いており、右田はその場で釈放された。

「これから事務所に寄ってもらいたい」

万城目の声を聞き流して、

「ちょっと寄るところがある」

と、右田は答えた。

「どこへ行く気だ？」

「ちょっとね……」

「じゃあ、事務所で待っている。事務所の場所を説明しておく……」

右田が何を考えているのか、さっぱりわからない。

万城目は事務所に引き上げた。熱があるように気だるかった。被告人の無罪を勝ち取ったというのに、まるで喜びはなかった。暗く荒れた波間に小舟を漕ぎ出したような不安感が押し寄せている。

午後六時になって、事務員が引き上げた。まだ、右田はやってこなかった。虚脱感を覚えたまま、万城目は椅子の背凭れに寄りかかっていた。目の端に入る本棚の金文字の背表紙の専門書が白々《しらじら》しく思えた。自分が弁護士になったのは何のためか。警察に対する意趣返しのためだろう。警察が捕まえた犯罪者を無実にして世間に解き放ってやる。さらに法の裏を生きる商売人に悪知恵を授ける。自分の人生を奪った警察に対する怨みから出発したのだ。その意味では、今回の無罪判決も溜飲を下げるに十分なはずだった。事実、当番弁護士から正式な弁護人になったときにはその目的がはっきりしており、以来、右田敏勝の人間性に対する嫌悪感にも拘わらず、無罪判決に向かってがむしゃらに弁護を続けてきたのだ。

目論見《もくろみ》どおりに事が実現したのに、このように虚《むな》しい気持ちに追いやられたことはかつてなかったことだ。その原因が右田敏勝にあることは疑いようもない。夜の帳《とばり》と共に肉体が闇に溶け込むように、あの男が漂わす妖気に、いつしか自分は包み込まれていったのではないか。やがて、それは脳を冒しはじめていったのか。その頃から徐々に自分の肉体にある変化が生じていた。

ドアの開閉の音がし、近づいてくる足音が幻聴のように聞こえた。その足音が部屋の前で止まった気配がしたあと、いきなり執務室のドアが開かれた。こんな乱暴な入り方をしてくる人間は右田敏勝しかいないはずだ。万城目の虚ろな目に、右田の顔が飛び込んできた。その瞬間、怒りのようなものが湧き起こった。その怒りは、なぜ右田の弁護人になってしまったのかという後悔から来ているのかもしれない。

「どこへ行ってきたんだ」

万城目は乱暴にきいた。裁判所から右田はどこに行ったのか。半年以上拘禁されていた男が、自由になってすぐ行かなければならない場所とはどこか。

「幡ヶ谷だよ」

気だるそうに答え、右田は傍らの椅子をかってに引いた。

「幡ヶ谷？　何をしに？」

そうきいたあとで、幡ヶ谷という地名から連想するものがあった。大場の娘の久美子だ。彼女の住まいが確か幡ヶ谷だと、右田から聞いたことがあった。

「まさか」

思わず、右田を睨みつける。

「まだ、いた」

それが久美子を指していることは明白だ。

「大場の娘に近づこうとしているんじゃないだろうな」

万城目は問い詰めるようにきいた。

「引っ越ししていないか、ちょっと気になったので見てきただけさ」

平然と言い、右田は顔を万城目に向けた。

「先生の彼女に挨拶したいな」

この男の体から特殊な臭いがするようだ。獣の臭いか。それとも血の臭いか。万城目は顔をしかめ、

「夜は仕事だ。今度会わせる」

そう言って、預かっていた預金通帳や印鑑、それにアパートのキーなどを金庫から出して彼に渡した。高砂のアパートは、右田の預金を引き出し家賃を払っているのでそのままになっている。引っ越し費用や家財道具などの保管場所を考えて、そのまま借りていたのだ。

右田はテーブルに並べられた自分の品物を無造作《むぞうさ》に掴んでポケットに仕舞った。財布の中の現金を確認してから、立ち上がった。

「もう行くのか」

「また、明日来るよ」

来なくていい、とは言えなかった。いくら弁護人だったとしても、裁判の終わったあとの面倒まで見る義務はない。にも拘わらず、右田から逃れられない自分が理解出来なかった。

「待て」

ドアのノブに手をかけた右田に声をかけた。

「おやじさんはどうしたんだ。居場所を教えろ」

「何のことだ？」

右田は惚けた。

「おやじさんの死体を出してやれ」

「おやじは逃げまわっているんだ。どこにいるか、俺にもわからないね」

にやりと薄気味悪い笑みを残し、右田はさっさと出ていった。右田がいなくなったあと、万城目は落ち着かない気分になった。右田の妖気がまだ漂っているような気がして、窓を開けた。先生の彼女に挨拶したいと言った右田の声が耳朶に張りついている。なぜ、かほるのことを右田に話したのか。先生の奥さんはどんなひと、と訊ねられたことがきっかけで、かほるとのことを話した。ふつうだったら、そんな話をすることはなかったはずだ。なぜ、話したのか。急に怯えのようなものに襲われた。自分はなぜこのように怯えているのか。そして、その怯えの正体は何なのか。心の中を見極めようとするたびに頭痛のような感覚に襲われ、正体を摑むことが出来なかった。

窓を閉めたとき、窓ガラスに自分の姿が映った。下腹が出てきたように思える。若い頃とまったく変わらぬ体型を保持してきた自信が揺らいでいく。体調に変化を来しているのだ。かほるの苦悶に似た喘《あえ》ぎ声が急に止まったときのことが甦って、万城目は叫び声を発しそうになった。あのとき、万城目の男が役立たなかった。訝しげに起き上がったかほるが口にくわえて必死に蘇生させようとしたが無駄だった。一時的なものだと思っていたものはその後も回復の兆候を見せなかった。万城目は悪夢を振り払うように立ち上がった。

十時をまわって万城目は事務所を出た。外に出たところで、左右を眺めた。ひょっとして、右田敏勝がひそんでいるかもしれないと思ったのだ。なぜ、そう思ったのか。右田は万城目のプライバシーを詮索するはずだ。裁判所から幡ヶ谷に行ったというが、それだけではないはずだ。右田はかほるについても調べているような気がしてならない。いや、右田ならそうする。右田の心をどうして読むことが出来るのか、自分でもわからないが、そんな気がするのだ。

タクシーを拾い、六本木まで出て、かほるの勤めるクラブの前にやってきた。道路反対側にある公衆電話から店に電話をかけ、かほるを呼び出してもらった。

かほるの甲高い声が聞こえた。

「もしもし」

「万城目だ。どうだ、いっしょに帰るか、迎えに行く」

「ごめんなさい。きょうは忙しいの。ママとの約束があって。今、どこ?」

「事務所を出たところだ」

万城目はクラブの扉を見つめながら嘘をついた。電話を切ったあとに、ふいに押し寄せる空疎感に襲われながら、万城目はその場から離れられなかった。

十一時過ぎに、四十前後の長身の男といっしょにかほるが出てきた。ふたりは、すぐにタクシーを摑まえ、乗り込んだ。万城目はふたりを乗せたタクシーを見送った。

男は以前からかほるに接近していたある会社の社長だ。かほるが自分からあの男に乗り換えようとしていることを悟らないわけにはいかなかった。

タクシーで、西荻南にあるかほるのマンションまで帰った。暗い部屋に入ると、カーテンの隙間から外の明かりが入り込んでいた。万城目は明かりも点けず居間のソファーに座り込んだ。暗がりの中に身を置いていると、自分の中にある闇が周囲と同化し、外に滲み出しそうな気がした。そうすれば、自分の心に巣くっているものを探し出せるのではないか。そう思いながら、じっとしていた。

学生結婚をした最初の妻とのことが甦った。青臭く青春を語り合った新宿三丁目の穴蔵のような酒場に仲間と呑みに行った。その中に妻もいた。ふたりが燃え上がるまで時間はそうかからなかったが、若さゆえだったのか、たった一年で別れた。万城目に職がなかったことが最大の原因だろう。司法試験を目指しはじめてからホステスのヒモのような形で助けてもらい、司法試験に受かるとそのホステスを捨て、弁護士になったとき、先輩弁護士の娘と二度目の結婚をしたが、三年でだめになった。そして、三度目の結婚が三十代半ばで、大企業の社長の娘だったが、これも二年ともたなかった。

結婚生活というものに向いていないのかもしれない。いや、その他にも何人かの女と同棲したことがあったが、一年ともたなかった。幸か不幸かどの女にも子どもが出来なかった。子どもがいたら、その子どもは不幸だったかもしれないし、あるいは子どもがいたら別れることはなかったかもしれない。

数多《あまた》の女との別れを経験してきたが、別れても未練を持ったことはない。自分が捨てても、あるいは相手が失望して去っていっても、万城目は何の痛みも感じなかった。それほど、女にはクールに接してきたつもりだったが、かほるとの関係はこれまでと違っていた。

午前零時をまわった。そして、次に気がついたのは午前一時だった。眠気が差して、そのままソファーに横たわり、また目覚めたのは午前三時。しかし、かほるはまだ帰ってきていなかった。さっきの男といっしょだと思うと、胸の辺りに焼けるような痛みが走った。そして胃に穴があいたのではないかと思うほど、ため息と共に何度も胃液が出てきた。これが嫉妬という感情なのだと思った。

午前四時をまわってドアが開閉する音が聞こえた。万城目は眠ったふりをしていた。彼女はそっと入ってきて、バッグを置くと、そのまま浴室に向かった。男の香りや情事の匂いを消すためだろう。

シャワーの音を聞きながら、気づかぬふりをしている自分が情け無かった。さっさと愛想尽かしをして、女と別れただろうかつての自分はどこへ行ったのか。なぜかほるに執着しているのか。かほるを満足させることが出来ない、自分に対する自信のなさからだろう。不能に陥った万城目に失望した彼女の若い肉体が、欲求不満に陥らないはずはなかった。彼女の変わり身は早かった。それにしても、なぜこんなことになったのか。右田敏勝のせいだ。彼女を抱いた恍惚《こうこつ》の中で、ふいに右田の顔が現れると、とたんに万城目のいきり立ったものが萎縮してしまう。若い頃の果てしない貪婪《どんらん》さは失っていないはずなのだが、右田の亡霊に取りつかれてしまったのに違いない。

かほるに男がいると気づいたときは、すでにふたりの仲が抜き差しならないものになっていた。かほるが自分を遠ざけようとしているのがわかって、万城目の心の中で何かが弾けた。自分の肉体が思うように反応しなくなったことの劣等感が陰湿な思いを生み出していったのだ。暗い濁流《だくりゅう》のように暴れる心の中から流木が水面に浮き出るように、心に巣くう闇よりなお暗い部分がくっきり浮かび上がろうとしていた。その正体を見定めようとしたとき、浴室のドアが開く音がした。万城目は起き上がった。

「遅かったな」

万城目はバスタオルに包まれた彼女の火照った体を見つめた。

「ママがなかなか帰してくれなかったの」

平然と彼女は答えた。何ら悪びれる様子はない。自分から離れていこうとしていると思ったときから、かほるの肌の瑞々《みずみず》しさに未練が募った。万城目は彼女に近づき、手を取ろうとした。彼女が自分の手をさっと引いた。

「だめよ。疲れているんだから」

そう言うと、さっさと下着をつけ、パジャマを着てベッドに入った。彼女は万城目を拒絶するように背中を向けた。いや、彼女を抱けるかどうか自信はない。今も肝心な肉体の一部は萎《な》えたままなのだ。立ち竦んでいるうちに、万城目は惨《みじ》めになって、逃げるようにベッドから離れた。

和室に布団を敷いてもぐり込んだが、寝つけるわけはなかった。右田敏勝の体から発散する妖気が万城目の男性機能を破壊してしまったのか。右田が亡霊のように、いつもつきまとっているのだ。今も、この部屋の隅に右田が立っているような錯覚さえ覚える。万城目はいきなり枕を投げつけた。

目覚めたのは十時過ぎで、電話の音で起こされた。起き上がると、かほるがコードレス電話を持ってベランダに出ていた。話を聞かれたくないためだろう。ゆうべの男に違いない。

万城目が顔を洗い、着替えても、電話は終わらなかった。ときたま、笑い顔が見える。それも媚《こ》びるようなものだ。

万城目は腹立ち紛れに乱暴にドアを閉め、部屋を出た。エレベーターで一階に降り、玄関に足を向けた。そのとたん、唖然として立ち竦んだ。信じられないものを見たのだ。

「先生、俺の顔に何かついているんですか」

右田敏勝がにやにやしながら立っていた。

第七章　別れ

1

　右田敏勝が無罪になった日の夜から大場は久美子の部屋に泊まっていた。きょうが三日目の夜だった。もちろん、久美子には護衛だということを気づかせてはいない。そんな心配をさせたくないのだ。

　久美子の部屋は殺風景な大場の部屋とは雲泥の差だった。レースのカーテン一つ取っても、まったくの別世界だ。自分の部屋で久美子と向き合うのとは違って、なんとなく照れ臭さを覚えた。なにしろ女の体臭が染みついている。いそいそと風呂に入り、落ち着かなく食事をした。この部屋に男の臭いがあるかどうか、大場にはわからない。だが、いつか、そういう日が来るのだ。

　夕食のあと、大場は窓の外を見た。駅に繋がる道が見える。そこに影があった。男がこっちを見ていた。心臓が凍りついた。右田敏勝だった。三日目の夜についに現れたのだ。

いや、こっちが気がつかないだけで、昨夜も見張っていたのかもしれない。大場は静かに立ち上がった。

「どうしたの」

久美子が声をかけた。

「ちょっと出てくる」

久美子が何か言ったが、大場は無視して部屋を出た。エレベーターで階下に行き、エントランスの前に行った。敏勝のほうも大場がやってくることは承知していたようだ。にやにやしながらそこに立っていた。

「あんたのお陰で楽しい思いをさせてもらった」

敏勝の目には何の感情もないようだった。それが、かえって不気味に思えた。逮捕前よりいっそう凶悪性を増した感があった。

「敏勝。なにしに来たんだ」

大場は一喝《いっかつ》した。

「あんたには関係ない」

大場は身構えたが、敏勝は嘲笑するかのように口許を歪めている。いったい、この男の精神構造はどうなっているのか。

「久美子には指一本触れさせない」

「それは俺が決めることだ」

やはりこの男は閉じ込めておくべきだったのだ。この男は血に飢えている。大場は去っていこうとする敏勝を追いかけた。

「俺がずっと久美子といっしょにいる。おまえに手出しはさせん」

相変わらず、敏勝は口許を歪めている。

「敏勝。今度何かやったら、おまえは間違いなく死刑だ」

「あんたは証拠をでっち上げて俺を犯人扱いした。ほんとうなら、訴えてやりたいところだ。でも、あんたはおやじの古い友達だからな、許してやるよ。ありがたく思え」

そう言いながら、敏勝はさっさと歩いていく。大場は追いかけた。いつしか公園に差しかかっていた。意識して、敏勝がここまで大場を引っ張ってきたのか、偶然か、その判断に迷いながら、敏勝のあとに付いて公園に足を踏み入れた。アベックがちらほら見える。

敏勝が立ち止まった。敏勝が襲いかかってくるかもしれないと用心した。敏勝が大場の顔を見据えた。

「あのロケット、返してくれるんだろうな。俺には大事なもんだ」

ふつうならば、犯行現場に落ちていた重大な証拠品として位置づけられているものだ。検察側が控訴すれば、今度は高裁で裁判がはじまり、またそこで重要な証拠品として取り扱われる。控訴を断念したとしても、改めて事件捜査のための重要な捜査資料ということになる。しかし、証拠の銀のロケットは大場が捏造したものだ。事件と無関係であると判断されれば、敏勝にいずれ返却されるだろう。

「なにしろ、もう何ヵ月も俺の肌身から離れているんだからな」

「そうだ。高砂の事件の夜以来だ」

大場が睨み据えると、敏勝は笑った。

「助かったよ、あんたのお陰で」

「なに？」

「あのとき、あんたがあれを隠してくれたお陰で俺は命拾いをした。そういう意味じゃ、あんたは俺の恩人かもしれないな」

敏勝が口調を変え、

「でも、いったい、あんたはなぜあんな真似をしたんだ。あんたさえ、あんなことをしなければ、俺はあそこで捕まっていたかもしれない」

敏勝の言葉は大場の心臓を抉るようだった。

「あんた、俺のおやじだと思ったんだろう。殺したのが？」

敏勝は平然と言う。

「そうだ。おまえだとは想像さえしなかった。おやじさんは俺におまえのことで助けを求めてきた。だが、俺はそれに気づかなかった」

忸怩たる思いが再び襲いかかって胸に痛みをもたらした。俺に迷惑をかけたくなかったという右田の心根が痛ましかった。

「敏勝。おやじさんの居場所を教えてくれ」

「知らないな」

敏勝は横を向いた。

「おまえが殺して埋めたんだ。その場所を言え」

敏勝に反応はない。大場は焦燥感を募らせた。いったい、この男は何なのか。何のために生きているのか。そう思ったとき、ふいに落雷にあったような衝撃が大場に襲いかかった。そうだ、この男の心に巣くっているものは母親ではないか。母親への思慕がこの男のすべての行動を支配しているのだ。

「母親に会いたいと思っているのか」

大場は確かめるようにきいた。

「おふくろ？　俺を捨てた女には興味ねえな。どうせどこかでのたれ死んでいるんだろう」

そう言いながら、敏勝はさっさと歩き出した。しかし大場は、敏勝が一瞬表情を変えたのを見逃さなかった。口とは裏腹に、敏勝は母親への思慕で凝り固まっているはずなのだ。だが、大場は迷った。母親の居場所を知っていることを告げるべきか。それを告げることで、敏勝の心に何かを訴えかけることが出来るかもしれない。だが、それによって千春に災いが及ぶことになるかもしれない。その迷いの中で、大場は呟くように口に出した。

「おまえの母親は……」

言いかけて大場は、はっとして声を止めた。やはり、黙っているべきだと思い直したのだ。敏勝が立ち止まり、振り返った。

「あんたはおふくろがどこにいるのか知っているのか」

顔つきが変わっていた。大場は返事を躊躇った。落ち着いた生活を送っているらしい千春を巻き込んでいいのか。そう責める声が聞こえ、不用意に口走ったことに、後悔の念が生じた。

「知っているようだな。そうか。生きていたのか」

迫るような敏勝の声がやがて泣き声に変わった。

「どんな暮らしをしているんだ。幸せにやっているのか」

大場は意表を衝かれた思いだった。まるで別人と化したような敏勝の泣き顔だった。それほど母親が恋しいのか。大場はきいた。

「会いたいのか」

敏勝の目に涙が滲んでいた。その涙を、大場は不思議な思いで見た。やがて、敏勝がぽつりと言った。

「会いたい」

大場は一瞬敏勝を相手にしていることを忘れた。

「会ってどうするつもりだ」

「わからない」

気弱そうな敏勝の表情だった。大場は敏勝の意外な面を見たような気がした。そのとき、千春を巻き込むことの負い目は消え去り、ふつふつとある思いが湧き起こった。

「母親に会わせてやったら、おやじの居場所を教えるか。おまえが殺したのだとしても証拠はない。おやじの死体が出てきても、おまえは捕まることはない」

「どうだかな。あんたがどんな魂胆を持っているか、わかったもんじゃないからな」

ふいに普段の敏勝の表情に戻った。

「敏勝。俺を信じろ。母親に会いたいんだろう。ロケットの写真の女性だ。いいか。これは取引だ。警察官としてじゃない。右田克夫の幼馴染みとして言っているのだ」

大場は敏勝の目を睨み据えた。敏勝も見つめ返す。その目を見つめているうちに、千春の面影を見出し、衝撃を受けた。やはり、敏勝は千春の子なのだ。

「いいだろう。あんたを信用しよう」

敏勝が腹を括ったように言った。大場はすかさず、

「ただし、母親のほうが何と言うかわからない。もし、母親がおまえに会いたくないと言えばそれまでだ」

と、釘を刺した。敏勝が不満そうに顔をしかめた。

「二、三日中に連絡する。それまで待て」

「わかった」

「その前に約束をしろ」

大場は迫る。

「おやじのことか。わかっている」

「それだけじゃない。久美子に手を出すな」

敏勝は返事もせずに立ち去ろうとした。

「待て」

大場は声をかけた。だが、敏勝は振り返ろうともしなかった。追いかけても無駄だと思った。千春のことを口に出してしまった。そのことの重大さに改めて思い至り、大場は落ち着きを失った。

翌日、大場は武蔵小金井駅の改札を出てから、千春の家にまっしぐらに向かった。どういう対面の仕方がいいのかさんざん考えた末に、正面から堂々と訪れることにした。

朝の十時という時間を選んだのは亭主が会社に出掛け、子どもたちも学校に出払って、家の中に彼女がひとりいる時間だろうと想像したからだ。亭主は飯田橋《いいだばし》にある会社まで通っており、高校生と中学生の子どもも電車通学だということを調べてあった。

セールスマンの男と蒸発してから熱海の芸者に収まるまでの十数年間、千春がどこにいたのかわからない。セールスマンの男と別れた理由もわからない。その後、芸者になったのは生きていくための選択肢《し》が水商売しかなかったからだろう。だが、現在の彼女は予想に反して普通の主婦になっていた。

以前訪ねた家の前に立ったとき、二階のベランダで洗濯物を干している千春を見つけた。子持ち男の後妻に入ったというが、彼女の様子からは不幸の翳を見出すことは出来ない。

大場は立ち止まった。またも迷いが一陣の風のように舞い上がった。平穏な生活に波風を立てようとしている自分が急におぞましく思えた。波風では済まない可能性が大きい。妻が殺人犯の母親だと知ったら、継母《ままはは》がそうだとしたら、夫や子どもたちは果たして今までどおりに彼女を家族の一員として認めるだろうか。それは疑問だと思った。大場の訪問は彼女がやっと摑んだ幸福をずたずたに引き裂きかねない。そんな権利が自分にあるだろうか。

その一方で、殺人鬼をこの世に産んだ張本人だという思いもしている。子どもを捨てて他の男と蒸発した女の身勝手さを責める気持ちもあった。そして、二十数年も前に捨てた子どもであっても、千春にとって自分が腹を痛めて産んだ子どもに間違いないという思いもあった。

敏勝の中にあるかもしれない良心に訴えるとすれば、母親の言葉しかないだろう。敏勝は母親に会いたがっているのだ。母親に会うことで、敏勝の心に人間らしさが甦ればそれにこしたことはない。そう思って、迷いを吹き飛ばした。

大場はベランダから彼女が引っ込むのを見て玄関に向かい、インターホンを押した。知らず知らずのうちに身体が強張ってきた。二十数年ぶりの再会だ。やがて、ドアが開き、女が顔を出した。大場は目が眩んだ。まさに千春に違いなかった。じわじわと感動のようなものが湧き上がってきた。目の前に千春がいることが現実とは思えなかった。大場にとっては初恋の女に等しい相手だった。ようやく、我に返った。目の前で、千春は呆然としている。

彼女の表情の変化を痛ましく見た。最初の戸惑いは驚愕の、そして狼狽《ろうばい》の表情になり、最後には落胆の色を浮かべた。その変化は一瞬に起こったが、彼女の心が大場には手に取るようにわかったのだ。

「大場さん……」

千春がやっと声を出した。

「覚えていてくださったのですね。お久し振りです」

胸の底から込み上げてくるのは再会の感動だった。だが、彼女の悲痛な顔が、そんな大場の感傷を吹き飛ばした。それは二十数年振りに会った友人に対する感慨とはほど遠く、大場の来訪の意味を悟っていることを窺わせた。やはり、彼女は右田敏勝のことも知っていたのだ。連日、テレビのワイドショーで報じられたのだから、目に入っていても不思議はない。そういう意味では、大場は彼女にとって歓迎されざる来訪者だということになる。しかし、そうとわかればよけいな説明は必要なかった。

「お話があります。ご自宅では拙いかと思いますので、どこか場所を指定していただけませんか」

大場は感慨を振り払って言った。

「話って……」

困惑の色を深めた彼女に向かって、大場は畳《たた》み掛けるように、

「ともかく会っていただけませんか。私の話だけでも聞いてください。あなたをずっと思っていた人間のためにも」

眉を寄せていたが、すぐ気弱そうな目をして、

「ごめんなさい。私は昔を断ち切ったんです」

と、彼女は大場を突き放そうとした。千春の目尻の皺に歳月を感じ、やりきれなくなっ

たが、大場は何かに突き動かされるように、

「どうしても、あなたと話さなければならないんです」

「もう関係ないんです」

それでも千春はそう言って、引っ込もうとした。

「あなたは私が刑事だとわかっているのですね」

もっと突き詰めれば、敏勝の事件に関わっている刑事だと、千春は知っていたことになる。それは取りもなおさず、敏勝の事件に関心を寄せていたことに他ならない。ワイドショーは、敏勝の裁判の模様を報じており、その中で、父親の幼馴染みの同級生の刑事が証拠を捏造したという弁護士の意見を紹介しているのだ。

「千春さん、話だけでも聞いてください。そうだ、上野公園の大噴水の前でお待ちしています。何時でも構いません。待っています」

「上野……」

彼女の返事を聞かず、大場は素早く玄関を立ち去った。果たして、彼女は来るだろうか。いや、来る。大場はそう思った。

上野を指定したのは、彼女の自宅とも、飯田橋にある彼女の亭主の会社とも離れている場所だという理由だけではもちろんない。上野に、唯一彼女との思い出があるのだ。

上野に向かう電車の中で、千春のことを考えた。彼女はやはり敏勝のことを知ってい

た。だとすれば、心を痛めぬはずはなかっただろう。新しい家族の中で、怯えながらの毎日を送っていたのではないか。必ず来るはずだと、大場はもう一度自分に言い聞かせた。

上野の公園口の改札を出て東京文化会館《とうきようぶんかかいかん》の前を通り、噴水のある場所まで歩いた。梅雨の晴れ間のうだるような暑さに、上野の杜《もり》も歪んで見えた。その中を歩く自分自身がまるで実体のない浮遊物のように思えた。

大噴水を見渡せる木陰のベンチで待った。猛暑の中で、ときたま噴き出す噴水の水がいっとき涼を感じさせる。公園を突っ切るひとの顔も暑さにあえいでいるようだった。一時間近く経ち、来ないかもしれないという不安が芽生え出したとき、地味な服装の千春を認めた。一瞬にして時が二十数年前に戻ったような錯覚に陥った。日傘を差して近づいてくるのは若き日の彼女だった。伏目がちにやってくる姿を見て、お好み焼き屋ではじめて見たときのことを思い出し、切ないものが押し寄せてきた。あのときも日傘を差してやってきたのだ。

あのとき……。警察官になった大場の前に、ふいに姿を晦ましていた右田が現われてからふたりの交際がまたはじまった。しかし、右田は大場と会うよりも千春との付き合いに時間を割《さ》くことのほうが多かった。そんなある日、突然、右田から頼まれた。上野公園で待ち合わせている千春に急用が出来て行けなくなったと伝えて欲しいというものだった。金銭的なトラブルに巻き込まれ、二、三日東京を留守にしなければならなくなったのだ。

右田はあわただしく出ていった。大場は右田と千春の約束の時間より先に上野公園に着いた。やがて、彼女が日傘を差してやってきたのだ。

そこに大場がいるので彼女は不審な表情をした。右田が来られなくなったことを告げたが、彼女はがっかりした様子でもなかった。その後、ふたりで不忍池《しのばずのいけ》に向かった。ボートに乗り、それから食事をして、映画を観た。右田に対する負い目を感じながら、それでも大場は浮き立つ時間を過ごした。千春との唯一の思い出がこの場所だった。

彼女はあのときのことを覚えているだろうか。あれから長い歳月が経っているのだ。

「よく来てくださいました」

声をかけたが、彼女は軽く頭を下げただけだった。照りつける陽光は強いが、樹木の陰は風もあって涼しかった。日陰のベンチにはひとがいる。他人の耳を憚《はばか》って、どうするか迷っていると、

「少し歩きませんか」

と、彼女が救いの手を差し延べるように言った。強い陽射しの中に飛び出すことに二の足を踏んだのは、彼女を慮ってのことだ。いくら日傘を持っているとはいえ、それがどれほど役立つのか。

「私なら大丈夫ですから」

彼女の帰宅時間も気になる。子どもが学校から帰ってくるまでには家に戻りたいだろう

し、夫の帰宅までには帰っていないと拙いはずだ。そう考えると、躊躇している時間はなかった。大場は頷いた。

日陰から直射日光の射す場所に出ると、さっきより一段と暑さが肌に感じられた。足は国立博物館《こくりつはくぶつかん》のほうに向かった。

「あれからどうなさっていたのですか」

大場は思い切って問い掛けた。しかし、彼女のほうが大場のことを逆にきいた。

「奥様はお元気ですか」

「亡くなりました。もう十年ほどになります」

「そうでしたか」

「あなたは？」

改めて、大場は訊ねた。

「あの男とは三年ほどいっしょに九州で暮らしました。でも、彼は商売が失敗して、また蒸発。そのとき、別れました。あとはホステスをやりながら、最後に熱海に」

そういうことを、彼女は自嘲ぎみに話した。

「右田のところに戻るという考えは起きなかったのですか」

大場はきいた。

「あのひとにも愛想を尽かしていたし……。あのひとといっしょにいてもろくなことにはならないと思っていましたから」

「子どものことは？」

「あの子には申し訳ないと思っています」

別れるとき足手まといになるという理由で捨てていったということだ。

「思い出すことはなかったのですか」

返事がなかった。国立博物館の前に出た。そこを左に折れた。

「右田はあなたの写真を入れた銀のロケットをずっと頸にかけていたようです。あなたを忘れられなかったからです」

やはり、彼女は俯いている。日陰になっている樹木の下に来て、立ち止まった。涼しい風が吹いてきた。

「二年前、あなたが熱海にいると知って、右田は会いに行ったそうです。結局、あなたを見つけることは出来なかったようですが」

彼女が小さく何かを言ったが、聞こえなかった。

「なぜ彼があなたに会いに行ったと思いますか。あなたへの未練だけじゃない。敏勝くんのことで相談したかったからだと思います」

再び歩き出す。

「あのひとはどこに？」

「おそらく右田は死んでいると思います」

彼女の顔色が変わった。また足が止まった。敏勝との軋轢《あつれき》を絡めて、大場は事情を説明した。その間、彼女は体を硬直させたように聞いていた。

「敏勝くんが右田を殺し、奥谷村のどこかに死体を隠したのに間違いないと思っていいます。右田を早く見つけ出して供養してやりたい。敏勝くんはあなたに会いたがっているんです。あなたに会えたら、右田の居場所を教えると約束しました。お願いです。会ってやっていただけませんか」

大場は熱心に訴えた。千春は歩き出した。芸大《げいだい》の手前で、奏楽堂《そうがくどう》のほうに曲がった。ホームレスの男が日陰に何人かいる。

歩きながら、やっと千春が口を開いた。強い拒絶の言葉だった。

「たぶん、そのことだと思っていました。でも、私には過去のことなんです。だって、もう二十年以上も前のことじゃありませんか」

大場は負けずに言い返した。

「あなたにとっては過去かもしれません。しかし、右田も敏勝くんもあなたを忘れていなかったんです。敏勝くんの殺人の動機があなたにあると言っても過言ではないのです。このままでは、彼はさらに犯罪を重ねていくような気がしてなりません。それを止められるのはあなたしかいないはずです」

言い過ぎかもしれないと思いながらの大場の言葉にも、

「お断りします」

と、彼女ははっきり言い切った。

「あなたの実の子どもが会いたがっているんですよ」

大場は憤慨した。

「私は昔の千春じゃないんです。新しい家があり、家族がいる。それを守っていかなければならないんです。わかってください」

「あなたは敏勝くんのことを知っていたのでしょう?」

「あの子の顔をワイドショーで見ましたが、私の子どもとは違います」

「いや、あなたが産み、捨てた子どもです」

「違います」

「彼の心は荒廃している。いや、狂っているのかもしれない。でも、僅かでも人間らしい気持ちがあるはずです。その気持ちが母親を求めているんです。あなたなら、彼を救えるんです。彼を救ってやれるのはあなたしかいないんですよ」

大場は訴えた。

「無理です」

「無理じゃない」

「会ったらどうなるんですか。あの子が私に会いに来たら、どうなるんですか。今の子どもたちも、連続殺人事件のことを知っています。右田敏勝という男はあやしいという話を家でもしているんです。その犯人の実の母親が私だなんて知ったら……」

千春の悲痛な叫びが大場の胸を激しく打った。大場は誰のために千春を説得しているのか。敏勝を救うためだと言いながら、実際は自分のためではないか。久美子が狙われることを回避したい。その思いから動いているだけだ。千春を身勝手だと責める言葉が自分にも跳ね返ってくる。

困惑している大場に、千春が静かに、そして決然と言った。

「すみません。身勝手な女だと思われるでしょうが、私はやっと摑んだ穏やかな生活を失いたくないんです。主人は私が芸者をしていたということを、子どもたちにも告げていません」

大場は千春の強い意思を知り、これ以上の説得を諦めざるを得ないと思った。

「一つだけ聞かせてください。あなたは右田を愛していたんじゃないんですか。だから結婚した。それなのに、どうして右田から離れたんですか」

千春は俯いた。その苦痛に歪んだ表情を見て、自分自身を責めているのかと思ったが、そうではないようだった。ふたりの新婚生活は幸福そうに思えた。やがて、子どもも生まれた。確かに、右田はやくざな男だったが、真面目に仕事をはじめ、千春を精一杯愛していたのだ。そんな生活のどこに不満があったのか。やがて、彼女が絞り出すように言った。

「愛して結婚したんじゃありません」

千春の言葉の意味を解しかねた。聞き違えたのか、それとも千春が誰かのことと勘違いしているのか。

「右田に力ずくで襲われたんです」

「なんですって」

「彼の部屋で。あなたもいっしょだからと付いていったんです。それは嘘でした。そのとき、彼の子が出来て、それで仕方無く彼と結婚したんです」

大場は呆然とした。

「結婚しても、心の奥で右田を拒否していたんです。あの子には罪がないのに、私はどうしてもあの子を可愛がることが出来なかった。だんだん、右田に似ていくあの子が気味悪くなって……」

「しかし、右田のほうはあなたを愛していたんじゃないですか」

「ええ。でも、私には苦痛でしかなかったわ」

「一度逃げたあと、私が迎えに行ったとき、あなたは戻ってきました。なぜですか。右田とやり直そうと決心したからではないんですか」

彼女が頭を振った。じゃあ、何のために戻ってきたのですか。その質問を心の中でした。すべて、千春の身勝手な行動から来ているのかと思っていたが、そうでなかったことに衝撃を受けていた。

「今、あなたは幸せなんですか」

ふいにそんなことが気になったのは、今の生活に対しても疑問が湧いたからだ。彼女から返事がなかった。胸に痛みのようなものが走った。ベランダで洗濯物を乾していた彼女には不幸の翳は微塵も見えなかった。だが、端《はた》から見るのと内実は違うのかもしれない。ちょっとした風圧にも倒れてしまいかねない、紙で出来た家庭生活なのかもしれない。そう思ったとき、大場は彼女をこれ以上苦しめることをやめようと思った。

彼女の幸福を奪ってはいけないと思った。たとえ紙で出来た薄っぺらな幸福であっても、波風さえ起きなければ普通の生活が送れるのだ。せっかく彼女が手に入れた平凡な生活を壊すことは本意ではなかった。

「あなたが右田にそんな気持ちを持っていたなんて知りませんでした。それを知っていたら……」

大場は呟くように口に出した。

「知っていたら？」

「いいえ。何でもありません」

大場はあわてて言った。知っていたら、右田と対決してでも千春を奪ったかもしれない。果たして、当時の自分にそんな勇気があったかどうか、わからない。しかし、自分の思いを千春に伝えただろう。ふと気づくと、千春が厳しい表情になって虚空を睨みつけていた。やがて、彼女が大場に顔を向けた。

「あの子はほんとうに三人の女性を殺しているのですか」

彼女は恐ろしい形相《ぎょうそう》できいた。大場は返事を躊躇った。

「もうそのことは忘れてください。やはり私はあなたを訪ねるべきではなかった。申し訳ない。今日のことは忘れて、あなたはご自分のために新しい人生を歩んでください。過去に引きずられてはいけません」

「知りたいのです。今後も殺人を犯す可能性があるのですね」

彼女の強い眼差しを受けて、大場は拒絶出来ないと思った。

「おそらく、捕まるまで殺人を繰り返すはずです。でも、もう彼がそれを成功させることは難しいと思います。警察の厳しい目が彼に向いているのですから」

遠くを見据えたような目が何か迷っているように思え、大場は彼女の気が変わるのではないかと考えた。もし、そうだとしたら、それをたしなめるつもりだった。自分でも不思議だったが、彼女の生活を壊してはいけないという思いのほうが強まったのだ。彼女が右田を愛して結婚したのではないことを知ったからか。

「千春さん。もう、そのことは考えないことです。今の生活を大切にしてください」

「会ってもいいです。敏勝に」

千春は厳しい表情で言った。

「もういいんです、そのことは」

「だって、敏勝は私への怨みからあんな真似をしているのでしょう。だったら、私が会わない限り、敏勝の気持ちは変わらない。大場さんはそう言ったでしょう」

「あなたに会ったとしても、彼の気持ちに変化があるかわかりません」

「あるかもしれないわ。だから、あなたは私をあの子に会わせようとしたのでしょう」

「彼に普通の人間が持つ感情なり気持ちなりを期待すると裏切られると思います。いいですか。敏勝は自分の父親を殺している可能性が高いんです」

「私も危険だということですね」

「その可能性もあります」

千春の表情が強張った。

「あなたの現在を知れば、あなたを破滅に導こうとするかもしれません。千春さん。忘れてください。私があなたに会いに来たのが間違っていました。あなたを巻き込んではいけないと、今悟りました」

三人の女性を殺してきた敏勝は、心の中で母親を殺しているのだ。だとすれば、実の母親に会っただけで彼の暗い怨念《おんねん》のようなものが収まるとは思えない。彼の目的は母親を抹殺することだ。そうすることでしか、彼は自分を解放出来ないのではないか。

「いえ、会います。敏勝のためでもなく、私のためでもありません。あなたのために」

「私のために？」

大場は真意を探るように彼女の目を見つめた。樹木を透かした陽光がきらめいている。その光の破片が彼女の顔に当たっている。彼女の目は何かを訴えかけていた。千春の目の光が何を意味し、何を訴えかけているのか。さっきあなたのためにと言った千春の言葉は何を意味しているのか。彼女が久美子のことを知るはずもない。だとすれば、その言葉が文字どおり、大場のために敏勝に会うということになる。なぜ、彼女はそんなことを言うのだろうか。まさか、本能的に大場と敏勝の抜き差しならない関係を想像し得たのだろうか。苦しくなって、大場は思わず目を逸らした。が、急に切ない気持ちになり、それから逃げるように、敏勝のことに話題を戻そうとした。だが、千春はまださっきの厳しい目で大場を見つめていた。動揺が走った。千春は俺のことを……。まさか、と思いつつ、大場は彼女の熱い眼差しを見つめ返した。

「あのとき、私がプロポーズをしていたら、あなたは」

言わずもがなのことだと思いつつ、大場はつい口走った。千春は大きく頷いた。今、はじめてわかった。千春が夫と子どもを残して蒸発したのは、ほんとうは大場の前から姿を消したかったからに違いない。右田の妻として大場と付き合っていくことに耐えられなかったのだ。

「千春さん」

大場は感情が激してきた。

「敏勝に会ってください。あなたのことは必ず私が守ります」

そういう使命感のようなものが生まれ、大場は悲壮な決意で千春に告げたのだった。

2

控訴期限の二週間が過ぎ、右田敏勝の無罪が確定した。検察側が控訴を断念したのは当然の成り行きだ、と万城目は思いながら、かほるのマンションのインターホンを押した。

ドアを開けたかほるは久し振りに現れた万城目に一瞬迷惑そうな表情をしたが、仕方無さそうに部屋に招じた。かほるは化粧を済ませ、外出する間際のようだった。

「忘れ物を取りに来ただけだ。すぐ引き上げる」

そう言うと、かほるはほっとしたように表情を和らげた。

「店に出るには時間が早い。デートか」

「あなたに関係ないわ」

冷たい言い方だった。先日、別れを切り出した万城目に最初は驚いたようだったが、すぐにかほるは何の痛みも感じていないことがわかる表情になった。すでに他の男に心が向かった女は氷の衣装を纏《まと》った赤の他人でしかなかった。傍にいるだけで、こちらの心まで凍りつきそうになる。

「これよ」

万城目は置き忘れていた下着の入った紙袋をかほるから受け取った。下着が無造作に突っ込んであることにも、その紙袋の端が破れかかったものだということにも、かほるの世知辛いだけでなくがさつな性格も表れている。こんな女のために、自分が思い悩んだのかと思うと、今さらながらに腹立たしいが、彼女のいきいきとした肉体に未練を捨てきれない自分が情け無くもあった。

「あの男とはうまくいきそうか」

「あの男？」

「四十前後の会社社長と称している男だよ」

「なんだ、知っていたの。なら隠す必要ないわね。いい感じよ」

かほるは悪びれずに答えた。

「その男は本気で君との結婚を考えているのか」

「本気よ。すべての面で私を満足させてくれるわ」

性的不能に陥った万城目を蔑《さげす》んでいるかほるに、濁流のように怒りが湧き起こった。思わず怒鳴りつけたくなるのを抑えたのは、そうすれば自分が惨めになるだけだと思い直したからだ。

「愛情なんて必ず壊れるものだ」

「そうかもしれないわね。でも、そうしたら、また次の男を見つけるわ」

「そんな生き方をしていたら、年取って後悔する」

「へえ。あなたからそんな言葉を聞くとは思わなかったわ」

「幸せになるんだ」

「ありがとう。また何かトラブルに巻き込まれたら、相談に乗ってね」

珍しく、かほるは神妙になった。ほんとうは別れたくないんだ。万城目は心の底で思った。だが、万城目は女に取りすがることが出来なかった。それをしたからってどうなるものでもないことは、自分がかつて何度も女に取りすがられた経験からもわかる。心変わりした者を取り戻すことは不可能だ。仮に、その場を情に訴えて翻意させたとしても、やがてまた同じことが起きる。それより、嫉妬と猜疑心《さいぎしん》に苛《さいな》まれたこの半年間の苦痛から解放されることを喜ぶほうがいい。万城目はそう思った。だが、別れただけではそのことから解放されない。かほるの存在そのものがなくならない限りは……。ふと心に波風が立ったようにあわてたのは、自分の心の暗い闇の正体を見つけたせいだ。それで、なんとなく彼女が哀れになった。

「実家には帰らないのか」

「兄貴の嫁さんがうるさいのよ。水商売をしている女なんか人間じゃないって思っているんじゃないかしら」

「だったら水商売をやめて実家に帰ったらどうだね」

「今の生き方が私の性に合っているのよ。ねえ、悪いけど、もう出掛ける時間なの」

「そうだったな」

もっと話していたい気分だったのは、かほるに死の影が迫っている予感のせいか。右田がかほるを殺害するという確証はない。

しかし、右田は実行しそうな気がするのだ。今の右田にとってもっとも近くて信頼出来る人間といったら万城目だけだ。その万城目を裏切っている女のことを知って、彼が黙っていられるだろうか。そのことが、自分を捨てた母親の行為と重なるのではないか。だとしたら、たとえ違ったタイプだったとしても殺意が芽生える可能性があるのではないか。

万城目はやっと気づいた。右田を恐れたのは、かほるに対する殺意が自分の心の奥で徐々に育っていくことへの怯えだったのだ。右田を唆《そそのか》してかほるを殺す。今、ようやく自分の心が明確になった。いや、そのように万城目が仕向けてきたのだ。もちろん、可能性への期待だ。果たしてそのとおりに右田が動くかというと、その確信もない。その一方で、右田は必ず事を起こすという予感がするのだ。

「もう二度と会うことはないだろう」

その言葉をことさら強調したが、深い意味が彼女に伝わるはずもない。万城目は膨らんだ紙袋を提げて、部屋を出た。

マンションを出てから、立ち止まって部屋を見上げた。これでこのマンションにやってくることもないのだと思うと、感傷的な気分になった。うまくいっていた頃のことが頭を過ぎった。なぜ、こんなことになったのか。あまりに事態が急変したように思えてならない。すべての元凶は右田敏勝の弁護人を引き受けたことにある。あの男と会ってから自分の精神も何かが狂い出したのだ。

そんなことを考えていたら、後ろから突然肩を叩かれた。驚いて顔を向けると、右田がにやにや笑っていた。万城目は突然の右田の出現にしばし言葉を失った。

「先生、どうしたんです、その荷物」

「おまえには関係ない」

やっと口に出し、万城目は歩き出した。右田の性格からして、素直に答えないほうが効果的だということはわかっていた。だから突《つ》っ慳貪《けんどん》な態度を取った。それだけではない。かほるが殺された場合、容疑は右田に向かい、自分も警察の事情聴取を受けるだろう。そのとき、殺人教唆《きようさ》の疑いを持たれてはならないし、また右田の口からそのようなことを漏らされても困る。

「あの女と別れたんですか」

万城目はあえて返事をしなかった。下着を入れた紙袋を持った情け無い恰好を見れば、一目瞭然《いちもくりょうぜん》だ。

そのとき、マンションの玄関からかほるが小走りに出てきた。こっちには気づかず、まっすぐ表通りに向かった。タクシーを拾うのだろう。かほるの背中を見送りながら、右田が呟くように言った。

「弁護士から実業家に乗り換えたんですか、あの女は」

万城目は探るように鈍く光っている右田の目を見た。思わず背筋に寒気が走った。血の臭いが発散している。そう思った。

「君は大場の娘をどうするつもりだ」

大場の娘にかこつけたが、実際はかほるをどうするつもりだときききたかったのだ。

「別に」

右田は口許を歪めた。

「そろそろ、おやじさんを出してやれ」

右田は素直に答えた。

「心配しないでいいですよ。おやじとおふくろをいっしょにしてやりますから」

「どういうことだ?」

万城目が聞き咎めた。

「なんでもありません」

右田はにやにや笑った。

「待て。君はおふくろさんに会ったのか」

不気味な笑みを見せて、右田はかほるのあとを追うように立ち去っていった。右田と別れたあと、まるで精気をすべて奪い取られたかのように、全身に脱力感を覚えた。

万城目は電車を乗り継いで事務所に戻った。事務員はちらっと顔を上げただけで、すぐ女性雑誌に目を落とした。最近は仕事の依頼もめっきり減っていた。

右田敏勝と出会ってから、常に胸の中で何かが騒いでいる感じだった。あの男は、不安とか恐怖とかいらだちのようなものを万城目に吹きかけたような気もする。それからだ、俺の何かが狂い出したのは、と万城目はまたも頭を抱えた。あの男の妖気に支配されている自分を意識するのだ。

いや、それは言い訳かもしれない。自分の中に巣くっていた魔物がたまたま頭をもたげてきたというべきだろう。それとも、長い弁護士生活で法の裏を行く人間を弁護してきたつけのようなものが今、出てきたのか。いずれにしろ、あの男は俺の心の奥にひそんでいた何かを抉り出したことは間違いない。あの男に会ったときから感じていた不安感の正体は、まさしくこれだったのだ。

「先生、先生」

気がつくと、事務員が目の前に立っていた。

「さっきから電話が入っているんですよ」

はっと気がつき、急いで受話器を握った。探偵社の沖野からだった。

「警察にいる知り合いから聞いたんですが、大場が辞職願を出したそうです」

「辞職願？」

「たぶん、ロケットの件が問題になったのでしょう」

「大場もか」

万城目はぽつりと呟いた。

「えっ、何です？」

「いや、何でもない」

「それから、捜査本部は柏田進一に目をつけはじめたようです」

「そうか」

「それより、あの男をどうするつもりですか」

「右田か」

「あの男と早く縁を切ったほうがいい。そうじゃないと、先生のためにならないような気がします。大場が偽証までして右田を閉じ込めておこうとしたことが理解出来ますよ」

沖野は職業柄から来る嗅覚で、本能的に右田から何かを感じ取っているのだ。

「わかっている」

受話器を置いたあと、もう一度大場が辞職願を出したことを考えた。裁判がはじまる前から、彼は警察を辞める覚悟を固めていたに違いない。大場も俺と同じように右田に人生を狂わされたひとりかもしれない。

万城目は目を閉じた。すると、かほるのしなやかな肢体《したい》と瑞々しい肌が甦ってきて息苦しくなった。その裸身を他の男に曝していると思っただけで、頭に割れるような痛みが走る。女に嫉妬をする、猜疑心を抱く、そういう感情は自分にないものと思っていただけに、それをかほるに対して抱いたときには意外であり驚愕であった。そういう感情を引き出したのがかほるの存在だが、さらに驚くべきことはその解決法だった。それを抉り出したのは紛れもなく右田だ。

自分はなぜすんなりかほると別れたのか。怪しい影が実体になるように、その正体が見えてきた。

事務員はとうに帰り、万城目ひとりだった。さっきからの激しい胸騒ぎはかほるのことだ。落ち着かなくなって、事務所を出た。

途中、東銀座《ひがしぎんざ》で都営浅草線に乗り換え、京成立石に向かった。右田に会うつもりだった。自分でも右田に会って何をしようというのかわからない。

京成立石に着いて乗客がどっと降りた。改札を出たところで腕時計を見た。午後十時になるところだった。線路沿いの道から神社の前に出て、右田のアパートへ急いだ。

駐車場の向こうに見えてきたアパートの二階に目をやって、万城目は息を詰めた。右田の部屋が暗かったのだ。布団に入る時間ではない。

アパートの階段を上がり、右田の部屋の前に立った。チャイムを鳴らしたが、やはり応答はなかった。留守と知って、立ち竦んだ。近くまで出掛けたのか。それとも外出先からそろそろ帰ってくる時間だろうか。まさか、かほるのマンションへ……。

いつまでもそこにいると住人から奇異に思われるので、アパートの外に出た。三十分待ったが、帰ってくる気配がない。街灯の明かりで腕時計を見ると、十一時近くになる。

かほるの身が危険に曝される。心の奥で、それを願っていたにも拘わらず、万城目は取り乱した。すぐ目の前にあった公衆電話からかほるの勤め先に電話をかけた。

しばらく待たされてかほるが出た。喧騒が入ってきて声が聞き取りにくい。

「俺だ。万城目だ」

「えっ、どちらさま?」

「万城目だ」

「ああ、あなたなの。いったい何よ。今、忙しいの」

「今夜、マンションに帰るな。帰るなら彼氏についてきてもらえ。わかったか」

「えっ、なに？　よく聞こえないわ」

「マンションに帰るな」

「いい加減にしてよ」

電話が乱暴に切られた。未練から電話をかけたと思ったようだ。右田が今夜にでもかほるを襲うとは思えないが、なぜか胸騒ぎは消えない。その不安の根拠は何だろうかと、右田とのやり取りを思い出してみた。いつもと違ったのは、父親のことを言ったときだ。そうだ、右田はこう言った。おやじとおふくろをいっしょにしてやりますから、と。右田の口から母親のことが飛び出したのだ。右田は母親と再会したか、あるいは母親の居所を知ったのかもしれないと考えた。それが、あのような言葉になって出たとは考えられないか。だが、その意味は何か。すでに父親を殺しているに違いない右田のあの言葉は、母親をも殺すということではないのか。

万城目は駅に急いだ。かほるのマンションに向かうのだ。今なら間に合うかもしれない。

かほるがマンションに帰る前に着ける。万城目は心ばかりが急いていた。

3

約束の午後一時になった。暑さが心を燃えさせる。風もまったくない。じっとしていても汗が滲んでくる。土手の上から下町の家々の屋根が見下ろせる。その中で、幾つかの高層マンションが場違いなように突出している。上を走る首都高は相変わらず渋滞だ。

荒川にかかる四ツ木橋《よつぎばし》に車が疾走していく。大場は逆光の中をゆっくり近づいてくる影に目を凝らした。やがて、近づいてきた顔が右田敏勝だと識別出来た。

「ひとりか」

敏勝が周囲を窺いながらきいた。

「近くで待っている」

敏勝は顔をしかめた。

「敏勝。もう一度約束しろ。この前も言ったように、おまえの母親は今は再婚して幸せに暮らしている。会うのはこれきりだ。あとはそっとしておいてやれ」

「わかった」

敏勝は口許を歪めた。

「それからもう一つ。このあと、自首しろ。おまえの母親もそう願っている」

「よけいなことは言うな。さあ、早く連れていけ」

大場は敏勝を伴い、土手に出た。そして、すぐ石段を下りた。河川敷でも川風がねばつくような不快感を伴って吹きつける。

橋桁《はしげた》の陰から女が出てきたのを見て、敏勝が足を止めた。

「おまえのおふくろだ」

敏勝はじっと近づいてくる千春を見ていた。二十数年ぶりの再会だ。といっても、顔など記憶にないはずだ。敏勝の心にどんな思いが去来したのか、想像することは出来ない。自分を捨てた母親だ。大場はふたりが間近になるのを待ってから、

「右田敏勝くんです」

と、千春に告げた。千春は黙って敏勝を見つめるだけだった。敏勝もじっと母親を見据えている。

「このひととふたりきりにしてくれ」

敏勝の言葉に、大場はその場から離れた。風が背中を押すように吹いた。だが、いつでも飛び出していける体勢を整えるのを忘れてはいなかった。

敏勝と千春は橋の陰に移動していた。ふたりが何を話し合っているのかわからない。千春の困惑した表情が見える。陽射しが強いせいか、橋の影が濃く出来て、その中にふたりの表情が隠れた。敏勝は千春を責めているのだろうか。二十数年ぶりの母子の対面にして

は何の感動もない光景だった。

草むらのなかに青いビニールシートを被せた小屋が出来ている。ひとの姿が見え隠れする。ホームレスだろう。そこから視線を戻したとき、あっと声が出た。敏勝が引き上げていく。大場は夢中で敏勝のところへ走った。

「どうした？」

「話は済んだ」

「なに？　どういうことだ？」

右田が何も言わずにさっさと土手に向かった。大場は一瞬気が動転した。まさか人違いだったのではないか。そう思わせるほど、ふたりだけの時間が短か過ぎた。気を取り直して、千春の元に戻った。

「どうしたんですか」

思わず詰問調になった。

「いえ」

千春の返事も要領を得なかった。

「彼とどんな話をしたんですか」

「なんでもありません」

だが、いきなり彼女は地に膝をついて顔を両手で覆った。大場が呆気に取られて千春を見た。

「千春さん、何があったのですか」

あの短い時間で、何がこれほど千春に衝撃を与えたのだろうか。

「私に会えると思うと異常に興奮したんだと言っていました。それで」

千春の声が止まった。

「それで、それで何ですか」

「私の代わりに若い女性を殺してきたと言っていました」

「なんですって」

母親を驚かそうとする悪い冗談なのか。敏勝を目で追うと、すでにその姿は土手の上にあった。大場はもう一度千春に顔を戻し、

「千春さん、しっかりしてください。敏勝は冗談を言っているんじゃないんですか」

「冗談じゃありません」

「じゃあ、誰を殺したと言ったんですか」

「言いませんでした。ただ……」

「ただ、なんです？」

「もうひとり殺すと」

「なんですって」

千春の体は硬直してしまったかのように、身じろぎ一つしない。いったい誰を殺してきたのか。そして、新たに誰を狙うのか。その新たな人間こそ久美子ではないかと思った。改めて大場は敏勝の恐ろしさを思い知らされた。ひとり殺したというのはほんとうのことだろう。大場は取りあえず、千春を八広駅まで送り、それから署に電話をした。応対に出た係長に、殺人事件の有無を聞いたが該当する事件の報告はないということだった。敏勝が嘘をついたとは思われない。まだ、死体が発見されていないのだ。

大場は八広駅から京成立石に向かい、敏勝のマンションに急いだ。アパートに辿り着き、二階の敏勝の部屋に向かった。だが、敏勝は留守だった。あのままどこかへ行ってしまったらしい。落雷に遭ったような衝撃が襲いかかった。もうひとり殺すと言っていた。奴は久美子を狙っているのだ。

公衆電話に飛び込み、久美子の会社にかけた。交換から、久美子に代わった。

「俺だ」

「まあ、お父さん。どうしたの？」

「また、今夜、泊めてもらえないか」

「いいけど」

その言い方には、最近頻繁《ひんぱん》に泊まりにくることに何か不審を抱いているような感じがあった。

「今夜の予定は？」

「何もないわ」

「じゃあ、どこかで待ち合わせようか」

久美子を不安がらせないように注意を払いながら、大場は待ち合わせの約束をした。

しばらく敏勝の帰りを待ってから、夕方になって大場は待ち合わせ場所の新宿に向かった。ＪＲ新宿駅は帰宅の通勤客でごった返していた。京王《けいおう》線の改札前に着いたのは約束の時間よりだいぶ前だった。

若い女の姿も多い。この中に敏勝が紛れ込んでいるかもしれないと思うと、知らず知らずのうちに行き交うひとの顔を睨みつけていた。警察官という立場を忘れ、俺は娘を守るひとりの父親なのだという思いが大場には強かった。娘を守るためなら敏勝とも刺し違える覚悟が出来ている。

周囲に目を凝らし続けていたが、だんだん疲れてきた。滝の上から切れ目なく流れて落ちてくる水のように、たくさんのひとの流れは途切れることはなかった。見続けていると、この人波に呑み込まれそうな恐怖心が湧き起こってくる。大場は冷や汗をかいていた。

久美子がやってきたのは、さらに三十分あとだった。不思議なことに、群衆の中で離れているにも拘わらず、こっちに向かってくるのが久美子だとすぐわかった。それほど神経が研ぎ澄まされていたのか。久美子の背後に見える男の中に敏勝の姿はなかった。ようやく久美子が近づいてきた。小走りにやってくる姿は亡くなった妻にそっくりだ。

「ごめんなさい。帰りがけに仕事が入っちゃって」

「いや、それより俺の気儘《きまま》ですまない」

「そんなことはいいのよ。さあ、行きましょうか」

改札に入り、電車に乗り込んでも、大場は周囲に目を配った。この中のどこかに敏勝がいるような気がしてならない。

「どうかしたの？」

大場の態度を訝しく思ったのだろう、久美子が眉を寄せてきいた。大場はあわてて、

「なんでもないよ」

と、答えたが、久美子は不審げだった。幡ヶ谷で降り、マンションまで歩く間も、大場は常に背後に注意を払った。尾けられていると思うのは考え過ぎか。しかし敏勝は、大場が護衛しているからといって久美子襲撃を諦めるような男ではないはずだ。

マンションに着いた。エレベーターで四階に上がる。外廊下の片側に部屋が並んでいる。そのまん中辺りに久美子の部屋があった。向かいには別のビルが立っている。

部屋に入るとすぐ、外廊下に面する窓を少し開け、外を眺めた。マンションの玄関に通じる路地が見通せる。怪しい影はなかった。続いて、南側にあるベランダに出た。そこか

らも不審な人影は見当たらなかった。部屋に戻り、大場はようやく気を緩めた。

風呂が沸いてから、久美子の勧めで先に入った。湯船に浸かりながら、ひとを殺したという敏勝の言葉を反芻《はんすう》した。嘘をついたとは思えない。どこかで殺人を犯したのに違いない。おそらく、それはまだ発見されていないのだ。しかし、殺人を犯したとしたら、なんという性急さだろうか。無罪が確定したとはいえ、釈放されてからまだ二週間強しか経っていない。その短い期間で、いったい誰を標的に選んだのか。さらに、久美子に触手を伸ばそうとしている。何か、敏勝は事を急いでいるようだ。なぜか。そこまで考えて、大場ははっとした。母親だ。母親との出会いが敏勝に焦りをもたらしたのではないか。

風呂から出ると、大場はまっすぐ窓辺に行き、外を見た。それからベランダにもまわる。その様子を、久美子が見ているのに気づいた。

夕飯を食べ終わったのは八時過ぎだった。湯飲みをテーブルに置いてから、久美子が改まった口調できいた。

「お父さん、いったい何があったの？」

「何が、とは？」

大場は惚けた。

「最近、うちによく泊まりに来るのはなぜ？　泊まってくれるのはうれしいけど、何か私に隠していることがあるみたいなのが気になるわ」

敏勝が襲いかかってくるかもしれないとは口に出来ない。久美子をいたずらに不安に陥れてはならないからであり、また告げたとしてもどうにもなるものでもない。仮に、別な場所に引っ越したとしても、敏勝は必ず追いかけてくるだろう。

「お父さん。なぜ、私に何も言ってくれないの？」

久美子に迫られ、大場は観念した。

「じつは警察を辞めようと思っているんだ」

「辞める？」

久美子が不思議そうに見た。およそ、大場らしくない言葉だったからだろう。やがて、久美子の目に深い驚きの色が浮かんだ。

「何があったの？」

「何もないさ。血なまぐさい事件を追うことに疲れたんだ。そろそろのんびりしたいと思ってね」

久美子がそれ以上追及してくるのを避けるために、大場は話題を強引に変えた。

「なあ、久美子。新谷をどう思っているんだ？」

話が飛んだことで不満そうな顔になった久美子になおも言う。

「新谷は久美子のことを憎からず思っているようだ」

「お父さんは刑事の嫁にはさせたくなかったんじゃないの」

苦笑してから、久美子が答えた。

「ああ。今でも反対だ。だが、新谷なら……」

「お父さんは新谷さんが可愛いのね。それより、お父さんこそ再婚したら」

「何を言うんだ」

逆襲に遭い、大場が戸惑った。

「もうお母さんだって許してくれるわよ。私が結婚してしまったら、お父さんはほんとうにひとりぽっちになってしまうわ。警察を辞めて、再婚してのんびり暮らして欲しいわ」

「俺はひとりでいい」

「そんなことないわ。お父さんだって誰か好きなひとぐらいいるんでしょう。まさか、昔のひとを忘れられないなんて」

「昔のひと？」

「お母さんが言っていたわ。お父さんには好きなひとがいたんだって」

「ばかな」

大場はあわてたが、驚愕もした。妻は千春への思いに気づいていたのだろうか。そんなはずはない。自分の心を妻が知っていたわけはないはずだ。いや、気づいていたのだろうか。抑えても抑えきれないものが出ていたのだろうか。千春のことが苦い思いで甦ってくる。右田から逃げた千春を見つけ、説得したのも、せめて彼女を自分の目の届く範囲に置いておきたいという気持ちがあったためかもしれない。

突然、静寂が破られた。電話が鳴ったのだ。久美子が立ち上がった。敏勝ではないか、と一瞬緊張した。話し声ははっきり聞こえない。すぐ受話器を置いて、久美子は戻ってきた。誰からかきこうとする前に、久美子が言った。

「お父さん。ほんとうに再婚を考えてみて。お父さんだってまだ若いんだから」

「おまえが結婚してからだ」

しばらくして、廊下を行き来する足音が聞こえ、大場は耳を凝らした。急いで、ドアの内側に立った。敏勝かもしれない。足音が去っていく。そっとドアを開けた。エレベーターホールに人影が消えた。大場は走った。

エレベーターの前に辿り着くと、ちょうどエレベーターが下りていったところだった。追いかけて確認しようとしたが、部屋を留守にする危険性を考えた。裏をかいて、敏勝がその隙に部屋に侵入しないとも限らない。

大場は部屋に戻った。久美子が硬い表情で待っていた。

「ちょっと怪しい気配がしたと思ったんだ」

大場は言い訳をしたが、久美子の表情が気になった。

「どうした？」

「たぶん、私の知っているひとだと思うの」

「どういうことだ？」

「付き合っていたひとなの」

「同じ会社の人間か」

「いえ。得意先」

やはりそういう相手がいたのだという衝撃に襲われたが、悲しげな表情の久美子を見て胸が痛んだ。

「彼に婚約者がいたの」

「何だと」

久美子は泣き顔になった。

「それを知ったのは最近なの。私と付き合っていることを知った婚約者の女性が私に会いに来たわ。彼と別れてくれって。そして、その夜、自殺未遂をしたの。幸い命に別状はなかったけど……」

久美子は嗚咽を堪え、

「だから、彼と別れることにしたの。もう会わないって。でも、彼は最近、いつもこの時間になると部屋の前までやってくるの」

「さっきの電話もその男からか」

「そうよ」

「その男が好きなのか」

久美子は頷いて俯いた。

「でも、別れる決心をしたわ。もう二度と、会わないって」

何か言おうとしたが、うまい言葉が見つからなかった。男は久美子を選ぼうとしているのだろうが、そんな男は信用出来ないと思った。久美子の選択は賢明だと思うが、そのぶん久美子は苦しんでいるのだ。

だが、それは時が解決してくれる。ふと、切ない思いが押し寄せてきた。自分が積極的に出ていたら、千春はどうなっていたのだろうか。何度か、愛の告白をしそうになったことを覚えている。それを押し止《とど》めたのは右田の存在だ。友人の恋人を奪うことは出来ないという思いだ。

「いいのか」

久美子に返事はなかった。大場はドアを開け、廊下に出た。そして、エレベーターで階下に行った。エントランス前に、男が立っているのがわかった。声をかけようとする前に、とぼとぼと引き上げていった。あえて追おうとしなかった。

大場は部屋に戻った。

「帰っていったよ」

「もういいの」

顔を洗ったのかさっぱりした表情で、久美子が答えた。

「ごめんなさい。新谷さんはとてもいいひとだけど、まだ私にはそんなこと考える余裕はないの」

「わかっている。気にするな」

大場が答えたとき、電話が鳴った。また、さっきの男からかもしれないと思っていると、久美子が大場を呼んだ。

「お父さん、新谷さんから」

「新谷が？」

なぜここまで電話を寄越したのか。新谷の話題を出しているときの偶然を驚くより、不安が押し寄せた。

受話器を耳にあてがい、もしもしと応じると、新谷の暗い声が聞こえた。

「すみません。ちょっと躊躇ったのですが」

「何かあったのか」

「西荻南のマンションで、奥山かほるという二十七歳のホステスが殺されました。仰向けで合掌させられていました」

大場は声が出なかった。

新谷の話だと、死亡推定時刻はきょうの午前一時過ぎから二時。昨夜、十一時に六本木の店を出てから客と食事をし、タクシーで送ってもらった。待ち伏せしていた犯人に室内に押し入られたらしい。

遺体が合掌させられていたことで、すぐに三署の捜査本部にも連絡が行った。葛飾中央署の捜査本部からも捜査員が現場に行き、同一犯の可能性が大であるという見方をした。

「右田の犯行に間違いないか」

「おそらく。ただ、やはり証拠はありません」

「犯行が午前一時過ぎだというのは間違いないのか」

「はい。かほるの恋人が午前二時に電話をかけているのですが、出なかったそうです」

きょうの昼間、敏勝と会った。すると、その半日前に敏勝は殺人を犯していたことになる。何という奴だと、大場は今さらながらに歯ぎしりをするほどの怒りが込み上げた。

「今、君はどこにいるんだ?」

「現場です。これから右田のアパートに行ってみようと思います」

すぐ飛んでいきたかったが、もう捜査本部員でもなく、ましてや辞職願を提出した身なのだ。それより、右田がここにやってこないとも限らない。

「明日、また連絡します」

そう言って、新谷は電話を切った。

「何かあったの?」

久美子が不安の色を浮かべてきいた。

「仕事のことで、新谷がアドバイスを求めてきたんだ。さあ、そろそろ休もうか」

大場が窓辺に寄り、外を見た。人通りの途絶えた路地に、電柱の影だけが伸びていた。

4

翌朝、出勤する久美子といっしょにマンションを出た。京王線で新宿に出て、そこで久美子と別れ、大場は山手線に乗り、日暮里で京成線に乗り換え、京成立石に向かった。

京成立石に着くと、大場は駆け足で敏勝のアパートまでやってきた。そこで、新谷と会った。大場の顔を見つけて、近づいてきた新谷は、

「奴はゆうべから帰っていません。令状が取れたら踏み込んでみるつもりです」

と、興奮した声で言った。大場は敏勝の部屋を睨みながら不思議に思った。なぜ、彼が奥山かほるを殺害したのか。それも、この時期に。

「令状なんかあとでいい。今、開けてもらおう」

一瞬迷ったようだったが、新谷がすぐに飛んでいき、管理人を連れてきた。

「火急のことです。お願いします」

おろおろしている管理人に鍵を開けてもらい、中に踏み込んだ。六畳と四畳半の部屋

だ。台所にはカップラーメンの容器が散乱していた。温もりのない室内だった。光石まりな殺しの容疑での逮捕時に家宅捜索で捜査員が侵入しているが、当時とまったく変わっていない。もう敏勝がこの部屋に戻ってくることはない。根拠はないが、そんな気がした。

「奥山かほるは万城目弁護士と親しくしていた女性のようです」

新谷が囁いた。

「なに、万城目と？」

「ええ。発見者の男がそう言っていました。今朝、万城目弁護士を高井戸南署に呼んで事情をきくことになっているはずです」

「何かわかったら連絡をくれないか」

ひとりになって考えたかったので、そう言った。新谷と別れ、大場は四つ木のマンションに引き上げた。部屋に入り、畳《たたみ》の上にそのまま仰向けになった。目は爛々《らんらん》と輝き、天井を睨みつける。

被害者が万城目弁護士と関わりがあったと聞いて、敏勝が短い期間で獲物を物色した事情が理解出来た。だが、それでも敏勝の性急さがわからない。母親との再会を前にして、なぜ殺人を犯したのか。

それより、敏勝は母親と会って何を感じたのだろうか。すぐ踵を返した敏勝は何を思ったのか。自分の抱いていた母親のイメージが覆《くつがえ》された戸惑いがあったのか。二十数年もの歳月を隔《へだ》てているのだ。そのことを、敏勝は考えなかったのか。

それにしても解《げ》せないのは、千春の態度だ。敏勝とどんな話をしたのか、殺人に関すること以外教えてくれようとしなかった。

大場の関心はこのあとの敏勝の行動だ。千春に「もうひとり殺す」と言っていた。久美子を狙うに違いない。なぜなら、敏勝は俺への復讐に燃えているはずなのだと、大場は思った。

その日の午後、電話が鳴った。新谷からかと思って受話器を耳にあてがうと、別な男の声だった。大場は耳を疑った。

「敏勝か」

くぐもった笑い声が聞こえた。

「探したぜ。まさか、自宅に閉じ籠もっていたとは驚きだ」

「奥山かほるをやったのはおまえか。なぜ、殺した?」

「さあ、何のことかわからないな」

「貴様。おまえは母親と会って何も感じなかったのか。自分のやっていることに後ろめたさを感じなかったのか。なぜ、母親と再会する前に、その手を血で汚すことが出来たのだ」

大場は捲くし立てた。

「あれはおふくろじゃない」

感情の伴わない声だ。

「正真正銘、貴様の母親だ。何の感慨もないのか」

「ないね」

「それより、おやじさんはどこにいる。教える約束だ」

「わかっている。だから、電話を入れたんじゃないか」

「なに。ほんとうか？」

敏勝の言葉をどこまで信じていいのか。

「どこだ？」

「奥谷村だよ。詳しい場所は万城目弁護士に伝えてある」

「万城目弁護士に？」

「そうだ」

「なぜ、弁護士にそんなことを教えるんだ」

敏勝は答えなかった。

「今、どこにいるんだ」

「上野だ」

「上野？」

「これから奥谷村に行く。さっき言ったように、場所は万城目弁護士が知っている」

「待て」

敏勝が乱暴に電話を切った。ほんとうに奥谷村に向かうのか。何のために行くのか。その言葉がどこまで真実かわからない。だが、手を拱いているわけにはいかなかった。

大場は電話帳を引っ張り出し、万城目弁護士の事務所の電話番号を探した。そして、電話をかけた。事務員が出た。

「大場といいます。先生はいらっしゃいますか」

しばらくして、男の声に代わった。警察から戻ってきたばかりのようだ。

「葛飾中央署の大場です。ちょっとお会いしたいのですが」

「いいでしょう」

一呼吸間があってから、万城目が答えた。理由をきかなかったのは、大場の用件に心当たりがあるからだ。

「これから事務所まで行きます」

電話を切って、大場は部屋を飛び出した。四ツ木駅から京成線に乗り、押上で都営浅草線に乗り継ぎ、東銀座《ひがしぎんざ》に着いて営団地下鉄日比谷線に乗り換え、六本木に出た。万城目の事務所は乃木坂に近い。そこまで足早に歩いた。梅雨明けを思わすような、ぎらつく太陽がアスファルトに照りつけている。

万城目弁護士の事務所はすぐわかった。古いビルの二階で、案外に広い部屋だった。事務員に案内されて執務室に入った。法廷で対決して以来の再会となるが、机の前から立ち上がった万城目の印象はだいぶ違っていた。ジーンズ姿に疲れが目立つ。来客用の椅子に座り、大場はすぐ切り出した。

「さっき、右田敏勝から電話がありました」

万城目の眉が少し動いた。

「殺された奥山かほると、あなたは親しかったそうですね。奥山かほるを殺したのは右田敏勝に間違いない。あなたが奴を無罪にしたから、こんなことになったのですよ」

万城目に対する反感から、大場は責めるように言う。殺人鬼を娑婆に連れ戻した張本人なのだ。

「そうかもしれない」

万城目が素直に答えたので、大場は意外に思うと同時に、万城目に精気が見られないことに気づいた。

「私の心の中に、あの男が奥山かほるを殺すかもしれないという期待があった」

万城目の目は遠くにあった。まったく別人だ。いったい、この男はどうしたというのだろうか。

「万城目さん。あなたはご自分で何を言っているのかわかっているのですか」

「わかっている。人間の心には奥底にひそむものがある。それをあの男が引き出した。あの男は私自身の、そしてあなたの心の中にも棲息する魔物そのものなんだ」

　万城目の目が光った。大場は思わずうろたえた。

「あなたも心の中にあった魔物を引き出されたんだ。だから、警察官を辞めることになった。私やあなたの中に、あの男が棲みついているんだ」

　万城目の言葉が胸に突き刺さった。あの男に出会ってから何かが狂い出したと自分でも思っている。

「奥山かほるを殺したのは私だ。心の奥底に蠢《うごめ》くものが右田を使って殺させたのだ。こんなことは警察に話しても理解してもらえないだろう」

「いや、右田敏勝はひとのために何かをするような男じゃない。自分の身近にいる人間の大事なものを奪う。そこに快楽を覚えるんだ、奴は」

　あえてそういう言い方をして、自分が唆したという自責の念に駆られている万城目の心を慰《なぐさ》めてから、大場は改めてきいた。

「今、奴はどこにいるんですか」

「さあ」

「奥谷村に行くというようなことを言っていましたか」

「聞いていない」

「奥山かほるを殺したあと、あなたに連絡は?」

「ない」

「奴は父親を埋めた場所をあなたに話してあると言っていました。どこですか」

「鳥甲山の谷底に下りていく途中にある洞穴の中だと言っていた。探したが、見つからなかった」

「彼は殺人を認めたのですね」

「私に三人の女性と父親を殺したことを告白した」

「奴は何を考えているのだ」

大場はいらだちを抑えた。

「奴は妙なことを言っていたな」

万城目が思い出したように言う。

「妙なこと?」

「おやじとおふくろをいっしょにしてやると」

「いっしょに……」

「もしかしたら、母親を手にかけようとしているのかもしれない」

敏勝は母親まで手にかけようとしているのか。奥谷村に行くと、敏勝は言っていた。奴にはそこに行く格別な理由はないはずだ。あるとすれば、父親の死体を埋めてあるからということしかない。そして、そのことに関心を寄せる人間がいるとしたら、ひとりしかいない。まさか、と大場はつと立ち上がった。

「お電話をお借りします」

大場は手帳を広げ、千春の家に電話をかけた。誰も出ない。買い物か。大場はあわただしく挨拶もそこそこに万城目の事務所を飛び出した。通りに出てタクシーを拾い、四谷《よつや》に向かった。そこから、中央線の快速に乗った。

千春も奥谷村へ向かったのではないか。短い時間の中でその約束が出来たのだろうか。だが、彼女は何も言わなかった。口止めされたのか。無茶だ、と大場は思わず口走った。

扉付近にいた女子高生が顔を向けた。

武蔵小金井駅から千春の家まで駆けた。千春の家の二階の部屋に明かりが点いているのを見て、安堵のため息が漏れた。家にいるようだ。が、すぐに在宅しているのが千春かどうか、不安になった。大場は思い切って、玄関に向かった。

チャイムを鳴らした。出てきたのは、勝気そうな目をした高校生らしい娘だった。千春ではなかったことで不安が高じた。

「お母さんはいらっしゃいますか」

大場は逸る気持ちを抑えてきいた。

「出掛けていますけど、どんなご用でしょうか」

「警察の者です。何時頃、お帰りでしょうか」

少し躊躇ったが、大場は警察手帳を見せ、正直に身分を告げてからきいた。

「きょうは戻りません。明日の夕方です」

彼女は息を呑んでから答えた。

「明日？　どこに行ったのですか」

恐ろしい表情になっていたのか、彼女がちょっとあとずさりした。

「お友達に不幸があったから出掛けていったんです」

「どこだかわかりますか」

「いえ」

「何時ごろ、お出掛けに？」

「午後からだと思います」

「お父さんの会社はどちらですか」

大場は千春の亭主の会社の電話番号を聞き、駅前に戻ってから公衆電話を使った。家電メーカーの営業部長だ。幸いに、会社にいた。

「葛飾中央署の大場と申します。じつは、ある事件の参考のために奥さまの千春さんをお訪ねしたのですが、お留守のようでした。どちらに行かれたのか教えていただけませんか」

「警察？　ほんとうに警察なんですか」

「もしお疑いでしたら、そちらから葛飾中央署に電話をして確認してくださってても構いません」

「いや、いいでしょう。いったい、家内が何をしたというのです？」

落ち着き払った声だ。

「ある窃盗犯の盗品の中に、奥さんの品物と思われるものが混じっていたのです。それで確認していただきたいのです」

「そうですか。じつは家内は、昔世話になった方が亡くなって熱海まで出掛けました。帰ってくるのは明日の夕方になると思います」

「そのお宅はわかりますか」

「いえ、聞いていません」

熱海時代の知り合いに不幸があったというのは口実かもしれないし、ほんとうのことかもしれない。いずれとも判断がつかず、大場は虚しく電話を切った。

それから電車を乗り継いで、京成立石に着いた。もうすっかり夕暮れていた。改札を出て、敏勝のアパートに急いだ。アパートの前にいた所轄の人間にきいたが、敏勝は戻っていないらしい。きのうから、戻っていないことになる。やはり、敏勝と千春は示し合わせてどこかで落ち合うのかもしれない。いや、もう落ち合っていっしょに奥谷村に向かっているのかもしれない。

敏勝が奥谷村に千春を誘ったのは、父親を埋めてある場所で千春をも殺害しようとしているからなのか。

「おやじさん」

そこに、新谷がやってきた。

「右田の行方が掴めません。どうやら、高飛びした可能性も」

「いや、逃げたんじゃない。おそらく母親といっしょだ」

「母親？」

大場は新谷に事情を説明した。

「たぶん、奥谷村だ。母親は越後湯沢かどこかで今夜は宿泊するつもりかもしれない」

「おやじさん。すぐ手配をします」

そう言って、新谷は署に戻った。現地の警察に捜索を依頼するのだ。大場はいったんマンションに帰り、これから奥谷村に向かおうと思った。

敏勝は母親を殺すつもりだろう。だが、千春も敏勝と刺し違える覚悟をしているのではないか。だから、やすやすと敏勝の誘いに乗ったのではないだろうか。自分が生んだ悪魔を自らの手で始末するために。

大場はマンションに帰り着き、旅行鞄に荷物を詰めた。もし、今日中に千春が敏勝と会う約束をしていたらどうなるか。敏勝から電話があったのは昼の一時過ぎだった。上野だという言葉がほんとうだとしたら、もうとっくに現地に着いているはずだ。千春が危ない。気ばかり焦った。

荷物を持って部屋を出た。今夜は老芝村の実家に泊めてもらう。場合によっては、鳥甲山の周辺にある温泉旅館まで足を伸ばすつもりだった。四ツ木駅から青砥駅に戻って京成上野行きの特急に乗り換えた。なかなか暮れなかった日も落ち、夜の帳が下りはじめていた。荒川、続いて隅田川を越えた。その川の暗がりを見て、なぜか大場は心に引っかかるものを感じたが、その正体は摑めなかった。京成上野に着いて地下道をＪＲの駅まで急いだ。

上野駅の正面玄関に出て、上越新幹線の時刻表を確かめようとしたとき、大場は突然炎の中に顔を突っ込んだように熱くなった。さっき心に引っかかったものの正体がわかった。罠《わな》だ。これは、俺を久美子から引き離す罠ではないか。その可能性を考えたとき、大場は混乱した。

わからない。罠か、罠ではないのか。もし、罠でなければ千春が危ない。しかし、罠だとしたら久美子が……。立ち竦んでいる大場に若い女がぶつかった。敏勝は千春を殺すつもりだろう。だが、千春の殺害は敏勝が一連の殺害事件を終えるときのような気がする。だとすれば、その前に久美子を狙うのではないか。

大場は公衆電話を探し、久美子の会社に電話をかけた。しかし、ちょっと前に久美子は会社を出たということだった。大場は引き返すことにした。敏勝は俺を許さないはずだ。そして俺に復讐する一番の方法は久美子を殺すことだ。久美子をどこかに移すか。しかし、いたずらに不安を煽っていいものか。

大場は悲壮な決意を固めて、上野から新宿に向かった。腕時計を見た。六時をまわった。久美子はまっすぐマンションに向かうだろうか。途中、用を足してくるのか。歯痒《はがゆ》いほど電車の速度が遅く感じられた。幾つもの駅に停まり、そのたびに発車するまでの時間がとてつもなく長く感じられた。頭の中は敏勝のことで埋まっている。帰宅途中を襲うとは思えなかった。敏勝が実行に移すとしたら、やはりマンションだろう。マンションの構造を思い浮かべ、大場は敏勝がどこで久美子を狙うか考えた。久美子の部屋は四階だ。ベランダから侵入するのは無理だ。いや、隣の部屋はどうだ。隣室のベランダから移ってくることは可能だろうか。だが、久美子の両隣の部屋はひとが住んでいただろうか。両隣とは限らない。同じ階の部屋ならベランダをいくつか越えて久美子の部屋に移ってこられるかもしれない。さらにいえば、上の階だ。上階の部屋のベランダからロープを垂らして伝わって下りる。妄想が際限なく広がった。

いずれにしろ、敏勝は会社から久美子を尾けてくるとみて間違いない。やっと新宿に到着し、雑踏の中を京王線の乗り場まで急いだ。その頃には大場の緊張感は極みに達していて、幡ヶ谷の駅からどうやってマンションまでやってきたのか意識にないほど、敏勝のことばかり考えていた。

マンションを見上げ、久美子の部屋を見たが明かりは灯っていない。まだ帰宅していないようだ。大場は裏通りにまわり、ベランダを見た。人間がベランダを移れるものか、下から見た限りではそれが可能かどうかわからない。

大場はマンションに入り、四階に上がった。エレベーターを降り、廊下を一番奥まで歩いた。どの部屋にも表札がかかっていた。空き部屋がないことを確認したあと、階段で五階に上がった。ここでも同じようにすべての部屋を見たが、どの部屋にも表札が出ていた。それでも不安が解消されたわけではない。留守の部屋があるかもしれない。そこから忍び込み、久美子の部屋に侵入することも考えた。だが、これ以上、調べることは無理だ。

四階に戻り、合鍵を使って久美子の部屋に入った。音を立てぬよう内側から鍵をかけたあと、部屋の明かりも点けずに、大場は室内を押入れや洋服ダンス、そして浴室からトイレまですべて点検した。留守中の部屋に、敏勝が忍び込んでいる可能性を考えたのだ。それからベランダに出た。鉢植えはあるが、敏勝がひそむような場所はない。

大場はベランダから外を眺めた。怪しい人影はない。それから、隣の部屋のベランダとの境を見た。壁が突き出ていて、隣のベランダに飛び移ることはほとんど不可能に近いと思った。次に上を見た。五階のベランダからロープを垂らしてここに侵入することは可能なようだ。とすると、問題は上の階だ。

大場は部屋を出て、再び五階に上がった。ちょうど久美子の上の部屋にやってきて、表札にちらっと目をやってから思い切ってチャイムを鳴らした。しばらくして、ドアが開き、初老の婦人が出てきた。

「すみません。こちらに、右田敏勝さんはいらっしゃいますか」

「右田？　部屋をお間違えじゃないかしら」

品のいい顔だちの婦人は静かに言った。中から、女の声がする。違う、と大場は思った。

「失礼しました」

大場は引き上げた。四階に戻り、明かりを点けずに、大場はもう一度部屋を検証した。隣のベランダからの侵入も、上の階のベランダから下りてくるのも不可能とみていい。こうなると、敏勝の侵入口は玄関のドアしかない。あの男に針金一本でドアの鍵を開ける才能があるとも思えないが、何らかの手段でこの部屋の合鍵を作っているかもしれない。

だが、果たして、ほんとうに敏勝は久美子を狙うだろうか。暑くなり息苦しくなってきた。蒸し風呂《むぶろ》にいるような暑さに、少し窓を開けた。生暖かい風が吹き込むだけだが、それでも幾分暑さ凌《しの》ぎにはなった。敏勝に気取《けど》られてはいけないので、クーラーもつけないでいたのだ。

もし、自分の予感が外れていた場合、千春はすでに奥谷村で敏勝と会っている可能性もある。そして、悲劇が起こるかもしれない。果たして、敏勝がどっちに現れるか。

外から入り込む明かりで腕時計を見た。九時をまわったばかりだ。まだ久美子が帰ってくる気配はない。やはり、どこかに寄っているのだ。夕飯を摂っていないが空腹感はなかった。

ときたま、大場は窓から下を覗いた。街灯の明かりが路上を照らしている。突然、電話が鳴った。大場は迷った。が、そのまま鳴るに任せた。すぐ、留守番電話の応答メッセージに代わった。例の男からか、あるいは久美子の友人からか。まさか、新谷からではないか。新谷からだとすると、奥谷村で何か動きがあったという報告かもしれない。そう思うと、我慢出来なくなって電話口に急いだ。だが、受話器を摑んだとき、電話は切れていた。相手はメッセージを吹き込むことなく電話を切ったのだ。

その瞬間、敏勝ではないか、と思った。久美子の在宅を確認するための電話だったことに違いないような気がしてきた。いや、敏勝は久美子を尾けているはずだ。やはり、新谷か。

大場は受話器を摑み、葛飾中央署に電話をかけた。新谷がいた。

「大場だ」

「今、久美子の部屋に電話をしたか」

「あっ、おやじさん」

「ええ、しました」

やはり新谷だった。たちまち、不安が押し寄せた。

「何かあったのか」

「いえ。越後湯沢のホテルや奥谷村、それから周辺の温泉地の旅館に照会してもらったんですが、該当の女性は宿泊していないようです。もちろん、右田敏勝らしい宿泊客もいませんでした」

すべてのホテルに当たったのだろうか。千春はどこに宿泊しているのか。電話を切って窓辺に戻ったあとも、そのことを考え続けた。ひょっとして、飯山線沿線のどこかの駅前の旅館に泊まったのかもしれない。そうだ。敏勝は久美子を殺害してから、そこに向かう予定に違いない。だとすると、敏勝は車で向かうはずだ。こっちで一仕事終えてから向かうとなると、交通手段は車しかない。千春はあの付近の国道沿いのモーテルに泊まっている可能性がある。

やはり、敏勝はこっちにいる。いったい、奴はどうやってこの部屋に侵入するつもりだろうか。久美子が帰ってきたあと、来客を装ってチャイムを鳴らすのだろうか。いや、久美子がこの部屋に入る瞬間を狙って、いっしょに飛び込むつもりかもしれない。そうだ。

それに違いない。

そう思ったとき、人影が見えて、窓の下に目を凝らした。中年のサラリーマンふうの男が過ぎていく。さらに三十分経った。廊下に足音が聞こえ、あわてて玄関に向かった。ドアに耳を当てる。足音は部屋の前を過ぎ、すぐにドアの開閉の音が聞こえた。隣の部屋の住人が帰ってきたようだ。

再び、窓辺に寄った。十時近くになった。通行人が途絶えた。遅いと、不安が芽生えた。途中、どこかで襲われたのではないか。駅からここまでの道筋を考えた。危険な場所があっただろうか。公園は駅への道と逆方向だ。まさか、立ち寄り先で……。落ち着きをなくしたとき、路上に影が見えた。一瞬、久美子の姿が目に入り、すぐ死角に入って消えた。敏勝の姿は見えない。やっと帰ってきたのか、と安堵の胸を撫で下ろした。やはり、何でもなかったのか。だが、用心するに越したことはなく、急いで玄関に駆けつけ、ドアの内側に立って耳を押しつけ聞き耳を立てた。やがて、エレベーターの停まる音が微かに聞こえ、廊下に足音がした。久美子のものに違いない。

ドアの向こうで足音が止まった。鍵穴にキーを差し込んだ。ドアが開き、廊下の明かりが玄関に射し込んだ。久美子を驚かさないように、そっと声をかけようとしたとき、何かこするような音が聞こえた。それが廊下を走る音だと悟った瞬間、久美子が軽い悲鳴を上げて室内に倒れてきた。背後に男がいた。

「敏勝」

玄関の電気をつけてから大場は怒鳴った。いきなりの明かりに目が眩んだのか、敏勝は手で目を押さえた。が、次の瞬間、激しい蹴りが大場の腹に当たった。よろけた隙に、敏勝は廊下に飛び出した。

「久美子、事情はあとだ。俺が出たらすぐ鍵をかけろ」

そう怒鳴って、大場は敏勝を追った。やはり、敏勝は久美子を襲ったのだ。今度こそ、奴を捕まえてやると思いながら、敏勝を追って非常階段を下りた。階下を走っている敏勝の姿が見え隠れする。

「敏勝。もう逃げられん」

大場は怒鳴った。しかし、敏勝の動きは早かった。地上に下り立つと、駅と反対方向に駆け出した。大場がやっと地上に下りたとき、エンジンの音が聞こえた。そちらに一目散に駆けつけたが、すでに車は走り去ったあとだった。ナンバーは確認できなかった。ブルーの乗用車だった。

大場は部屋に戻った。久美子が青ざめた顔で立っていた。もう心配ないと声をかけ、すぐに葛飾中央署に電話をした。新谷にさっきの顚末《てんまつ》を伝え、緊急配備を頼んだ。新谷は驚愕していたが、久美子は無事だと言うと、安心したようだった。

「すまない。驚かせて」

受話器を置いてから、大場は久美子に言った。

「だいじょうぶよ。だって私は刑事の娘だもの」

新谷から折り返しの電話が入った。

「すぐ手配をするそうです」

「ありがとう。すまないが、今夜はここに泊まる。何か動きがあったらこっちに連絡をくれないか」

「わかりました」

電話を切ると、久美子が心配そうな顔で、

「お父さん、だいじょうぶ」

「心配ない。あとでゆっくり説明するよ」

落ち着かない時間を過ごしていると、電話が鳴った。久美子を制して、大場が出た。新谷だったが、すぐ刑事課長に代わった。

「右田の車は検問に引っかからなかった。たぶん、車は盗難車だろう」

逃亡から二時間近く経っている。すでに都内を抜けて出たのだろう。彼の行き先は奥谷村に違いない。

「右田敏勝は奥谷村で母親と落ち合うつもりだと思います」

「よし。長野県警に連絡しておく。それから、誰か明日一番で向かわせる」

興奮からなかなか寝つかれないまま夜を明かし、大場は上野から朝一番の新幹線に乗り込んだ。そこに、一緒に捜査に当たっていた本庁捜査一課の警部補と新谷も乗り込んできた。

5

越後湯沢に八時前に着いた。小綺麗な駅ビルを出ると、長野県警のワゴン車が待っていた。本庁の警部補がまっさきにそこに向かった。出迎えた長野県警の年配の巡査部長と顔見知りらしい。その巡査部長が挨拶のあと、すぐ教えてくれた。

「さっき、こっちの捜査員から報告があり、駅前のリゾートマンションに問題の女性が宿泊していたようですが、今朝六時前に若い男といっしょに出かけたそうです」

「リゾートマンション？」

「ええ。名前は……」

個人の持ち物では捜索は不可能だった。それにしても、その人物と敏勝はどういう関係なのか。あるいは千春の知り合いのものか。

ワゴン車に乗り込むと、巡査部長が行き先を告げた。

「奥谷村に県警の人間も向かいました」

すぐ発進し、商店街を抜けて国道17号線に入った。敏勝が向かったのは奥谷村に間違いないだろう。父親を埋めた場所に母親を連れていくつもりだ。六時前に出発しているというから、すでに到着しているだろう。

いつの間にか17号線を外れ、山間《やまあい》の道を走っていた。山々が重なるようにそびえている。大場は座席で揺られながら気ばかり焦った。悪い想像が働く。久美子襲撃に失敗した敏勝は気が立っているはずだ。そのことを考えると、不安が増す。

窓の下に見えるのは信濃川《しなのがわ》だ。飯山線が国道と平行して走っている。津南に入った。二時間近くも前に、敏勝の車はここを通過したはずだ。大場はある予感を持っている。ここに来て、奥山かほる、そして久美子と立てつづけに襲撃し、さらに奥谷村まで千春を誘った意図だ。それだけではない。大場をもそこに導いている。敏勝は千春を殺し、自分も死ぬつもりではないのか。

いよいよ、大割野《おおわりの》の町を抜け、秋山郷方面に向かうと、谷が眼前に迫り、両側は峻険《しゅんけん》な崖だ。長野県警の若い巡査の巧みなハンドル捌《さば》きで山間の道を疾走し、あっという間に中津川は眼下に沈んでいった。

そこに無線が入った。巡査部長が応じる。雑音混じりの声が、奥谷村の村営保養センターの近くの雑木林の中に不審なブルーの乗用車を発見したと告げていた。敏勝が乗ってきた車に違いない。周囲を捜索するように言い、巡査部長は無線を切った。

「やはり、右田敏勝は奥谷村に行ったようですね」

それまでずっと黙りこくっていた新谷が興奮を抑えて言った。

「早く発見出来ればいいんですが」

巡査部長が気掛かりな様子で言う。越後湯沢駅前を出てから二時間近く経った。そろそろ十時になる頃だ。ようやく老芝村に入った。周囲の山が緑で覆われている。ふと郷愁《きょうしゅう》のようなものが胸に広がり、右田克夫のことを思い出した。が、それも束《つか》の間《ま》で、気持ちはすぐ千春の心配に向いた。

やっと奥谷村に着いた。目的地はまだ先だ。やがて鳥甲山が見えてきた。しばらくして、バス道から離れ、雑木林の中に入った。舗装されていない道は揺れが激しかった。やがて、村営の保養センターの近くに到着した。県警の車が二台停まっていた。

警察の人間の他に、地元の人間らしい男たちが数人いた。何人かはトランシーバーを手にしている。そこで指揮を執《と》っていたらしい白髪交じりの男がやってきた。老芝警察署の警部補だという。

「この周辺を探っていますが、未だに見つかりません」

すでに地元の消防団の協力を得て、捜索を開始していたらしい。

「洞穴がどこかにありますか」

大場は確かめた。

「洞穴ですか」

ベテランの警部補は地元の青年を呼んで、同じことを訊ねた。色黒の青年は小首を傾げたが、

「そういえば、雑魚川《ざこがわ》の吊り橋を渡って……」

と、思い出したように言った。

「そこへ案内してください」

大場はすかさず言った。ベテラン警部補の顔を見てから、青年は先頭に立って歩き出した。そこに連《つら》なったのは十人ほどだった。しばらく雑魚川沿いの自然歩道を行くと、発電所が見えてきた。脇に発電用の鉄管が通っている。吊り橋が見えてきた。そこを渡る。ブナの木が生い茂っている一帯に出て、道は急勾配《きゅうこうばい》で上りになった。先を行く青年の背中が視界から消える。息が荒くなり、あえぎあえぎ足をもつれさせながら、大場は踏ん張った。千春が危ないという切羽詰まった危機感が大場を駆り立てている。

まだか、という警部補の声が下のほうから聞こえた。もうすぐです、という声が上から返ってきた。

踏ん張って上がっていくと、少し広くなった場所で青年や若い警察官が立ち止まっていた。

「だいじょうぶですか」

背後から付いてきた新谷が、大場に声をかけた。ようやく、ベテラン警部補たちも荒い息でやってきた。

「ここから、ちょっと道が悪くなります」

青年が大声で言った。けもの道のような筋が樹間の中に延びていた。大場は視線の先に赤い物を見つけた。急いで、それを拾った。新しい女物のハンカチだ。千春のものだと思った。

「間違いない。この先だ」

大場は叫んだ。

「よし、行こう」

県警のベテラン警部補が掛け声をかけた。再び青年は、先頭に立ってけもの道に足を踏み入れた。大場もあとに続いた。足元に根曲《ねま》がり竹《たけ》が串を突き刺したように生えている。歩きにくかった。額の汗が目に入る。肩で息をするようになった。だが、千春がこの先にいるのかと思うと、疲れを感じるどころではなかった。

ようやく開けた場所に出た。だが、すぐ下は峻険な谷だ。そこで、青年が待っていた。涼しい風が吹いていた。正面に見えるのが鳥甲山だ。その右に苗場山。

「洞穴はここを下ったところにあります」

青年が指を差した。外川沢《とがわざわ》だという。ほとんど道などない。風が強くなってきたようだ。雲の流れが早い。天気が崩れるのかもしれない。そのとき誰かが叫んだ。

「あれだ」

その声に大場は眼下に目を凝らした。ハイマツの枝の間に白いものが見えた。それが動いた。男だ、と県警の警部補が双眼鏡を見て叫んだ。

「女もいる」

大場は双眼鏡を借りた。レンズにくっきり敏勝の顔が映った。こっちに気がついたようだ。傍らで、千春がしゃがみ込んでいた。

「敏勝」

大場は叫んだ。その声が谺《こだま》となって反響した。あの場所まで行くにはさらに大きく迂回しなければならない。大場の足はもう動いていた。あわてて青年が先に立った。

焦って何度も躓《つまず》きそうになりながら下った。敏勝のいる場所が何度か見え隠れする。大場たちが迫っていることに敏勝は気づいているはずだ。だいぶ近づいてきて、敏勝の顔がはっきり見えた。

「敏勝。ばかな真似はやめろ」

怒鳴ったが、敏勝の耳に届いたかどうかわからない。大場は先を急いだ。ようやく指呼の間に迫った。片側は深い峡谷だ。そのとき誰かが叫んだ。驚いて、大場は敏勝を見た。敏勝が崖の上に立っていた。笑っているように思えた。そして、何か言った。千春に声をかけたのだ。千春が口を大きく開けた。その絶叫を聞いて、敏勝の意図がわかった。

「敏勝。やめるんだ」

敏勝はさらに崖っぷちに進んだ。いっしょにいた連中も騒ぎ出した。次の瞬間、敏勝の体が宙に舞った。

敏勝はそのまま深い峡谷の底に吸い込まれていった。静寂が襲いかかり、風の唸り声だけが不気味に響いた。

トランシーバーに呼び掛ける県警のベテラン警部補の声が聞こえた。谷底の捜索の指示を出しているのだ。気を取り直し、大場はけもの道をがむしゃらに進んだ。どこでこしらえたのか、手や顔に小さな傷が出来ていた。小枝や岩でこすったのだろう。やっと千春のいる場所に辿り着いた。

千春は放心状態で俯いていた。大場は彼女の傍らに駆け寄った。

「千春さん。無事でしたか」

声をかけたが、千春は呆然としている。泣く気力もないようにただ肩を落としていた。

大場は肩を抱いた。しばらく虚ろな目をさ迷わせていたが、いきなり大場の胸に飛び込んできた。

「敏勝は？」

しばらく経って、彼女が顔を離してきいた。大場は厳しい顔を横に振った。はじめて彼女の口から嗚咽が漏れた。泣き伏す彼女から離れ、大場は崖下を覗いた。敏勝の姿を見ることは出来なかった。ただ、白っぽいものが動いているのは、さっき指示を受けた捜索隊だろう。

「いったい何があったのですか」

大場は改めてきいた。彼女は首を横に振った。警部補たちが周りを囲んでいた。敏勝は、まるで大場の到着を待っていたかのように身を投じたのだ。

「大場さん。落ち着いたら、下りましょう。天気が崩れてくるようだ」

警部補が声をかけた。黒い雲が張り出していた。しかし、大場は肝心なことを確かめないわけにはいかなかった。

「千春さん、右田克夫はどこですか」

千春が後方を指差した。大場はすぐそちらに向かった。草に覆われわかりづらいが、岩の窪みがあった。明かりが奥まで射さず暗い。だが、目が慣れてくるにしたがい、ぼんやりと窪みの中の様子が浮かんできた。洞穴と言えば言えるのかもしれない。

ふと線香の匂いがした。ゆっくり目を這《は》わしていき、大場は一点で視線を止めた。暗い中に、ぽつんと小さな点のような明かりが灯っていた。大場は息を詰めて跪《ひざまず》き、這うように近づいた。

線香がまさに燃え尽きようとしていた。その傍らの土から覗いている白いものを見つけ、大場は息を呑んだ。

「右田克夫ですか」

耳許で、新谷の声がした。

「そうだ。右田だ」

大場は這いつくばって土をすくった。指の間から砂がこぼれ、小さな白骨が掌に残った。大場はそれを握り締めた。想像していたこととはいえ、いざ右田の死を突きつけられて、改めて悲しみが襲いかかった。

「右田。こんなところで寂しかっただろう」

あの年賀状に込めた右田の訴えを素直に聞いてあげていたら、こんなことにはならなかったのだ。そのことが悔やんでも悔やみきれない。すまないと、大場は心の中で叫んだ。実の息子に殺されたことがよけいに大場の胸を焦《こ》がした。

「ここは我々に任せてください。天気が変わります」

県警の人間に急かされ、大場は立ち上がった。そして、千春を助けながら山を下った。吊り橋を渡り、元の場所に戻ったときに、とうとう雨が降り出した。午後二時になるところだったが、夕方のように暗くなっていた。

警察の車で老芝警察署に行き、千春の事情聴取が行われ、大場も立ち会った。所轄の警部補がきのうからきょうの行動を訊ねた。千春は虚ろな表情でぽつりぽつり語った。

「右田克夫を埋めた場所に案内するという約束で、ゆうべから、越後湯沢にあるリゾートマンションに泊まっていました。あそこは私の熱海時代の知り合いの方のものです。以前、家族で使わせていただいたことがあるんです。そこで敏勝と待ち合わせました」

「何時に待ち合わせたのですか」

「ただ、迎えに行くから待っていろと」

千春は口籠もって手を口にあてがうが、すぐ気を取り直して続ける。

「今朝六時に電話があって、敏勝が迎えに来ました。車に乗って、まっすぐ奥谷村に向かいました。車を降りて、敏勝に連れられ、山道を登っていきました。途中何度も休みながら」

大場は口をはさむのを堪え、黙って聞いた。

「右田克夫を埋めた場所まで素直に案内したのですね」

「そうです」

大場が聞きたいのはふたりの行動ではなかった。それは想像がつくことだ。知りたいのは、敏勝が何のために千春をあの場所に誘い、また千春が何のためにわざわざ誘いに乗ったのかということだ。そして、あの場所で何があったのか。いよいよ、質問はそのことに移った。

「父親の死体をあなたに見せ、右田敏勝は何をしようとしたのでしょうか」

「わかりません。ただ、私が右田の遺体の前で、用意してきた花と線香を手向けて合掌していると、敏勝は泣き出しました」

「泣いた？」

思わず大場が口をはさんだ。千春が虚ろな目を大場に向けた。

「敏勝が泣いたのですか」

「はい。泣きました」

意外だった。敏勝は罪の深さにはじめて気づいたのだろうか。異様な形であれ、父と母と敏勝の家族全員が一堂に会したのだ。子どもの頃のことが甦り、僅かに残っている良心が揺さぶられたのかもしれない。

だが、敏勝は千春を殺すつもりだったはずだ。父親といっしょの場所に埋める。そのために、千春をここまで誘ってきたのではないのか。いや、と大場は考え直した。敏勝は千春だけではなく、大場をもここまで呼んだ。なぜ、そんな真似をしたのか。

死のダイビングをした敏勝の姿が甦った。敏勝は最初から千春を殺して、自分も死ぬつもりだったのだ。自分を生んだふた親を殺し、そして自分を始末する。そのためにここにやってきたのだ。それなのに、なぜ敏勝は千春に手をかけなかったのか。

「あなたは、なぜここまでやってきたのですか。身の危険を感じなかったのですか」

大場はもう一つの疑問を口にした。

「四ツ木橋で会ったとき、敏勝は右田を埋めてある場所に案内すると言いました。敏勝が私を殺すつもりだとわかりましたが、私は行かなければならないと思ったんです」

「なぜですか」

「右田の供養をしてやりたいと思ったことと、あの子を死なせるために」

「死なせる？　あなたは敏勝を始末しようとしたのですか」

「違います。あの子の心が手に取るようにわかりました。あの子は私を殺し、それから自分も死ぬつもりだったのです」

千春は歯を食いしばった。何かと必死に闘いながら、喋っているのだ。いつの間にか、敏勝という呼び方を、あの子と変えていた。

「たぶん、あの子は私への怨みを抱えたままおとなになったんです。女性を殺し続けたのも、ほんとうは私を殺していたんです」

悪鬼のような連続殺人は、敏勝の中では、自分を捨てた若き日の母親殺しに他ならなかったのだ。

「だから、私を殺せば、あの子の生きる目標はなくなり、自ら命を断つと思いました。私があの子に殺されなければ、あの子は救われないと思ったのです」

「なぜ、そんなことを考えたのですか。あなたは、敏勝はもう自分の子どもではない、関係ない人間なんだと言っていたじゃないですか」

「あの子に会うまではそう思っていました。でも、あのとき、きょうひとを殺してきたと言ったときの目を見たとき、なぜ殺人を繰り返してきたのか、その動機に思い当たったんです。とても悲しそうな目でした。そのとき、私が生んだ子なのだという強い思いに襲われたんです」

そのとき、ノックの音がして捜査員が入ってきた。所轄の警部補に耳打ちをすると、その警部補が皆に聞こえるように、

「右田敏勝の遺体を収容したそうです」

大場はため息をついた。死が確認されて、改めて感傷のようなものが湧き起こった。

「あの子はずっと寂しい思いで生きてきたのかもしれません。いつも心の中に冷たい風が吹き込んでいる。そんな悲惨な思いで……」

千春の声が途切れ、嗚咽に変わった。

大場はやりきれなくなって部屋を出た。廊下に新谷が待っていた。あとから、本庁の警部補も出てきた。室内には婦警が残った。

「敏勝が涙を流したのは、母親の温もりを感じたからだと思いますよ。だから、殺せなかったんです」

本庁の警部補も頷いた。

「お願いがあるのですが、彼女をこのまま帰してやっていただけませんか」

千春のことを伏せてもらうように、大場が頼んだ。

「いいでしょう。きょう帰ったら、後日事情聴取をしなければならないが、それも家族にわからないようにしましょう」

「ありがとうございます」

大場は再び部屋に入った。千春はようやく落ち着きを取り戻していた。大場は彼女を労るように言った。

「千春さん。今から帰れば、家に十時頃には着けるはずです。ご主人やお子さんたちには今日のことは黙っていることです」

「いえ。私はもう帰れません。死ぬつもりで家を出てきたのです。それに、あの子を荼毘《だび》に付したり、私にはやらなければならないことがあります」

「いえ。あなたはもう十分に自分の責任を果たされました。あとのことは私がやります。私は右田の幼馴染みなのですから。いいですね、あなたは帰ってください。今、帰れば、ご家族にも不審に思われないでしょうから」

大場は本心で言った。その一方で、千春が残ると言ってくれるのを期待している自分にも気づいている。だが、千春にとっては今の家庭に収まることのほうが幸せなはずだ。改めてそう思った。だから、彼女が残ると言い張ったとき、大場は強い調子で言った。

「千春さん。敏勝はあなたを許して死んでいったんじゃないですか。今のあなたには家族がいるんです。その方々を悲しませてはいけません」

大場の説得に、千春は頷いた。だが、心から承服したわけではないようだった。そこに新谷が入ってきて、車の準備が出来たことを知らせに来た。

「さあ、行きましょう」

大場は千春に言った。心を残しながら、千春は立ち上がった。

警察署の前に、ワゴン車が待っていた。千春を越後湯沢まで送っていくのだ。雨が降っていた。大場は傘を持ち、車まで付いていく。

「どうぞ」

扉を開けて、若い巡査が声をかけた。

「大場さん」

千春の目が何かを訴えかけている。残ってくれ。もし、大場がそう言えば、千春はためらわずに残ることにしただろう。だが、残ればどうなるか。家庭を壊すことになるかもしれない。連続女性殺人鬼の母親が妻であり、継母であることを、夫や子どもが知ったらどうなる。そんな家庭など捨てて俺といっしょになろう、とは言えなかった。俺は右田克夫の親友なのだ。親友の妻といっしょになることは出来ない。

「さあ、今なら間に合います」

迷っている千春を急かした。逡巡の末に、千春はワゴン車に乗り込んだ。

「じゃあ、やってください」

大場は若い巡査に声をかけた。千春が顔を向けた。何か言いたそうに口を開いたが、すでに車は動き出していた。車が走り去ったとき、改めて千春への未練が甦り、連れ戻したい衝動に駆られたが、すでに車は小さくなっていた。雨が大場の視界を奪っていた。


敏勝の死から三ヵ月経った。大場は久美子の手を借りて荷物の整理をしていた。マンションを引き払い、奥谷村に借りた農家の離れに引っ越すことになったのだ。久美子は新谷から事件のあらましを聞いたようで、警察官を辞めたことについても何も言わなかった。

あの事件は永久に消え去ることのない深い傷痕《きずあと》を大場の心に残した。

加島音子の殺害現場で見つけた銀のロケットを持ち去りさえしなければ、右田敏勝を逮捕し、いっきに連続殺人事件を解決に結びつけることが出来たはずだ。光石まりなも奥山にかほるも犠牲になることはなかった。

光石まりな殺しは柏田進一逮捕で決着したが、右田敏勝の犯行ではなかったとはいえ、未解決だった一連の殺人事件を模して行われたのだ。

それ以上に大場を後悔させているものがある。右田克夫からの年賀状に隠されたメッセージに気づかなかったことだ。右田は大場に救いを求めたのに違いない。会いに行っていれば、敏勝の犯行を未然に防ぐこともできたかもしれない。

(右田、すまなかった)

俺は自分が可愛いばかりに親友に救いの手を差し伸べてやらなかったのだと、大場はまたしても自分を責めた。

ただ唯一の救いは千春に何事もなかったことだ。家族に知られることなく、元どおりの日常に戻っている。

「向こうに行っても母さんのことは忘れないでね」

妻の位牌を手にして言う久美子を見て、大場ははっとした。

右田克夫と敏勝は奥谷村に眠っている。ふたりの墓を守っていくのは自分の責務だと、大場は思っている。しかし、今の久美子の言葉で、俺は久美子の父親なのだと改めて思った。これからも久美子を守っていかなければならない。それが妻との約束でもある。

「ねえ、お父さん」

久美子が真顔になった。

「私、新谷さんと交際してみようと思うの」

「ほんとうか」

「ええ」

「そうか。あいつはいい奴だ」

新谷なら久美子を幸せにしてくれるだろう。ふと開け放った窓から流れ込む爽やかな風が顔に当たるのを感じ、今はもう秋なのだとやっと気づいた。

「紅葉の時期になったら、新谷といっしょに奥谷村に来ないか」

そう言いながら大場は、事件以来はじめて安らかな気持ちになれたことに気づいた。

あとがき

一九七九年に、死刑冤罪《えんざい》事件として有名な財田川《さいたがわ》事件、免田《めんだ》事件、松山《まつやま》事件の三件の再審が決定した。

刑が確定した裁判のやり直しをする再審は「開かずの扉」と呼ばれほとんどが却下されていたのに、再審請求が立て続けに認められたのだ。

当時、私はオール讀物《よみもの》推理小説新人賞に応募を続けており、この再審開始のニュースは私に冤罪事件に興味を向けさせるきっかけになった。

その後、一九八三年に法廷物で新人賞を受賞しデビューしたが、以来私は冤罪をテーマに弁護士を主人公にした小説を多く書いてきた。

なぜ、無実の人間が裁判で有罪になってしまうのか。証拠に基づき審理が尽くされる裁判で、事件に関わりのない人間がなぜ死刑判決を受けることになったのか。

さまざまな要因のひとつに証拠の捏造《ねつぞう》というものがある。たとえば松山事件の再審が決定した理由は、自白の任意性への疑問とともに、証拠の血痕が警察の捏造であるとされたことだった。

法廷物を書きながら、なぜ警察は証拠を捏造するのかを考えてきた。警察は無実かもしれないと思っていても、何らかの事情で強引に有罪にしようとしてしまうのか。

自分なりに一つの答えを導き出すために、証拠を捏造する警察官の立場から書いてみようと思ったのが本作である。

被告人が数多くの罪を犯している極悪人であっても、関係ない事件で有罪にしてはならない。もしそんな事件の弁護を引き受けたなら、無罪を勝ち取るために全力を尽くす。それが、私の法廷物の主人公である弁護士の姿勢であり、正義である。

しかし、捜査側にも、別の正義があるのではないか。すなわち、数多くの罪を犯していながら証拠がなく罪に問えない極悪人を、別の殺人事件において証拠を捏造して逮捕をする。そのまま野放しにしておけば、その男がまた新たな犯行に及ぶ可能性があるからだ。

このような状況に追い込まれた一刑事の目を通して、証拠の捏造に正義があるのか、その結果、何がもたらされたのか。

本作では、そのテーマを描くために、私の小説ではほとんど出てこない極悪人が登場する。主人公の刑事と極悪人との対決を楽しんでいただけたら幸いである。

令和六年一月十五日、東京にて

小杉健治

（この作品『偽証法廷』は二〇〇二年十一月、双葉社から刊行された作品に、著者が加筆修正したものです。本書はフィクションであり、登場する人物、および団体名等は、実在するものといっさい関係ありません）

偽証法廷

一〇〇字書評

切・り・取・り・線

購買動機（新聞、雑誌名を記入するか、あるいは○をつけてください）	
□（　　　　　　　　　　）の広告を見て	
□（　　　　　　　　　　）の書評を見て	
□ 知人のすすめで	□ タイトルに惹かれて
□ カバーが良かったから	□ 内容が面白そうだから
□ 好きな作家だから	□ 好きな分野の本だから

・最近、最も感銘を受けた作品名をお書き下さい

・あなたのお好きな作家名をお書き下さい

・その他、ご要望がありましたらお書き下さい

住所	〒				
氏名		職業		年齢	
Eメール	※携帯には配信できません	新刊情報等のメール配信を 希望する・しない			

この本の感想を、編集部までお寄せいただけたらありがたく存じます。今後の企画の参考にさせていただきます。Eメールでも結構です。

いただいた「一〇〇字書評」は、新聞・雑誌等に紹介させていただくことがあります。その場合はお礼として特製図書カードを差し上げます。

前ページの原稿用紙に書評をお書きの上、切り取り、左記までお送り下さい。宛先の住所は不要です。

なお、ご記入いただいたお名前、ご住所等は、書評紹介の事前了解、謝礼のお届けのためだけに利用し、そのほかの目的のために利用することはありません。

〒一〇一ー八七〇一
祥伝社文庫編集長　清水寿明
電話　〇三（三二六五）二〇八〇

祥伝社ホームページの「ブックレビュー」からも、書き込めます。
www.shodensha.co.jp/bookreview

祥伝社文庫

偽証法廷《ぎしょうほうてい》

令和 6 年 2 月 20 日　初版第 1 刷発行

著　者　小杉健治《こすぎけんじ》
発行者　辻　浩明
発行所　祥伝社《しょうでんしゃ》
東京都千代田区神田神保町 3-3
〒 101-8701
電話　03（3265）2081（販売部）
電話　03（3265）2080（編集部）
電話　03（3265）3622（業務部）
www.shodensha.co.jp

印刷所　萩原印刷
製本所　ナショナル製本
カバーフォーマットデザイン　芥 陽子

Printed in Japan ©2024, Kenji Kosugi ISBN978-4-396-35037-6 C0193

祥伝社文庫の好評既刊

小杉健治
ひたむきに
風烈廻り与力・青柳剣一郎㊵

訳あって浪人の身になった男に殺しの疑いが。逆境の中、己を律して生きるその姿が周りの心を動かし……。

小杉健治
桜の下で
風烈廻り与力・青柳剣一郎㊶

一生逃げるか、別人として生きていくか――。江戸を追われた男のある目的の前に邪魔者が現れる！

小杉健治
罪滅ぼし
風烈廻り与力・青柳剣一郎㊷

付け火で燃え盛る家に、赤子を救うため飛び込んだ男が。危険を顧みず行動できた理由とは？

小杉健治
心変わり
風烈廻り与力・青柳剣一郎㊸

盗まれた金は七千両余。火盗改の動きに不審を抱いた剣一郎は……。盗賊の一味の末路は⁉

小杉健治
わかれ道
風烈廻り与力・青柳剣一郎㊹

優れた才覚ゆえ人生を狂わされた次席家老の貞之助。その男の過去を知った剣一郎は……。

小杉健治
妖刀《ようとう》
風烈廻り与力・青柳剣一郎㊺

かつて腕を競い合った友の息子が辻斬りの刃にかかる。剣一郎は彼の無念を思い、その正体を暴こうとするが――。

祥伝社文庫の好評既刊

泉ゆたか　**横浜コインランドリー**

困った洗濯物も人に言えないお悩みもコインランドリーで解決します。心がすっきり&ふんわりする洗濯物語。

五十嵐貴久　**愛してるって言えなくたって**

一時の迷いか、本気の恋か？　妻子持ち三十九歳営業課長×二十八歳新入男子社員の爆笑ラブコメディ。

五十嵐貴久　**命《いのち》の砦《とりで》**

聖夜の新宿地下街で同時多発火災が発生し、大爆発の危機が迫る。史上最悪の事態に女消防士・神谷夏美は……。

宇佐美まこと　**愚者《ぐしゃ》の毒**

緑深い武蔵野、灰色の廃坑集落で仕組まれた陰惨な殺し……。ラスト1行まで震えが止まらない、衝撃のミステリー。

宇佐美まこと　**黒鳥の湖**

十八年前、彰太がある〝罪〟を犯して野放しにした快楽殺人者が再び動く。人間の悪と因果を暴くミステリー。

大崎　梢　**空色の小鳥**

その少女は幸せの青い鳥なのか？　亡き兄の隠し子を密かに引き取り育てる男の、ある計画とは……。